フェリックス・フランシス

Felix Francis

北野寿美枝 訳

強襲

GAMBLE

イースト・プレス

強襲

GAMBLE by Felix Francis

装丁:坂川事務所
Cover Photo © Mark Tomalty/Masterfile/amanaimages

孫娘である
シエナ・ローズに

左記のかたがたに感謝する。
ファイナンシャル・アドバイザーである
いとこのネッド・フランシス
ならびに
カルキン・パティンスン事務所のみなさん

そして、いつものように
デビーに。

強襲　目次

BLE

GAM

登場人物

ニコラス・フォクストン …………独立フィナンシャルアドバイザー
愛称、フォクシー

ハーブ・コヴァク ……………………職場の同僚、アメリカ人

クローディア ……………………………フォクストンの恋人

ビリー・サール ……………………………現役の騎手

マーティン・ギフォード …………競馬調教師

ジャン・セッター ……………………競馬調教師の女性

パトリック・ライアル ……………事務所のシニアパートナー

グレゴリー・ブラック ……………事務所のシニアパートナー

アンドルー・メラー …………………事務所の契約弁護士

ジェシカ・ウィンター ……………事務所の女性事務員

ミセス・マグダウド …………………事務所の女性事務員

シェリ・コヴァク ……………………ハーブの二卵性双子の妹

マシューズ警部 ………………………リバプール、マージーサイド警察の警察官

トムリンスン主任警部 …………リバプール、マージーサイド警察の警察官

イエリング警視 ………………………ロンドン警視庁の警察官

フライト主任警部 ……………………グロースターシャー警察の警察官

ジョリオン・ロバーツ ……………陸軍大佐

シェニントン子爵 ……………………ジョリオンの兄

ベンジャミン・ロバーツ …………子爵の息子、ジョリオンの甥である学生

第一章

私がすぐ横に立っているときにハーブ・コヴァクが殺された。いや、〝処刑された〟というほうが当たっているだろう。近距離から銃弾を三発、撃ち込まれたのだ。二発は心臓に、一発は頭部に。彼はほぼまちがいなく、地面に倒れる前に死んでいた。そして発砲者は、そのときにはもう身をひるがえし、グランドナショナルの観戦に訪れた群衆にまぎれてしまっていた。

銃撃は一瞬のできごとだったので、ハーブにも私にも、さらに言えばほかのだれにも、防ぐすべはなかったにちがいない。正直、実際になにが起きているのかを私が理解したときには、ことは終わり、ハーブはすでに死体となって足もとに横たわっていた。銃弾が体をうがって命を終わらせる前に、ハーブ本人が身の危険を感じる時間があったのかどうかはわからない。

おそらくなかっただろうと思い、そのことに奇妙な慰めを覚えた。

私はハーブを好いていた。

だが、別のだれかは、どうやらそうではなかったようだ。

ハーブ・コヴァク殺害は、本人ばかりか、すべての人の一日を変えた。警察が例によって配慮を欠いた効率主義を発揮し、世界で屈指のスポーツイベントを開始わずか三十分前に中止させたうえ、不満をくすぶらせている六万人以上の観客に対して、住所氏名を聞き取るために何時間もひたすら並んで待つように求めた。

「だが、犯人の顔を見たはずだろう！」

私は、常連客を追い出して臨時捜査本部を設けたレストランのひとつで、いらだっている警部の、テーブルをはさんで向かいに座っていた。

「さっき言ったとおりだ」私は言った。「男の顔は見ていなかった」

改めて死の数秒間を思い返してみても、はっきりと思い出せるのは拳銃だけだった。

「では、男だったんだな？」警部が切り込んだ。

「ああ、そう思う」

「黒人、それとも白人？」

「拳銃は黒かった。消音器（サイレンサー）がついていた」

役に立たない情報だ。口にした私にもそれはわかる。

「ミスタ……えーっと」警部はテーブルの手帳を見た。「フォクストン。殺人者について、ほかに話せることはなにもないのか？」

「申し訳ない」私は首を振った。「あっという間のできごとだったんだ」

彼は質問の方向を変えた。「では、ミスタ・コヴァクのことはどれくらい知っていた？」

「かなりよく。同僚なんだ。もう五年ほどになる。言うなれば、職場の友人だ」間を置いて言い直した。「いや、友人だった」

ハーブが死んだとは信じがたかった。

「どんな仕事を？」

「金融サービス業。私たちは独立ファイナンシャル・アドバイザーだ」

警部の目が退屈のあまりくもるのが目に見えるほどだった。

「グランドナショナルで騎乗するほど胸躍る仕事ではないかもしれない」

彼は目を上げて私の顔を見た。「グランドナショナルで騎乗した経験があるとでも？」口調は皮肉に満ち、顔には冷笑を浮かべていた。

「じつはあるんだ」私は言った。「二度」

冷ややかな笑みが消えた。「まさか」と言った。

ほんとうに、まさかだ。「二度目は勝った」

いまでは前世のように感じている自分の過去をくわしく話すだけでもめずらしいことなのに、柄にもなく自慢までしている。心のなかでそんな傲りを叱責したものの、私のみならず死んだ同僚に対する警部の態度に少しばかりいらだちを覚えはじめていた。

彼はまたしても手帳に目を落とした。

「フォクストン」書き留めた名前を読んだ。目を上げた。「まさか、あのフォクシー・フォクストン？」

「そうだ」私は認めた。金融街における地道な仕事では本名のニコラスのほうがふさわしいと感じ、そっちを使うことにして、〝フォクシー〟という愛称を忘れようと長らく努めてきたにもかかわらず。

「なんと、なんと」警部が言った。「あんたに賭けて少しばかり儲けたんだ」

私は笑みを浮かべた。おそらく少しばかり損もしたはずだが、それは指摘しないことにした。

「で、今日は騎乗予定はなし？」

「なしだ。ひさしく乗っていない」

最後にレースで騎乗してから、ほんとうに八年も経ったのだろうか？　つい昨日のことのように感じるときもあれば、一生涯も前のことのように感じるときもあった。

警部は手帳になにか一行書き加えた。

「で、いまはファイナンシャル・アドバイザー？」

「そうだ」

「いささか身を落としたとは思わないか？」

警察官になるよりはましだと言い返すことを考えたが、結局のところ、おそらく返事をしないのが最善の策だろうと判断した。なにしろ、どちらかといえば彼の意見に賛成なのだ。私の人生は、体重五百キロもの馬にまたがってエイントリー競馬場の障害を飛越するという心躍る日々から見ると、少しばかり暗転している。

「だれにアドバイスをしているんだ？」彼がたずねた。

「相談料を払ってくれる相手ならだれにでも」わざと皮肉めかして答えた。

「ミスタ・コヴァクは？」

「彼も同じだ。ふたりとも、シティにある独立ファイナンシャル・アドバイザー事務所に勤めている」

「ここリバプールで？」

「ちがう。ロンドンの金融街だ」

「なんという事務所に？」

「〈ライアル・アンド・ブラック〉。オフィスはロンバード・ストリートにある」

彼はそれを書き留めた。

「だれかがミスタ・コヴァクに死んでもらいたがる理由に心当たりは？」

その疑問を、この二時間、繰り返し自問していた。

「ない」と答えた。「心当たりはまったくない。みんな、ハーブを好いていた。彼はいつも笑顔で陽気だった。場を楽しませてくれる男だった」

「知り合って何年だと言ったかな？」警部がたずねた。

「五年だ。同期に入社した」

「たしか、彼はアメリカ市民だろう」

「そうだ。ケンタッキー州ルイヴィルの出身。以前は年に二度、アメリカに帰っていた」

すべての情報が警部の手帳に書き留められた。

「結婚していたのか？」

「いや」

「恋人は？」

「私の知るかぎり、いなかった」

「あんたとは同性愛の関係だったのか？」彼は手帳に目を向けたまま、事務的な口調でたずねた。

「ちがう」私も事務的な口調で答えた。

「いいか、いずれつきとめるぞ」彼は目を上げて言った。

「つきとめるような事実はない」私は応じた。「ミスタ・コヴァクとは同じ職場で働いていたかもしれないが、私は恋人と同居している」

「どこで？」

「フィンチリー。ロンドン北部だ」

くわしい住所を告げると、彼が書き留めた。

「ミスタ・コヴァクはだれか別の男と同性愛の関係だったか？」

「なぜ彼が同性愛者だったと思うんだ？」私は問い返した。

「妻なし。恋人なし。同性愛者だったという以外、どう考えればいい？」

「ハーブが同性愛者だったと考える理由はない。いや、同性愛者ではなかったと知っている」

「なぜ知っているんだ？」警部はわざと私のほうへ身を乗り出した。

ごくたまにハーブといっしょに過ごしたときのことを思い返した。金融に関する会議に出席するため、ひと晩ホテルに同宿することもあった。彼は、私に言い寄ろうとしたことなど一度もなかったし、ときには地元の女を口説き、朝食の席で前夜の征服について自慢することがあった。たしかに、彼が女と性的な関係を結んでいる現場を実際に目にしたことはないが、男を相手にしている現場も見たことはない。

「とにかく、知っている」力ない声で言った。

「なるほど」警部は明らかに信じていない様子で、またしても手帳に書き留めた。

だが、私はほんとうに知っているのだろうか？　それが重要だろうか？

「どのみち、どんなちがいがあるというんだ？」とたずねた。

「殺人事件の多くは、痴情のもつれが動機だ」警部が言った。「除外できるまでは、あらゆる線を追う必要があるものでね」


ようやく競馬場から出ることを許されたときには日が暮れかかり、雨まで降りはじめていた。離れたパーク・アンド・ライド方式の駐車場までのシャトルバスはとうに運転を終えており、マイカーのメルセデスのところに着いたときには、雨に濡れて体が冷え、うんざりしきっていた。それでも、すぐには車を出さずに、しばらく運転席に座ったまま、今日一日の行動をまたしても頭のなかで繰り返し再現した。

午前八時過ぎにこの車でヘンドンのシーモア・ウェイにあるフラットへ行ってハーブを拾い、私たちふたりは上機嫌でリバプールへ向け出発した。ハーブにとってはグランドナショナル初観戦になるため、期待感からかめずらしく興奮していた。

彼は、象徴的な二本の尖塔を持つチャーチルダウンズ競馬場――ケンタッキーダービーの開催地であり、アメリカのサラブレッド競馬の心のふるさとでもある――のすぐ近くで育ったが、競馬賭博のせいで幼少期が台なしにされたとよく言っていた。

これまでに何度も、いっしょにレースを観に行こうと誘っていたが、思い出すといまでもつらいからと言っていつも断わられていた。ところが今日は、高速道路を北上するあいだ、ハーブにつらそうな様子はみじんもなく、私たちは仕事や人生、将来に対する希望と不安をなごやかに語り合ったのだった。

あのときはまだ、ふたりとも、ハーブの将来がこんなに短いなどと知る由もなかった。

この五年間、彼とはたいがい馬が合ったが、おおむね、厳密には同僚の域を超えるものではなかった。今日が、より深い友情を築くことのできそうな第一日目だった。最後の一日にもなってしまった。

車内にひとり座って、見つけたばかりで早くも失ってしまった友を悼んだ。それでもやはり、だれかが彼の死を望む理由など、見当もつかなかった。

フィンチリーへの帰路は終わりなき旅路のように思えた。M6号線はバーミンガムの北で起きた事故のせいで五マイルの渋滞だった。ラジオで、ハーブの殺害とグランドナショナルの中止を延々と伝えるニュースの合間に、そう言っていた。もちろん、ハーブの名前は公表されていない。たんに〝男性〟と表現されていた。おそらく、近親者に知らせるまで、警察は彼の氏名を伏せておくのだろう。だが、彼の近親者はだれだろう？　それに、捜査当局はどうやってその人物を見つけ出すのだろう？　ありがたいことに、私には関係のない問題だ。

ストークの南で渋滞のしっぽにぶつかり、無数のブレーキランプが前方の闇のなかで煌々と輝いていた。

正直に言うと、私はふだんは性急なドライバーだ。〝レーサーになった人間は生涯レーサーだ〟という俗諺の一例だろう。私にとって、スピードの源が四つの脚なのか車輪なのかに大きなちがいはなく、すき間を見つけると、とかく突っ込みたくなる。競馬騎手としての短すぎた四年間、そのように騎乗し、それが好結果をもたらしてくれた。

だが今夜は、停止しているに近い車列にいらだつエネルギーもなかった。それどころか、追い越し車線におとなしく並び、ひっくり返って車道のなかほどまで人間と生活用品をばらまいたキャンピングカーの横を這うような速度で進んだ。他人の不幸をのぞき見るのはよくないことだが、むろん、だれもが目を凝らして、タールマカダム舗装の冷たい路面に横たわって応急手当を受けているのが自分ではなくてよかったと、わが身の幸運に感謝していた。

サービスエリアで車を停めて自宅に電話をかけた。

恋人のクローディアが二度目の呼び出し音のあと電話に出た。

「もしもし、私だ。いま帰る途中だが、少なくともあと二時間はかかりそうなんだ」

「今日は楽しかった？」彼女がたずねた。

「ニュースはもう見たかい？」

「いいえ。どうして？」

見ているはずがないとわかっていた。クローディアは画家だ。今日は、彼女がアトリエと呼んでいる部屋で――実際は、私たちが同居している家の客用寝室だ――絵を描くつもりだと言っていた。アトリエのドアを閉め、ｉＰｏｄの音量を上げてヘッドホンで音楽を聴きながらカンバスに向かえば、地震か核攻撃でも起きないかぎり、彼女の空想の世界を突き破ることはできない。彼女が電話に出たことに、私はたいへん驚いていた。

「グランドナショナルは中止になったんだ」私は言った。

「中止？」

「まあレースは月曜日に行なわれるという噂もあるが、今日のところは中止だ」

「どうして？」彼女がたずねた。

「人が殺された」

「はた迷惑な話ね」笑いを含んだ声だった。

「ハーブなんだ」

「なにがハーブなの？」彼女はたずねた。笑いは消え失せていた。

「殺されたのはハーブだ」

「なんてこと！」彼女は大声をあげた。「どのように？」

「ニュースで見てくれ」

「でも、ニック」気づかう口調だった。「えっと――あなたは大丈夫なの？」

「私は大丈夫だ。できるだけ早く帰るよ」

続いて、当然ながら業務に支障をきたすはずなので、その旨を知らせておこうと、私の上司に――ハーブの上司に――電話をかけたが、相手は出なかった。留守番電話にメッセージを残すのはやめた。なんとなく、悪い知らせを録音メッセージで伝えるのは不適切だと思ったのだ。

ふたたび車を出して南へと駆りながら、残る行程も前半と同じくハーブを偲び、何者かが彼の死を願う理由を考えた。だが、疑問は山ほどあるのに、答えはほとんどない。

殺人者は、ハーブが今日エイントリー競馬場にいることをどうやって知ったのだろう？

私たちはロンドンからあとを尾けられ、競馬場でもつきまとわれていたのだろうか？

ほんとうにハーブが標的だったのか、それとも人ちがい殺人だったのか？

だいいち、狙う相手だけをどこかの人通りの少ない暗い路地へ誘い出すほうが安全なはずなのに、なぜ、近くに目撃証人になりうる人間が六万もいる場所で殺人を犯そうなどと考えるだろう？

そうした疑問は伝えたが、あの警部は別段めずらしいことではないと考えていた。「犯人にとっては、往々にしてまぎれ込む大群衆がいるほうが逃走しやすい」と言った。「それに、目撃者のいる公共の場でやってのけることで自尊心を満足させることもできる」

「しかし、それでは身元を割り出される可能性が高くなるにちがいないし、少なくとも警察に人相風体を知られることになるはずだ」

「意外に思うだろうがね。目撃者が多くなれば、たいてい証言が食いちがう。同じできごとを異なる目で見るわけで、最終的には、まっすぐな縮れ毛をした黒い白人、腕が四本で頭がふたつ、などという犯人像になる。だいいち、だれしも加害者ではなく血を流している被害者に目を向けがちだ。死体については詳細な描写を得られるが、殺人者についてはなにひとつ情報を得られないという場合が多い」

「だが、監視カメラはどうなんだ？」私は彼にたずねた。

「どうやら、ミスタ・コヴァクが撃ち殺されたグランドスタンド裏のあの場所は、場内のどの監視カメラからも、中継放送のためにテレビ関係者が持ち込んだどのテレビカメラからも、死角になっているようでね」

その点に関して殺人者はぬかりがなかった。どう見てもプロの犯行だ。

だが、理由は？

どの線から考えても、行き着く先は同じ疑問だ。何者かはなぜハーブ・コヴァクを殺したがるのか？顧客のなかにはこちらの勧めた投資の評価が上がらずに下がったことで腹を立てかねない人間がいることは承知しているが、人殺しまでやるだろうか？　それはまずありえないのではないか？

ハーブや私のような人間は、請け負い殺人や殺し屋とは無縁の世界に住んでいる。私たちを取り囲んでいるのは、数字とコンピュータ、利益と運用益、金利と英国債の配当であって、銃と銃弾と暴力的な死ではない。

考えれば考えるほど、犯行はプロによるものであるにせよ殺人者は標的をまちがえたのだ、という確信が深まった。

フィンチリーのリッチフィールド・グローヴ通りにある自宅の駐車場にメルセデスを停めたときには、空腹で疲れ果てていた。あと十分で午前零時。今朝この家を出てから十六時間しか経っていない。もっと長い時間――一週間ばかりが過ぎたように感じた。

クローディアは起きて待っており、車のところまで出迎えにきた。

「テレビニュースを見たわ」と言った。「とても信じられない」

私もだ。なにもかも、現実のこととは思えない。

「すぐ横に立っていたんだ」私は言った。「ぴんぴんして、どの馬に賭けようかなんて笑ってたのに、次の瞬間、ハーブは死んでいた」

「おそろしいことね」彼女は私の腕をなでた。「犯人はわかっているの？」

「警察が話してくれたかぎりでは、わかっていない。ニュースはなんと言っていた？」

「たいしたことはなにも。ただ、テロによるものなのか組織犯罪なのかで、いわゆる専門家ふたりの見解が割れてたわ」

「あれは暗殺だった」私はきっぱりと言った。「単純明白だ」

「だけど、いったいだれがハーブ・コヴァクを暗殺したがるの？」クローディアが言った。「わたしは二回しか会ってないけど、とても思いやりのある人に見えたわよ」

「同感だ。それに、考えれば考えるほど、人ちがい殺人だったにちがいないという確信が深まる。警察がまだ被害者の氏名を明かさない理由も、おそらくそれだと思う。殺した相手が別人だったということを犯人に知らせたくないんだろう」

私は車の後部へまわってトランクを開けた。エイントリー競馬場に着いたのは暖かく晴れた春の昼間だったので、私たちはコートを車に置いていくことにしたのだった。重なった二着を見下ろした。私の茶色いコートの上に、ハーブの紺色のコートがあった。

「くそっ」またしても動揺に駆られて、声に出していた。「これはどうすればいいんだ？」

「そのままにしておきなさい」クローディアが言ってトランクを閉めた。彼女は私の腕を取った。「行きましょう、ニック。もう寝なさいね」

「強い酒を一杯か二杯、飲みたい」

「いいわ」彼女は笑みを浮かべた。「まずは強いお酒を二杯、そのあとベッドよ」


翌朝になっても気分はたいして改善しなかったが、それは、強い酒を二杯以上飲んでから午前二時過ぎにようやくベッドに入ったことが影響しているのかもしれない。

私はこれまで、そんなに酒を飲んだことがない。騎手だった当時は体重を抑える必要があったのでなおさらだ。Aレベル試験では三科目で最高評価を得て卒業したのに、入学を認められていたロンドン経済学院（LSE）へ進学せずに競馬騎手になる道を選び、両親や教師たちを大いに落胆させた。したがって、若者の大半が大学へ進み、新たに得たばかりの自由の使いかたを学んで大量のアルコールを喉に流し込んでいる十八歳のとき、私は体重をさらに一ポンドか二ポンド落とすべく、スウェットスーツ姿でランボーンの通りを走ったりサウナにひとりで座ったりしていた。

だが昨夜は、昼間のできごとのショックが表出しはじめていた。そこで、クリスマスに飲み残したシングルモルト・ウィスキーのハーフボトルを探し出し、階段を上がってベッドに入る前に飲み干したのだ。だが、もちろん、酒は頭のなかの悪魔どもを追い出してはくれず、私は、リバプールのどこかにある遺体安置所の大理石の厚板の上でハーブの体が冷たくなっていく光景を頭から払いのけることができずに、夜の大半を眠れないまま悶々と過ごしたのだった。

日曜日の朝の天気は私の気分と同じく憂鬱で、強い北風により四月の激しい雨は吹き降りになっていた。

十時ごろ、日曜紙を買おうと、雨がやんだすきに外へ出て、リージェンツパーク・ロードの新聞販売店へゆっくりと歩いていった。

「おはようございます、ミスタ・フォクストン」カウンターの奥から店主が言った。

「おはよう、ミスタ・パテル」私は挨拶を返した。「だが、いい朝（グッド）でもないのに、どうして挨拶に〝グッド〟をつけるんだろうね」

ミスタ・パテルは笑みを浮かべたものの、なにも言わなかった。同じ界隈に住んでいるかもしれないが、私たちの文化環境はまったく異なっている。

棚に並べられた新聞各紙の一面はどれも同じ記事だった。見出しは、ひとつが〝競馬場での死〟、別のひとつが〝グランドナショナルでの殺人〟、また別のひとつは〝エイントリーで銃による凶行〟となっている。

各紙にざっと目を走らせた。どの新聞にも被害者の氏名は出ておらず、私の目には、気の毒なハーブに対する同情や哀悼の言葉よりも、群衆のこうむった怒りと迷惑のほうを大きく取り上げているように見えた。記事をまとめようにも記者たちの手にした事実情報があまりに乏しいため、なんらかの推測がなされるのは当然なのだろうが、暗殺の標的に対する弔意を明らかに欠いているのにはあきれた。

一紙など、この殺人は麻薬がらみの犯行である線が濃厚だとまで述べ、さらには、被害者が死んだほうがおそらく世の中のためだという意味のことも書いていた。

見出しのなまなましさがもっとも少なく――〝警察はレース開催日の暗殺者を追う〟――その下の記事本文がハーブはおそらく殺されて当然だったのだと推断していないという以外にはこれといった理由もなく、《サンデー・タイムズ》を買った。

「ありがとうございました」ミスタ・パテルが釣り銭を渡しながら言った。

私はずっしりした新聞を脇にはさんで、来た道を戻った。

リッチフィールド・グローヴはきわめて典型的なロンドン郊外の通りだ。立ち並んだ一棟二軒（セミデタッチハウス）の家は主として一九三〇年代に建設されたもので、それぞれ出窓と小さな前庭をそなえている。

ここに住んで八年以上になるが、外出や帰宅がたまたまいっしょになったときに手を振り合う以外、近所の人たちのことはいまだによく知らない。現に、両隣の家の住人のことよりも新聞販売店のミスタ・パテルのほうをよく知っている。一方の隣家に住む夫妻の名前がジェインとフィル（あるいはジョンだったか？）だということは承知しているが、彼らの姓も、どちらがどんな仕事をしているのかについても、まったく知らないのだ。

新聞販売店からの帰り道、人類の一員が同類と軒を並べて暮らしながら意味のある反応をなにひとつ交わすことがないとはじつに奇妙だ、と考えた。だが、少なくとも、以前に経験した田舎の村での生活から変化をもたらしてくれた。あの村では、だれもが住人全員のことを知ろうと骨折り、どんな秘密も長く伏せておくことができなかった。

コミュニティ意識を高める努力をしたほうがいいのかどうかはわからない。おそらく、ここに何年住むつもりかによるだろう。

競馬界の友人の多くはフィンチリーなんて妙な選択だと考えたが、私には、それまでの人生ときっぱり決別する必要があった。決別(クリーンブレイク)——皮肉な冗談だ！　私が騎手として名を上げはじめた矢先にレースでの騎乗を断念することになった原因がきれいな骨折(クリーンブレイク)だった。折れたのは第二頸椎——首を回転させる機能を持つ第一頸椎の真下にある軸椎だ。要は、首の骨を折ったのだ。

その骨折で命を落とすか半身麻痺になっていた可能性はひじょうに高いので、どちらもこうむらなかった幸運に感謝すべきなのだろう。いま、こうしてリッチフィールド・グローヴ通りを歩いているのは、あの運命の日に当番でチェルトナム競馬場に詰めていた救急隊員たちの迅速かつ丁寧な処置のおかげだ。彼らは私を芝生から持ち上げる前に、細心の注意を払って首と背骨を固定してくれた。

ぶざまな転倒だった。ある程度は私自身の不注意も原因だと認めざるをえない。

チェルトナム・フェスティバルの水曜日に行なわれる最終レースは〝バンパー〟の名称で知られるナショナル・ハント平地競走だ。固定障害も置き障害もなく、スタートからゴールまで起伏のある鮮やかな緑の芝生の上を二マイル走るだけだ。フェスティバルの最大の見物(みもの)ではなく、大観衆の多くはすでに駐車場かバーへ向かいはじめていた。

だが、バンパーは熾烈なレースであり、騎手連中は重要視している。男女を問わず障害騎手がウィリー・シューメイカーやフランキー・デットーリと競い合う機会はめったにない。リズムを乱す障害がひとつもないレースのペース配分が騎手の腕の見せどころであり、最後にいつどこでしかけてゴールへ飛び込むかの判断が、結果に大きなちがいをもたらすことにもなる。

八年前のあの水曜日、私は《レーシング・ポスト》がかなり好意的に〝勝ち目が低い〟と評した馬に騎乗していた。その馬は決まった速さ——中間速度——でしか走れないため、最後の上り勾配で他馬を追い抜き勝利を収めるためにペースを上げることは絶対にない。勝算があるとすれば、スタート直後に飛び出して他馬よりも早く〝ゴールポスト〟を駆け抜けることだけだった。

その作戦は、ある程度まではひじょうにうまくいっていた。

中間地点に達したとき、乗馬と私は二番手よりも十五馬身ほど先んじており、左まわりで勾配を下るときもまずまず順調に走っていた。だが、後続馬群の足音が私の耳にしだいに大きく響きはじめ、最後の直線へと入るや、路面を平らにする蒸気ローラーを追い抜いていくフェラーリ集団さながら、六、七頭が私たちの横を走り抜けていった。

この敗戦は、私にとっても、グランドスタンドで観ていたわずかばかりの人たちにとっても、まったく驚くことではなかった。

おそらく乗馬は私の微妙な変化を——期待と興奮があきらめと失望へと変わったのを——感じ取ったのだろう。あるいは、騎手の頭が翌日のレースと騎乗馬へと移りはじめたのと同様に、馬ももはや目下の仕事に対する集中力を失いかけていたのかもしれない。

ほんとうの原因がなんであれ、私の乗馬は、いままで単調なペースとはいえ落ち着いた様子で駆けていたのに、次の瞬間、被弾でもしたかのようによろめいて転倒した。

テレビで再生映像を見た。私にはなすすべがなかった。

転倒のはずみで私の体は投げ出されて乗馬の首を越え、頭から地面へ落下した。二日後、ブリストルのフレンチェイ病院の神経外科・脊髄損傷部門の病室で意識を取り戻した私は、激しい頭痛に苛まれていた。ハロー装具と呼ばれる金属製の器具を頭にはめて、誇張ではなく、ボルトで頭蓋骨に留められていた。

不快な三カ月を過ごしたのち、ようやくハロー装具をはずしてもらうと、体力回復と騎手への復帰に取りかかったが、健康上の理由から永遠に競馬界への復帰を認めないとの判断を下した競馬機構の医事局により希望を打ち砕かれた。「危険すぎる」と医事局は言った。「今度、転倒して頭から落下するようなことがあれば命にかかわる」私は、そのリスクを受け入れる覚悟はあると言い返し、たとえ首を折った経験がなくても転倒して頭から落下すれば命にかかわることもあるはずだ、と指摘した。

医事局の連中に、障害騎手ならだれでも、体重五百キロの馬に乗って時速三十マイルで疾駆して高さ五フィートの障害を飛ぶたびに命を危険にさらしている、と長々と説明しようとした。騎手は危険を冒すことに慣れており、当局の責任を問うことなく結果を受け入れる、と。だが、そんな説明は無用だった。「申し訳ない」医事局は言った。「これは最終決定だ」

そういうことだ。

新人時代を経て、一九三八年のブルース・ホブス以来のグランドナショナルの最年少勝利騎手となり、次代のチャンピオンジョッキーとの呼び声が高い私が、二十一歳にして突然、なんのよりどころも持たない元騎手となった。

父はかつて、十八歳の私に競馬界入りではなく大学進学の道を選ばせようとして「騎手生命を終えたときのために、教育を受けておくことは必要だぞ」と最後の説得を試みた。

私は「じゃあ、必要になったときに教育を受けるよ」と答えたのだった。

そこで、政治学と経済学の両方の学位を取得するべく再度LSEに申請を行ない、入学許可を得た。そのようなしだいで、騎手として最後に成功を収めたシーズンの収入でこの家の頭金を払ってフィンチリーに住むようになった。

リッチフィールド・グローヴ通りにほど近いフィンチリー・セントラル地下鉄駅は、LSEからノーザン線に乗って十個目だ。

とはいえ、転身は容易ではなかった。

私は、勝つことがすべてだという世界で、馬にまたがり猛スピードで障害を飛越するというアドレナリンによる興奮状態に慣れきっていた。勝利、勝利、勝利――勝たなければなんの意味もない。つねに、勝つことを考えて行動した。勝つことが楽しかった。生きがいだった。勝利は麻薬のようなもので、私は中毒状態だった。

それを奪い取られたとき、禁断症状に苦しんだ。減衰期間のアルコール依存症患者など、その比ではなかった。

引退当初の数カ月は懸命に平気を装った。家を買い、進学準備をし、不運をのろいながら、周囲には私は大丈夫だと言っていた。だが、心は病み、動揺し、自殺を考えるほど滅入っていた。

新聞を持って自宅までの残り数ヤードを急ぐうちにも暗さを深めていく空から、また雨が落ちてきそうだった。

引っ越してまもない時期に、隣人の多くに倣い、芝生の伸びすぎた小さな前庭をコンクリートで覆って敷地内駐車場に変えた。そこはいま、古びたメルセデスSLKのスポーツカーが占有している。グランドナショナルで優勝した興奮から、賞金の取り分で新車を買った。それが十年前。以来、走行距離は十八万マイルを超え、買い換え時期はとうに過ぎている。トランクを開けて二着のコートを見下ろした。昨夜は、ハーブの紺色のカシミアコートを見るだけでも耐えがたいほどだったが、いまはたんに寄るべのないコートに見える。二着とも手に取ってトランクを閉めると、最初の大きな雨粒が髪を濡らしはじめたので急いで家に入った。

玄関ドアのかげのフックに自分のコートを吊し、ハーブのコートをどうしたものかと考えた。本人はもはやこのコートを必要としないが、遺族に帰属するはずなので、いつか返すことになる。とりあえず、わが家の廊下に、私のコートと並べて吊した。

なぜポケットを探ったのかは自分でもよくわからない。昨日の朝ハーブがフラットのドアを施錠したときにこのコートを着ていたので、鍵が入っているのではないかと思ったのかもしれない。鍵はなかったが、左側のポケットの奥に一枚の紙切れがあった。無造作に折ってねじってあった。壁に当てて平らに伸ばした。

その紙に黒のボールペンで書かれたあからさまなメッセージを読み、信じられない思いで立ちつくした。

〝言われたとおりにするべきだった。いまさら後悔しても遅い〟

つまり、ハーブは正しい標的だったということか？　暗殺者はほんとうに、狙う相手を撃ち殺したのか？　そうだとすれば、殺した理由は？

第二章

日曜日の午前の大半を費やして、紙に書かれた言葉を繰り返し読み、それが実際の殺人予告なのか、あるいは、なんの害もないメッセージで、昨日の午後のグランドナショナルでのできごととは無関係なのかを解明しようとした。

〝言われたとおりにするべきだった。いまさら後悔しても遅い〟

エイントリーでもらった名刺を取り出した——マージーサイド警察ポール・マシューズ警部。そこに記された番号に電話をかけたが、警部は席をはずしていた。折り返し電話を欲しいと伝言を頼んだ。

ハーブはなにをすることになっていたのだろう、なにをやれと言われたのだろう、と考えた。それに、なにを後悔し、だれにそれを告げたのだろう?

その謎を解くのはあきらめて、この殺人事件に関する《サンデー・タイムズ》の記事を読んだ。上司に電話をかけることをまたしても考えたが、事件のことは新聞で読んでいるだろうし、被害者が事務所のシニアアシスタントだったこともすぐに知るはずだ。彼の日曜日の昼食を台なしにする理由はない。

騎手時代の経験から、新聞記事を鵜呑みにしてはいけないことは重々承知しているが、今回ばかりは、事実情報に関するかぎり記事がひじょうに正確であることに驚いた。どうやら《サンデー・タイムズ》の記者はマージーサイド警察本部に直接の情報源を持っているようだが、被害者の氏名をつかむには至らなかった。動機に関しては、ほとんどあるいはまったく情報がないのに、踏みとどまることなく仮説を披露している。

〝これほど冷静な暗殺は、暗黒街の犯罪組織による『殺し』に顕著な特徴である〟。さらには、被害者の氏名が伏せられているのはおそらく名の知れた犯罪者だからであり、警察は事件を目撃した可能性のある人びとに、情報を提供する価値がないと思わせたくないのだろう、と続けていた。

「ばかばかしい」声に出して言っていた。

「なにがばかばかしいの?」クローディアがたずねた。

狭いキッチンで、私は腰を下ろしてテーブルに新聞を広げ、クローディアは長い黒髪をポニーテールにして妹のためにバースデーケーキを焼いていた。

「新聞に書いてあることだ」私は言った。「ハーブが犯罪者で、おそらく殺されて当然だった、と書いてある」

「彼はそんな人だったの?」クローディアがくるりと向き直ってたずねた。

「もちろん、ちがう」私はきっぱり言い切った。

「なぜわかるの?」彼女はあの警部と同じことを訊いた。

「ただわかるんだ。この五年間、彼とデスクを並べて仕事をしてきた。彼が犯罪者だったなら、気づいたはずだと思わないか?」

「気づくとはかぎらないわ」クローディアは言った。「あのバーニー・マドフとデスクを並べて働いていた人たちは、彼が巨額詐欺を働いている悪党だと知っていたと思う? それに、ハロルド・シップマンという医者のことはどう? だれにも疑われることなく、二十年以上にわたって二百人もの患者を殺していたのよ」

彼女の言うとおりだ。いつだってクローディアの意見は正しい。

クローディアと会ったのはＬＳＥの二回生のときだった。正確には、〝チューブ〟と呼ばれているロンドン地下鉄の車内で知り合った。出会いの場としてはあまり名高い場所ではない。六年近く前のある夜、夜間イベントのために大学へ向かっていると地下鉄が途中停車し、そのとき隣にクローディアが座っていた。二十分後、運転士が、火災事故によりユーストンで信号トラブルが発生したのだと車内に説明してまわった。さらにその二十分後、列車はケンティッシュタウン駅へ向けてゆっくりと走行し、乗客はそこで降ろされることになった。

私はＬＳＥの夜間イベントに参加しなかった。

その代わり、クローディアとパブへ行き、夕食をともにした。もっとも、私たちの縁はロマンティックなものではなく、あくまで実際的なものだった。私は学生生活が予定していた以上に金がかかると痛感しはじめていたところで、クローディアは通っているバイアム・ショー美術学校に近い貸し部屋を探していた。

私たちはその夜のうちに話をまとめた。彼女が私の家の客用寝室に下宿人として入居し、住宅ローン返済に貢献することになった。

その月のうちに彼女は正式な恋人となって客用寝室から私の寝室へ移ったが、客用寝室はアトリエとして借りつづけている。

学生時代に交わした取り決めはまだ存在しているものの、私の収入が上がって彼女の収入があいかわらずゼロのままなので、払ってもらう部屋代は徐々に少なくなり、いまではゼロになっている。

そのことでからかうたびに、彼女は「芸術家として名を上げるのと商業ベースに乗るのとは別の話だもの」とこぼす。「大事なのは創造性よ」

実際、彼女は創造性に富んでいる。その点に疑いの余地はない。ときに私は、だれかが彼女の作品を評価して小切手を書いてくれることを願いもする。ところが現実は、わが家の三つ目の寝室は描き上げたカンバスが壁ぎわに幾重にも並べられ、いまではベッドを置くスペースもない状態だ。

「いつの日か、何万ポンドもの値段で絵が全部売れて、わたしはお金持ちになるわ」と彼女はよく言っている。だが、根本的な問題は、彼女が本心ではどの絵も手放したくないため売る努力すらしていないことだ。まるで自分のためだけに描いているようだった。どの絵も、見るほどに味わいが出てくるのは確かだ――苦痛と苦悩を描いた、陰気で不吉で非現実的な絵は、見る者の心をかき乱す。

バイアム・ショー在学中に鉛筆で描いた小さな写生画は別として、彼女の作品をわが家の壁にかけていないのは、そのような絵を見ながら生活することが私には不可能だからだ。

それでも、意外にも、そのような絵を描く芸術家と幸せに暮らすことは可能だった。

私は長らくクローディアの精神状態を案じていたのだが、彼女は自分のうちにある暗い思いをすべて絵に吐き出しているらしく、苦痛や苦悩は絵のなかにとどまって、作品を離れた現実の彼女は明るさと色彩に満ちた世界で生きていた。

彼女自身、なぜそのような絵を描くのかについてこれといった理由を説明することができず、幼いころに両親が急死したこととの関係を否定した。カンバスに絵筆を走らせるうち、気がつくとこんな絵になっているの、と言った。

もっとも異様な絵を選んで精神分析医に見せ、なんらかの精神疾患が存在する可能性があるのか調べてもらうこともたびたび考えたが、本人に無断でそんなまねをするのはいやだったし、断わられるのが怖くて切りだすこともできなかった。

結局、なにもしなかった。私は日ごろから個人的な対立を避けようと心がけている。五十代後半になってようやく離婚するまで、三十年以上も激しいいさかいの絶えることのなかった両親の姿を目の当たりにして育ったので、なおさらだ。

「だが、ここに書いてある」私は紙面を指しながらクローディアに向かって言った。「この殺害はギャングによる殺しの特徴をすべてそなえているそうだ。ハーブがその手のことにかかわっていたとしたら、まちがいなく私にもわかったはずだ」

「きっと、わたしの友人たちにもいろんな秘密があるだろうし、わたしたちがそれを知ることはないと思うわ」

「ずいぶん皮肉屋だな」と言ったものの、たしかに彼女には風変わりな友人が何人かいる。

「現実主義者よ」彼女は言い返した。「おかげで幻滅せずにすんでるわ」

「幻滅？」

「そう。相手の最悪な面を想定しておけば、それが当たっていても幻滅しない」

「じゃあ、私の最悪な面も想定しているのか？」

「なに言ってるの」彼女がそばへ来て小麦粉まみれの手で私の髪をなでた。「あなたの最悪な面なら知ってるわ」

「じゃあ、幻滅しているのか？」

「いつもね！」彼女は笑い飛ばした。

だが私は、それが事実ではないかと気をもみはじめていた。

月曜日の午前八時十五分、ロンバード・ストリート六十四番地の四階にある〈ライアル・アンド・ブラック事務所〉に着いたとき、制服に防刃ベストとヘルメットを装着したがっちりした体格の巡査がドアをふさぐように立っていた。

「申し訳ありません」私が押しのけて通ろうとすると、巡査が形式ばった口調で言った。「私の上司の許可がなければ何人たりとも入室禁止です」

「だが私はここに勤めている」

「お名前は？」

「ニコラス・フォクストンだ」

巡査はズボンのポケットから取り出したリストを調べた。

「ミスタ・N・フォクストン」巡査がリストの名前を読んだ。「わかりました、入室して結構です」彼は私が通るあいだわずかに脇へ寄ったが、リストに載っていない人間が駆け込むのを阻止してやるとでもいうように、すぐに元の位置へ戻った。

〈ライアル・アンド・ブラック〉で月曜日の朝早くにこれほど人の姿を目にしたことは一度もなかった。シニアパートナーが――パトリック・ライアルとグレゴリー・ブラックだ――ふたりとも、顧客の待合室で胸までの高さのある受付デスクに寄りかかっていた。

「ああ、おはよう、ニコラス」私が入っていくとパトリックが言った。「警察が来ている」

「そのようですね」私は答えた。「ハーブの件ですか？」

ふたりはうなずいた。

「私たちは七時に出社した」パトリックは言った。「だが警察はオフィスに入らせてくれないんだ。ここより奥へ入るなと言われている」

「警察は具体的になにを探しているのか言いましたか？」私はたずねた。

「いや」グレゴリーの口調はいらだちととげを含んでいた。「連中は、彼を殺した犯人に関するなんらかの証拠が見つかることを期待しているんだろう。だが、私は気に入らない。彼のデスクに慎重を要する顧客資料が置いてあるかもしれず、それを警察に見られたくない。極秘情報なんだからな」

殺人者の正体をあばく役に立つ可能性があるのであれば、警察はいかなる情報も極秘だと認めることはまずないだろうと思った。

「彼が亡くなったことはいつ知ったのですか？」私はふたりにたずねた。ハーブの名前がようやく出されたのは日曜日の深夜ニュースだった。

「昨日の午後だ」パトリックが言った。「明朝、事務所でお目にかかりたい、と警察から電話を受けたんだ。で、きみは？」

「土曜日に電話で知らせようとしたのですが、応答がなかったので」私は言った。「ハーブが撃ち殺されたとき、じつはいっしょにいました」

「ああ、そうか」パトリックが言った。「そうだった。きみたちはいっしょにレース観戦に行く予定だったたな」

「彼が殺されたとき、真横に立っていたんです」

「なんとおそろしい」パトリックが言った。「で、彼を殺した犯人を見たのか？」

「ええ、まあ。しかし、おもに拳銃を見ていたので」

「どうもわからないな」パトリックは首を振った。「いったいだれがハーブ・コヴァクを殺したがるんだ？」

「むごいことだ」グレゴリーも首を振りながら言った。「うちの事務所にとってはありがたくない。いい迷惑だ」

ハーブにとっても望んだ事態ではないと思ったが、それは口にしないことにした。〈ライアル・アンド・ブラック〉が小規模ながら金融サービス業界で重要な役割を担う事務所の仲間入りを果たしたのは、ひとえにパトリック・ライアルとグレゴリー・ブラックがともに心血を注いだたまものだ。〈ライアル・アンド・ブラック〉が先例を作り、よその事務所はたいていそれに倣う。パトリックとグレゴリーは革新的な手法で顧客の投資を扱った。従来型のアドバイザーならひじょうに危険だと判断しかねない投資を勧めることもたびたびだった。

独立ファイナンシャル・アドバイザーはみな、投資危険度（リスク）に対する顧客の姿勢を見きわめてランク分けすることを求められる。固定金利の銀行預金や最高の信用格付け（トリプルA）の国債といった低リスクの投資は、えてして利益率は低いが元金は安全だ。中リスクの投資には大手企業の株やユニット型投資信託やオープン型投資信託が含まれ、運用益が低リスク投資よりは大きい一方で、株価の下落により元金の一部を失うおそれがある。ベンチャー・キャピタル信託や外貨取引をはじめとする高リスクの投資は高い利益をもたらす機会を提供する反面、大きな損失をこうむる危険もはらんでいる。

だが〈ライアル・アンド・ブラック〉では、映画や演劇への出資、ワイン基金（ファンド）の買い入れ、海外不動産ポートフォリオや美術品の購入といった、リスク・レベルがきわめて高いとしか評価できないような投資も勧めている。利益は巨大になりうるが、全額を失う危険もきわめて大きい。

私が最初に惹かれたのが、この企業姿勢だった。

飛越にそなえて歩幅を大きくしろと命じるために馬の腹を強く蹴るのもリスクのきわめて高い戦略であり、障害にぶつかってあっけなく転倒するという結果にもつながりかねない。ひるがえって、より安全な作戦は、手綱を引いて馬に歩幅を小さくしろと命じ、歩数を多くすることだろう。それで安全度は増すが、速度はぐんと落ちる。二着に甘んじるよりも、勝利をめざして芝生の上に落下するほうがはるかにましだ、というのが私の考えだ。

「警察はいつまで待たせるつもりだ?」グレゴリー・ブラックが文句を言った。「連中は、われわれにも仕事があるということがわからないのか?」

だれも返事をしなかった。

ひとりまたひとりと出勤してきた社員で顧客待合室は溢れかえっていた。大半が出社して初めてハーブの死を耳にしたこともあり、だれも仕事に取りかかる気などさらさらない様子だった。受付係と管理アシスタントを兼任している女性社員ふたりは、どちらも泣いていた。ハーブは人気者で、とても愛されていた。彼が、ピンストライプのスーツを着てどちらかというと堅苦しいシティの金融業者とはまるでちがっていたので、なおさらだ。

ハーブは在外アメリカ人らしくふるまうことを好んだ。七月四日のアメリカ独立記念日にはキャンディ棒とアップルパイの贈り物を持って出社し、十一月には感謝祭の社内昼食会を主催し、新規顧客をなんとか獲得すると、投げ縄で牛をつかまえたカウボーイさながら南部なまりで「ヨーホー!」と声を張り上げた。ハーブは愉快な男だったので、彼の死によりオフィスの日常は陽気さを大いに欠くことになるだろう。

九時半を過ぎてようやく、サイズの合っていないグレイのスーツを着た中年男が受付へ出てきて、待ちかねたわれわれに向かって言った。

「お集まりのみなさん」男は改まった挨拶から始めた。「私はマージーサイド警察のトムリンスン主任警部です。ご不便をかけて申し訳ありませんが、すぐにおわかりになるとおり、私と部下たちは土曜日の午後にエイントリー競馬場で起きたハーバート・コヴァク殺害の捜査に当たっています。しばらくここにおりますが、辛抱いただきたい。ただし、個別に話をうかがいたいので、事務所内にいてくださるいのか？」

「残念ながら、それは無理です」

「なぜ？」グレゴリーは食ってかかった。

「なぜなら」主任警部は室内を見まわした。「このなかのだれにもコンピュータにアクセスしてもらいたくないからです」

「なんという言いぐさだ」グレゴリーはむっとした顔になった。「このなかのだれかがミスタ・コヴァクの死に関与しているとでも言うのか？」

「そんなつもりではありません」トムリンスン主任警部はなだめるような口調を強めた。「ただ、あらゆる線を捜査する必要があるんですよ。仮にミスタ・コヴァクのコンピュータに証拠が存在した場合、このなかのだれかがコンピュータ・サーバーを通じてファイルにアクセスすることによって証拠が汚染される可能性を除外する必要があることは、みなさんにも理解いただけると思います」

グレゴリーは容易に引き下がらなかった。「だが、ファイルはすべてネット経由で保存されていて、常時、直接開くことができるんだ。まったくばかげている」

「ミスタ・ブラック」主任警部は首をめぐらせて彼の顔をまっすぐに見た。「あなたは私の時間をむだにしている。早く仕事に戻らせてくれれば、あなたもそれだけ早くオフィスに入ることができるんだ」

私はグレゴリー・ブラックの顔を見た。彼が他人からこのような言いかたをされるのは学生時代以来ではないかと思った。もっとも、学生時代の彼にはそんな経験があったとすればの話だが。室内が静まり返り、社員全員が怒りの爆発を覚悟したものの、不発に終わった。グレゴリーは小声でなにか言ってそっぽを向いた。

だが、ある一点においてはグレゴリーの言ったとおりだ——社内コンピュータの使用を制限するのはばかげている。事務所のコンピュータ・システムは遠隔アクセスが可能なため、一部の社員は事務所外から自分のノートパソコンでファイルにアクセスできるのだ。社員のだれかが、ハーブの死後、ファイルを〝汚染〟したいと思えば、週末にそうする時間があった。

「外へコーヒーを飲みに行ってもいいですか？」わが事務所の法令遵守責任者(コンプライアンス)ジェシカ・ウィンターがたずねた。私たちが温かい飲みものを淹れるための給湯室も兼ねているコピー室はオフィスの奥にあるため、目下、立入禁止だった。

「かまいませんよ」主任警部は言った。「ただし、一度に全員はだめです。まもなく事情聴取を開始します。ですから、外出するのであれば、十時までに戻ってください」

ジェシカはいち早く立ち上がってドアへ向かった。私も含めて五、六人がそれに倣った。あと三十分もグレゴリー・ブラックのそばにいることをだれひとり望んでいないのは明らかだった。

十一時過ぎまで待ってようやく私の事情聴取が行なわれた。警察のリストでパトリック・ライアルに次ぐ二番目だったので、グレゴリー・ブラックがいらついた。

グレゴリーの感情をさらに逆なでするためにわざとそうしたのかどうかわからないが、警察は事情聴取にグレゴリーのオフィスを使い、デスクの奥、ふだんはグレゴリーが巨体を収めている背もたれの高い革張りの高級な椅子にはトムリンスン主任警部が腰を下ろしていた。これでは成果は望めないにちがいないと思った。とくに、当のグレゴリー・ブラックの事情聴取では。

「さて、ミスタ・フォクストン」主任警部は書類を見ながら言った。「あんたはたしか、土曜日の午後エイントリー競馬場にいて、私の同僚のひとりに事情聴取を受けたね」

「そうだ」私は答えた。「マシューズ警部に」

彼はうなずいた。「そのときの事情聴取で答えた内容につけ加えたいことがあるか?」

「ああ、ある。昨日マシューズ警部に電話で伝えようとした。いや、折り返し電話をくれと伝言を頼んだのに、警部はかけてこなかった。話したかったのはこれだ」

私はハーブのコートから見つけた折りたたまれた紙をポケットから出してデスクに広げ、主任警部が中身を読めるように向きを変えた。書かれている内容はもはや暗記していた――〝言われたとおりにするべきだった。いまさら後悔しても遅い〟

かなりの間があいたのち、主任警部が顔を上げて私を見た。「これをどこで見つけた?」

「ミスタ・コヴァクのコートのポケットだ。競馬場に着いたとき、彼は私の車にコートを置いていった。これを見つけたのは昨日だ」

主任警部は改めて紙片に目を凝らしたものの、手で触れることはしなかった。

「筆跡に見覚えは?」とたずねた。

「ない」私は答えた。だが、見覚えのあるはずがない。慎重を期してすべて大文字で、ひと文字ずつ離して几帳面に書かれている。

「この紙に手を触れたのか?」私がポケットから素手で取り出して広げるのをその目で見たのだから、返事を求める質問ではないだろう。私は黙っていた。

「これは証拠品かもしれないと考えなかったのか?」彼はたずねた。「素手でさわれば、科学的証拠を採取できる可能性を損ねるおそれがある」

「ねじった状態で彼のコートのポケットに入っていた」私は弁明した。「開いてみるまでなにかわからなかったし、開いたときには手遅れだった」

彼はまたしても紙片に目を凝らした。

「で、この文面はどういう意味だと思う?」

「見当もつかない。だが、警告ではないかと思う」

「警告? なぜ警告だと?」

「ほぼひと晩じゅう考えていた。どう見ても脅迫文ではない。脅迫文なら、〝言われたとおりにするべきだった〟ではなく〝言われたとおりにしろ。さもないと、ただではすまない〟と書いてあるはずだ」

「なるほど」主任警部は思案げに言った。「しかし、だからといって、これが警告だということにはならない」

「わかっている。だが、考えてみろ。だれかを殺したいとき、電話をかけて知らせるわけがない。そうだろう? そんなことをすれば、相手を警戒させ、犯行が困難になるだけだ。相手が警察に保護を求める可能性すらある。それでは、得るものはなにひとつなく、すべてを失うことになる。だれだって、予告せずに実行するはずだ」

「ほんとうに考えたんだな」彼は言った。

「そう、よく考えた。だいいち、ハーブが殺されたとき、私も現場にいた。殺人者は発砲する前に〝おまえはこれこれしておくべきだった〟というようなことはいっさい言わなかった。むしろ逆だ。いきなり、なんの前ぶれもなく発砲したから、ハーブはなにが起きているのか気づかないうちに死んだと思う。それは、このメモに反する」私は間を置いて続けた。「だから、これは殺人者ではなく別の人間による警告だったのではないだろうか。正直、たんなる警告ではなく謝罪だと考えている」

主任警部は目を上げてしばし私の顔を見つめていた。「ミスタ・フォクストン」そのうちに言った。

「いいか、これはテレビドラマではない。現実の世界では、だれかを殺す前に謝罪する人間などいない」

「つまり、的はずれだと言いたいのか?」

「いや」彼はゆっくりと言った。「そうは言っていない。だが、的を射ていると言うつもりもない。この件については先入観を持たないことにする」

私の耳には、まぎれもなく的はずれだと考えているように聞こえた。彼が立ち上がってドア口へ行くと、すぐに別の警察官が入ってきて、ピンセットみたいなもので紙片を慎重にビニール袋に収めた。

「さて」ドアが閉まると主任警部が言った。「ミスタ・コヴァクの業務に関して、彼が殺された理由を解明する役に立ちそうな情報をなにか知っているか?」

「断じて知らない」

「ミスタ・ライアルによれば、あんたとミスタ・コヴァクは業務で密接に協力し合っていたそうだな」

私はうなずいた。「で、ミスタ・コヴァクは具体的にどのような仕事をしていたんだ?」

「私と同じだ。おもにパトリック・ライアルのアシスタントの一員として働いていたが、自分の顧客も何人か抱えていた。彼は――」

「失礼」主任警部が途中で口をはさんだ。「どうもよくわからないな。ミスタ・ライアルは、ミスタ・コヴァクが自分の個人秘書だとは言わなかった」

「むろん、秘書のたぐいではなかったからだ」私は説明した。「ミスタ・ライアルの顧客の投資管理を手伝っていたんだ」

「なるほど」とは言ったものの、彼はまだ理解できていない様子だった。「あんたたちの仕事と、この事務所の業務内容について、くわしく話してもらえるか?」

「わかった。やってみよう」

深呼吸をひとつして、トムリンスン主任警部に理解させるためにはどう説明するのがいちばんいいかを考えた。「簡単に言うと、私たちは人さまの金を本人に代わって管理している。その人たちが顧客だ。私たちは、資金をいつどこに投資すべきか助言を行ない、顧客が承諾すれば、代理で投資したあと成果を監視し、より運用益のいい投資先があると判断すれば、そちらへ切り替える」

「なるほど」主任警部はなにごとか書き留めた。「で、この事務所が抱えている顧客の数は？」

「そう単純な組織ではない。事務所という形態だが、アドバイザーはそれぞれが独立しており、顧客を持っている。うちには有資格の登録ＩＦＡが六人いる。少なくとも、ハーブが殺される前は六人いた。いまは五人ということだ」

「ＩＦＡというのは？」

「独立ファイナンシャル・アドバイザーだ」

彼はそれも書き留めた。

「あんたもそのひとりなのか？」彼はたずねた。

「そうだ」

「で、自分の顧客を持っている？」

「そうだ。五十人ばかり持っているが、時間の半分はパトリックの顧客管理をしている」

「では、ミスタ・ライアルは顧客を何人抱えているんだ？」

「六百人ほど。ハーブ・コヴァクと私のほかに、あとふたりのアシスタントが顧客管理を手伝っている」

「そのふたりもＩＦＡなのか？」

「ひとりはそうだ。もっとも、彼女は登録したばかりで、まだ自分の顧客を持っていない。もうひとりはＩＦＡではない」私がふたりの名前を教え、彼は事務所の社員名簿でその名前を見つけた。

「事務所に勤めているのになぜ〝独立〟と言えるんだ？」

それはいい質問であり、たびたびたずねられることだった。

「この場合の〝独立〟とは、どの投資運用会社からも独立した存在であり、したがって顧客に対してあらゆる投資機会を自由に助言することができる、という意味だ。まとまった金を投資するために取引銀行を訪ねると、銀行内のアドバイザーは、よそにもっと分のいい商品があったとしても自行の投資ポートフォリオの商品を売りつけるだけだ。彼らは優秀なファイナンシャル・アドバイザーかもしれないが、〝独立〟はしていない」

「では、あんたたちはどうやって利益を得ているんだ？」彼がたずねた。「無料で相談に乗ってくれるはずがない」

「そうだな」私は認めた。「私たちが利益を得る方法はふたとおりあり、顧客がどちらにするかを決める。最近は、大半の顧客が固定手数料を支払うほうを選ぶ。私たちが代理で投資する金の総額のごくわずかな割合だ。それ以外の顧客は、私たちが勧めた商品の投資運用会社から委託手数料を取り立てることを選ぶ」

「なるほど」と言うが、彼はほんとうに理解しているのだろうか。「事務所が管理している金の総額は？」

「巨額に上る」冗談めかして言ったが、彼は笑わなかった。「投資額がわずか数千ポンドの顧客もいれば、何百万ポンドも投資している顧客もいる。事務所全体としては一億ポンドほど管理しているのではないかな。顧客の多くは高額所得者か相当な資産家の一族、あるいはその両方に該当する」

「そういった顧客があんたたちを信頼して大金を任せているのか？」驚いた口調だった。

「そうだ。私たちが幾重にも安全対策とチェック機能を設けて、資金紛失など起こさないからこそ信用してくれている」

「安全対策とチェック機能は実効があるのか?」

「もちろん」そんな質問を受けること自体が侮辱だと思う気持ちを、そのひと言に込めようとした。

「ミスタ・コヴァクが顧客の金を盗み取っていた可能性はあるか?」

「そんなことはありえない」即答したものの、クローディアが昨日の午後、だれかが悪党だなんてわかるはずがないと言ったことを、つい思い出していた。「私たちの行動はすべて、金融サービス規制当局による抜き打ち検査の対象とされているうえ、うちの事務所にはコンプライアンス責任者という肩書の人間がいて、金融取引を精査し、その取引が規則にのっとって実行されたことを確認している。ハーブが顧客から盗みを働いていたとすれば、規制当局はもとより、事務所のコンプライアンス責任者が気づいたはずだ」

彼は社員名簿に目を落とした。「コンプライアンス責任者の名前は?」

「ジェシカ・ウィンター」私は答えた。彼は名簿にその名前を見つけた。「さっき、外へコーヒーを飲みに行ってもいいかとあんたにたずねた女性だ」

彼がうなずいた。「ミスタ・コヴァクはミス・ウィンターとどの程度の知り合いだった?」

私は声をあげて笑った。「ハーブ・コヴァクとジェシカ・ウィンターが共謀して顧客から盗みを働いたという意味なら、そんな考えは忘れていい。ハーブはうちのコンプライアンス責任者を高慢で口やかましい女だと思っていたし、ジェシカは彼をちょっとした異端児だと思っていた。ジェシカはうちの事務所で唯一ハーブを嫌っていた人間だ」

「それは表向きだけかもしれない」主任警部はなにか書きながら言った。

「そうとも」彼は顔を上げた。「意外にも、たいてい当たるんだ」

まさか。ハーブとジェシカがいままでずっと私たち全員の目をあざむいていたなどということがありうるだろうか？　ほかにも事務所内のだれかが関与していた可能性があるのか？　そんなばかなことを考えるな、と自分をたしなめた。この調子では、ほどなく生みの母にまで疑いの目を向けることになる。

「あんたもミスタ・コヴァクをちょっとした異端児だったと思うか？」

「いや」と言った。「そんなことはない。彼はたんに、退屈な人間ばかりだと定評のある業界に身を置く陽気なアメリカ人だったにすぎない」

「すると、あんたも退屈な人間なのか？」彼はたずね、私の顔をうかがった。

「おそらくは」騎手だったころよりも退屈な人間であることはまちがいない。だが、陽気でも死んでしまうより、退屈でも生きているほうがましかもしれない。

事情聴取が終わると受付エリアへ戻り、小ぶりのコーヒーテーブルと二脚の肘掛け椅子だけを置くように設計された顧客待合室に押し込められた十五人の社員に加わった。

「なにを訊かれたの？」ジェシカがたずねた。

「たいしてなにも」主任警部のひと言で頭に芽生えた疑惑を表情から読み取られないように努めながら、彼女の顔を見て答えた。「ハーブがうちでどんな仕事をしていたか、なぜ何者かがハーブを殺したがったと思うかを、知りたがっている」

「まさか、この仕事のせいで殺されたんじゃないでしょう」ジェシカはショックを受けた様子だった。

「てっきり、彼の私生活に原因があるものと思っていたわ」

「彼が殺された理由が警察にはこれっぽっちも見当がつかないんだろう」パトリック・ライアルが言った。「だからこそ、あれこれ訊いている」

社員名簿に名前のない人間がオフィスに入ろうとしているのか、外のロビーが少し騒がしかった。かなり横柄なあの制服警官が侵入を阻止しているようだ。ガラスのドア越しに、訪ねてきたのがわが事務所の契約弁護士アンドルー・メラーらしいと見て取れた。〈ライアル・アンド・ブラック〉は規模が小さいため常勤の顧問弁護士を雇う必要がなく、すぐそこのキング・ウィリアム・ストリートで開業しているアンドルーに代理人を依頼している。

パトリックも彼の姿を認め、ドア口へ行った。

「問題ない、巡査。ミスタ・メラーはうちの契約弁護士だ」

「しかし、リストに名前がありません」制服警官は頑として言った。

「そのリストを提供したのは私だ。ミスタ・メラーの名前を加えるのを忘れていた」

警官はしぶしぶ脇へ寄り、訪問者を通した。

「申し訳ない、アンドルー」パトリックが言った。「いま、とんでもない状況でね」

「ああ、そのようだな」アンドルー・メラーは居並ぶ顔を見まわした。「ハーブ・コヴァクの件は残念だ。信じがたい事件だな」

「それに、とんでもなく迷惑だ」先ほどの主任警部との言い合いのあとほとんど黙りこくっていたグレゴリーが口をはさんだ。「だが、きみが来てくれてよかった」事情聴取に同席してもらうためにグレゴリーがアンドルーを呼んだのだろうか。「外で話そう」グレゴリーは肘掛け椅子の一方から立ち上がろうとした。

「じつは」弁護士は片手を上げて彼を制した。「きみに会いに来たのではない。ニコラスに話があるんだ」十五組の目が私に向けられた。「ちょっといいか?」アンドルーが私に言い、腕を伸ばしてドア口を指し示した。

アンドルーとともにロビーへ出る際、背中に注がれる視線をひしひしと感じた。私たちはエレベーターの前を通って廊下の角を曲がった。これで、〈ライアル・アンド・ブラック〉の社員たちの詮索するような目をガラスドア越しに向けられることも、立ち番の警官に話を聴かれるおそれもなくなった。

「悪いね」アンドルーが言った。「きみに渡したいものがあるんだ」

彼は上着の内ポケットから白い封筒を取り出して差し出した。私は受け取った。

「これは?」

「ハーブ・コヴァクの遺言状だ」

私は封筒から目を上げてアンドルーの顔を見た。

「しかし、なぜ私に?」

「遺言状のなかでハーブがきみを遺言執行者に指名しているからだ」

「私を?」いささか、あっけにとられた。

「そうだ。それに、きみが遺産の唯一の受取人だ」

唖然となった。「彼に家族はいないのか?」

「どうやら、彼がなにかを遺したいと思う家族はひとりもいなかったようだ」

「しかし、なぜ私に遺そうなどと?」

「見当もつかない」アンドルーは言った。「おそらく、きみに好意を持っていたんだろう」

ハーブ・コヴァクの遺産が毒杯に変わろうなど、このときの私は夢にも思わなかった。

第三章

火曜日、私は競馬場へ行った——厳密にはチェルトナム競馬場へ。ただし、出向いた目的はレース観戦ではなく仕事だ。

競馬では不正取引が行なわれることがある。とくに騎手同士のあいだで。

競走は苛烈だ。それは昔から変わらない。不正行為者を見つける裁決委員を補助するために一九六〇年に競走監視ビデオが登場する以前は、勝機を広げるためならライバルの走路を邪魔する——スペースを与えず、人馬もろとも実際に障害の袖柵を突破させる——騎手が大勢いたと言われる。また、乗馬鞭は馬を打つためだけに用いられたわけではなく、ライバル騎手の体にも痕を残した。フランスのドーヴィル競馬場では、レース中に自分の鞭を落としたレスター・ピゴットが競り合いのなか別の騎手の手から鞭を奪い取ったという有名な珍事も起きている。

だが、レースを離れれば、結果はどうあれ、観衆を楽しませるために一日に五、六回は命を危険にさらす男女の騎手たちのあいだには仲間意識が存在する。そのうえで、自分もレースを楽しもうとする。

私の場合はそうだった。

騎手時代のライバルたちは、それが自分たちの勝機につながるのであれば私が芝生に投げ出されるのを見て喜んだにちがいないが、私が首を折ったときには真っ先に気づかいを示し、支援を表明した。

二十一歳という若さで絶頂期に引退を余儀なくされたとき、サンダウンパーク競馬場での引退式を準備し、大学の授業料を払うために必要な資金を募ってくれたのは、数人の仲間の騎手だった。ＩＦＡの資格を得たときに最初の顧客になると声をあげてくれたのも、同じ面々だった。

その後、私は、競馬界専門のファイナンシャル・アドバイザーとして、ちょっとした名声を獲得した。顧客のほぼ全員が競馬界となんらかの関係があり、騎手に至ってはほぼ独占状態なのも、きっと、リスクと利益に対する見解が共通していることと大いに関係があるのだと思う。

そういうわけで私は、パトリックとグレゴリーが了解してくれたおかげもあって、レース前かレース後、場合によってはレース中に顧客と会う約束をし、いつも週に二日は各地の競馬場で過ごしている。

四月のチェルトナムは、〝ロード・メイヤーズ・ショーのあと〟のロンドン市内のような雰囲気に包まれている——三月に四日間にわたって開催されたチェルトナム・フェスティバルの浮かれた興奮のあとの、気が抜けた状態とでも言おうか。仮設のグランドスタンドと、何エーカーものテント張りの〝飲食村〟は、撤去されていた。新たなヒーローたちのゴールに歓声を送ろうと待ちわびていた、七万もの観衆の活気に満ちた緊張感と高まる期待感も消え失せていた。

四月のこの競馬大会は、フェスティバルに比べれば場内は静かかもしれないが、本馬場における勝負魂が減じることはない。今月末に結果の判明する今シーズンのチャンピオンジョッキーの座をめぐり、トップ騎手ふたりの争いがまだ続いているのだ。どちらも私の顧客であり、今日は、レース後に一方のビリー・サールと会う約束をしていた。

政府の定めた資金洗浄（マネーロンダリング）防止策のひとつに、ファイナンシャル・アドバイザーは〝顧客を知る〟必要があるという要件がある。〈ライアル・アンド・ブラック〉では、三カ月ごとの書面による定期報告と年に二度の投資評価に加えて、どの顧客とも少なくとも年に一度は直接会うことを方針としている。

私は、競馬界の人間にロンドンの事務所を訪ねてもらおうなどと期待するのは完全に時間のむだだと、ずいぶん前に悟った。彼らに顧客になってほしければ――実際、それを望んでいた――来てもらうのではなく、こっちから出向く必要がある、と。さらに、自宅へ押しかけるよりも、彼らの職場である競馬場で会うほうが容易だということもわかった。

また、競馬場で定期的に顔を見られることが新規顧客の獲得にもっとも効果的だということにも気づいた。だからこそ、こうして、第一レースの九十分以上も前に検量室前のテラスに立って、四月中旬の陽射しで体を温めているのだ。

「よう、フォクシー。なにを考えてるんだ？　今日は気持ちのいい日だな？　昨日のグランドナショナルは見たか？」マーティン・ギフォードは大柄で陽気な中級の競馬調教師で、いつでも、自分は足が大きすぎるから騎手になれなかったんだと冗談を飛ばす。六フィートを超える身長と、相撲取りなら自慢に思いそうな大きな腰まわりについては、頭から抜け落ちているらしい。

「いや。見逃した。一日じゅう事務所に閉じ込められてたんだ。テレビニュースで短い映像だけ観た。でも、土曜日はエイントリーへ行ったよ」

「とんでもないことだったよな」マーティンが言った。「どこぞのろくでなしが殺されたぐらいでグランドナショナルが延期になるなんて」

どうやら彼は新聞を読んだらしい。

「なぜ殺されたのがろくでなしだったとわかる？」私はたずねた。

マーティンは妙な顔で私を見た。「新聞にそう書いてあったからだよ」

「あんたは新聞記事を鵜呑みにするような愚か者ではないと思っていた」私は話したものかどうか迷って口を閉じたが、すぐに続けて言った。「殺された男は友人だったんだ。撃ち殺されたとき、私は彼の横に立っていた」

「なんてこった！」マーティンが大声をあげた。「そりゃ気の毒に。ほんとうに、心から謝るよ」

本心だと思った。「いいんだ」と言った。「忘れてくれ」

不意に、彼に話した自分に腹が立った。なぜ口をつぐんでいられなかった？　マーティン・ギフォードが一級のゴシップ屋だということは、競馬界では周知の事実だ。個人的な会話も秘密も存在しないと考える人間が多い競馬界において、マーティンはゴシップの達人だ。どうやら、他人の個人的問題を知り、耳を貸す人間ならだれ彼なしにそれを伝えるという才能を持っているようなのだ。殺人事件の被害者が友人だったとマーティンに話すのは、《レーシング・ポスト》紙に全面広告を出すに等しい。ただし、マーティンのほうが伝達が速い。チェルトナムにいる全員が、夕方までにその情報を知るにちがいなく、私は自分の軽率さを早くも後悔しはじめていた。

「で、ナショナルはいいレースだったのか？」話題を変えようとしてたずねた。

「そうだと思うよ。最後はディプロマティック・リークの楽勝だったが、一周目はキャナル・ターンで失敗した。危うく運河に突っ込むところだったんだ」

「観客は大勢いたのか？」

「ほぼ満席に見えたな。だが、おれはテレビで観たから」

「走らせなかったのか？」とたずねたが、彼が一頭も走らせなかったのは知っていた。

「おれはもう何年もナショナルで走らせてないよ」彼は言った。「一九九〇年代にフロスティ・ブランチを出したのが最後だし、かわいそうに、あいつも死んだからな」

「今日はなにか走らせるのか？」

「第一レースにフォールルン・リーフ、三マイルの障害レースにイエロー・ディッガー」

「幸運を祈ってるよ」

「そうだな。幸運が必要だ。おそらくフォールン・リーフはいまスタートしても勝とうとしないだろうし、おれはイエロー・ディッガーもあまり評価してないんだ。勝ち目はないよ」彼は間を置いてたずねた。「で、殺された友だちって何者だ?」

くそ。忘れてくれることを願っていたが、甘かった。マーティン・ギフォードはだてにゴシップ屋と称されているわけではない。

「実際はただの同僚だったんだ」さりげなく聞こえるように努めた。

「名前は?」

教えていいのだろうか。だが、なにが悪い。どうせ昨日の新聞各紙に出ている。

「ハーバート・コヴァク」

「なんだって殺されたんだ?」マーティンはしつこかった。

「見当もつかない。言ったとおり、たんなる同僚だ」

「いいじゃないか、フォクシー」マーティンは誘うような口調だった。「なにか察しがついてるはずだ」

「いや。なにもない。さっぱりだ」

彼は、お菓子を食べてはいけないと言われた子どもさながら、がっかりした顔をした。

「いいじゃないか」再度、せがんだ。「おまえがなにか隠してるのはわかってるんだ。いいから言えよ」

言えば世界の半分に知れ渡ると思った。

「ほんとうだよ、マーティン。彼がなぜ殺されたのか、だれが殺したのか、まったくわからない。だいいち、知っていれば、あんたにではなく警察に話すよ」

マーティンは、完全には信じていないと示すかのように肩をすくめた。残念だ。事実なのに。

それ以上の訊問は、別の調教師ジャン・セッターのおかげで免れた。ジャンはマーティン・ギフォードとは正反対――短身でほっそりした魅力的で愉快な女性だ。彼女は私の腕をつかんでくるりとうしろを向かせ、マーティンから引き離した。

「おはよう、愛しのきみ」頬にキスをしながら耳もとでささやいた。「週末不倫はいかが？」

「そっちがよければいつでもいいよ」私もささやき返した。「ホテルを指定してくれ」

　彼女は身を離して笑った。

「思わせぶりな人ね」たっぷりとマスカラをつけたまつ毛の下から愉快そうに私を見上げた。

だが、思わせぶりなのは彼女のほうだ。初めて会った十年以上も前からずっと、思わせぶりな態度をとりつづけている。当時の私は騎手になったばかりで感受性の強い十八歳、彼女は名声を築いた調教師で、私を騎乗させてくれていた。対処法が――喜んだものか、怯えたものか――よくわからなかった。なにしろ、当時の彼女には夫がいたのだ。

　いまの彼女は四十代半ばから後半の離婚者で、人生を存分に楽しんでいるようだ。だからといって、仕事の手を抜いているわけではない。ランボーンにある彼女の厩舎は満杯で、七十頭ほどを調教している。彼女がひじょうに効率よく、卓越した判断力を駆使して厩舎を運営していることを、私は経験を通して知っている。

　ジャンは、三年前に衆目を集めた高等法院での離婚裁判で夫から相当な額の金をせしめて以来、私の顧客に名前を連ねている。

　私は彼女が大好きだ。それは、彼女が私を引き立ててくれていることだけが理由ではない。週末不倫の誘いに応じたほうがいいのかもしれないが、そんなことをすれば、この状況は一変するにちがいない。

「わたしのお金はどう？」彼女がたずねた。

「絶好調だ」私は答えた。

「成長してるといいけど」彼女は声をあげて笑った。

私も笑った。「プレビュー公演はどうだった?」

「すばらしかった。娘のマリアとその友だちを連れていったの。ほんとうに楽しい時間を過ごしたわ。最高のショーだった」

ジャンは、私の勧めで、ロンドンのウエストエンドで上演される新作ミュージカルにかなりの大金を投資していた。クリミア戦争中のフローレンス・ナイチンゲールの半生を題材にしたミュージカルだ。初日はまだ一週間かそこら先だが、プレビュー公演が始まったばかりで、私は新聞の宣伝記事とプレビュー評をいくつか読んでいた。評価は割れているが、だからといってショーが成功しないとはかぎらない。『オズの魔法使い』のスピンオフ・ミュージカル『ウィキッド』は、ブロードウェイでの初日公演のあと《ニューヨーク・タイムズ》で酷評されたが、七年以上が経ち、上演三千回を超えたいまも公演を続け、世界各地で興行成績を更新している。

「好意的ではないプレビュー評もあったね」私は言った。

「理由がわからないわ」ジャンは驚いた口調だった。「ナイチンゲール役の女優は魅力的で、すごくいい声よ! わたしを大儲けさせてくれると思う。初日公演のあとの劇評ではきっと絶賛されるわ」彼女は笑い声をあげた。「でも、そうならずに投資金を失ったら、担当のファイナンシャル・アドバイザーを責めることにする」

「彼は頼りになるという噂だよ」私は笑い返した。

だが、笑いごとですむとはかぎらない。かねてより、演劇への投資は高リスク戦略であり、大金を得るよりも失うことのほうが多かった。確実な投資があるわけではない。投資は総じて賭け(ギャンブル)だ。鋳鉄に金メッキをほどこしたような、見た目は盤石な投資が、なんの前ぶれもなく破綻したことがあるのを私は知っている。既存の大手企業への株式投資はたいがい安全で安定成長を見込めるが、つねにそうだとはかぎらない。一株当たり九十ドルで堅調だったエンロン社の株価はわずか十週のうちに数セントにまで暴落し、かつてはアメリカ最大の医療サービス会社だったヘルスサウスはたった一日でニューヨーク証券取引所における価値の九十八パーセントを失った。両社の破綻はそれぞれ詐欺と粉飾決算が原因だったが、ビジネスの大失敗によっても同じ結果を招きかねない。メキシコ湾で石油掘削施設の爆発事故が起きた際、爆発による損害額とその後の流出石油回収に要する費用が英国石油（BP）の資産の半分にも満たないにもかかわらず、同社の株価は一カ月のあいだに五十パーセント以上も下落した。

その手の甚大な損失がハーブの殺害を招いた可能性はあるだろうか？

それはありえないと思った。

パトリック・ライアルはたいてい月曜日に定例会議を開き、そこで顧客の投資プランについて話し合う。ハーブと私も含め、アシスタントの全員が出席する。私たちは市場調査および投資提案——たとえば、私がジャン・セッターに勧めた新しいミュージカル——の策定をすることになっているが、事務所のルールは単純明快だ。〝顧客の金は、パトリックあるいはグレゴリーの事前承認なくしていかなる商品にも投資してはならない〟

ＢＰがらみでうちの事務所がこうむった余波は主として個人年金制度にかかわる損失であり、悪いことにリスクは広範に及んだものの、実際に無一文になった人も、資金の多くを失った人もいなかった。その程度の損失で担当アドバイザーを殺すはずがないと思った。

「乗りに来なさい」ジャンが私を考えごとから現実へ引き戻した。「土曜日なら第一陣の出発は七時半よ。金曜日に来て泊まるの。きっと楽しいわよ」

おやおや、これは週末不倫の誘いだろうか？

たしかに楽しいに決まっている。馬に乗ることが、だ。楽しいはずだとは思うが、もう八年も乗っていない。

騎手を続けることはできないと言われたときの深いショックははっきりと覚えている。あのとき私は、ロンドンのハイホルボーンにあるジョッキークラブのオフィスでオークのテーブルを前に座っていた。向かい側には医事局の三人がいた。

医事局長による短い告知を一言一句ほぼ正確に思い出すことができる。「気の毒だが、フォクストン」全員がまだ椅子に落ち着かないうちに彼は切りだした。「きみが現在、そしてこの先永久に、いかなる形態のレースにおける騎乗にも肉体的に不適格であるというのがわれわれの下した結論だ。したがって、きみの騎手免許は無期停止とした」彼はすぐに席を立ち、退室しようとした。

私は椅子に収まったまま愕然としていた。皮膚が急に冷たくなり、四方の壁が迫ってくる気がした。てっきり、医事局との面談は形式上のもので、復帰へ向けて踏まなければならない面倒な手続のひとつだとばかり思っていた。

「ちょっと待ってください」私は椅子のなかで体をまわして、出ていこうとしている医事局長のほうを向いた。「私は、ここへ来ていくつか質問に答えろと言われました。どのような質問ですか?」

医事局長はドア口で足を止めた。「きみに質問する必要はなくなった。スキャン検査の結果が、われわれに必要な回答を与えてくれたのでね」

「しかし、こっちはいくつか質問がある。席に戻ってもらいたい」

一介の騎手だか元騎手だかが自分に向かってそのような口をきくことに驚いた彼の表情を覚えている。それでも彼は戻って、改めて私の向かいの席に腰を下ろした。私はいくつか質問をし、かすれた声で抗議したが、むだだった。「これは最終決定だ」

むろん、それで引き下がるつもりはなかった。

こちらの言い分を通してもらうべく、首および脊髄の損傷における一流の専門医にセカンド・オピニオンを求める手はずを整えた。だが、その専門医は医事局の見解を裏づけ、私を死ぬほど怖がらせただけだった。

「問題は、落下の衝撃があまりに強かったため、第一頸椎が事実上めり込んで第二頸椎を砕いてしまったことです。命があるだけでも運がいい。そう、おそろしく幸運なんですよ。第二頸椎は、大きな骨折に加えて、第一頸椎と組み合って固定するための歯突起も折れています。簡単に言うと、あなたの頭は不安定な状態で首に乗っているだけなので、ごくわずかな衝撃でも落ちてしまうおそれがあるということです。そんな状態の首で、私なら、馬はおろか自転車にも乗りませんね」

その診断結果は望みを与えてくれるものではなかった。

「なにか打てる手はないのか？」私はたずねた。「手術やなんかは？　金属プレートで固定するのはどうだろう？　前に足首を骨折したときのプレートはまだ入ったままだ」

「首のこの部位は構造が複雑でね。足首よりもはるかに入り組んでいる。面が多くて可動性にかかわるんですよ。それに、頭蓋骨との接続部がある。身体の各部位につながる神経が通っているという厄介な問題に加えて、脳幹自体が第二頸椎まで下がっている。金属プレートを入れても役に立たないと思うし、まずまちがいなく、無用な問題を生じることになる。普通に生活する分には、筋肉が支えてくれるので、あなたの首は問題ない――車の衝突事故さえ避ければね」彼は私に向かって笑みを送った。「それから、まちがっても殴り合いの喧嘩はしないように」

その後の数週間はろくに首をめぐらすこともできず、しばらくのあいだ、寝るときにはまた頸椎カラーをつけるようにしていた。頭が落ちるといけないので、くしゃみをするのが怖くてたまらなかったことを覚えている。馬には、乗るどころか近寄ることもしなかった。気楽な向こう見ずもかたなしだ。私の首の負傷に関して、衛生安全庁はなにもしてくれなかった。

「喜んで馬運動を見に行くよ」私はジャンに言い、ふたたび頭を現実に戻した。「だが、残念ながら乗るわけにはいかない」

彼女はがっかりした顔を見せた。「乗りたがると思ってたのに」

「昔ならそうしただろうね。ただ、この首ではリスクが大きすぎる」

「ものすごく残念」彼女は言った。

まさに〝ものすごく残念〟だ。また馬に乗りたくてしかたがない。毎週、競馬場へ来るのは、ロンドンのオフィスにおける長時間勤務からのいい気分転換になるが、ある意味では苦痛だった。勝負服を着た顧客となごやかにおしゃべりを交わしながらも、もう一度、その一員に戻りたいと切に願う。これだけ年月が経っても、一日の終わりに車の運転席に座ったまま、自分の失ったものを偲んで涙することがある。なぜ？　どうして？　なんだって私がこんな目に？

ほんのわずかにだが首を振り、そんな自己憐憫は頭から払いのけろ、とみずからに言い聞かせた。ありがたく思うことはたくさんあるのだし、生きて二十九歳を迎え、仕事があって経済的に安定しているだけでも幸せだ。

それでも、いまなお騎手でいたいとどれほど強く願っていることか。

見晴らしのいいグランドスタンドから第一レースを観ることにした。馬を操って二マイルの障害レースのスタート地点へ向かう騎手たちの色鮮やかな勝負服が、陽光を受けてまばゆく見えた。

例によって、彼らとともにあの場にいたいという、やむことのない願いが、みぞおちに重くのしかかった。この思いがいつか消えてなくなる日が来るのだろうか。チェルトナムは最後の不運な騎乗の現場だが、この競馬場に対して恨みはまったく抱いていない。あんな大けがを負ったのは競馬場のせいではない。それどころか、半身不随にならず、命を落とさずにすんだのは、ひとえに、この競馬場に詰めていた救急隊員のおかげだ。

最初に知った競馬場でもあり、私はいまでもチェルトナムが大好きだ。すぐ近くのプレストベリー村で生まれ育った私は、毎朝、競馬場のそばを通って自転車通学していた。毎年三月のフェスティバルが近づくころに競馬場だけではなくチェルトナムの町全体を包む興奮に感化された。まずは馬に乗り、そのうち地元の調教師に頼み込んで休日に仕事をさせてもらい、最後はとうとう、退屈な学問の世界へ進むという予定された将来を捨ててプロ騎手という危険の多い職業を選んだ。

チェルトナムは障害競馬の本拠地だ。グランドナショナルは世界でもっとも有名な障害レースだが、馬主はみな、それよりもチェルトナム・ゴールドカップで勝ちたがる。

グランドナショナルはハンディキャップ戦なので、好成績の馬ほど負担重量が重くなる。ハンディキャップ委員の夢は、全馬が大接戦を繰り広げながら横一線でゴールポストを駆け抜けることだ。だがそれは、オリンピックの百メートル走で、ほかの選手たちの勝機を広げるためにウサイン・ボルトに長靴をはかせて走らせるようなものだ。ところがチェルトナム・ゴールドカップでは、負担を軽減される牝馬をのぞいて全出走馬が同じ重量を背負うため、このレースの優勝馬こそが真のチャンピオンなのだ。

私はまったく勝ち目のない馬に乗って一度だけ出場したことがあるが、レース前の騎手更衣室に漂っていた緊張感はいまでも覚えている。ゴールドカップはほかのレースとはまったくちがう。歴史を作るレースであり、そこで収める成績は重要だ。たとえ、私の場合がそうであったように、ゴールのはるか手前で馬を止めた場合であっても。

私の左手、直線路の端で、第一レースに出走する十五頭がスターターの合図を受けて一列に並んだ。

「いま、スタートです」場内アナウンスが響き、全馬が走りだした。

木製の障害に当たる蹄の音とともに、ペースの速い二マイルの障害レースの様子がグランドスタンドにいる私たちの耳にはっきりと聞こえた。馬たちは、直線路を私たちに向かって駆けてくると左まわりで一周し、速度をさらに上げながら、まったく同じコースをもう一周する。三頭が横一線に並んで最後の障害を跳ぶと、騎手が脚と腕と鞭を駆使して乗馬に気合いを入れ、ゴール前の勾配を駆け上がった。

「一着は三番のフォールン・リーフ」場内アナウンスが告げた。

このレースに出ていたもうひとりのチャンピオンジョッキー候補マーク・ヴィッカーズが、ビリー・サールとの勝ち鞍の差を一から二としてリードを広げた瞬間だった。

馬の能力に対する信頼を欠いている口ぶりだったのに、勝ったのはゴシップ屋のマーティン・ギフォードの調教馬だ。彼は、賭けないほうがいいとほかの人間に勧告することによって、たんにあの馬の出走前の賭け率を高くしておこうとしただけだろうか。私は出馬表に目を落とし、第三レースのイエロー・ディッガーに少額を投資することにした。勝ち目はないとマーティンが言ったもう一頭の出走馬だ。

検量室へ戻ろうとグランドスタンドの階段に向き直り、それを下りるために足もとに目を向けた。

「こんにちは、ニコラス」

私は顔を上げた。「こんにちは、ミスタ・ロバーツ」驚いて答えた。「あなたが競馬ファンだとは思いもかけませんでした」

「ファンなんだよ」彼は言った。「昔から。じつは、兄と共同で競走馬を何頭か所有している。それに、昔はきみのレースをよく観ていた。腕がよかった。名騎手のひとりに名を連ねることもできただろうに」彼は唇を引き結んで首を振った。

「ありがとうございます」私は言った。

ミスタ・ロバーツ——正式な肩書を並べるなら、バルスコット伯爵の次男にして、戦功十字勲章ならびに大英帝国勲位を有するジョリオン・ウェストロップ・ロバーツ大佐閣下——は顧客だ。正確にはグレゴリー・ブラックの顧客だが、私もロンバート・ストリートの事務所でたびたび顔を合わせていた。顧客の多くが喜んで私たちに資金の運用を任せておくのに対し、ジョリオン・ロバーツは自分の投資に対して〝現場主義〟型の管理をすることで知られているひとりだ。

「今日は休みなのか?」彼がたずねた。

「ちがいます」私は笑いながら答えた。「レース後、顧客と会う予定なんです。ほら、騎手のビリー・サールですよ」

彼はうなずき、少し間を置いて切りだした。「よければ……」そこでまた間を置いた。「いや、なんでもない」

「なにか、お役に立てることがありますか?」私は水を向けた。

「いや、気にするな。このままにしておこう」

「なにをですか?」

「なんでもない。きみが案じるようなことではない。問題ない。問題などないはずだ」

「どのような問題でしょうか?」私は食い下がった。「うちの事務所に関係のある話ですか?」

「いや、なんでもない。私が口にしたことも忘れてくれ」

「しかし、なにも口にされてませんよ」

「そうだな」彼は笑いながら言った。「口にしていない」

「ほんとうに、私でお役に立てることはないのですね？」私は念を押した。

「ああ、ほんとうにないよ。ありがとう」

私はグランドスタンドの階段に立ったまましばし彼の顔を見つめていたが、明らかに思い悩んでいる問題について、彼はそれ以上は曖昧な言及をしなかった。

「わかりました。またオフィスを訪ねてくださいね。それでは、これで」

「そうだな」彼が答えた。「顔を出すよ。さようなら」

私は、背筋を伸ばして立ったまま競馬場を眺めてなにごとか考え込んでいる様子の彼をその場に残して立ち去った。

いったいどのような問題なのだろう。


マーク・ヴィッカーズはその午後、八対一というかなり高い賭け率のイエロー・ディッガーが制したビッグレースを含めて、さらに二勝をあげた。その結果、マークはチャンピオン争いにおいてビリー・サールとの勝ち鞍の差を四とし、私はまずまずの払戻金を手にした。

最終レースのあと、私と会うために検量室から出てきたビリー・サールは憤懣をたたえていた。

「くそったれヴィッカーズめ」私に向かって言った。「第一レースの勝ちかたを見たか？　かわいそうに、馬が死ぬかと思うほど鞭を打ちやがって。理事会は過剰使用でやつを騎乗停止処分にするべきだったんだ」

私がほんとうは、第一レースでのマーク・ヴィッカーズの鞭の使用はかなり穏やかであり、両手と両のかかとを駆使して頭ひとつの差で勝つという教科書どおりの騎乗だった、と考えていることは言わないことにした。おそらく、いまそれを口にするのは得策ではない。マークも私の顧客だという事実も、ビリーには伏せておくことにした。

「だが、彼に追いつく時間はまだたっぷりあるよ」そんな時間がないことも、マーク・ヴィッカーズが絶好調でビリーが不調であることも、承知のうえで言った。

「おれの番なんだぞ」彼はすごい剣幕だった。「チャンスが来るのを何年も待ちつづけ、フランクが負傷して、やっとと思ってたら、どこぞのぽっと出の新人にチャンピオンの座を奪われかけてる」

ときとして人生は厳しい。ビリー・サールは私より四つ年上で、ここ八年間はずっとチャンピオン争いで二位の座につけていた。毎年、彼を破っていたのは、障害競馬界一だとだれもが認める騎手フランク・ミラーだ。だが、そのフランクが十二月に馬の転倒により脚に重度の骨折を負い、もう四カ月もレースから遠ざかっている。今年はこの十年で初めて、フランク以外のだれかにチャンピオンジョッキーの座が転がり込むのだが、今日マーク・ヴィッカーズが三勝したため、どうやらビリーにはまわってきそうにない。時間ももはやビリーの味方ではなかった。三十三という年齢は障害騎手としては高いうえ、新たに登場した若手騎手たちがひじょうに優秀で、しかも成功に対して貪欲だった。

チェルトナムで至急会いたいと昨日の午後に電話で申し入れたのは私ではなくビリーだったのだが、いまの彼が自分の財務状況について話し合う気分ではないことは一目瞭然だった。とはいえ、彼の相談に乗るためにはるばるロンドンから来たのだから、むだ足にはしたくない。

「相談したいことというのは？」私はたずねた。

「金を返してくれ」彼がいきなり言った。

「返せとはどういう意味だ？」

「〈ライアル・アンド・ブラック〉から全額を引き揚げたい」

「だが、あんたの金は〈ライアル・アンド・ブラック〉にはない。あんたの代理で買い入れた投資先にある。まだ運用中だ」

「なんでもいいから返してほしい」

「なぜ？」

「返してほしいからだよ」彼が気色ばんだ。「理由を話す必要はない。あれはおれの金なんだし、おれは返してほしい」言いながら、彼はしだいに本格的な怒りに駆られていた。「自分の金を好きにしていいはずだろう」

「わかった。わかったよ、ビリー」私は彼の気を静めようとした。「もちろん、金は引き揚げていいが、話はそう単純じゃない。あんたがいま所有してる株と債権を売却する必要があるんだ。なんなら、明日、その手配をするよ」

「そうしてくれ」

「だが、いいか、ビリー。投資の一部は、長期成長を想定して買い入れたものだ。先週、三十年国債を買ったばかりなんだ。明日それを売るとなれば、まず損失が出るだろう」

「かまわないさ」彼は言った。「いますぐ金が必要なんだ」

「わかった。あんたの担当ファイナンシャル・アドバイザーとして、なぜ早急に金が必要なのか改めて訊きたい。売却するまでもう少し時間をくれれば、利益が少しは増すかもしれない」

「時間の余裕はない」

「なぜ？」

「話すわけにはいかない」

「ビリー」私は真顔でたずねた。「なんらかの問題を抱えているのか？」

「いや、もちろん、そんなことはない」と言ったが、彼の身体言語（ボディランゲージ）は正反対の返事をしていた。

私は顧客の大半について投資ポートフォリオの内容の大部分を記憶しており、ビリー・サールに関してもその例外ではなかった。彼の投資金額は、長年にわたって上位を維持してきた騎手にしては想像以上に少ないが、ビリーはもともと貯蓄家というよりは浪費家だ。高級車を乗りまわしたり豪華ホテルに泊まったりしている。それでも、私が思い出せるかぎり、彼には引退後にそなえてじょうずに増やしつづけた貯蓄が十五万ポンドほどある。将来、新車を買ったり休暇に海外旅行をしたりしたいという欲求を満たしてあまりある金額のはずだ。

「わかったよ、ビリー」私は言った。「明日、資産を現金化する手続をする。だが、あんたが金を手にするのは数日後だ」

「明日、受け取ることはできないのか？」彼は必死の形相だった。「金は明日、必要なんだ」

「それは断じて無理だ。株や証券を売却して現金化し、それをいったんうちの顧客口座へ入金したあと、あんたの口座へ振り込まなければならない。送金には三日かかるというのが銀行の常套句だから、完了までに一週間かかるかもしれないが、おそらく、それよりは少し早いだろう。今日が火曜日。運がよければ金曜日には現金を手にできるが、月曜日になる可能性が高いな」

ビリーの顔から血の気が引いた。

「ビリー、ほんとうになにも面倒を抱えてはないんだな？」

「ある人物に借金がある。それだけだ」彼は言った。「向こうは明日までに返せと言ってる」

「それは無理だと伝えろ。訳を説明するんだ。きっと先方もわかってくれる」

ビリーの見せた表情がすべてを物語っていた。問題の人物は弁解を受けつけないのだ。

「申し訳ない」私は言った。「それ以上早い処理は不可能だ」

「すべてを売り払うまで、おまえの会社が金を貸してくれるわけにいかないのか？」

「いいか、ビリー、十五万ポンドだぞ。そんな大金、うちには転がってないよ」

「十万だけでいい」

「無理だ」私はきっぱり言った。「たとえ十万でも無理だ」

「おまえはわかってない」彼はなりふりかまわず訴えた。「おれは明日の夜までに金が必要なんだ」いまにも泣きだしそうだった。

「なぜだ?」私は問いただした。「なんだってそんな大金を借りたんだ?」

「言えないって」彼が私にどなりつけるように言うので、ようやく帰路につこうというわずかばかりの競馬ファンが私たちを振り向いた。「とにかく、明日、必要なんだ」

私は彼の顔を見た。「あんたの力にはなれない」と穏やかに告げた。「これで失礼するほうがよさそうだ。やはり、投資を売却して現金化してほしいか?」

「ああ」彼はあきらめたような口調だった。

「わかった。事務方に言って委任状を送らせる。署名してすぐに送り返してくれ。金曜日にはあんたの口座に金が入るようにするよ」

彼は放心したような状態だった。「金曜日までおれの命があればいいが」

第四章

関係者用駐車場に停めたメルセデスの運転席に座って、私はいましがたビリー・サールと交わした会話を思い返していた。仮になにか手を打つとした場合、なにをすればいいのだろう。

彼の言うとおり、自分の金なのだから本人が好きなように動かせばいい。ただし、どう見ても、当の本人が気の進まない様子だった。

それに彼は、ある人物に十万ポンドほどの借金があり、明日の夜までに返さなければ命の保証がないというようなことも言っていた。普通なら、そのような脅迫はメロドラマじみたたわごとだと一笑に付すところだが、土曜日のエイントリーでの事件を経たいまは、根も葉もないと断じることはできない。

彼との会話の内容をだれかに相談するべきだろうか？　だが、だれに？　警察はおそらくなんらかの証拠を求めるにちがいなく、私には証拠などなにひとつない。それに、ビリーを面倒な目に遭わせたくない。借財を抱えた競馬騎手はたいていブックメイカーとの関係を疑われる。ビリーが差し迫って現金を必要とするのは、完全に合法な理由からかもしれない。案外、彼は家を買おうとしているのかもしれない。不動産業者が自分たちの販売方法について頑として譲らないことがあるのは知っている。だが、商談を成立させるために相手を殺すと脅すことはないはずだ。

パトリックに相談するまではなにもしないことにした。だいいち、パトリックに報告しないことには、ビリーの資産を現金化する手続を開始するわけにいかない。

腕時計で時刻を確かめた。すでに六時を過ぎており、事務所は終業だ。この件は明朝パトリックに報告しよう。どのみち、ロンドン市場はとうに今日の取引を終えているのだから、いまできることはなにもない。

そこで、母の家へ泊まりに行った。

「いらっしゃい」母が玄関ドアを開けた。「痩せすぎよ」

このお決まりの歓迎の言葉は、長年、私が拒食症なのではないかと病的なまでに心配しているからこそのものだ。十五歳の私が騎手になりたい一心で痩せこけていたことが発端になっている。身長が決して低くなかった私は体重を抑えるために食事を控えることにしたのだ。だがそれは、拒食症になったせいではなく、たんに意志の力によるものだ。昔から食べることは好きだが、訓練のたまものか、いまは太らない体と精神を手に入れた。

そもそも私は食事に対する見識など持ったことはなく、放任されていれば、養育放棄(ネグレクト)による栄養失調という事態になっていたにちがいない。だが、母のはからいでそうならずにすんだ。母はよく、私にもっと蛋白質をとらせろとか、炭水化物をとらせろとか、とにかくもっと食べさせろ、といった厳しい指示を添えて、食品を詰めた箱をクローディア宛てに送ってくる。

「こんばんは、母さん」私は母の批評を無視して挨拶のキスをした。「元気かい?」

「まずまずよ」母はいつもの返事をした。

母はいまもチェルトナム競馬場の近くで暮らしているが、私が育った大きな家ではない。残念ながら、あの家は、財産分与をめぐって泥仕合となった離婚手続中にやむなく売却された。母の現在の住まいは、競馬場のすぐ北に位置する小さな村のはずれ、わだちのある小径から奥まったところに立つ白漆喰塗りの質素なコテージだ。二階にはダブルベッドを置いた寝室がふたつとバスルームがあり、一階はキッチンと食事室とリビングを兼ねたワンルームとなっていて、隅のレバー式把手のついたドアの奥、壁に囲まれた幅の狭い折れ階段が両階をつないでいる。

　コテージは母が余儀なくされたひとり暮らしには理想的な大きさだが、本人がいまも大邸宅の魅力的な女主人の役割を——私の幼少期に母がみごとに果たしていた役割を——演じたがっていることを、私は知っている。

「お父さんはどうしてるの？」

　母のこの質問は、本気で情報を求めるものではなく社交辞令だ。おそらく、たずねれば私が喜ぶと考えているのだろう。

「元気だよ」私はそう答えることで義務を果たした。少なくとも、父は元気だろうと思った。二週間以上も話をしていない。あまり話題がないのだ。

「よかった」母は言ったが、本気でそう思っているとは思えない。仮に父が病気で死の床についていると答えたとしても、母はまずまちがいなく〝よかった〟と答えるはずだと思った。だが、とりあえず母はたずねてくれた。父が母のことをそこまで気にかけたことは一度もない。

「夕食用に牛フィレ肉を買ってあるわ」母は話を私の摂食習性に戻した。「それに、シュープディングも作ったのよ」

「楽しみだ」本心だった。いつもどおり、母の家へ泊まりに来るにあたって、用意してくれる高カロリーの食事にそなえて一日じゅうなにも食べなかったので、いまはほんとうに腹が空いていた。

　二階の客用寝室へ行き、スーツを脱いでジーンズとスウェットシャツに着替えた。携帯電話をベッドに放った。クリーヴヒルにほど近く、電波の谷間になるため、いつものことながら携帯電話は使えない。

だが少なくとも、ひんぱんに鳴る呼び出し音からは解放される。

　一階へ下りると、母はレンジの脇に立っており、ソースパンからは早くも湯気が立ち上っていた。

「ワインは勝手にどうぞ」母が肩越しに言った。「わたしの分はもう注いでるわ」

　私は、かつて大きな邸宅のダイニングルームに鎮座していた年代物の食器棚へ行き、封の開いたボトルからメルローワインを注いだ。

「クローディアは元気なの？」母がたずねた。

「元気だよ。母さんによろしくって」

「いっしょに来ればよかったのに」

　そう、いっしょに来ればよかったのだ、と思った。ほんのひと晩でも離れていることが耐えられない時期もあったが、そこまで焦がれる思いはいまや消え失せたようだ。六年もいっしょにいるとそんなものかもしれない。

「いいかげん、彼女と結婚なさい」母が言った。「あなたももう、結婚して子どもを育てていてもいい年よ」

　そうだろうか？

　両親が不仲だったにもかかわらず、自分はいつか結婚して子を持つのだと、私はずっと思っていた。数年前に、結婚を視野に入れることをクローディアに話しもしたが、断わられている。結婚は退屈な人間のすることよ、子どもなんて手がかかるし、存在と想像の限界を押し広げることで手いっぱいのわたしのような芸術家に子育ては無理よ、と言われたのだ。彼女はいまもそう思っているのだろうか。たしかに最近は結婚指輪をはめることや彼女以外の女の生んだ赤ん坊を育てることなどまったく考えないが、仮にその選択肢があれば、私は喜んでそちらを選ぶだろうか？

「だけど、母さんと父さんは結婚の失敗例だからなあ」と言ったのは、おそらく浅はかだった。

「ばかばかしい」母はくるりと向き直って私の顔を見た。「わたしたちは三十年も結婚生活を送ったし、あなたを生んだ。わたしに言わせれば、成功例よ」

「だけど、離婚しただろう」私は耳を疑った。「それに、いつも喧嘩ばかりしていた」

「まあそうだったかしらね」母はソースパンに向き直った。「でも、やっぱり成功例よ。それに後悔はないわ」私は唖然とした。母は年をとって丸くなってきたにちがいない。「そうよ」母は続けて言った。

「一瞬たりとも後悔しないのは、結婚していなければあなたがこの世に生まれていなかったからよ」

返す言葉はなかった。なにひとつ。だから黙っていた。

母はまた向き直って私を見た。「だから今度は孫の顔を見たいの」

なるほど。かならずどこかに理由がある。

しかも、私はひとり子だ。

「だったら、母さんがもっと子どもを生んでおけばよかったんだ」私は笑いながら言った。「ひとりの子にすべての希望を託してもだめだ」

母がぴくりとも動かないので、泣きだしそうなのだと思った。

ワイングラスをキッチンテーブルに置き、一歩前に出て片腕で母の肩を抱いた。

「ごめん。そんなこと言うんじゃなかった」

「気にしないで」母は手を伸ばしてティッシュを取り、目頭を押さえた。「あなたは知らなかったんだもの」

「なにを？」

「なんでもない。忘れて」

これだけ年月を経たいまでも母に涙を流させるのだから、なんでもないはずがない。

「なに言ってるんだ、母さん。よほどつらいことがあったんだろう。話してくれ」

母はため息を漏らした。「わたしたち、もっと子どもが欲しかったの。たくさん欲しかった。あなたが初めての子よ。結婚してから八年近く経ってようやく授かったんだけどね。男の子で、とてもうれしかった」私に笑みを送り、頰をなでた。「でも、おなかのなかがおかしくなって、それ以上は子どもを生めなくなったの」

今度は私が泣きだしそうだった。兄弟姉妹がいてほしいとずっと思っていたのだ。

「もちろん、努力したのよ。それで一度は妊娠したんだけど、三カ月で流産した。わたしも死にかけた」

これにも返す言葉がなかった。だから、またしても黙っていた。ただ母を抱きしめた。

「わたしたちの結婚生活があれほど不幸だったほんとうの理由はそれよ。わたしがもう子どもを生めないことに対して、お父さんは怒りを募らせていったの。ばかな人。問題はわたしの体にあったけど、どうしようもないわ。そうでしょう? 一生懸命、埋め合わせようとしたけど……」母の声がしだいに小さくなって消えた。

「母さん」私はまたしても母を抱きしめた。「さぞつらかったろうね」

「気にしないで」母は体を引き離し、レンジに向き直った。「大昔の話よ。それに、いま目を離したらジャガイモが煮えすぎちゃう」

私たちはキッチンテーブルで夕食をとった。私は動けなくなるほど食べた。満腹なのに、母はもっと食べさせようとする。

「お代わりは？」と言って、スプーンに山盛りすくったシュープディングを私の皿の上で揺らして見せた。

「もう腹がいっぱいだ。これ以上はなにも食べられないよ」

母はがっかりした顔を見せたが、実際、私はこの家でいつも食べる量に比べても、はるかにたくさん食べていた。母を喜ばせようとしたのだが、さすがにもう無理だ。あとひと口でもなにかを食べれば胃が破裂しそうだ。それにひきかえ、母はほとんどなにも食べていない。

私が牛半頭分ものステーキと山ほどのジャガイモや野菜をなんとか食べ進める横で、母は小さなステーキを小鳥のようについばみながら、大半を食事のあいだじゅう脚にすり寄って喉を鳴らしていた灰色の肥満猫に与えていた。

「猫を飼ってるなんて知らなかったな」私は言った。

「飼ってないわ。この子がわたしを飼ってるのよ。ある日ふらりと現われて、この家からほとんど出ていかないの」

母がいつもフィレステーキを与えているとしても驚かない。

「ときどき何日か、いえ、一週間も姿を消すんだけど、結局はいつも戻ってくる」

「名前は？」

「さあ。首輪をつけてないから。うちの家猫じゃなくてお客猫よ」

私の同類だ。おいしい食べものを得るためにこの家へ来る。

「明日はレースに行くの？」母がたずねた。

チェルトナムのエイプリル・ミーティングは二日間にわたって行なわれる。

「ああ、最初の何レースかに行く。だけど、午前中はここで少し仕事をするよ。コンピュータを持ってきてるんだ。電話とインターネット回線を借りていいだろう?」

「もちろん。でも、出かける予定は何時? 追い出すつもりはないけど、午後には村の歴史協会主催のピクニックがあるの」

「第一レースの発走が二時だ。十二時ごろには出るよ」

「じゃあ、出かける前に昼食を用意するわね」

また食事を出されると考えるのは耐えがたいほどだった。だいいち、母は腕をふるって英国式朝食を用意するに決まっている。

「せっかくだけど、いらない。競馬場で顧客と食事をすることになっているんだ」

母は、嘘をついているのはお見通しだと言わんばかりに、横目で私の顔を見た。

ご明察だ。


「気に入らないが、彼の依頼どおりにせざるをえないな」私が午前八時に母の家のキッチンにある電話を使って報告したとき、パトリックは言った。「すぐにダイアナに手続をさせよう」ダイアナというのは、パトリックのあとふたりのアシスタントのうちIFAの資格を得たばかりのほうだ。「きみは今日もチェルトナムへ行くのか?」

「はい。しかし、競馬場にいるのはおそらく最初の三レースだけです」

「もう一度ビリー・サールと話し合ってみてくれ。説得するんだ」

「やってみます。しかし、決心はそうとう固そうでした。それに、怯えていました」

「いささかうさんくさい話のようだがね」パトリックが言った。「だが、われわれは、顧客の指示どおりに行動するよう規制当局により義務づけられている。それに、腑に落ちない指示を顧客が出すたびに当局におうかがいを立てるわけにもいかない」

「しかし、われわれが違法だと考える場合は、どんなことも報告する義務があります」

「彼が違法なことに金を使いたがっているという証拠がなにかあるのか？」

「ありません」私は間を置いて続けた。「しかし、競馬規則を破るのは違法なのではないでしょうか？」

「彼がなにをしようとしているかによるだろうな。競馬ファンに対する詐欺行為は違法だ。ほら、何年か前に中央刑事裁判所（オールドベイリー）で裁かれた事件を覚えているだろう」

たしかに覚えている。

「ある人物に借金があるとビリーは言いました。どうやら十万ポンド必要らしい。借金としては莫大です。どこかのブックメイカーとかかわっているのではないでしょうか？」

「賭けごとは違法行為ではない」パトリックは言った。

「それはそうかもしれません」私は認めた。「しかし、プロ騎手が競馬で賭けを行なうのは、厳密には規則違反です」

「それはわれわれの問題ではない。もしもビリーになんらかの質問をするのであれば、くれぐれも慎重に。われわれには、彼の問題に関して守秘義務もあるのだからね」

「はい、慎重に当たります。では、明日、オフィスで」

「わかった」パトリックは言った。「ああ、そうだ。もうひとつ。例の警察官が昨日、きみ宛てに電話をかけてきた」

「携帯電話にはかかってきませんでしたよ。日中はずっと電源を入れていたのですが。もっとも、ここでは使えないんです。母が電波の谷間に住んでいるもので」

「ふむ。いや、どのみちそれはあまり関係なかっただろう。どうやらずいぶんと失礼だったらしく、ミセス・マクダウドはきみの携帯電話番号を教えなかったそうだ。きみは不在で連絡もつかないと言ってやったとか」

私は声をあげて笑った。怖いものなしの受付係ミセス・マクダウドはあっぱれだ。

「主任警部の用件はなんだったのでしょうか？」私はたずねた。

「ハーブのフラットの捜索に立ち会ってほしいらしい。遺言執行者だからとかで」パトリックが告げる主任警部の電話番号を、私は携帯電話に保存した。「電話をかけてくれるか？　警察業務を妨害したかどでミセス・マクダウドを逮捕されたくない」

「わかりました。では、明日」

パトリックとの通話を切り、トムリンスン主任警部にかけた。

「ああ、ミスタ・フォクストン」主任警部が言った。「電話をくれてよかった。調子はどうだ？」

「元気だ」なぜそんなことを訊くのだろう？

「つま先は大丈夫か？」

「はあ？」

「つま先だよ」彼は繰り返した。「手術を受けるとか、受付係が言っていた」

「ああ、あれか」私は笑いをこらえようと努めた。「つま先は大丈夫だ。で、用件は？」

「ミスタ・コヴァクは金銭的な問題を抱えていたのか？」

「どういう意味で？」

「借金があったのか？」

「私の知るかぎりでは、そんなことはなかった。うちの事務所のだれとも変わらない。なぜそんな質問を？」

「ミスタ・フォクストン、ミスタ・コヴァクのフラットへ出向ける状態か？　相談したいことがけっこうある。それに、捜査の裏取りのために彼のフラットからある種の品物を持ち出すことを彼の遺言執行者として了承してもらいたい。必要とあらば車を差し向けてもいい」

チェルトナム競馬場での今日の予定について考えた。

「明日のほうがいい」

「もちろん、それでいい」彼は言った。「午前八時でどうだ？」

「明日の八時で結構だ。かならず行くよ」

「車は差し向けようか？」

断わる理由はない。「ああ、そうしてもらえば助かる」

片足を引きずることを忘れないようにしなければ。

ビリー・サールは、急に金が必要になった理由を私に説明する気分ではなさそうだった。

「とにかく、おれの銀行口座に金を振り込め」彼はどなった。

私たちは第一レース開始前に検量室の前のテラスに立っていたので、いくつもの頭がこちらを振り向いた。

「ビリー、頼むから落ち着け」私は穏やかながら断固たる口調で言った。

効果はなかった。

「だいたい、おまえはここでなにをしてるんだ？」彼はどなり声で言い返した。「デスクでおれの金をかき集めてるはずだろう」

こちらを振り向く頭の数が増えた。

慎重に当たれというパトリックの指示ももはやこれまでだった。

「ビリー、私は助けようとしているだけだ」

「おまえの助けなんか必要ない！」彼が口をゆがめて吐き出すように言うので、唾液のしぶきが私の顔にかかった。

競馬記者たちがさらに近づいてこようとしていた。

私は声を低め、身を乗り出して、彼の耳に直接話しかけた。「いいか、よく聞け、この小悪党。どう見てもあんたには助けが必要だし、私はあんたの味方だ」いったん間を置いてから続けた。「気が静まったら電話をくれ。金は金曜日までに口座に振り込む」

「今夜までに十万ポンド必要だと言ったろ」彼は泣きそうな声でわめいた。「今日じゅうにおれの金を返せ」

いまや私たちはチェルトナム競馬場でかなりの注目を集めていた。

「申し訳ない」私はある程度の威厳を保とうと努めながら、穏やかな口調で告げた。「それは不可能だ。金は金曜日、ひじょうに運がよければ木曜日にあんたの口座に入る」

「木曜日じゃ遅すぎるんだ」彼は私にがなり立てた。「それまでに、おれは死んでる」

こんなところに立って、競馬界の全員がひとつひとつの言葉に耳を傾けているなかで言い争っても意味がないので、私は無言で歩き去った。ハゲワシのごとく私たちのまわりに集まって猛然とノートに鉛筆を走らせている記者連中をますます意識していた。少なくともいまは姿が見えないが、五つ星のゴシップ屋マーティン・ギフォードはきっと今日じゅうにあらゆる詳細を知るだろう。

「おまえはなんだっておれを殺そうとする？」ビリーが私の背に向かって最大音量で叫んだ。

私はそれを無視して歩きつづけ、比較的プライバシーが保証された装鞍所に着くと、ビリーの資産の現金化手続がどこまで進んだかを確認するべく事務所に電話をかけた。

ミセス・マクダウドが出た。パトリックとグレゴリーは、自動応答システムも人間味を欠く留守番メッセージも嫌っていた。「うちの顧客には血の通った人間と話をしていると知ってもらいたい」とふたりは言った。そういうわけで、うちの事務所では電話応対のためにミセス・マクダウドとミセス・ジョンスンを雇っている。

「あの警察官にいったいなんと言ったんだ？」私は彼女にたずねた。「いつになく気づかってくれるんだが」

「あなたが巻き爪の切除手術を受けると言ったの」

「なぜ？」

「とても失礼な態度をとったからよ」彼女の口調は怒りに満ちていた。「見下したような口をきくから、あなたには連絡が取れないと言ってやったの。困ったことに、なぜ連絡が取れないのかって訊くものだから、手術を受けたばかりでまだ意識が戻っていない、と言ったわけ。そのときは名案に思えたんだけど、あの男はほんとうにしつこくて。あなたの病歴をまったく知らないから、巻き爪だってことにした。あまり深刻な病気にさせるわけにいかないもの。そうでしょう？　すぐに元気にならないような病気にはできなかった」

「ミセス・マクダウド、もしもアリバイを申し立ててくれる人間が必要になれば、かならずあなたに連絡するよ」まさかアリバイがあんなに早く必要になろうとは夢にも思わず、私はそう言っていた。「では、ミス・ダイアナに電話をつないでもらえるか？」

ミセス・マクダウドは私の電話をつないでくれた。

ビリー・サールの資産の売却は順調に進んでいたものの、私が先ごろ買い入れたばかりの債券ではかなりの損失が出た。だが、それが気にかかるか？　いや、おそらく平気だ。ビリーにはいい気味だ。そのようにＩＦＡらしからぬ考えを抱いたことで少しだけ自分をたしなめたが、私だって生身の人間だ。ダイアナに礼を言って電話を切った。

「おはよう、愛しのきみ」背後から声がした。「電話の相手はわたしの恋敵？」

「やめろよ」私は怒ったまねで応じた。「世間の口はうるさいんだ」

ジャン・セッターが私の背中に抱きついた。

「言わせておけばいいのよ」彼女は私を強く抱きしめ、全身を私の体に押しつけた。「あなたが欲しい」私の耳もとで情熱を込めて言った。

彼女が公衆の面前で私に言い寄るのはこの二日で二度目だが、今回は無邪気さも気軽さもみじんもなかった。おそらく彼女は本気であり、それが問題になりかねない。これまでジャンとはいちゃつき合う友情関係を楽しんでいたが、それは、実際に身体的接触など起こりえない口先だけのたわむれだと思い込んでいたからだ。どうやらいまはリスクがわずかに上がったようだ。

私は彼女の腕を腰から引き離して向き直った。

「ジャン」きっぱりと言った。「軽薄なふるまいはやめてくれ」

「どうしてよ？」

「どうしても」叱られた子どものように、彼女の口の端が下がった。「そもそも」私は言った。「私はあなたには若すぎる」

「そりゃどうも」彼女は憤然と言って、一歩後退した。「女に気を持たせるのがうまいのね」

まねごとの気配はまったくなく、彼女は本気で怒り、傷ついていた。

「なあ、申し訳ないが、手に負えなくなるような状況にするつもりはなかったんだ」

「なにも手に負えなくなんてなってない」彼女は言った。「状況はこれまでと同じ。なにひとつ変わっていない」

だが、状況は変わり、二度と以前の関係に戻らないであろうことは、おたがいわかっていた。

「よかった」私は言った。

彼女は悲しげな笑みを見せた。「でも、気が変わったら知らせて」

「わかった」私は笑みを返した。「今日はなにを走らせるんだい？」

「なにも。うちの管理馬の大半は調教を終えて夏の休みに入ってるから」迷った末に言い足した。「今日は、あなたがいるんじゃないかと思って来たのよ」

私はしばし無言で突っ立ったまま彼女を見つめていた。

「申し訳ない」と言った。

「そうね」彼女はため息まじりで答えた。「残念だわ」


バルスコット伯爵の次男にして、戦功十字勲章ならびに大英帝国勲位を有するジョリオン・ウェストロップ・ロバーツ大佐閣下が、昨日会ったグランドスタンドの同じ場所で私を待ちかまえていた。

「ああ、ニコラス」彼は、第一レースを観るために階段を上っている私に声をかけた。「きみが今日も来るのではないかと期待していた」

「おはようございます、閣下」気取らずにミスタ・ロバーツと自称しているが、彼が正式な立場を好んでいることは知っていた。「なにかお役に立てることがありますか？」

「そうだな」彼は少し笑った。「手を貸してもらいたい。だが、手を借りるような問題が存在しない可能性もある。言いたいことはわかるだろう？」

「いいえ。おっしゃる意味がわかりません。まだなにも話してらっしゃらないので」

彼はまたしても不安げな笑い声を漏らした。

「昨日も説明したとおり、心配するような問題はないのかもしれない。いや、問題がないことを願っている。おそらく、きみの時間をむだにさせるだけだろう。それに、だれにも迷惑をかけたくないのだ。わかるだろう?」

「閣下」私はいくぶん毅然とした態度を示した。「話していただかないことには、わかりかねます。なにを心配なさっているのですか?」

彼は、話すべきかどうかの判断がつきかねているらしく、しばらく無言で私の頭越しに本馬場を眺めていた。

「グレゴリー」彼が意を決したように口にした。「グレゴリーのことが気がかりなのだ」

「グレゴリーのなにがでしょう?」私はたずねた。グレゴリーについては、だれもがときおり案じている。大食漢で、たっぷりの昼食をとるために週に五日ロンバード・ストリートの端まで歩く以外、私たちの知るかぎり運動はなにもしていない。

「おそらく、なんでもないことだ」ジョリオン・ロバーツはまたしてもそう言った。足を踏み鳴らし、気まずそうな様子だった。「私が口にしたことを忘れてもらうのがいちばんいい」

「案じておられるのはグレゴリーの健康状態ですか?」私はたずねた。

「健康状態?」ミスタ・ロバーツは驚いて繰り返した。「なぜ私がグレゴリーの健康状態を案じるのだ?」

「では、グレゴリーのなにを不安視しておられるのです?」

ジョリオン・ロバーツが六フィート三インチある長軀の背筋を伸ばすと、いかにもフォークランド紛争において若い準大尉としての武勇をたたえられ戦功十字勲章を授かった元陸軍近衛師団の大佐らしくなった。

「彼の判断力を懸念している」

早めにチェルトナム競馬場を出るという予定は、他人の耳のない場所で話し合うためにミスタ・ロバーツをシーフード・バーの隅の静かな席へと案内した瞬間にお預けとなった。顧客が――ましてバルスコット伯爵の次男として巨額の投資ポートフォリオを持っている顧客が――シニアパートナーの一方の判断力を疑問視しているとなれば、急いで家へ帰る場合ではない。

「さて、閣下」それぞれに腰を落ち着け、スモークサーモンを添えたエビのマリーローズソースの皿を前にしたところで、私は切りだした。「どういった点でグレゴリー・ブラックの判断力を疑問視しておられるのですか？　それに、なぜ、この私に話されるのでしょう？」

「おそらく、なんでもないことだ」彼はまたしてもそう繰り返した。「長年にわたり、彼のおかげで利益を得ている。大きな利益を。実際、私はなんでもないと確信している」

「その判断は私に任せていただけますか？」

「そうだな」彼は思案げに言った。「きみなら正しい判断を下せるかもしれない。いつも騎乗ぶりがよかった。そもそも〈ライアル・アンド・ブラック〉にきみを推薦したのは私だ。知らないのか？」

そう、知らなかった。光栄に思った。どうりで、この仕事に応募した際、諸手をあげて歓迎されたわけだ。

「ありがとうございます。知りませんでした」

「まあそうだろうな」ミスタ・ロバーツは言った。「きみが十八歳のとき、私のいとこの馬に乗ってチェプストウ競馬場で勝ち鞍をあげて以来、私はきみに目をつけていた。みごとな騎乗ぶりだった。あのとき、きみがいつの日かチャンピオンジョッキーになると、いとこに言ったのだ。負傷したのはほんとうに残念だった」

そう、ほんとうに残念だ、とまたしても思った。

「とにかく、グレゴリー・ブラックについて聞かせてください」私は当面の問題に話を戻そうとした。

「おそらく、なんでもないことだ」またもや彼はそう言った。

「ロバーツ大佐、グレゴリーの判断力を疑問視しておられる理由を話していただく必要があることをご理解いただきたい。内容は極秘にすると約束します」

少なくとも、彼の話を極秘扱いにできることを願ってはいた。独立ファイナンシャル・アドバイザーは金融規制当局により管理され、つねに高潔な行動原理に照らしてふるまうことを求められる。不正行為に関する情報を知った場合、たとえ不正当事者が上司であろうと、ほかのＩＦＡが動揺するというだけの理由でその情報を隠滅することは許されない。

彼は依然、話し渋っていた。

「閣下の投資のひとつに関することですか？」私はたずねた。

やはり返事はない。

「グレゴリーの勧めた投資が気に入らないのですか？」

上の空でエビを何尾か口にするうち、彼の頭のなかで歯車がゆっくりとまわりだしたようだ。

「あれが思いちがいをしているのかもしれない」彼はようやく言った。

「だれが思いちがいをしているのかもしれないのですか？　グレゴリー・ブラックですか？」

ミスタ・ロバーツが目を上げて私を見た。「ちがう。甥のベンジャミンだ」

ますます頭が混乱してきた。

「なぜ甥御さんが思いちがいをしているのかもしれないのでしょう?」

「あれは、用地を訪れたが、住宅も工場も、建設中の建物すら一軒もなかったと言っている。それどころか、大量の重金属汚染物質で淀んだ水たまりだらけの荒れ地だと言った。地元自治体の関係者は甥に、有毒廃棄物の撤去費用は土地の実価をはるかに上まわるにちがいないと言ったらしい」

「失礼ですが」私は口をはさんだ。「それがグレゴリー・ブラックとどう関係があるのでしょう?」

「彼がその事業計画への投資を勧めたのだ」

「どのような事業計画ですか?」

「ブルガリアの土地開発計画だ。住宅群、店舗群、低エネルギーの電球を製造する新工場」

数年前にパトリックの月曜定例会議でその事業計画についていて検討されたことがうっすら記憶にあるが、思い出せるかぎりでは、リスクの大きすぎる投資なので顧客に勧めることはできないとして却下されたはずだ。もっとも、だからといって、グレゴリーが安全な投資だと考えなかったということにはならない。パトリックとグレゴリーは、社箋に名前を連ねているかもしれないが、ふたりのあいだにおいてさえ、独立性を尊重し合っている。

「甥御さんが訪ねたのは同じ用地にまちがいないのですか?」

「本人がそう言っている。まちがえようがないと言うのだ。工場と百軒もの新しい住宅、店舗群が立っているはずの用地は、たんなる産業廃棄物投棄場だ、と。ソ連時代には核廃棄物の投棄場として使用されていたとの噂まであるらしい」

「その事業計画に投資した金額は?」私は彼にたずねた。

「たいした額ではない」彼は言った。「家族信託から総額五百万ポンドほどの投資だ。工場の名前は、私の父にちなんで〈バルスコット電球工場〉。開発現場の写真も何枚か見せてもらった。この事業計画は、ヨーロッパ連合でもっとも貧しい国のひとつにおける大規模な社会的実験となることを企図したものだ。EUから大金が注ぎ込まれている」

五百万ポンドは、ジョリオン・ロバーツと家族信託にとってはたいした金額ではないかもしれないが、多くの人間にとってはひと財産だ。

「開発現場の写真には工場と住宅群が写っていたのですね?」

「そうだ。建設中の住宅も写っていた。グレゴリー・ブラックが見せてくれてね。だが、どちらを信じろというのだ? 写真か甥か?」

「きっと簡単に説明がつくはずです。グレゴリーにたずねてみてはいかがですか? 閣下の資金を、彼は賢明に投資したはずですよ」

「すでに問い合わせたが、彼は、ばかなことを言うな、むろん工場は建設中だ、と言った。だが、ベンジャミンは頑として譲らない。〈バルスコット電球工場〉などブルガリアのどこにも存在しないと言うのだ」

「それで、私にどうしてほしいのですか?」私はたずねた。

「真実をつきとめてくれ」

「しかし、なぜ私に? 詐欺行為が行なわれているとお考えなら、警察あるいは金融サービス規制当局へ行くべきです」

彼はしばしば私を見つめていた。

「きみを信頼しているからだ」と言った。

「しかし、私のことなどほとんどご存知ないでしょう」

「きみが思う以上によく知っている」彼は笑みを浮かべた。「いとこの馬で初めて勝ち鞍をあげたとき以来、きみの戦歴をつぶさに見守ってきた。それに、私はつねづね、良し悪しを見分ける能力があることを自慢に思っている。だからこそ、この事業計画の一件が気がかりだ。なにしろ、家族信託は一見して価値があるとわかるものに投資すべきだと兄のシェニントン子爵を説得したのはこの私なのだ。とにかく状況を知りたい」

「閣下、私には、詐欺行為に気づいた場合、あるいは投資の公募において不実表示があった場合、報告する義務があります」

「なるほど」彼は顎をさすりながら言った。「兄も私も、名誉あるロバーツ一族の名が法廷でさらされることはなによりも避けたい。兄は投資金を損金として処理し、口をつぐむことを選ぶだろう。しかし……」彼は言い淀んだ。

「閣下は責任を感じておられるのですね？」

「そのとおりだ。だが、できれば極秘裏に調べてもらいたい。もしもほんとうに詐欺であった場合、正直なところ、自分が好餌となったことをだれにも知られたくない」

「とくに兄上には」

彼は私の目を見てほほ笑んだ。「信頼できる。そのうえ、聡明だ」

「しかし、この件はグレゴリーに話さざるをえないでしょうね」

「まずはだれにも話さずに少しばかり調べてもらえるか？　きみのように優良投資に鼻のきく人間なら、腐った卵があればすぐにそのにおいを嗅ぎつけることができるはずだ」

私は声をあげて笑った。「頼む相手をおまちがえですよ。私の鼻はそれほど鋭くありません」

「いや、鋭いと思うね」ジョリオン・ロバーツは言い返した。「ある友人が、口を開けば、きみの勧めで映画と演劇に投資して利益を得たという話をするのだよ」

「運がよかっただけですよ」私は言った。

「そうだな」彼は笑顔で言った。「きみとアーノルド・パーマーは運がいい」

私は問いかけるように彼を見た。

「きみは若いから知らないか」彼は笑った。「プロゴルファーのアーノルド・パーマーだ」

「彼がどうしたのですか？」私はたずねた。

「ある記者がなぜそんなにゴルフ運がいいのかと質問したときに〝おもしろいことに、練習を積むほど運はよくなるんだよ〟と答えたことで有名なのだ」

しかし、私の運は尽きようとしていた。

第五章

約束どおり、トムリンスン主任警部は木曜日の朝、私の自宅へ迎えの車を寄こし、車が午前八時ちょうどにハーブ・コヴァクのフラットに着くと、そこで待っていた。

「ああ、おはよう、ミスタ・フォクストン」彼は言い、玄関ドアを開けて片手を差し出した。「今日はつま先はどんな調子だ？」

「大丈夫だ」私は正直に答えた。「少しも痛まない」

片足を引きずることを忘れていた。

「たちが悪いからな、巻き爪は。私も何年か前にやったんだ。おそろしく痛かったな」

「幸い、治りが早くてね。で、どう協力すればいい？」

彼が脇へ寄ったので、私はその横を通ってハーブのフラットの玄関間に入った。いまだ〝ハーブのフラット〟として考えているが、法律上はすでに、あるいは、いずれ、私のものということになる。

「ミスタ・コヴァクが金銭的な問題を抱えていなかったのは確かなのか？」主任警部は玄関ドアを閉めながらたずねた。

「いや、確信はないが、彼が金銭的な問題を抱えていたと考える理由はない。なぜ、そんな質問を？」

彼は重ねた書類を私に向かって振り示した。

「それはなんだ？」私はたずねた。

「クレジットカードの利用明細書だ」

「だから？」

「これを見るかぎり、ミスタ・コヴァクはクレジットカードを二十枚以上も所有しており、死亡時にはカード類だけで十万ポンド近い負債があったようだ」

とても信じられなかった。ハーブにそれほどの負債があったこともだが、クレジットカードによる借金だったことが。クレジットの借金が高くつくことなど、ファイナンシャル・アドバイザーならだれよりもよくわかっているはずだ。金利が過去最低だとしても、クレジットカードの年率は通常で十六から二十パーセント、なかには三十パーセントという高いものもある。クレジットカードで金を借りるなど愚か者のやることだ。それほどの負債となると、利子だけで月に千五百ポンド近くになるだろう。税金と国民保険料を差し引いたハーブの手取り給与の半分近い金額だ。

クレジットカードで十万ポンド近い負債があったのであれば、ハーブのフラットはまずまちがいなく抵当に入っているはずだ。この部屋は決して私のものにはならず、銀行のものとなりそうだ。

とはいえ、彼はいつもポケットに金をたくさん入れていた。それに浪費家で、いつも新しい服を着て、外食するのが常だった。どうも矛盾している。

「よく見せてもらっていいか？」私は主任警部に言い、利用明細書に手を伸ばした。

彼がそれを渡し、私は最初の三、四枚にざっと目を通した。たしかにどの明細書も利用残高はひじょうに大きく、何枚かは最高限度額に近いが、全容はまったく見えない。残りの利用明細書にも目を通した。どれも同じような内容だった。

「この明細書の不審な点に気づかなかったのか？」私はたずねた。

「気づかなかったって、なにに？」主任警部が問い返した。

「ここ何カ月も利息の支払いがない。ここに記されているのはすべて新規の請求だ」

利用明細書を裏返して詳細な内訳に目を通し、ハーブが十万ポンドもの金をひと月で使っていたことを知って、改めてショックを受けた。買い物での利用はなく、インターネットギャンブルやオンラインカジノのさまざまなサイトでの入出金ばかりだった。記載件数の多さは尋常ではない。利用明細書をすべて確かめたところ、どれも同様だった。大半がほどほどの金額だが、一件か二件は数千ポンドもの大金だ。かなりの数のギャンブルサイトが払戻金を口座に振り込んではいるものの、大半は赤字を示している。総じて見ればハーブは勝者ではなく敗者であり、ひと月で十万ポンド近い損を出していた。

どの明細書も、前月の負債残高が期日までに支払われていることをはっきりと示していた。支払い済みの金額を暗算で合計してみた。今月も十万ポンド近い負債があるのに、ハーブは、三月だけでもギャンブルによるほぼ十万ポンドの負債を返している。それだけの金を、彼はどこで得ていたのだろう？　だいいち、〈ライアル・アンド・ブラック〉で常勤しながら、これだけさまざまなクレジットカードを使ってこれだけさまざまなサイトで賭けを行なう時間がいったいどこにあったのだろう？　どうも釈然としない。

クローディアが指摘したとおり、もっとも親しい友人のことであっても、他人がなにをしているのかが実際にわかるはずがない。このようなオンラインギャンブル依存が原因でハーブが殺されたなどということがありうるだろうか？　総額は莫大かもしれないが、明細によると個々の請求額は小さく、とても殺人に至るような金額ではない。

「見てもらいたいものはほかにもある」主任警部が言った。「あんたなら、私がわかるように説明できるかもしれない」

彼は背を向けて廊下を進み、左手のドアを入った。私はあとに続いた。

ハーブのリビングルームはいかにも独身男の部屋といったおもむきで、壁にかけられた大型フラットテレビの正面にひとつだけ置かれた深い肘掛け椅子が部屋の半分を占めていた。部屋の奥の大きなデスクにはノートパソコンとプリンタが置かれ、金属製のトレーに三通の書類が入っていた。

主任警部が私に見せたかったのは書類の一通だった。

「捜査に役立つのではないかと考えるある種の品物を持ち出すことに、ミスタ・コヴァクの遺言執行者であるあんたの許可を得たい。たとえばこれだ。だが、持ち出す前にあんたの意見を聞かせてもらいたい」

彼は二枚綴じの書類を私に差し出した。両面に手書きで日付と金額と思しき数字が並び、さらにもう一列に大文字の英字が記されていた。「ミスタ・コヴァクの業務に関係のある書類だろうか？」

私はリストにさっと目を通した。

「ちがうんじゃないかな。これは手書きだが、うちの事務所では書類はすべてコンピュータで作成しているから。これは金額だと思う」中央の二列を指さした。「それと、こっちは日付のようだ」

「そうだな」彼が言った。「そこまではわかっている。だが、これはなんだと思う？」

「クレジットカードの利用明細書の金額と一致しているのか？」私はたずねた。

「いや。突き合わせてみた。数字はどれも一致しない」

「先月の明細書とは？　日付の大半は先月だ」

「いま見てもらったもの以外、利用明細書は一枚も見つけられなかった。もっとも、このリストの日付のいくつかは手もとにある利用明細書と一致するものの、金額はどれも一致しないんだ」

「それなら、残念ながら役に立てないな。どの金額にも思い当たるふしはないし、個々の金額は小さすぎるからミスタ・コヴァクの業務とは関係ない。私たちは、何十万とまでは行かずとも、つねに何千何万の単位で金を扱っている。ここに記された金額の多くは数百ポンドだ」私はもう一度リストを見た。「三列目はイニシャルじゃないか？」

主任警部がリストを見た。「そうかもしれない。どれか思い当たるものは？　たとえば、同僚のだれかと一致するイニシャルがあるか？」

私はリストに目を走らせた。「私にわかるイニシャルはないな」

「わかった」彼は突然、決断を下すかのように言った。「あんたの許可を得て、この書類とクレジットカード利用明細書、ミスタ・コヴァクのノートパソコン、その他のものを持ち出すことにする」

主任警部は片手を振ってドア近くのサイドテーブルに載っている箱を指し示した。私は行って、箱のなかをのぞいた。アメリカ政府発行のハーブのパスポート、アドレス帳、卓上日記、銀行取引明細書を綴ったホルダーを含めて、こまごましたものがあれこれ入っていた。どれもがずいぶんわびしく見えた。

「それで結構だ。だが、わかっているだろうが、そのノートパソコンからミスタ・コヴァクが仕事で使っていたファイルにはアクセスできない」

「たぶんできないだろうな」

「彼はオフィスのファイルやメールにアクセスできたのかもしれないが、その記録は保存されていないはずだ。そのノートパソコンは、ロンバード・ストリートに置かれた事務所のホストコンピュータのキーボードとモニタの役目を果たしただけだ」

「それでも、この手の機器を検索して、彼の死に関係がある可能性のあるメールを探すのが警察の捜査方針でね。了解してもらえると思うが」

「もちろん」異存はなかった。

「よかった」彼はノートパソコンを閉じて、ほかのものと同じ箱に収めた。

「だが、あんたが持ち出す前に、クレジットカードの利用明細書やなんかをコピーしてかまわないか？たしか、遺言執行者の最初の仕事は、故人の銀行口座を解約して負債を返済することだ。しかし、返済しようにも、十万ポンドもの金をいったいどこで手に入れたものやら。銀行の預け入れはどれくらいあった？」

「たいしてなかったな」主任警部が言った。

「見てもかまわないか？」

「どうぞ。ミスタ・コヴァクの弁護人から、いずれはあんたのものになると聞いている」

私は箱のなかから銀行取引明細書を綴ったホルダーを引っぱり出して、最近の数枚を見た。預金残高はそこそこあるものの、トムリンスン主任警部の言ったとおり、十万ポンドには遠く及ばない。むしろ、その十分の一に近い。ホルダーから最新の一枚をはずし、デスクの複合プリンタでコピーをとった。さらに、クレジットカードの利用明細書すべてと、手書きのリスト二枚の両面をコピーしたあと、全部を主任警部に返した。

「ありがとう」彼が言った。「これらを持ち出す許可書にサインしてくれれば、預かり証を渡すよ」

彼が差し出した許可書にサインし、渡された預かり証をポケットにしまった。

「わずらわしい書類仕事だ」彼は許可証を受け取りながら言った。「近ごろは、慎重を期してなにごとも規則どおり厳密に行なわないことには、せっかく見つけたどんな証拠も、法廷で採用できないとござかしい被告側弁護人に言われるからな。まったく、七面倒くさいことだ」

とはいえ、大きな警察官ブーツでどこにでもずかずかと入り込まれたり、許可もこれといった理由もなくなんでも好き勝手に持ち出されたりすることに比べれば、総じてましだと思った。

彼は許可書もほかのものといっしょに箱にしまった。「さて、ミスタ・フォクストン、フラットを見てまわって、警察が室内を荒らしていないこと、さらには場ちがいなものも、なくなっているものもないことを確認してもらいたい」

「喜んで確認させてもらおう。と言っても、ここに入るのは初めてだから、あんたたちが来る前の状態を知らないがね」

「とにかく確認してくれ」彼は片手を伸ばしてドアを示した。

彼をうしろに従えて、私はふたつのベッドルームとバスルーム、設備の整ったキッチンをざっと見てまわった。場ちがいなものはなにもないように見えたが、なくて当然だ。

「フラット内はくまなく捜索したのか?」私はたずねた。

「厳密な科学的捜索は行なっていない。床板をめくったり、壁に穴を開けたりといったたぐいのことは。だが、ミスタ・コヴァクが殺害された理由を検討する役に立ちそうなものがないか、充分に見てまわった。ミスタ・コヴァクは加害者ではなく被害者だからな」

「ここにはどうやって入った?」廊下を戻りながらたずねてみた。「玄関ドアを破った形跡はなかったが」

「ミスタ・コヴァクのズボンのポケットに鍵が入っていた」

またしても、冷たくなったハーブがどこかのモルグの冷蔵庫に無言で横たわっていることを考えた。

「葬儀については?」私はたずねた。

「葬儀がどうした?」

「おそらく手配するのは私の役目だろう」

「検視官が死体を返したあとの話だ」

「いつ返してもらえる?」

「まだ先になるな」彼は答えた。「正式な身元確認がまだだから」

「だが、ハーブだということは私が確認しただろう」

「たしかに」彼は皮肉たっぷりな口調だった。「そんなことはわかっている。あんたの供述で彼の身元は判明したとほぼ確信しているが、あんたは最近親者ではないし、客観的に言って、あんたはこの五年間の彼しか知らない。あんたにはハーバート・コヴァクだと名乗ったかもしれないが、実際は別人だったという可能性もある」

「まあまた疑り深いところを見せてくれるのか、主任警部」

彼はにっと笑った。「最近親者を探し出そうとしているんだが、いまのところはまだ見つかっていない」

「英国へ来る前、彼はニューヨークに住んでいたそうだ。だが、生まれ育ったのはケンタッキー州だ。ルイヴィル。少なくとも、本人はそう言っていた」

いまさらハーブの言葉を疑うのか？

「そのとおり」主任警部が言った。「ニューヨークとルイヴィルの警察に問い合わせているが、これまでのところ、どちらも彼の家族と連絡がついていない。どうやら両親はすでに亡くなっているらしい」

「いつ葬儀ができそうか、おおよその見当だけでも教えてもらえるか？」

「いまのところ不明だ。少なくとも数週間は待たされるんじゃないか。案外、死体をアメリカへ送り返す必要が生じるかもしれないしな」

「その判断を下すのは遺言執行者である私ではないのか？」

「そうかもしれないな。ま、すべては正式な身元確認の結果しだいだ。それは検視官に任せるとしよう。とりあえず、捜査の役に立ちそうなことを思い出したら電話をくれ」彼は内ポケットに手を突っ込んで名刺を取り出した。「携帯電話のほうへ。たいてい電源を入れっぱなしにしている。出なければ、メッセージを残してくれればいい」

　私は名刺を財布にしまい、トムリンスン主任警部は証拠となりうる可能性のある品々を収めた箱を持った。

「自宅まで送ろうか？」彼がたずねた。

「いや、結構だ。まずはここを見てまわろうと思う。帰りはバスに乗るよ」

「爪の手術をしたばかりで歩きすぎるなよ。私はそれをやったせいで、治るまで何週間もかかったんだ」

「気をつけるよ」私は内心でにんまりしながら言った。じつは、ここを出たあと、家へは向かわずに事務所へ顔を出すつもりだった。「で、施錠はどうすれば？」

「ああ、そうだな」彼はコートのポケットに手を突っ込んだ。「合い鍵をもう一本作らせたんだ。万一、彼の私物を調べるためにここへ入る必要が生じた場合にそなえて、そっちはしばらく持っていたい」

「わかった」私は差し出された鍵を受け取った。「あんたはこっちの所属なのか？　てっきりマージーサイド警察の人間だと思っていた」

「マージーサイド警察だ。だが、今週いっぱいはロンドン警視庁パディントン・グリーン署で本件の捜査に当たる。金曜日には地元へ帰る」

「葬儀の手配を始めていいとなれば知らせてくれるか？」

「リバプールの検視官がそのうち連絡をくれるさ」すげなく言うと、彼は、宝に化けるかもしれない箱を脇に抱えて立ち去った。

私はしばらくハーブのデスクについて、クレジットカードの利用明細書を見直した。

明細書一枚につき、インターネットギャンブルやオンラインカジノのサイトが二十件から三十件も載っていた。半数はよく知らないサイトだが、アドレスが正体を物語っている。www.oddsandevens.net、www.pokermillions.co.eg。天才でなくとも察しがつく。

すべてのサイトがどの明細書にも出ているわけではないが、全部に登場しているサイトもいくつかあり、どのサイトも少なくとも五、六件の利用がある。数えてみた。クレジットカードは全部で二十二枚、明細書の記載件数は全部で五百十二件。負債総額は九万四千六百二十六ポンド五十二ペンス。

どの明細書でも入金の記録が何件かあるものの、全体を通じて一件当たりの平均損失額は百八十五ポンドと小額だ。実際の金額を手書きリストの金額と突き合わせてみたが、主任警部が言ったとおり、ひとつとして一致するものはなかった。

金額が大きくないことには驚かないが、仮に驚くとしたら、件数の多さだ。またしても、五百十二回もログインしてインターネットでギャンブルをするような時間がハーブにあっただろうかと考えた。さらに暗算をしてみた。一カ月間、仕事もせず食事も睡眠もとらずに一日じゅうコンピュータの前に座りとおしたとしても、ひとつのサイトにつき一時間半。とても不可能だ。

立ち上がってキッチンへ行った。

冷蔵庫をのぞけばその人のことがおおかたわかる、というのが母の持論だ。ハーブの場合はちがった。彼の冷蔵庫は空っぽで、プラスティック容器に入ったスキムミルクと、中身が半分ほどの低脂肪スプレッドがあるだけだった。戸棚もほぼ空で、朝食用のシリアルの箱がふたつと、古くなったパンが半斤あるだけだ。調理台にはインスタントコーヒーの瓶がひとつと、外側にそれぞれ〝TEA〟、〝SUGAR〟と記された丸い缶があった。中身はそれぞれティーバッグが数包とグラニュー糖だ。

電気湯沸かしで湯を沸かしてコーヒーを淹れた。カップを持ってリビングルームのデスクに戻り、クレジットカード明細書の精査を続けた。

ほかにもいささか腑に落ちない点があることに気づいた。

宛書の氏名と住所が異なっているのだ。

住所は、このフラットのものもあれば、ロンバード・ストリートの〈ライアル・アンド・ブラック〉のものもある。それは別段めずらしいことではない。だが、宛名も異なっているのだ。大きなちがいではないが、私が気づく程度の差違があった。

ふたたび目を通しながら、住所別に慎重にふたつの山に仕分けた。

どちらの住所でも十一枚ずつあり、ハーブの名前の表記が十一通りあった——ハーブ・コヴァク、ミスタ・ハーブ・E・コヴァク、ハーバート・コヴァク、ミスタ・H・コヴァク、ハーバート・E・コヴァク、ミスタ・H・E・コヴァク、H・E・コヴァク・ジュニア、H・エドワード・コヴァク、バート・コヴァク・ジュニア、ハーバート・エドワード・コヴァク、ミスタ・バート・E・コヴァク。

同一名で同一住所宛てのものはない。

さて、なぜそれが頭に引っかかるのだろうか？

玄関ドアで鍵のまわる音が聞こえ、トムリンスン主任警部が忘れものをしたにちがいないと思った。そうではなかった。

廊下へ出ていくと、ブロンドの魅力的な女が巨大なスーツケースを引いて玄関ドアを入ろうと奮闘していた。女は私を見て手を止めた。

「あなた、いったい何者？」女はアメリカ南部なまりでたずねた。

こっちもまったく同じ質問をしようとしていた。

「ニコラス・フォクストン」私は答えた。「で、そっちは?」

「シェリ・コヴァク」女は答えた。「で、兄はどこ?」

兄の死をシェリ・コヴァクに伝えるのはつらかったが、彼女をもっとも苛んだのは亡くなりかただった。

彼女は大きな肘掛け椅子に収まって泣きしきり、私は熱く甘い紅茶を淹れてやった。

発作のようにヒステリー寸前の状態に陥る合間に、彼女がシカゴ発の深夜便で今朝早くに到着したことを聞き出した。約束どおりハーブが空港へ迎えに来ていないことに驚き、かなり腹が立ったものの、結局、彼女は列車とタクシーを使ってヘンドンまで来た。

「だが、なぜ鍵を持っていたんだい?」私はたずねた。

「去年来たときにハーブが合い鍵をくれたの」

ハーブは去年、妹が来ていることを私に話してくれなかった。いや、そもそも、妹がいることすら話してくれなかった。もっとも、話す理由はない。私たちは親友ではなく同僚だ。彼はオンラインギャンブル依存だということも打ち明けてくれなかった。

ハーブ・コヴァクの最近親者が現われたことをトムリンスン主任警部に知らせるべきだろうかと考えた。おそらくそうすべきなのだろう。だが、知らせたが最後、主任警部は飛んで戻ってきて、私の目には機内でひと晩じゅう座っていた彼女にたっぷりの睡眠がなにより必要だということが明らかであるにもかかわらず、無遠慮な質問を浴びせるにちがいない。主任警部にはあとで知らせよう。

衣類乾燥棚で清潔なシーツ類を見つけたので、ふたつあるうち狭いほうのベッドルームにベッドを整えた。そのあと、疲れきり、まだ泣いているミス・コヴァクをリビングルームからベッドへ連れていき、靴を脱いで横にならせた。

「少し眠りなさい」私は言い、彼女にブランケットをかけてやった。「目を覚ますまでこのフラットにいるから」

「だけど、ほんとうにあなたはだれ？」彼女は泣きじゃくりながらもたずねた。

「お兄さんの友人だ。いっしょに仕事をしていた」ハーブが全財産を彼女にではなく私に遺したことはまだ告げないことにした。そもそも、彼はなぜそうしたのだろう。

シェリ・コヴァクは、頭を枕に沈めるや眠りに落ちた。私は彼女をベッドルームに残して、ハーブのデスクとクレジットカード明細書に戻った。

九時を過ぎていたので、携帯電話で事務所にかけた。ミセス・マクダウドが出た。

「巻き爪の男が病欠の連絡だ」私は言った。

「ずる休みね」彼女は笑いを含んだ声で断じた。

「いや、少しちがう。遅刻して出勤するよ。ミスタ・パトリックには、申し訳ないが用事ができたと伝えてほしい」

「なにか問題でも？」彼女はたずねた。

「ちがう。問題ではないが、かたづけなければならない用事だ」

どのような用事なのか訊きたがっている気配を感じた。ミセス・マクダウドは、彼女の言う〝スタッフ〟の身辺をすべて把握したがる。なにかというとクローディアの様子をたずねるし、私の母についても私以上によく知っているようなのだ。

「教えてくれ、ミセス・マクダウド」私は愛想のいい口調でたずねた。「ハーブ・コヴァクに妹がいることを知っていたかい？」

「もちろん」彼女は言った。「シェリでしょう。シカゴに住んでいるわ。ハーブとは双子よ。去年の夏、ハーブを訪ねてきたの」

「うちのみんなが月曜日に事情聴取を受けたとき、そのことは警察に話したのか？」

「いいえ」彼女はきっぱりと言った。「話していない」

「なぜ？」私はたずねた。

「訊かれなかったから」

ミセス・マクダウドはどうやら警察を好いていないらしい。

「ミスタ・パトリックに、今日は少し遅れると伝えてくれるね」

「ええ、伝えるわ。とにかく、いま事務所にいなくて正解よ。ミスタ・グレゴリーがかんしゃくを起こしているから」

「原因は？」

「あなたよ」彼女は言った。「完全に頭にきてるわね。あなたのせいで事務所の評判はがた落ちだって。首を切りたがってるわ」

「だが、なぜ？」不安になってたずねた。「私がなにをした？」

「わからないの？」

「わからないよ」

「《レーシング・ポスト》の一面を読みなさい」

玄関へ向かう途中でシェリの様子を確かめた。長いブロンドの髪が顔にかかっているため、ドア口でしばし呼吸音が聞こえるのを待った。よく眠っている。彼女にはいちばんの薬だ。残念ながら、目覚めたときにはおそろしい現実が待ち受けているのだが。

私はできるだけ足音をしのばせて玄関ドアを出ると、新聞販売店を探すためにヘンドン・セントラル駅へ向かった。

新聞を手に取るまでもなく問題を理解した。インチ大の太字の見出しが見えたのだ。

〝フォクシー・フォクストンとビリー・サールが十万ポンドもの賭け〟

震える手で代金を払い、店内に立ったまま読んだ。

見出しばかりか、ビリーと私の写真まで載っていた。私の写真は騎手時代に撮られたもので、勝負服にジョッキー帽という姿だった。

見出し同様、記事本文もひどい内容だった。

障害競馬のリーディング騎手ビリー・サールは昨日、チェルトナム競馬場において、かつての同僚騎手ニック（フォクシー）・フォクストンと激しく言い合っているところを目撃された。醜い争いの中身はなにか？　金だ。

本紙のチェルトナム競馬場担当記者によれば、火種は十万ポンドを上まわる金で、サールは自分のものであるその金を即座に返却するようフォクストンに求めていたという。いさかいのなかで、なぜ自分を殺したがるのかと、サールはフォクストンにぶつけたらしい。この悶着は、フォクシーがシティの金融会社ライアル・アンド・ブラックに得た新しい仕事、株式市場で日々人さまの金を使って賭けを打つ仕事と関係があるのだろうか？

有名調教師マーティン・ギフォードは、火曜日にフォクストンから聞いた話だとして、先週土曜日に殺害され、グランドナショナルの中止を招くに至ったハーバート・コヴァクはフォクストンの親友であり、フォクストン同様ライアル・アンド・ブラックに勤める証券取引人だった、と語っている。さらには、フォクストンが口で言っている以上に当該殺人事件について知っているのではないか、との推測を述べている。

昨日のフォクストンとサールとの言い争いがエイントリーで起きた殺人事件となんらかの暗い関係があるのではないかと疑問を覚えたとしても驚くには当たらない。競馬規則ではプロ騎手が賭けを行なうことを明確に禁止しているが、その制限は元騎手に対しては適用されない。本紙はこの件について続報を届けるべく努める。


記事は巧妙で、ビリー・サールあるいは私に対してなんらかの不正行為の疑いがあると断じることはせず、疑惑を抱くように誘導しているにすぎない。だが、ふたりのあいだでなんらかの共同謀議があり、それがハーブ・コヴァクの死と関係している、との含みを持たせることを狙った論調であることはまずまちがいない。

グレゴリー・ブラックがオフィスでいきり立っているのも不思議はない。

私の携帯電話がひんぱんに鳴らないのが意外だった。

くそ。これからどうすればいい？

パトリックの携帯電話にかけた。受付係のふたりともがほかの電話を受けているときには私たちが外線を取ることがあり、万一グレゴリー本人が電話を取るといけないので、事務所の番号にはかけたくなかったのだ。

「おはよう、ニコラス」パトリックが言った。「慎重に当たれと指示したはずだ。グレゴリーがきみをとっちめようとしているらしい。私ならしばらく身をひそめることにするがね」

「そうするつもりです」私は言った。「しかし、あの記事は真っ赤な嘘です」

「それは、きみも私も承知している。だが、残念なことに、一般の人たちは紙面で読むことを信じるだろう」

「しかし、あの記事は完全に真実をねじ曲げているんですよ。不公平だ」

「政治家連中にそう言ってやれ」彼は声をあげて笑った。「グレゴリーにはさっき、新聞に書いてあることなど信じるなと言ったが、彼は、そもそもきみが人前で顧客と言い争ったのがいけないと言ってね。そうとう腹を立てている」

「言い争ってはいません」自己弁護のために言った。「ビリー・サールはなんの理由もなく私をどなりつけ、ののしりだしたんです」

「心配するな。二、三日もすれば収まるだろう」

そのとおりになることを私は願った。

第六章

足が歩道をとらえている感覚もほとんどないままハーブのフラットへ歩いて戻った。とんでもないことになった。

こんなことになってビリー・サールも不満だろうと想像がついた。彼がなにより避けたいのは、緊急に十万ポンドも必要になった理由を競馬当局に問いただされることだろう。

自分で玄関ドアの錠を開けて入り、またシェリの様子を確かめに行った。同じ体勢のまま、まだ眠っている。彼女を起こさず、リビングルームへ戻ってハーブのデスクにつき、自分のノートパソコンを持ってくればよかったと考えた。フィンチリーのキッチンテーブルに置いてあるので、取りに帰りたくなった。だが、そうはせずにクローディアに電話をかけた。

「やあ、私だ」電話に出た彼女に言った。

「あら」彼女が答えた。

「パソコンをハーブのフラットまで持ってきてもらえるか?」私は頼んだ。「妹さんが姿を見せたんだが、ハーブの死を知らなかったんだよ。いまは眠っているけど、長くひとりにはしておけない気がしてね。ここで仕事をしようと思うが、ノートパソコンが必要なんだ」《レーシング・ポスト》の歓迎せざる報道についてはまだ告げないことにした。

わずかな間があった。

「いいけど」クローディアの口調はかすかないらだちを含んでいた。

「そんなに遠くない」私はそれが明るい材料であるかのように言った。「車を使え。駐車したりなんかしなくても、パソコンだけ届けてくれればいいから」

「いいけど」彼女は熱意を欠いた口調で繰り返した。「でも、出かけるところだったの」

なんだよ、無理な頼みではないだろう。

「どこへ行くんだい？」

「べつに。友だちとコーヒーを飲むだけよ」

「だれと？」

「あなたの知らない友だち」彼女は言葉をにごした。

たぶん画家仲間だろう。私は知らないし、知りたいとも思わない連中だ。何人かはクローディアの描く絵のように風変わりなのだ。

「頼むよ、クローディア」私は有無を言わさぬ口調で言った。「ここで仕事をするために必要なんだ」

きみが家賃を払わなくてすむだけの金を稼ぐためにね、と思ったが、口にはしなかった。

「いいけど」彼女はあきらめたような口調で繰り返した。「フラットの場所は？」

住所を告げると、彼女はすぐにパソコンを持っていくと約束した。

待つあいだに、主任警部が箱を持ち出したあとハーブのデスクに残されたままだった書類の山に目を通した。

雑然と重ねられた、お定まりの公共料金の請求書やデビットカードの利用控えの山に、金融関係雑誌、保険関係書類、私信がまじっていた。そのすべてに目を通したが、ハーブの死を望むであろう人間について、あるいは彼がインターネットを利用した賭けで一カ月に十万ポンドも使うようになった理由について、なんらかの手がかりを与えてくれるものはなにひとつなかった。

手がかりが見つかると期待していたわけではない。めぼしいものはすべて警察が持ち去ったはずだ。

次にデスクのひきだしの中身を調べた。ひきだしは左右にそれぞれ三段あり、左側の三段にはホチキスと替え針、さまざまな大きさの茶封筒、プリンタ用紙とインクカートリッジ、ケース入りの蛍光色のマジック、プラスティック容器に入った大きなクリップ、電卓といったありふれたものが入っていた。右側の三段には、支払い済みの手形の山や、所得税関係のさまざまな書類、ハーブの名義のアメリカの納税申告書の控え、もらったクリスマスカードをゴムで束ねたもの、〈ライアル・アンド・ブラック〉の月々の給与明細を収めたクリアフォルダーといった、左側の中身よりは興味を引かれるものが入っていた。

ロンドンへ来る前にニューヨークの〈JPモルガン・アセット・マネジメント〉で三年間の勤務経験のあるハーブが私よりも給料を多くもらっていたのか知りたかった。いまや私がパトリックのアシスタントのなかでいちばんのベテランになるのだから、昇給の交渉をしてみよう。

請求書類をざっと見たが、灯台の光さながら私を殺人者のもとへと導いてくれる情報はひとつもなかった。ただし、ハーブは私の母がつねづね〝散財屋〟と称するタイプの人間だったことがわかった。母は、自分が日ごろからそうしているようにまさかのときにそなえて堅実に貯金するのではなく、不要な贅沢品を買うために金を浪費する人たちを指して、そう呼んでいるのだ。

地元の旅行代理店発行の二枚の請求書が、ハーブの〝散財〟には八千ポンドもするブリティッシュ航空のファーストクラスのアメリカまでの往復航空券が少なくともふた組含まれていることを示していた。ひと組は、つい先月に予約したばかりで未使用の五月の航空券だった。私より高給を得ていたのかもしれないとはいえ、たとえクレジットカードによるオンラインギャンブルの負債がなかったとしても、

〈ライアル・アンド・ブラック〉からの収入だけではそんなに高い航空券を買えるわけがない。

彼は亡くなった両親から莫大な遺産を相続したのだろうかと考えた。父親が家族の金をギャンブルですってしまったとハーブはつねづね不満を言っていたのだから、それはまずありえない。だが、残りの金をハーブがせっせと浪費し、ギャンブルに注ぎ込んでいたのかもしれない。

だが、当の金はどこに隠していたのだろう？

銀行の最後の利用明細書のコピーを改めて眺めた。コピーをとったのは、たんにハーブの口座番号と支店コードの控えにするためだ。彼の死を銀行に伝える際に必要だからだ。最終残高は一万ポンド弱だが、利用明細書のどこにもクレジットカード口座への支払いはなく、どう見ても先月に八千ポンドを旅行会社に支払ってもいない。

ハーブは別の銀行に口座を持っていたにちがいないが、このデスクのどこにもそれを示すものはなかった。

腕時計で時刻を確認した。クローディアに電話をしてから三十分近く経っている。フィンチリーのリッチフィールド・グローヴからヘンドンのシーモア・ウェイまで、車で十分しかかからないはずだ。通りのどこかにいるのか確認するためにエントランスへ出ていったが、クローディアあるいはメルセデスの影も形もなかった。

ドア口でさらに五分ほど待つうち、いらだちがわずかに増した。催促の電話をかけたくはないが、我慢の限界が近づいていた。

昔なら、会えるというだけでわくわくして、彼女が半日も遅刻したところで、これっぽっちも気にさわらなかっただろう。一度など、税関を出てくる彼女を絶対に見逃さないようにと、搭乗便の到着予定時刻より二時間も前からヒースロー空港で待っていた。

だがいまは、私たちの関係は終焉へ向かっているのだろうかと、またしても考えていた。

電話をかけてから約三十五分後、ようやく彼女が到着した。道路の中央に車を停めて助手席側の窓を下ろした。私はかがむように上体を車内に突っ込んで助手席のパソコンを取った。

「ありがとう」と言った。「じゃあ」

「うん」と応えて、彼女はすぐさま走り去った。

私は道路に立って手を振ったが、それが見えているのだとしても、クローディアは手を振り返さなかった。以前は、たがいの姿が完全に見えなくなるまで懸命に手を振り合って別れたものだが。

ため息が漏れた。クローディアとの関係に感情を大量に投資してきたので、ひとりに戻って再出発することを考えると、なんの喜びも感じない。だいいち、彼女との関係を終わりにしたいのか、自分でもはっきりわからない。

クローディアはいまも私の胸をときめかせるし、セックスも上々だ。もっとも、以前に比べれば回数は減ってきた。いや、クローディアがなんだかんだと言い訳をするので、ここ二週間はごぶさただ。なにが噛み合っていないのだろう？　なぜ彼女は突然、私に愛情を向けてくれなくなったのだろうか？

ほかの男とデートしているのだろうか？　だが、だれと？　断じて、美術学校時代に知り合った美術家ののらくら者ではないはずだ。彼女があゝいった連中のひとりと親密にしていると考えると、情けなくはなるが、怒りはまったく感じなかった。

みじめな気分でハーブの部屋へ戻り、またしてもデスクに向かったものの、パソコンを前にしてさえ、あの新聞記事について、そしてクローディアについて考えるせいで、仕事にまったく集中できなかった。

三十分後、彼女の携帯電話にかけてみたが、すぐに留守番電話に切り替わった。なにを言ったものかわからず、メッセージは残さなかった。

しかたがないので、ハーブのルーター経由でインターネットにアクセスし、オフィスに届いているメールをチェックした。大半は、市場の水準を大きく上まわる利益率で勧誘するさまざまな金融会社からのくず(ジャンク)メールだった。

そうしたゴミのなかに、今日は仕事のメールが三件まじっていた。一件はダイアナからで、ビリー・サールの全資産を売却した報告と、まもなく事務所の顧客口座からビリーの銀行へ送金されることを知らせる内容だった。一件はパトリックからで、新たに制定される年金法を見越して大手のある金融サービス会社が提案している新しい個人年金プランについて精査するよう求める内容だった。もう一件はジェシカ・ウィンターからで、出勤するつもりなら防弾チョッキを着てくるようにと忠告していた。

つい五日前にハーブの身に起きた事態を考えると、ことさら無神経な助言だと思った。

改めてジャンクメールを眺めた。

謳っている利回りがよすぎて信じられない気がするのであれば、とりも直さず眉唾物だということだ。

昨日チェルトナム競馬場でジョリオン・ロバーツと交わした会話を思い返した。ブルガリアの土地開発計画で謳われた利回りは、信じられないほどよすぎただろうか？　思い出せるかぎりでは、そんなことはなかった。懸念を覚えるほどの利回りではなく、むしろ、遠く離れた地での事業計画であるがゆえ進捗状況に関する正確かつ最新の情報を得るのが困難となる可能性があった。まさに、いまミスタ・ロバーツが焦慮している問題点だ。

事務所の顧客管理ファイルの検索バーに〝ロバーツ〟と打ち込みはじめたが、思い直した。事務所のホストコンピュータにはファイルへのアクセス履歴がすべて保存されるので、だれがどのファイルを閲覧したのかがだれにでもわかる。べつに社員の監視やファイルへのアクセス制限が目的ではなく、アクセスされたファイルを記録しやすくするためだ。私が閲覧したファイルへのアクセスはパトリックがかなり無作為ながら定期的に確認しているはずであり、社員がアクセスした全ファイルに関しては、コンプライアンス責任者のジェシカ・ウィンターが定期的に精査しているはずだ。

だれかがファイルを開けば、最新五件のアクセス記録が閲覧者の氏名と日時とともにコンピュータモニタの右上隅に表示される。

独立ファイナンシャル・アドバイザーのひとりである私には、事務所のどのファイルでも閲覧できる権限があるのだが、グレゴリーの承諾を得ずに彼の顧客のファイルにアクセスした理由を――まして、ロバーツ家族信託という重要な顧客に、このタイミングでアクセスした理由を――説明するのはむずかしいかもしれない。

グレゴリーとパトリックに、どうせならジェシカにも、直接会って、ジョリオン・ロバーツと交わした話を打ち明け、問題に当たってもらうのがいい、とみずからに言い聞かせた。だが、ほんとうに、顧客に誤った情報を与えたとしてグレゴリーの責任を問うようなまねをしたいのか？　よりによって今日、この日に？

それなら、ほんとうに防弾チョッキが必要だ。

証券取引委員会（SEC）が成文規則にのっとった管理制度を採用しているアメリカとは異なり、ここ英国の管理当局は原則主義に基づく規制体制へと移行した。正直、公明正大、廉直という最高原理を守って行動するという責任が、いま私にのしかかっていた。

どちらのシステムがまさっているかの判断はむずかしい。どちらも詐欺を未然に防ぐものではないことは過去の経験が示している。現にＳＥＣは、バーニー・マドフを何度も調査しながら、個人が働いたなかでアメリカ史上最大級の詐欺事件をあぶり出すには至らなかった。あろうことか、マドフはＮＡＳＤＡＱの会長を三期も務めている。それも、彼が詐欺に手を染めた何年ものち、彼が興した会社の業務内容に関してSECが最初の調査に失敗したあとだ。

マドフ（Madoff）という名前は必然だ。彼は六百五十億ドルもの金を――そう、億単位の金を――まんまと〝だまし取った（made off）〟。ひとえに、彼がアメリカの成文化された取締規則を不正に回避することをはばからなかったからだ。それにひきかえ、ここ英国で私が遵守すべきは、法の文言だけではなく、法が持つ精神もなのだ。

とはいえ、現実問題として、ある顧客がわが事務所のシニアパートナーの一方の判断力を疑問視しているという事実を上司たちとコンプライアンス責任者にすぐさま報告しないことは、原則主義に基づく規制体制の精神に従うことになるだろうか？

おそらく、ならないだろう。

グレゴリーがいくぶん冷静さを取り戻ししだい、彼らに話そう。とりあえずは、ジョリオン・ロバーツの依頼どおり隠密に少し調べてみよう。

まずはグーグルで〝ブルガリアの土地開発計画〟を検索してみたところ、約五千五百万件もヒットした。最初の二件は、私の探している開発計画と無関係のようだった。次に〝バルスコット　ブルガリアの土地開発計画〟で検索すると二件しかヒットしなかったが、二件とも、ドナウ川のどちら側にせよ低エネルギー電球の製造工場とは無関係だった。

次に〝ヨーロッパ〟で検索してEUの公式サイトを見てみたが、ヨーロッパ大陸そのものを移動する以上にサイト内の移動は困難だった。

どれも、いわば行き止まりで、事務所のロバーツ家族信託のファイルにアクセスしないことには、だれがどこでブルガリアあるいはEUとの接点を持っているのかがつかめない。だが、事務所のファイルにアクセスする勇気はなかった。

その代わり、事務所に保管されている書面による記録をこっそり調べることにした。株や債券はますますオンラインで売買されるようになってきたにせよ、デジタル取引のバックアップはいまも物理的な書類で行なわれており、うちの事務所では書類を最低五年間は保存する決まりだ。したがって、オフィスには取引報告書を収めた箱が山積みで、そのどこかに、ロバーツ家族信託が〈バルスコット電球工場〉に五百万ポンドを投資したことを示す書類が存在するはずだ。

椅子の背にもたれてクローディアのことを考えた。また携帯電話にかけてみたが、さっきと同じく、呼び出し音も鳴らないまま留守番電話に切り替わった。パソコンを持ってきてくれたときに《レーシング・ポスト》の記事について話しておけばよかったと、いまさら悔やんだ。もう一度かけて、今回はメッセージを残した。

「ダーリン。これを聞いたら電話をくれないか？　愛してるよ。じゃあ」電話を切った。

ハーブのデスクの時計に目をやった。まだ十時四十五分だ。ここへ来て三時間弱だが、もっと長くいる気がした。

午前十時四十五分に、電話の電源を切る必要のあるなにを、だれと、クローディアはやっているのだろう？

ため息が漏れた。できれば知りたくない。

ハーブの遺言執行者として、銀行取引明細書にある口座番号と支店コードを使って彼の取引銀行にメールを送り、当人が亡くなった旨を伝えると同時に、ミスタ・コヴァクの口座の詳細、とくに残高を知らせてほしいと依頼した。

いささか驚いたことに、ほぼ即座に返信メールを受け取った。訃報を知らせた礼と、私が依頼した情報を開示する前に、死亡証明書、遺言状の写しと検認証書をはじめ、さまざまな原本書類の提出が必要だと伝える内容だった。

それだけの書類をそろえるのに、どれくらいの時間がかかるだろう？

シェリが廊下の先のバスルームへ行く音が聞こえた。

少なくとも、彼女の抱えている問題に比べれば、私とビリー・サールとのあいだの問題などものの数にも入らない。

ゴミ箱になにか入っていたので、どうせほかの場所ものぞいたのだから、ここも確認しようと考えた。《レーシング・ポスト》の一面をはずし、いまいましい記事が目に入らなければ私の名声と経歴に対する損傷をなんらかの形で抑えることができるとばかりに、小さく折りたたんだ。その不快な紙面をポケットに突っ込むと、残りはデスクの下のゴミ箱に放り込むことにした。

中身をデスクの上に空けた。

開封済みの封筒や、スターバックスの紙コップ、くちゃくちゃに丸めたティッシュにまじって、一インチ四方くらいの紙片がたくさん出てきた。紙コップと封筒とティッシュをゴミ箱に戻し入れ、紙片の山だけデスクに残した。一枚の紙をちぎったものであることはほぼ明白なので、もとどおりにつなぎ合わせる作業に取りかかった。どこかジグソーパズルを解くのに似ているが、箱に描かれたヒントの絵はない。

すぐに、もとの紙は一枚ではなく三枚だったことがわかった。徐々に目の前に復元していった。三枚とも六×四インチ大で、印刷された文面とともに、ペンによる手書きの文字が認められた。筆跡は似ているが、書かれた文字はそれぞれ異なっている。復元した紙片をセロテープで張りつけた。

「なにをしてるの？」シェリがドア口でたずねた。

彼女の声にぎくりとなった。

「べつになんでもない」椅子を回転させて彼女に向き直った。「気分はどう？」

「最悪」彼女は室内に入ってきて、深い肘掛け椅子にどさりと腰を下ろした。「とても信じられなくて」

また泣きだすのではないかと思った。目の下の黒ずみが疲労によるものか涙でにじんだマスカラなのか、判断がつかなかった。

「また紅茶を淹れよう」私は立ち上がった。

「うれしい」彼女は作り笑顔で言った。「ありがとう」

私はキッチンへ入って湯を沸かした。自分用にコーヒーも淹れると、ふたつのカップを持ってリビングルームへ戻った。

シェリがデスクについて復元した書類を見ていたので、私は大きな肘掛け椅子の肘掛け部分に腰を下ろした。

「それがなにかわかるのか？」私はたずねた。

「もちろん。マネーホームの支払伝票でしょう」彼女は紅茶をひと口飲んだ。「一枚は八千、あとの二枚は五千ずつ」

「ポンドで？」

彼女は伝票をよく見た。

「ドルで。ポンドに換算してる」

「なぜそんなことがわかるんだい？」

彼女は私の顔を見た。

「マネーホームはよく使うから。ウエスタンユニオンに少し似てるけど、こっちのほうが手数料が安いの。世界じゅうに代理店があるし。ハーブはわたしの航空料金をマネーホーム経由で送金してくれたわ」

「この伝票のどれかがそれなのか？」

「ちがう」彼女は確信を持って言い切った。「三枚とも、送金したときじゃなくてお金を受け取ったときにもらう伝票よ」

「つまりハーブは、一万八千ドル相当分の金をマネーホーム経由で受け取ったということか？」

「そう」

「いつ？」

彼女は復元した伝票を丹念に見た。「先週。だけど、三枚とも別の日よ。八千ドルは月曜日、五千ドルはそれぞれ火曜日と金曜日ね」

「送金者は？」

「この伝票からわかるのは、お金をどこのマネーホーム代理店で受け取ったかだけ。送金者の名前はわからない」彼女はまた紅茶に口をつけた。「いったいなんなの？」

「わからない。破り捨ててあったのをゴミ箱のなかから見つけたんだ」

彼女は紅茶を飲みながら、カップの縁越しに私を見ていた。

「だけど、そもそもどうしてあなたがここにいるわけ？」とたずねた。

「私はハーブの友人で同僚だった」札入れから名刺を一枚出して彼女に渡した。「彼は私を遺言執行者に指名していたんだ」遺産の唯一の受取人にも指定していたことは、やはり言わないことにした。

「ハーブが遺言状を書いてたなんて知らなかった」シェリは私の名刺を読み上げた。「ミスタ・ニコラス・フォクストン、政治学士、経済学修士、パーソナルファイナンス協会会員」

「〈ライアル・アンド・ブラック〉に入った五年前に作成したんだ」私の資格を読み上げる彼女の声を

無視して続けた。「うちの事務所では、全員が遺言状を作ることになっている。その覚悟もないアドバイザーが顧客に終活をするように助言などできるはずがない、とシニアパートナーたちがつねづね説いていてね。だが、ハーブが私を遺言執行者に選んだ理由はまったく見当もつかない。たんにデスクが隣同士だったからかもしれない。英国へ来たばかりで、ほかに知り合いがいなかったんだろう。だいいち、二十代のときは、自分が死ぬなんてこと、だれだって考えられないしね。とは言っても、アメリカに住んでいるにせよ、きみを遺言執行者に指定すればよかったんだ」

「ハーブとわたしは五年前にはろくに口をきかなかったから。実際、そのころには、二度と顔も見たくないし声も聞きたくないって言っちゃってたし」

「それはちょっと言いすぎだったんじゃないか?」

「両親のことで大喧嘩したのよ」彼女はため息をついた。「いつだって、喧嘩の原因は両親のことだった」

「両親のどんなこと?」私はたずねた。

彼女は、話したものかどうか判断しようとというように私を見た。

「母と父は、言ってみれば、変わった夫婦だった。父はチャーチルダウンズ競馬場の裏手で無認可のブックメイカーとして生計を立てていた。まあ、あれを仕事と言ってよければの話だけど。厩務員のはずが、ろくに馬たちの面倒を見なかったの。父はほかの厩務員たちから、そして一部の調教師や馬主たちからの賭けを受けることばかりしていた。勝つこともあったけど、たいてい負けた。母のほうは、ルイヴィルのダウンタウンにあるしゃれたホテルでカクテルウェイトレスとして働いていた。少なくとも、本人はまわりにそう言ってたわ」

彼女がいったん口をつぐんだので、私は黙って待った。言いたければ自分から言うだろう。

「母は売春婦だったの」シェリがまた泣いていた。

「無理に話さなくていい」私は言った。

彼女は涙をたたえた目で私を見た。「だれかに話したいの」ぐっと唾をのみ込んだ。「ずっと溜め込んできたから」

彼女は、発作のように襲う涙の合間に、自分とハーブの悲惨な幼少期について語って聞かせた。何年も席を並べていたのに、ハーブがファイナンシャル・アドバイザーになるためにいくつもの障害を乗り越えなければならなかった事実に気づかなかったとは、われながらあきれた。

ハーブとシェリの父親は酒に酔っては虐待を繰り返し、ふたりを無給の労働者として扱ったらしい。どちらも学業成績がよかったのに、父親は十六歳で学校を辞めて働けと――ハーブはチャーチルダウンズの厩舎で厩務員として、シェリは母親が商売をしている観光ホテルで客室係として――命じた。

ハーブは反発し、ひそかに入学申請をしていた私立のハイスクールから無償特待生として入学を認められると、レキシントンへ逃げた。だが、寮には入れず、路上生活をしていた。学校の理事のひとりが彼を見とがめ、自宅の一室を与えてくれた。その理事が金融サービス業に就いていたことから、ハーブの職業が決まった。

ハーブはハイスクール卒業後もレキシントンにとどまり、奨学金を得てケンタッキー大学に通い、優秀な成績で卒業後はニューヨークの〈JPモルガン〉に就職した。

それほどの野心家がなぜ、巨大な世界的資産運用会社のひとつを辞めて、金融業界ではかなり小規模な〈ライアル・アンド・ブラック〉のような事務所へ移ったのだろう。ニューヨークで成功のチャンスを台なしにしたのだろうか？

シェリのほうは、客室係として優秀で、仕事を楽しんでいたところ、ホテルの経営者の目に留まり、さらなる訓練を受けることになった。その結果、シカゴへ異動となり、いまは同じ系列の大型ホテルで客室係副主任をしている。

こうした情報が私にとってなんらかの役に立つとは思えないが、シェリが鬱積した感情を解き放つあいだ、黙って耳を傾けた。

「ハーブとはなぜ仲たがいを？」たびたび入る間のひとつをとらえてたずねてみた。

「父が死んだとき、ハーブは葬儀のためにニューヨークから戻ることを拒んだの。戻って母を支えてあげてと言ったんだけど、仮に母さんが明日死んだとしても母さんの葬儀にも出席する気はないって。そのとおりの言葉でね。母もそれを聞いたの。運転中にスピーカーホンで話していたわたしの横に母も乗っていたから」口をつぐむと、またしても涙が頬を流れ落ちた。「いまでも、そのせいで母があんなことをしたんだと思ってるわ」

「なにをしたんだい？」私はたずねた。

「タイレノール・エクストラをひと瓶、飲んだ。百錠よ」

「亡くなったのか？」

彼女はうなずいた。「夜のうちにね。翌朝、わたしが発見した」彼女は背筋を伸ばし、鼻から深く息を吸い込んだ。「母を殺したってハーブを責めて、そのとき、二度と顔も見たくないし声も聞きたくないって言ったの」

「両親が亡くなって何年になる？」

「六年ぐらい。七年かもしれない」彼女は一瞬、考えた。「この六月で七年になる」

「で、きみの考えが変わったのはいつ？」

「えっ？　ハーブに連絡を取ったかってこと？」

私はうなずいた。

「わたしからは取ってない。ハーブから連絡してきたのよ、二年ほど前に」彼女はため息を漏らした。「双子の兄と五年も口もきかないなんて長いわよね。もっと早く連絡を取りたかったけど、プライドが邪魔をして」間を置いて続けた。「いいえ、愚かだったと言ったほうがいい。ハーブがわたし宛ての手紙をホテル会社に送ってきてくれたから、約束をしてニューヨークで会ったの。去年の夏の休暇は、ハーブの招きで英国へ来て、このフラットに泊めてもらった。楽しかった」彼女は笑みを浮かべた。「昔に戻ったみたいだった」笑みが消え、またしても涙が流れはじめた。「ハーブが死んだなんて、とにかく信じられない」

私もだ。


ようやく事務所に着いたのが一時二十分――この時刻なら、グレゴリーはロンバード・ストリートの端でたっぷりの昼食をとっているはずだと踏んだのだ。それでも、定刻より遅くなった彼と出くわす危険を最小限に抑えるため、彼の行きつけのレストランとは反対の方向から六十四番地へ近づいた。

エレベーターは使わず、非常階段でこっそり四階へ上って、ガラスのドアから頭だけ突っ込んだ。

「ミスタ・グレゴリーはもう昼食に出たかい？」受付デスクについているミセス・マクダウドに小声でたずねた。

「十分前にね」彼女も小声で返した。

「ミスタ・パトリックは？」私はたずねた。

「いっしょに行ったわ」彼女が答えた。「ふたりとも、少なくとも一時間十五分、もしかしたらもっと長く戻らないわよ」

私は緊張を解き、彼女に向かってほほ笑んだ。「一時間だけいいようかな」

「賢明ね」彼女は満面に笑みを浮かべた。「さあ、聞かせて。新聞に書いてあることはほんとうなの？」

「いや。もちろん、ちがう」

彼女はいつもの〝信じるものですか〟という顔をした。「なにかやったにちがいないわ。そうじゃなければ一面に載るはずがないでしょう」

「ミセス・マクダウド、なにもないよ。ほんとうだ」

彼女はアイスクリームをもらいそこねただだっ子のように、口をへの字に曲げた。私はそれには目もくれずに受付デスクの前を通り、その先の廊下を進んだ。通りざま、いつも開いているコンプライアンス責任者のオフィスのドア口からなかをのぞいたが、ジェシカ・ウィンターズは不在だった。ジェシカは昼休みに決まって外へ出るひとりだ。ハーブもそうだったが、彼の目的はランチではなく近くのジムでトレーニングをすることだった。

そのまま進んで自分のオフィスに入った。もっとも、完全な個室ではない。小さな部屋を間仕切りで区切ってデスクが五つ詰め込まれており、そのひとつが私の席だ。ハーブがその隣だった。ともに窓ぎわのブースで、パトリックのあとふたりのアシスタント、ダイアナとローリーはドア口に近いふたつのブースを使っていた。残るひとつのブースは特定の個人のものではなく、非常勤スタッフが使う。たいがい、週に二日出てくる会計士が座っているが、弁護士のアンドルー・メラーもデスクが必要なときには使っている。今日は空席だった。

ダイアナは例によって昼食に出ているが、ローリーは自席について、片手に食べかけのサンドイッチを持ち、もう片方の手でコンピュータのキーボードを打っていた。

「驚いた」ローリーがサンドイッチをほおばったまま言った。「透明人間の復活だ。グレゴリーが午前中ずっと探してた。ほんとうにヤバイよ」どこか喜んでいるような口調に加え、デスクに折りたたんで置かれた《レーシング・ポスト》が目に留まった。おそらく、あの記事をグレゴリーに見せたのはこの男なのだろう。

「私の姿は見なかった。わかったな！」私は言った。

「浅ましい事件に巻き込まないでもらいたい」ずいぶんと居丈高なもの言いだった。「あんたのために自分のキャリアを危険にさらすつもりはない」

ローリーはときにいけ好かない野郎になる。

「ローリー」私は言い返した。「自分のキャリアなんて口にするのは、万が一にもＩＦＡの資格が取れてからにしろ。それまでは黙ってろ！」

彼が資格試験に二度落ち、次が最後のチャンスだと私が知っていることを本人も知っている。彼は分別を働かせて黙った。

私はスーツの上着を脱いで自分の椅子の背にかけた。そのあとハーブの席について、いちばん上のひきだしを開けた。

「なにをしているんだ？」ローリーがいささか傲慢な口調でたずねた。

「ハーブのデスクを調べている。遺言執行者として、彼の妹の住所を探しているんだ」ハーブの妹がヘンドンにいるという事実がローリーの耳に入ることはない。ローリーは私の返答を無視し、ふたたび片手でキーボードを打ちだした。

シェリの住所は見当たらなかったが、ひきだしからまたしてもマネーホームの支払伝票が二枚出てきた。今回は細かくちぎられていなかった。それと、ハーブのフラットでトムリンスン主任警部が見せてくれたのによく似た、両面に手書きしたリストも出てきた。それらを丁寧に折りたたんでポケットに突っ込んだ。

それを別にすれば、デスクは驚くほどかたづいていた。くしゃくしゃにしたお菓子の包装紙もチョコレートバーの包み紙もなかった。

驚きはしなかった。むしろ、あまりになにもないことにあきれた。彼の死後、月曜日に警察が根こそぎ押収したのだろうかと思ったほどだ。

ブース内を見まわした。スタッフのなかには、家族の写真や友人が休暇先から送ってきた絵はがきを張って掲示ボードを自分好みに飾る連中もいるが、ハーブの掲示ボードには、シェリの写真はもとより、個人的な品物はひとつも張られていなかった。オフィスの必需品である内線電話表のほかには、小さな鍵が画鋲で留めてあるだけだった。とくと眺めたが、そのままにしておいた。錠がなければ鍵はたいして役に立たない。

ゴミ箱にも興味を引かれるものはなにもなく、空っぽだった。当然だ。たとえ警察が空にしなくても、ハーブが最後にこのデスクを使った金曜日の午後以降にオフィスの清掃係が入っている。

私は廊下を進んで、ライオンの巣に首を突っ込んだ。

シニアパートナーであるグレゴリーはオフィスを自分ひとりで使う資格があるのだが、私にとって幸いなことに、このライオンは昼食をとりに出ている。私は彼の椅子に座って彼のコンピュータスクリーンを見た。思ったとおり、彼は昼食に出かける前にログアウトしていなかった。たいていみんなそうだ。この事務所のコンピュータシステムは、立ち上げてしまうと処理速度が速いのだが、起動に時間がかかるため、一日じゅうログイン状態を保持しているのが普通なのだ。

グレゴリーのコンピュータに〝ロバーツ家族信託〟と打ち込むと、すぐにファイルの詳細内容がスクリーンに表示され、いちばん上に当初投資日がはっきりと現われた。右上隅のアクセス履歴は、グレゴリー自身が今朝、午前十時二十二分きっかりにこのファイルを閲覧したことを示していた。きっと、事務所じゅう私を探す合間のことにちがいない。私はただ、このコンピュータから午後一時四十六分にも同じファイルにアクセスされたことに彼が気づかないようにと願うばかりだった。

しかし、もっとも気にかかったのは、最新閲覧者の名前のひとつだ。履歴は、ハーブ・コヴァクが十日前にこのファイルにアクセスしたことを示していた。ハーブはなぜ、グレゴリーの顧客ファイルのひとつを閲覧したのだろう？　いまの私と同じで、不届き千万な行為だ。もしかするとハーブもブルガリアの投資話になんらかの疑惑を抱いたのかもしれない。どういった疑惑だろう？　もはや訊くことはできない。

ファイルをまるまるプリントアウトしたいところだが、あいにく、事務所のサーバは集中型プリントシステムを採用しているため、だれがなにをいつプリントしたかの記録が残る。昼食のために外出中のはずのグレゴリーがプリントアウトを要求したらしいとなれば、どうにも説明がつかない。なにより、グレゴリーが思いのほか早く戻ってきて、彼のデスクで彼のコンピュータを使っているのを見とがめられれば、言い逃れのしようがない。

思わず腕時計に目をやった。二時十分前。少なくともあと二十分は大丈夫だと思うが、せいぜいその半分の時間でここを出よう。

ファイルを繰り、開発計画に関与しているブルガリアの代理店の名前を見つけようとしたが、すべて現地のキリル文字で書かれたＰＤＦ形式の関係書類に目を通すのは至難のわざだ。中国語を読むにも等しい。単語はひとつも読めないが、普通の数字で書かれた電話番号と思しき文字列は読むことができた。それを、ハーブのマネーホームの伝票の裏に書き留めた。頭の〝＋３５９〟は、先ほどインターネット検索で知ったのだが、国際電話におけるブルガリアの国番号だ。

ふたたび腕時計に目をやった。二時。

グレゴリーのメール受信箱を開けて、〝ブルガリア〟で検索をかけた。ヒットした六件のメールはすべて二年前の九月のものだった。目を通したが、不審な点はないようだ。どれもEUの金に関する内容で、送信元は同一だった。送信元 uri_joram@ec.europa.eu と受信者 dimitar.petrov@bsnet.co.bg それぞれのアドレスを書き留めた。グレゴリーが受け取ったのは両者からの同送メールだが、返信した形跡はなかった。思いきって六件のメールを自分のプライベート用のメールアドレス宛てに転送し、グレゴリーの〝送信済み〟ファイルから転送の履歴を消去した。ロバーツのファイルもまるごと転送できればいいのだが、セキュリティシステムが働くのでそれは無理だ。

やむなくメール受信箱とロバーツ家族信託のファイルを閉じ、コンピュータスクリーンが最初にここへ入ってきたときと同じに見えることを確認した。

そっと廊下へ出たものの、だれにも大声で呼び止められたり、グレゴリーのオフィスでなにをしていたと問いただされたりしなかった。

事務所じゅうがそうなのだが、グレゴリーのオフィスの前の廊下にも、紙の取引報告書を収めた段ボール箱が並んでいる。コンピュータのファイルのいちばん上に表示された日付が含まれる箱を探した。

警察嫌いで、スタッフの生活や家族のことに明らかに首を突っ込みすぎかもしれないが、ミセス・マクダウドはファイル整理に関してはひじょうに几帳面だ。段ボール箱は、太いマジックで端にはっきりと書かれた日付順に並んでいた。

該当する日付の箱を持ち上げて書類を繰り、ロバーツ家族信託の取引報告書と関連書類を見つけた。それを抜き取って折りたたみ、ハーブのマネーホームの伝票を入れたズボンのポケットに押し込むと、箱をもとの場所にそろりと戻した。

また腕時計に目をやった。二時二十分。あっという間に二十分も経っている。そろそろ退散しよう。だが、なぜ急に夜盗を働いているような気分になるんだ？　なにも悪いことはしていない。いや、したのだろうか？　このままジェシカのオフィスへ行って、昼食から戻った彼女に相談するほうがいいのではないか？　だが、顧客であるジョリオン・ロバーツが、極秘裏に調べてくれとはっきり依頼したのだ。詐欺の疑いがあるとして調査を促し、本人の言葉を借りれば〝名誉あるロバーツ一族の名が法廷でさらされる〟ことになる事態は避けたい、と。

それでも、グレゴリーがレストランから戻ったときにこの事務所にいることだけは断じて避けたい。

上着を取るために自分のオフィスへ戻った。

「もうお帰りかい？」ローリーがいやみたっぷりに言った。「グレゴリーに伝言は？」

私は取り合わなかった。

廊下を受付エリアへと向かいながら、出るのが遅すぎたとわかって気持ちが沈んだ。グレゴリーとパトリックの話し声が聞こえた。こうなれば、潔く覚悟を決めるしかない。

「ああ、いたのか、フォクストン」グレゴリーが大音量で言った。「午前中ずっと探していたんだ」

グレゴリーに気を取られていたため、彼のかたわら、パトリックと並んで立っている男にろくに注意を払っていなかったのだが、その男がつと前に出て私の正面に立った。

「ニコラス・フォクストン」男が告げた。「ウィリアム・ピーター・サールに対する殺人未遂容疑で逮捕する」

第七章

どう考えたものかよくわからないまま、パディントン・グリーン署の八×六フィートの留置房で午後じゅう待たされた。

事務所へ来た男も主任警部だと名乗った。所属はロンドン警視庁だ。

名前は聞き逃した。ろくに聞いていなかったのだ。

だが彼が、なにも答える必要はない、ただし、黙秘した内容をのちに法廷で述べた場合は弁護側の不利に働く可能性がある、と忠告したことは覚えている。どのみち、私はショックのあまり言葉を発することができなかった。驚いて口をぽかんと開けて突っ立ったまま制服警官に手錠をかけられたのち、引っ立てられてエレベーターに乗り、待ち受けている警察車輛へと向かったのだった。

逮捕時、主任警部はウィリアム・ピーター・サールと言った。

ビリー・サールのことにちがいない。

つまり、ある一点に関してはビリーの言ったとおりだった。

〝木曜日じゃ遅すぎるんだ〟

警察が私を逮捕するのも無理はないと思う。何百もの人間が昨日の午後、チェルトナムでビリーのどなり声を聞いている。《レーシング・ポスト》がいくぶん歪曲したにせよ、〝おまえはなんだっておれを殺そうとする?〟というのが彼の正確な言葉だ。

私はビリーを殺そうとはしていないが、彼の言葉を真に受けもしなかった。

それにしても、あれだけの借金を、ビリーはだれに対して負っていたのだろう？　明らかに、期限である水曜日の夜までに返済されなかったという理由でビリーを殺そうとする覚悟のある人間だ。

私は留置房の固定式のコンクリート製ベッドの端に腰かけて待ちつづけた。だが、とくに不安はなかった。私がビリーあるいはほかのだれかに対する殺人未遂に関与していないのは確かであり、警察がその事実をつきとめるのはきっと時間の問題だ。

まずハーブ・コヴァク、次にビリー・サール。ふたりのあいだになんらかの関係があった可能性はあるだろうか？


木曜日の午後がのろのろと過ぎて夕方になっても、私は留置房に放置されたまま待っていた。

時刻を確かめるために何度も手首に目をやり、そのたびに腕時計がないことに気づいた。

留置係の巡査部長によって留置房への〝チェックイン〟をしてもらう際に、ネクタイやベルト、靴紐、ハーブのマネーホームの伝票とグレゴリーのオフィスの前の箱から抜き取った取引報告書を含めたポケットの中身とともに取り上げられたのだ。

留置房の扉が開いて、白シャツ姿の警官が、ふたをした皿とペットボトルに入った水を載せたトレーを運んできた。

「いま何時だ？」私はたずねた。

「七時です」警官は自分の腕時計で確かめることなく答えた。

「あとどれくらい、ここに留め置かれるんだ？」

「準備ができれば主任警部が会いに来ます」警官は答え、トレーをコンクリートベッドの私の横に置いて出ていった。扉が音を立てて閉まった。

ふたを取ってみた——フィッシュ・アンド・チップス——おいしそうだ。

それを平らげ、水を飲んだ。要した時間は約五分だった。

そのあとさらに待つあいだ、退屈をまぎらそうと房内のレンガを数えた。うまくいかなかった。

格子つきのくもりガラスの窓が日中の白から夜の黒へと変わってしばらくのち、ようやく主任警部が金属製の扉を開けた。

「ミスタ・フォクストン」主任警部は留置房へ入ってきた。「あんたは自由の身だ」

「はあ？」よくのみ込めなかった。

「あんたは自由の身だ」主任警部は繰り返し、扉の脇へ退いた。「いかなる容疑でも起訴はしない」彼は次のせりふをうまく口にすることができないかのように、一瞬の間を置いた。「迷惑をかけて申し訳ない」

「申し訳ない！」私は噛みついた。「申し訳ない！　謝ってもらって当然だ。犯罪者のような扱いを受けたんだからな」

「ミスタ・フォクストン」主任警部はいくぶんむっとしたような口調で応じた。「あんたに対する待遇は、定められた規則に従ったものだ」

「では、なぜ私は逮捕されたんだ？」私は食い下がった。

「あんたが騎手のウィリアム・サールに対する殺人未遂を犯したと考える理由があった」

「それなら、なにがあって、私の犯行ではないと確信するに至ったんだ？」私はわざと腹を立てているふりを装っていた。この主任警部からなんらかの回答を引き出す唯一の機会かもしれないので、彼が守勢に立っている弱みにつけ込みたかったのだ。

「ミスタ・サールが襲われた時刻、あんたがその現場にいたはずがないと納得したからだ。あんたにはアリバイがある」

「なぜわかる？」私はたずねた。「なんの訊問もしていないだろう」

「それでもだ」彼は言い返した。「あんたが彼を襲うのは不可能だったと認識している。ということで、あんたは自由の身だ」

　私は動かなかった。

「私の犯行のはずがないと認識するに至ったのはなぜだ？」私は粘った。

「同時にふたつの場所にいることは物理的に不可能だからだ。アリバイがあるというのはそういう意味だ。アリバイとは〝ほかの場所で〟という意味のラテン語であり、ミスタ・サールの命が狙われたとき、あんたはほかの場所にいた」

「では、事件が起きた場所は？　それに時刻は？」

　主任警部は、質問に答えるのはあまり好きではないと言わんばかりに苦い顔をした。きっと、自分が質問をするほうがしっくりくるのだろう。

「ミスタ・サールは、今朝の七時五分ちょうどに、ウィルトシャー州ベイドン村の自宅前の道路で故意に自転車ごと撥ね飛ばされた。現在、重体でスウィンドンのグレイト・ウエスタン病院に入院中だ」

「今朝の七時五分に私がほかの場所にいたと確信する理由は？」

「そのぴったり五十五分後に、ヘンドンのシーモア・ウェイ四十五番地にいたことだ。当該住所で八時ちょうどにマージーサイド警察のトムリンスン主任警部による聴取を受けている。ベイドンからヘンドンまで七十二マイルの道のりを五十五分で移動できたはずがない。まして、朝のそんな時間、ラッシュアワーの最中に」

「なぜ逮捕する前にそれを調べなかった？」自分の耳にさえ、ずいぶんとひとりよがりなもの言いになってきた。

「われわれはウィルトシャー警察の要請で動いていただけだ」彼は巧妙に責任転嫁した。

「なるほど。それなら、ウィルトシャー警察は確認すればよかったんだ」私は当然の怒りをたたえた顔をくずさないように努めた。「不当逮捕で訴えようかな」

「私が思うに」彼はひじょうに形式ばった口調で切りだした。「殺人未遂は逮捕可能な容疑であり、われわれには逮捕するに足る合理的な根拠があったということが、あんたにもわかるはずだ。犯人ではありえないと判明したというだけでは、不当逮捕を申し立てる根拠にはならない」

「なるほど。要は、自由に出ていっていい。それだけの話だ」

「そうだ」

「訊問はなし？　保釈ではないんだな？」

「そうだ」彼は答えた。「アリバイは絶対的な弁護材料だ。情状酌量を引き出すものではなく、無実を証明する。したがって、あんたを起訴あるいは保釈しても意味はない。しかし、ウィルトシャー警察は、チェルトナム競馬場におけるあんたとミスタ・サールの昨日の口論についていくつか質問をしたがるはずだ。追って連絡があるだろう。さあ、家へ帰っていい」彼は私を促そうとするように扉のほうへ片手を振った。

うんざりするほどここにいたので、催促される必要などなかった。

留置係の巡査部長は冷笑を浮かべて、私に腕時計と携帯電話、ネクタイ、ベルト、靴紐、ポケットの中身を返した。どう見ても、釈放手続よりも、留置手続をしたときのほうがはるかに楽しんでいた。

「ここにサインを」いかなる温かみも感じられない口調で言いながら、巡査部長はデスクの書類を指さした。

私はサインをした。

「夕食をごちそうさま」と陽気に言った。

返事はなかった。

「出口はどっちだ?」私はさまざまな扉を見まわしながらたずねた。上方に〝出口〟とわかりやすい表示をしてある扉はひとつもなかった。おそらく、脱走を企てた者の目を惑わせる狙いだろう。

「あれだ」巡査部長は扉のひとつを指さした。彼がデスクのボタンを押すと、重い鋼鉄製の扉の解錠ブザーが鳴った。扉を引き開けて警察署の受付エリアへ出るなり、扉は大きな音を立てて自動で閉まった。

床にボルトで固定された背もたれのまっすぐな鋼管椅子に座って、クローディアが待っていた。私を見ると、さっと立ち上がって駆け寄り、両腕を私の首にまわして強く抱きしめた。泣いていた。

「ああ、ニック」彼女は私の首に顔をうずめて泣きじゃくった。「心配したのよ」

「大丈夫だ」私も彼女を抱きしめた。「家へ帰ろう」

私たちは手をつないで夜の闇のなかへと歩み出て、通りがかった黒塗りのタクシーを呼び止めた。

「きみが来てくれているとは思わなかった」タクシーに乗り込んだところで、クローディアに向かって言った。

「どうして? 連行先がわかってからずっといたのよ。何時間も」

「だが、逮捕されたことをどうして知ったんだい?」警察が電話を一本しか許可しなかったので、事務所の契約弁護士アンドルー・メラーにかけたのだ。

「ローズマリーが電話で教えてくれたの」クローディアは言った。「彼女、大泣きしてたわ」

「ローズマリーって?」私はたずねた。

「いやあね。ローズマリー・マクダウドよ。ほんとうにやさしい人だわ」

〈ライアル・アンド・ブラック〉に五年も勤めているのに、ミセス・マクダウドのファーストネームがローズマリーだなど、まったく知らなかった。受付係はつねにミセス・マクダウドとミセス・ジョンスンと呼ばれている。ふたりがたがいをそう呼んでいるからだ。それ以外のスタッフだけがファーストネームで、ミスタ・グレゴリー、ミス・ジェシカ、ミスタ・ニコラスなどと呼ばれている。それも、ミセス・マクダウドとミセス・ジョンスンがそう呼んでいるからだ。

「なんだってミセス・マクダウドがきみの電話番号を知っていたんだ?」私はたずねた。

「だって、しょっちゅう電話で話してるもの」

「なにを?」

クローディアは答えなかった。

「なにを?」私は繰り返したずねた。

「あなたのこと」

「私のどんなことを?」

「なんでもない」彼女は逃げを打った。

「ごまかすなよ。いいじゃないか。教えてくれ。私のどんなことを?」

クローディアはため息をついた。「ときどき彼女に電話して、事務所を出るときのあなたの機嫌がどうだったかを訊いてるの」

というより、私がほんとうに出勤していたか、あるいは何時に事務所を出たのかを確認するためではないのか、と勘ぐった。

「で、今日はミセス・マクダウドはなにを話したんだい？」意図的に話の方向を変えた。

「泣きながら、あなたが殺人未遂容疑で逮捕されたって教えてくれたの。わたしはきっとハーブ・コヴァクの件がらみだろうと思ったんだけど、彼女は、別の人のことだって」

私はうなずいた。「ビリー・サールが今朝、襲われたんだ。彼は障害競馬のトップ騎手で、私の顧客でもある」

「いったいなにが起きているの？」クローディアが言った。

それを私は知りたかった。


釈放されたのが十一時近かったので、タクシーの運転手に言って、エッジウェア・ロードの新聞販売店に寄ってもらった。その店には夜のうちに日刊紙の早版が届くことを知っていたからだ。クローディアをタクシー内で待たせて、私は店へ行き、代金を払うときにちょうどバンで届いた《レーシング・ポスト》も含め、各新聞をひととおり買った。

昨日の一面の見出しが漠然と疑問を呈するものだと言えるとしたら、今日の見出しは手加減というものがいっさいなかった。

〝ビリー・サール襲わる——殺人未遂容疑でフォクストン逮捕〟

その下の記事本文も、断じて私に慰めを与えるものではなかった。

——障害競馬のトップ騎手ビリー・サールと金融の専門家に転身した元騎手ニコラス（フォク

シー）・フォクストンとのあいだで、水曜日にチェルトナム競馬場において激しい言い争いがあったと報じた昨日の本紙スクープの続報として、フォクストンが昨日、サールに対する殺人未遂容疑で逮捕されたという特ダネをお伝えする。

ビリー・サールはランボーンにほど近いベイドンのいまわしい事件の現場からスウィンドンのグレイト・ウエスタン病院へ搬送された。どうやら、昨日の早朝、自転車ごと故意に撥ねられたらしい。医師たちによると、サールは片脚の骨折と重度の頭部外傷を負って危険な状態だという。

フォクストンは昨日の午後二時二十五分、ロンバード・ストリートにある金融サービス会社ライアル・アンド・ブラックにおいて殺人未遂容疑で逮捕され、現在、取り調べを受けるためパディントン・グリーン署に留置されている。


現在パディントン・グリーン署に留置されているという点をのぞいて——つい二十分ほど前まではそのとおりだったが——驚くほど正確だと思った。記事本文の横には、またしてもビリー・サールの写真と——今回はビジネススーツを着て満面の笑みをたたえている——立入禁止テープを張られたベイドン村の写真が載っていた。その写真の右上隅に重ねて、まるでベイドンの目抜き通りに私がいたと含みを持たせるかのように、小さめの私の顔写真が配されていた。

明朝、グレゴリーは大騒ぎするだろう。私をとっちめるだけではなく、首を切るにちがいない。殺人未遂容疑で逮捕されたとして全国紙の一面に載るようなファイナンシャル・アドバイザーを、だれが信頼するだろう？

たとえば、私なら信頼しない。

新聞各紙を持ってタクシーに戻り、《レーシング・ポスト》をクローディアに見せた。

「不公平だわ」彼女は見出しを見て言った。「起訴もされていないのに名前を出すなんて。訴えるべきよ」

「なにに対して？」私はたずねた。「記事には事実と異なることは書かれていない」

「でも、警察はどうして、起訴しないうちから逮捕者の氏名を明かすのかしらね？」

その情報の出所は警察ではなく、もっと身近な人間ではないかと思った。逮捕の時刻と場所が明確かつ正確すぎる。警察なら〝二十九歳の男性を勾留し、捜査に協力してもらっている〟というようなことしか言わないはずだ。

事務所内のスパイはローリーだと賭けてもいいが、そんなことをして彼がなにを得るのかはだれにもわからない。ＩＦＡの資格試験に合格しないことには私の仕事を奪い取ることはできないのだし、窓ぎわのブースを獲得するためにハーブを殺したとは思えない。そうしたところで、あの席はダイアナのものになるのが落ちだ。

ベッドに入る前に各紙に目を通すと、どの新聞も一面か二面にビリー・サールが襲われた事件を報じていた。どれも詳細を欠いてはいるものの、私の名前を出し、私の犯行だとにおわせている。

やれやれ、明日の朝、母が記事を目にするにちがいない。事前に知らせておこうにも、こんな夜遅くに電話はできない。

テレビをつけて二十四時間ニュースチャンネルのひとつで最新ニュースを観た。ベイドンから生中継をしていた。

「どうやら」記者が言った。「ビリー・サール騎手は、毎朝そうしているように、自転車で自宅を出てランボーンへ向かおうとしていたようです。朝の馬運動に出る予定でした。ガールフレンドに見送られて家を出たとき、通りで待っていたと思われる一台の車が急に加速して自転車に突っ込み、サールを地面にたたきつけたあと猛スピードで走り去りました。スウィンドンの病院へ搬送されたビリー・サールは、頭部と片脚に損傷を負って重篤ではあるものの安定した容体です。警察は、この件に関して情報をお持ちのかたは名乗り出てほしいと呼びかけています。この襲撃に関して元騎手のニコラス・フォクストンと思われる男がひとり逮捕されましたが、その後、起訴されずに釈放となっています」

「まあ少なくとも、釈放されたと言ってるわね」クローディアが言った。

「名前を出さないでほしかったな。まあ、見てろ。ほとんどの人が私は有罪だと考えるだろう。頭のなかではすでに審理にかけて、有罪判決を下している。釈放されたからといって、その状況はさほど変わらない。私に必要なのは、警察が真犯人を捕らえて自供させることだ。そうなったところで、まだ私の犯行だと考える人がたくさんいるだろうな」

「不公平だわ」クローディアはまた言った。

たしかに不公平だが、文句を言ったところでなんの役にも立たない。とにかく、警察が真犯人を早急に逮捕してくれることを願った。

クローディアとともに二階へ行ってベッドに入ったものの、眠れなかった。闇のなかで横になったまま、頭のなかですべてを繰り返し思い出していた。

先週の土曜日の朝、いささか退屈ではあるにせよ、私の生活は安定していて予想しうるものだったし、仕事においても富と成功へと通じる道を歩んでいた。ところが、この五日のあいだに状況は大きく変わった。ある殺人を間近に目撃し、別の殺人未遂事件で容疑を受けて逮捕された。クローディアとの関係に不安が芽生え、彼女がだれかと浮気をしているのではないかという疑いまで抱きはじめている。上司が巨額詐欺に加担しているのかどうか見きわめるべく、留守を狙ってその上司宛てのメールにアクセスした。

ろくに知らず、その後、双子の妹がいると判明した男の遺言執行者かつ受益者になったことは言うまでもない。さらには、二十近くも年上の女からセックスを持ちかけられ、両親の結婚生活を不幸なものにした痛ましいほんとうの理由を知った。

これだけのことがあれば、どんなに疲れ果てた人間でも眠ることなどできまい。

何度も寝返りを打ちながら、何時間ものあいだ、これからどうしたものか、朝になっても行くべき職場があるだろうか、と考えていた。


眠れぬ一夜のあと寝坊して目が覚めたとき、ベッドの隣はすでに空でシーツも冷たくなっていた。寝返りを打ってベッド脇の置き時計を見た。八時過ぎ——いつもなら地下鉄に乗っている時間だ。時計の横の電話が大きな音で鳴りだした。だれとも話したくないので出ずにいると、そのうちクローディアが一階で出たらしく、呼び出し音がやんだ。

ニュースを観ようとテレビをつけた。ビリー・サールに対する殺人未遂事件は、政府が学校教育政策を百八十度転換したためにトップニュースの座を明け渡したものの、依然、当たり前のようにベイドン村から中継放送を行ない、すでに釈放されたにもかかわらず私の名前と写真を出していた。

この分では、全世界が私を有罪だと見なすにちがいない。

クローディアが入ってきた。「お母さんからよ」と告げた。

私は受話器を取った。「おはよう、母さん」

「ねえ、いったいどうなっているの？　新聞でもテレビでも、あなたのことばかり」母はうろたえた声で、泣いてでもいるようだった。

「なんでもないよ。落ち着いて。私はなにもしてないし、警察だってそれは承知している。そうでなければ釈放するはずがないだろう。ほんとうに、大丈夫だから」

母の不安を完全に静めるのに五分ほどかかった。起きて朝食を食べなさい、と母が言ったので、なんとか納得させることができたのだとわかった。ようやく、受話器を置き、頭を枕に戻した。

「今日は出勤しないつもり?」クローディアが湯気の立ったカップをふたつ持ってベッドルームに戻ってきた。

なんら含むところのない質問なのに、なぜ、彼女が自分の予定を立てるために私の行動を確認しようとしているなどとすぐに邪推してしまうのだろうか。

「そうだなあ」一方のカップを受け取りながら答えた。「どう思う?」

「あれくらいですんでよかったのよ」彼女は言った。「まだ勾留されていたかもしれないし、法廷に引き出されていたかもしれない。いいほうに考えましょう」

「きみの予定は?」私はたずねた。

「とくになにも。あとで買い物に出るかもしれないけど」

「食料品?」

「ううん。来週の観劇用に新しいドレスがいるから」

「ああ、そうだった。忘れてたよ」

名だたる報道関係者も詰めかける新作ミュージカルの初日公演を観にウエストエンドへ行くと考えても、いまはあまりうれしくなかった。クローディアと私は、多くの著名人が出席する催しと終演後のパーティへいっしょに行こうと、ジャン・セッターから招待を受けていた。チェルトナムでのあんな不器用な拒絶のあと、ジャンは私と顔を合わせたがるだろうか。しかも、あのあと私は逮捕までされているのだ。

いいほうに考えましょうとクローディアは言った。ほんとうに、あれくらいですんでよかった。まだあのありがたくない留置房にいた可能性もあるし、ハーブのようにリバプールの死体安置所の冷蔵庫に横たえられているか、ビリーのようにスウィンドンの病院の集中治療室でベッドに横たわっていたかもしれない。もっと悪い状況だってありえたのだ。

「そうだな」私は意を決した。「いいかげん毅然とした顔を世間に見せよう。起きて事務所へ行く。だれがなんと思おうが、知ったことか。潔白なんだから、潔白らしくふるまうことにする」

「その調子よ」クローディアは満面の笑みを浮かべた。「世間の目なんて関係ない」

彼女はベッドに横になって私にすり寄り、シーツの下に手を入れて私を求めた。

「でも、すぐに行かなきゃだめ？　それとも……」またしてもにっこりほほ笑んだ。「もう少しあとにできる？」

これにはすっかり頭が混乱した。

このところ彼女の発するサインを読みちがえていたのだろうか？

「うーん、ちょっと考えさせてくれ」期待と喜びに声をあげて笑った。「仕事かセックスか？　セックスか仕事か？　ひじょうにむずかしい選択だ」

そうでもなかった。

セックスが勝利した——あっさりと。

ようやく事務所に顔を出したのは昼食後だったが、理由はクローディアとのベッドでのお楽しみだけではない。シェリの様子を見るため、そしてハーブのデスクに置きっぱなしのノートパソコンを取りに行くために、ヘンドンへ寄ったからだ。

「なにがあったの？」シェリがドアを開けながらたずねた。「たしか、昨日の午後にまた来るはずだったでしょう」

「そのつもりだったよ」私は言った。「だが、よそで拘束されてね」わざわざ説明しないことにした。

「なにをしていたんだい？」

「ベッドルームにあるハーブの私物を整理しはじめたところ。なんにもしないのにもうんざりだし、なんとなく気がまぎれそうだし」

「なにかめぼしいものでもあったかい？」彼女について廊下をベッドルームへと向かいながらたずねた。

「これだけ」彼女はベッドからなにかを取り上げた。「衣裳だんすの奥、コート類のかげのフックに吊してあった」

彼女はクリップ式のふたのあるプラスティック製の青い小箱を差し出した。中身は、そろえて輪ゴムで留めた二十二枚のクレジットカードだった。私は輪ゴムをはずし、クレジットカードを繰ってみた。ハーブが表記を変えて用いていたさまざまな名前が利用明細書のものと合致していることはわかった。

「どうしてひとりの人間がこんなにたくさんのクレジットカードを？」彼女が疑問を口にした。「それに、これが全部、どうして衣裳だんすに隠した箱のなかに？　わたしの目にはどれも真新しく見えるけど」

私の目にもだ。ハーブは裏面に署名すらしていない。カードはどれも、インターネットで使用するためにのみ手に入れたものだ。少なくとも、私はそうと知っている。利用明細書を見たのだ。

カードの下に、昨日の朝トムリンスン主任警部が見せてくれたのとよく似た紙が四枚、折りたたんで収めてあった。数字と文字のリストをまじまじと見た。両面とも最初の列は日付にまちがいないが、アメリカ式に月が先で日があとに書いてあるため、２／10は二月十日のことだ。この書類の日付はすべて1、2あるいは12で始まっているので、一月、二月あるいは十二月ということになる。

シェリは床に座り込んでたんすのひきだしの中身を改め、きちんと重ねたTシャツを取り出してベッドに積み上げるのにかまけていた。私は彼女を残してベッドルームを出ると、廊下の先のリビングルームへ行った。

昨日コピーした手書きのリストは、銀行取引明細書とクレジットカード利用明細書のコピーといっしょに、まだデスクのノートパソコンの横に置いてあった。こっちのリストの日付はすべて3で始まっている。つまり三月のものだ。

それを持ってベッドルームへ戻った。

どのリストも、二列目と三列目は金額にまちがいない。四列目の大文字はイニシャルだと考えられる。数をかぞえてみた。文字の組み合わせは九十七通りあった。

「なにを見ているの？」シェリがたずねた。

「よくわからないんだ」私は答えた。「数字と文字のリスト。見てくれ」書類を彼女に渡した。「両面とも一列目は日付、次の二列はおそらく金額だと思う」

「ドルで、それともポンドで？」彼女がたずねた。

「わからない」私は思案しながら言った。だから、クレジットカード利用明細書の金額とこのリストの金額とが一致しないのだろうか？　一方がドルで、もう一方がポンドで記されているのか？

シェリがリストを見ているあいだに、デスクへ利用明細書と電卓を取りに行った。

「ポンドに対する米ドルの為替レートは？」戻ってベッドルームへ入りながらたずねた。

ているから」

「一ポンド約一・六ドル」シェリが答えた。「少なくとも先週はね。でも、レートはしょっちゅう変動し

クレジットカード利用明細書の数字のいくつかを一・六倍し、それを手書きリストの数字と照らし合わせた。望みのない作業だ。正確な為替レートはわからず、明細書二十二枚に記された利用件数は五百を超える。近い数字がいくつかあったものの、ぴったり同じものはひとつもなかった。これではせいぜい、関係があるかもしれないと言える程度だ。

「リストのイニシャルのどれかに心当たりは？」シェリにたずねた。

「これってイニシャルなの？」

「断定はできないが、イニシャルだと思う」

彼女は首を振った。

彼女は顔を上げて私を見た。「もちろんよ。男はみんなそうじゃない？　ハーブは昔からときどき馬

「ハーブがギャンブル好きだと知っていたかい？」

に賭けていた。父と同じ。きっと遺伝子のせいね」

「どれくらいの金を賭けていたか、知ってるか？」

「たいした金額じゃないわ。たまに賭けるのは好きだったかもしれないけど、ギャンブルのせいでわたしたちの幼少期が台なしになったと思い込んでたから。損してもいい金額以上は賭けなかったはず。それは絶対にまちがいない」

「では、損してもいい金額とはどれくらいだった？」

「ねえ、なにが言いたいの？」

「ハーブはインターネットで多額の賭けをしていた。莫大な金額だ」

彼女はショックを受けていた。「ほんとうに？」

私はうなずいた。「毎日何時間もインターネットギャンブルで賭けをしたりオンラインカジノでポーカーをしたりしていたにちがいないんだ。そして、負けた。大金を損した」

「信じられない」シェリは言った。「どうしてそんなことがわかるの？」

クレジットカード利用明細書のコピーを彼女に差し出した。「ハーブは先月だけで九万ポンド以上も負けている。先々月もだ」

「まさか」彼女は引きつった笑いを漏らした。「ハーブにそんなお金があったはずない」

「自分の目で確かめてみろよ」私は重ねた利用明細書を渡した。

彼女がしばし目を注いだあと、またしても泣いているのがわかった。

「これが理由で殺されたんだと思う？」彼女はたずねた。

「わからない」と答えた。だが、その線が濃厚だと思った。

彼女はまたしばらく泣いていた。

「英国へなんて来なければよかったのよ」悲しげな口調だった。「アメリカにいれば、ハーブだってこんな賭けかたはできなかったはずだわ。インターネットギャンブルは多くの州で違法とされているから」

そのとおりだ。

インターネットギャンブルのサイト運営者がアメリカ国内の空港に到着したところを逮捕され、サイトの拠点は英国にあるにもかかわらず、同サイトでアメリカ人の賭けを受けたというだけの理由で違法賭博容疑で起訴されたと、なにかで読んだ記憶がある。問題は、アメリカ国内の住所で開設されたクレジットカード口座の取引を了承したことだった。

改めて、日付と金額とイニシャルが手書きされたリストを眺めた。そのあと、事務所のハーブのブースで見つけたマネーホームの支払伝票をポケットから取り出した。

ゴミ箱で見つけたほうの、破られた支払伝票を見るかぎり、ハーブが三件の大口現金を――二件はそれぞれ五千ドル、一件は八千ドルに相当する金額だ――受け取ったのはつい先週のことだ。

不意に、すべてが完全に理解できた。

先月に九万ポンドも損をしたのは、ハーブではなく、彼のリストにイニシャルで記された人たち、クレジットカード口座で五百十二件にも上る利用をした九十七人だ。その全員がアメリカ人だと賭けてもいい。

この推測が正しいとすれば、ハーブは、自分が英国で開設したクレジット口座を、インターネットギャンブルやオンラインカジノのサイトで賭けやポーカーを行なうために九十七人のアメリカ人に利用させるというシステムを運営していたということだ。

だが、それなら、いったいなぜ殺されることになったのだろう?

第八章

昼食休憩の一時間後に私が〈ライアル・アンド・ブラック〉に到着したことがもたらしたのはちょっとした波紋どころではなかった。

「事務所から出ていけ」グレゴリーは、私が四階のドアを通って受付エリアに足を踏み入れるとほぼ同時にどなりつけた。彼の言い分はそれで終わりではなかった。「おまえはファイナンシャル・アドバイザーの面汚し、わが事務所の恥だ。おまえをここに入れてほかのスタッフを汚させるものか」

彼が昼食に出ているあいだにこっそり忍び込まなかったのがまちがいだった。

ミセス・マクダウドは彼の剣幕にすっかり怯えた顔をしている。おそらく私もだろう。

「グレゴリー」と言いかけた私に、彼は拳を突き出して向かってきた。まさか殴る気はないだろうと思った。殴りこそしなかったが、彼は私の上着の袖をつかんでドア口へと引っぱった。

通りの角のレストランへの往復だけが唯一の運動である男にしては、驚くほど力が強く体力があった。

「放せ」私もどなった。だが、彼は気にも留めなかった。

「グレゴリー。やめろ！」パトリックの太い声が受付エリアに響き渡った。

グレゴリーは引っぱるのをやめ、私の袖を放した。

「この男を事務所に入れるつもりはない」グレゴリーは言った。「こいつは〈ライアル・アンド・ブラック〉の評判を落としたんだ」

パトリックは受付デスクに目をやり、その奥に座っているミセス・マクダウドとミセス・ジョンスンを見た。

「その話はきみのオフィスでしよう」パトリックが落ち着いた口調で告げた。「ニコラス、ここで待っていてくれ」

「そのドアの外でだ」グレゴリーはエレベーターのある方向を指さしたまま、一インチたりともオフィスへ向かって動こうとしなかった。

私はその場に突っ立って、パトリックとグレゴリーの顔を交互に見ていた。グレゴリーのかんしゃくは伝説のようなもので、事務所のだれもが知っているが、私はこれほどあらわでなまなましい現場を、これほど間近で見た経験はほとんどない。

「コーヒーを飲みに行ってきます」私は言った。「二十分で戻ります」

「家へ帰ったほうがいい」パトリックが言った。「あとで電話するよ」

グレゴリーが向き直ってパトリックを見た。「そもそも、この男を採用するなと言っただろう」

「話はオフィスでしろ、グレゴリー！」パトリックはどなりつけんばかりだった。彼もかなりのかんしゃく持ちなのだが、ふだんはそう簡単に怒りをあらわにしない。

私が様子をうかがっていると、グレゴリーはしぶしぶといった体でパトリックとともに廊下の先へ向かった。ふたりの話し合いのあいだ、ハエになって壁に止まっていたい気がした。

「帰ったほうがいいわね」ミセス・マクダウドがきっぱりと言った。「これ以上ミスタ・グレゴリーを怒らせないでちょうだい。彼の心臓がもたないわ」

私は彼女の顔を見つめた。事務所のスタッフ全員についてすべてを把握しておくことが務めだと自任しているミセス・マクダウド。おそらく彼女はグレゴリーの血圧も、彼のかかりつけの心臓外科医も知っているのだろう。

「教えてくれ、ミセス・マクダウド。ハーブは多額の賭けをしていたと思うかい？」

「株取引でということ？」

「競馬で」

「まさか。ミスタ・ハーブは馬に賭けるのは嫌いだった。リスクが高すぎるって。確かなものに賭けるほうがはるかにましだと、わたしにはいつも言っていたわ」

この世で確かなものは死だ。

かのベンジャミン・フランクリンがそう言っている。死——そして税金だけだ、と。


家には帰った。ただし、寄り道をした。

ハーブのフラットを出る前に、ロンバード・ストリートの近くにあるマネーホームの代理店の場所を調べてあった。あまりに数が多いので驚いた。事務所の半径一マイル以内に少なくとも三十店あり、最寄りの店はすぐそこのキング・ウィリアム・ストリートにあった。

「うちで発行した伝票じゃありませんね」ガラスの奥に座っている窓口の女が言った。「うちのスタンプではないので」

マネーホームの代理店は銀行か両替所のようなものだとなんとなく思っていたのだが、この店はコンビニの奥にあった。

「どこで発行されたものかわかりますか？」私はたずねた。

「あなたは知らないの？」窓口係は問い返した。

「知りません」忍耐の限界が近づいていた。「知っていたら訊くはずないでしょう」

窓口係はガラスの奥から私の顔を見たあと、支払伝票に目を落とした。私が持ち込んだのは、細かく破られたほうではなく、ハーブのデスクで見つけたほうの一枚だ。どのみち、破り捨てられていたほうはまだハーブのフラットにある。

「ごめんなさい」窓口係が言った。「スタンプの字が読み取れないわ。でも、うちのスタンプじゃないことは確かです」

「送金主はわかりますか?」

「いいえ」

「マネーホームによる送金を受け取る際、身元確認のためにはなにが必要ですか?」

「受取人の氏名とMTCNです」

「MTCNというのは?」

「これですよ」窓口係は支払伝票を指さした。「送金管理番号(MTCN)」

「それさえわかっていれば現金を受け取ることができる。パスポートあるいは運転免許証の提示なしで?」

「送金主からとくに要求がないかぎりは。こちらでたずねる質問が設定されていて、受取人が正しい回答をする必要がある場合もあります。スパイかなんかみたいでしょう」窓口係がほほ笑んだ。

「要するに、送金主あるいは受取人の氏名を知るすべはないということですね?」

「受取人の名前は伝票に書かれています」

私が見せた伝票の受取人の名前はブッチ・キャシディ。ほかの伝票の受取人はビリー・キッド、ワイアット・アープ、ジェシー・ジェイムズ、ビル・コーディだ。

「これは受取人の本名ではない」

「ええ」窓口係は伝票の名前を見ながら言った。「ちがうでしょうね。でも、お金は受取人のものです。手数料さえ払ってもらえれば、受取人の本名がなにかなんて、われわれには関係ありません」

「送金額も関係ない？」私はたずねた。

「マネーホームの本部は、マネーロンダリング規制法違反に当たる一万米ドル相当以上の送金依頼の受付を禁じています。それ未満であれば、送金額は問題ではありません。ただし、うちの店では、事前の通知なくお引き渡しできるのは四千ポンドが上限です」

「送金は現金と決まっているのですか？」

「もちろんです。それがうちの業務です。現金による送金が。この近辺で働いている移民の多くが本国の奥さんに現金を送金しています。おもにポーランド人です。そこで、ポーランドへの送金については、千ポンド未満ならわずか二十ポンドの手数料で引き受けるという特別サービスを行なっているんですよ」

要するに、手がかりはほとんど得られなかった。どうやら、ハーブが立ち上げたシステムを解明するのは、不可能ではないまでも困難なようだ。手書きリストとマネーホームの伝票からわかることは、ハーブが複数の送金主から多額の現金を受け取っていたらしいことと、その金を二十二枚のクレジットカードの月末残高の支払いにあてていたにちがいないということだけだ。

ハーブは一万八千ドル相当の金をつい先週、ポンドで受け取った。うち五千ドルは、殺される前日に。現金の一部がまだどこかに隠されているはずだ。

私の問題は、九万四千ポンドもの負債残高があることを示すクレジットカード利用明細書が手もとにあり、ハーブの遺言執行者かつ受益者としてその負債を支払う義務があるというのに、そのための現金の隠し場所をまだ見つけていないことだった。

午後三時半に帰宅したとき、クローディアはいなかった。携帯電話にかけてみたが、すぐに留守番電話に切り替わった。

家じゅうをうろうろしながら、私たちの関係においてなにが問題なのだろうと考えた。よくわからない。今朝のセックスはこれまでどおり良好だったが、クローディアはまるで心ここにあらずといった様子で、行為の最中もあとも、めずらしく静かだった。

ほんとうはどうしたいのだと自問した。この関係を続けたいのか、あるいは、けりをつけて気持ちを切り替えたいのか。彼女を充分に愛しているのか？　もしも別れたら、どれくらい彼女を恋しく思うだろう？

クローディアとはもう六年近くいっしょにいる。私は二十九歳で、彼女は三つ下だ。彼女の描く不気味な絵を別にすれば、この関係は心地よく充実していると思う。それに、いまのままで幸せだ。

それが問題なのだろうか？　私とはちがって、クローディアはこの関係にもっとなにかを求めているのだろうか？　もしかして、ようやく結婚指輪をはめたくなったとか？　あるいは、子どもに対する考えが変わったとか？　だが、それなら私に話してくれるはずだ。そう聞けば喜ぶに決まっているのだから。

となると、問題は私でしかありえない。クローディアはきっと私に飽きてしまい、すでに後釜候補の男がいるのかもしれない。そう考えればすべてのつじつまが合う。

もう一度、携帯電話にかけてみたが、やはりすぐに留守番電話に切り替わった。

不意にこの家が空っぽに感じられ、この家にクローディアがいないとさびしいと実感した。初めて目にするような思いで、見慣れたものを見てまわった。

クローディアのアトリエへ行き、いま制作中の絵と、絵の具が乾いて固まるまで壁に立てかけてある二、三枚の絵を見た。

あいかわらず暗い絵で、私の目にはいくぶん異様に映る。一枚は、鳥のような体に人間の頭部を持ち、見るもおそろしいほど尖った歯だらけの口を大きく開けた不気味な空飛ぶ怪物たちがたくさん描かれていた。

身震いして、別の絵で隠した。こっちは、青い夜会服を着たまったく同じ姿形の美しい女ばかり描かれていた。きれいな絵だと思うかもしれないが、じつは女たちは足にワシのような爪を持ち、男の上に立ってその裸体を引き裂いているのだ。

あの男は私だろうか？　女たちはすべてクローディア自身の投影だろうか？　ふたりの関係はこのように、クローディアが私を引き裂く形で終わるのだろうか？　絵のとおりのことが現実に起きるとは思わないが、精神的には、彼女のせいで私はすでにおかしくなりそうなほど思い悩んでいる。

またしても私は、あれほどやさしい女がなぜこんな奇妙な絵を描けるのだろうかと考えた。それに、ここ数カ月、ますます奇怪で残酷な作品になってきたのは確かだ。クローディアには私がまだまったく知らない一面があるのか？　なにはともあれ、彼女にとっては、こうした異様な想念を頭のなかに封じ込め、抑えつけた反動で爆発させるよりは、出口を見つけて吐き出したほうがいいと思う。

家の固定電話が鳴ったので、クローディアからだと期待し、ベッドルームへ行って受話器を取った。

クローディアではなかった。パトリックだった。

「さっきはグレゴリーがあんなに怒って申し訳ない」彼が言った。「ふたりで話し合い、彼もいまはずいぶん冷静さを取り戻したよ。新聞各紙の記事を見て動転していただけだ」

私ほどではないだろうと思った。

「では事務所へ行っていいですか?」私はたずねた。

「今日はだめだ」即答だった。「月曜日、あるいは来週後半なら。ほとぼりが冷めるまで何日か待とう」

「では、自宅で仕事をします」私は言った。「遠隔アクセス機能を使って」

「そうだな」パトリックはおもむろに答えた。「ただ、きみが当面は表立って事務所の仕事をするべきではないというグレゴリーの意見には私も賛成だ」

「当面というと、具体的にはいつまででしょう?」

「彼と私がいいと言うまでだ」

「馘だと言いたいのですか?」

「いや、もちろんちがう。ただ、ビリー・サールを殺害しようとした真犯人を警察がつきとめるまで、有給休暇でもとったほうがいいかもしれない」

「警察が真犯人をつきとめなければ?」

「そうならないことを願おう。来週また電話する。それまでは、頼むから、遠隔アクセス機能は使うな。それと、事務所の人間と接触するな」

パトリックは、私にわめき立てられることなく会話を終えることができてほっとしたにちがいなく、さよならを言わずに電話を切った。

私はだれかにわめきちらしたい気分だった。つい一週間前は好調だったすべてのことが、突如として暗転しはじめた。二度と騎乗できないと告げられた日以来、もっともみじめな気持ちでベッドの端に腰を下ろした。

自分を哀れんだところでなんら得るものはないと観念し、一階へ下りてキッチンテーブルでノートパソコンに向かった。

グレゴリーのメール受信箱から私のメール受信箱へ転送しておいた、ブルガリアの土地開発計画に関する六件のメールを読むといういたって非生産的な半時間を過ごした。

いずれも同じユリ・ヨラムという男からのメールで、最初の二件は、国営工場跡地の再生支援策となる産業開発のためにEUでもっとも貧しい国が調達できる助成金に関する内容だった。国営工場の大半は、共産主義体制が崩壊し、代わって自由市場の競争が導入されるや、あっという間に破綻したのだった。

書き言葉としての英語力がおぼつかないミスタ・ヨラムのメールの文面から理解できるかぎりでは、EUの助成金は、当該開発計画にいくばくかの民間投資がなされて初めて、その投資額をユーロ換算して二倍した金額が交付されるとのことだ。ジョリオン・ロバーツの話ではロバーツ家族信託が五百万ポンドの投資を行なっているので、それだけでEUの税金財源から一千万ポンドの助成金を引き出しえたにちがいない。

だが、それだけではなかった。それで終わりではなかった。

残り四件のメールは、新工場で働く人びとのための住宅を工場の近くに建設することに対する資金提供に関する内容だった。こちらは出資元が異なり、EU公営住宅基金からで、助成金のような一対二という条件はない。どうやら新工場ひとつで、住宅建設に百パーセントの助成金を――約八千万ユーロだ――引き出すのに充分らしい。

仮に、ジョリオン・ロバーツの甥の言葉どおり、ブルガリアで住宅も工場もまったく建設されていないとすれば、おもに公的資金からなる一億ユーロもの金をどこかでだれかが着服した可能性がある。

メールアドレスに目を凝らした。いずれも uri_joram@ec.europa.eu から dimitar.petrov@bsnet.co.bg とグレゴリー・ブラック宛てに送られている。ec.europa.eu というドメインから察するに、ユリ・ヨラムは欧州委員会の職員で、おそらくはブリュッセルの本部で働いている。そして、bgという拡張子から察するに、ミスタ・ペトロフはきっとブルガリア在住なのだろうと推測できた。

その程度ではあまり役に立たない。

グレゴリーのコンピュータにあったロバーツ家族信託のファイルから書き写した電話番号も確認した。かけてみようかと考えた。だが、そうしたところで、なんの役に立つだろう？　私はブルガリア語を話せないし、たとえ電話に出た相手が英語を理解できたとしても、私の疑問に対する回答となる情報を与えてくれる可能性はまずない。

さて、どうしよう？

ミスタ・ロバーツの甥の単純なミスだった可能性が高い。工場と住宅は存在するのに、ブルガリアの別の場所を訪れたのかもしれない。八千万ユーロもの助成金が正しく建設材料に使用されたことを確認するべく、ＥＵ公営住宅基金を運営するＥＵの職員たちが精査したはずだ。

ジョリオン・ロバーツに調査を頼まれた以上、なにもしないわけにいかないと考え、ディミタール・ペトロフ宛てに、〈バルスコット電球工場〉の重役連の住所氏名を知っていれば教えてほしいと伝える短いメールを送った。

もしもミスタ・ペトロフ当人が一億ユーロもの詐欺に加担しているひとりであれば、彼にメールを送りつけるのは賢明ではないかもしれないと思い至ったときには、すでにメールは送信済みで、取り戻すこともできなかった。

害が及ぶはずがない。そうだろう？

ノートパソコンを閉じて時計に目をやった。四時四十五分なので自分で紅茶を淹れた。

調理台のケトルのすぐ横に置いてあったため、いやでもクローディアの携帯電話の最新の利用明細書が目に入った。中身を見たい誘惑にも勝てなかった。

私が知らなくて、彼女がよくかけている番号を探すつもりだったと思う。ここ二週間、毎日のように、しかも一日に二度以上もかけている番号がひとつあった。

さて、どうする？　この番号にかけて、私の恋人とひんぱんに話をしているのはだれだと問いつめるか？　むろんそんなことはしない。だが、その気になったときのために、番号を自分の携帯電話に登録した。


クローディアは五時半に帰ってきた。私は、どこへ行っていたのか、なぜ携帯電話の電源を切っていたのかを問いただしたい気持ちを抑えた。

「どうして事務所へ行ってないの？」彼女がたずねた。

「パトリックに帰れと言われた。グレゴリーは私が事務所の評判を落としたと考えているようだ。パトリックは、ほとぼりが冷めるまで休暇をとって事務所に近づかないほうがいいと考えている」

「だけど、そんなの、ばかげてる。警察はあなたを釈放したのよ。鉄壁のアリバイがあるの」

「そんなことは百も承知だし、きみも承知している」私はむっとなって言い返した。「だが、世間の人がどういうものかはわかるだろう。記事で読んだことを鵜呑みにするんだ」

「いまいましい新聞」彼女は怒りを込めて言った。「起訴されるまでは実名報道を禁止するべきよ」

あるいは有罪の評決が出るまでは。だが、事件を目撃した可能性のある人びとが名乗り出てくれるよう、容疑者の氏名が早めに公表されることを警察がひそかに望んでいることを、私は知っている。

「数日もすれば事態は収まるはずだとパトリックは言っている。みんなが忘れるだろうって」

「そのとおりになることを願うわ」彼女は言った。

私もそう願っている。

「ドレスは買ったのか?」私はたずねた。

「ドレスって?」

「なに言ってるんだ」私は少しばかりいらだった。「ほら、水曜日の初日公演用に買うと言ってたドレスだよ」

「ああ、あれ」彼女はどう見ても上の空だ。「明日にでも買いに行くわ。今日の午後は急用ができたから」

どんな急用だったのかは考えたくないので訊かなかった。

「パトリックはいつまで事務所に近づくなって?」黙り込んだ私にクローディアがたずねた。

「一週間くらいかな」彼女は私の評判と経歴を案じるのとは別の理由でたずねているのではないだろうか。「事務所へ行く代わりにレースへ行こうかな」

「それがいいわ。金勘定から離れて頭を休めなさい」

この際、いつもとは異なる金勘定に目を向けるとしよう。

第九章

　土曜日の午後、鉄面皮をかぶって、ウォータールーから列車に乗ってサンダウンパーク競馬場へ行った。

「驚いた」ジャン・セッターが言った。「まさかここで会うとはね。てっきり刑務所送りになったと思ってたわ」

「まだだよ」と応じた。

　私はパドックに近い芝地の、スペシャルカーゴ馬像のそばに立っていた。

「あなたがやったの？」ジャンは大まじめに訊いた。

「ちがう、もちろんやってない。私がビリーを殺そうとしたと警察がいまも考えているなら、釈放してくれるはずがない。アリバイがあるんだ」

「じゃあ、だれがやったの？」

「わからない。だが、私ではない」

「なんてこと。じゃあ、殺人未遂犯がまだ自由に歩きまわってるってことね」

「それも大勢が」私は言った。「ビリーの殺人未遂犯だけではなく、ハーブ・コヴァクの殺人犯もだ」

「ハーブ・コヴァクって？」

「先週の土曜日にエイントリーで撃ち殺された男だ。職場の同僚だった」

「じゃあ、あなたが殺したの?」

「ジャン」私は強い調子で言った。「私はだれも殺してないし、殺そうともしていない。わかったかい?」

「それなら、どうして逮捕されたの?」

ため息が漏れた。ほんとうに世間の人は、たとえ親しい友人であっても、新聞で読んだことを信じるものなのだ。

「チェルトナムでビリーが私に向かって、おまえはなんだっておれを殺そうとする、となじったことをだれかが警察にしゃべったんだ。警察はその情報から誤った結論を導き出した。それだけのことだ。誤解したんだ」

「ビリーはどうしてあなたをどなりつけたの?」

「彼の投資内容に関することだ」

ジャンは説明を促すように片眉を上げた。

「守秘義務がある」私は言った。「あなただって、自分の投資内容を私の口からみんなに触れまわられたくないはずだ。そうだろう?」

「そうね」彼女は認めた。「でも、わたしは自転車ごと故意に撥ねられたわけじゃないもの」

「もっともな指摘だが、守秘義務規定が適用されることに変わりはない。重傷を負ってようがなかろうが、彼は私の顧客だ」

とはいえ、守秘義務にも限度はある、と思った。

ウィルトシャー警察が金曜日の夜に電話をかけてきて都合のいい時間をたずねたので、ここへ来る前に、チェルトナム競馬場における火曜日と水曜日のできごとをふたりの刑事にくわしく説明したのだ。

とくに、ビリー・サールの投資について。

「あんたがミスタ・サールに十万ポンド以上の負債があったというのはほんとうか？」刑事の一方が第一投を放った。

「ちがう」私は冷静に応じた。「個人的な負債はない。私はファイナンシャル・アドバイザー、ビリー・サールは顧客。つまり、私は彼の投資管理をしている。総額で約十五万ポンドの金を、彼は私を通して投資しており、火曜日、緊急に全額を現金化してほしいと要請された。株や証券を売却して現金化するのに数日かかると説明すると、動転して怒りだしたんだ」

「ミスタ・サールがそれほどの大金を緊急に必要とした理由はわかるか？」もう一方の刑事がたずねた。

「ある人物に十万ポンドの借金があると言っていた。遅くとも水曜日の夜までに返済する必要がある、さもなければ」

「さもなければ、なんだ？」刑事たちが声をそろえてたずねた。

「ビリーは怯えている様子だった。金が彼の銀行口座に入るのは金曜日だと告げると、それまで命があればいいがと言った」

「それが彼の使った正確な言葉か？」

「ほぼ正確だ」

「借金の相手がだれか、におわせなかったか？」

「まったく。ただ、見るからに相手をおそれていた。ビリーに訊けばいいだろう」

「ミスタ・サールは危険な状態でね」一方が答えた。「重度の頭部外傷を負っていて、意識を取り戻すかどうか、依然はっきりしないんだ」

ひどい話だと思った。長年、レースにおける転倒でことなきを得てきたのに、だれかに自転車ごと撥ねられて頭部に外傷を負うとは。不公平に思えた。

「自転車ごと撥ねるのは確実な殺害方法だとは思えない」私は言った。「彼がその時間に自転車に乗ることをなぜ犯人が知ったのだろう？」

「ミスタ・サールは毎日同じ時刻に自転車でランボーンへ向かっていた。どうやら日課の運動のひとつだったらしく、多くの人間が知っていた。それに、車は相当な速度でぶつかったようだ」

「なるほど。それでも、銃撃ほど確実ではない」先週の土曜日のハーブの一件が念頭にあった。「殺人未遂にまちがいないのか？」

「われわれは殺人未遂事件として捜査している」刑事の一方の返答はずいぶんつれないものだった。だからといって殺人未遂事件だとはかぎらない、と思った。

「ミスタ・サールが借金をしていた人物に話を戻していいか？　相手が何者か、ミスタ・サールがにおわせなかったのは確かなのか？」

「確かだ」私は答えた。「ビリーは、ある人物に借金があるとしか言わなかった」

だが、金を貸しているという理由で相手を殺そうとするだろうか？　殺せば、返済してもらえる可能性がなくなる。警告のつもり、返済を促すつもりで襲ったのが、度を過ごしただけかもしれない。あるいは、ほかの人間に対する見せしめだったのか。金を返済しろ、さもなければ――ビリーがおそれていたとおりのことが起きた。

「《レーシング・ポスト》は借金の相手がブックメイカーだったという含みを持たせているようだな」

「おそらく記者の憶測だろう」私は言った。「ビリーは私にはそれらしいことを言わなかった。いや、そんな大金を借りた理由は話せないと言った」

「では、彼はなぜ、あんたが自分を殺そうとしているなどと言ったんだ？」

「いま思えば、水曜日の夜までに私が現金を用意できないせいで自分は殺される、したがって、自分が殺されるとすれば私のせいだ、とビリーは思い込んだにちがいない。むろん、あのときはそうは考えなかったが」

そのあと刑事たちはいささか形を変えて同じ質問を巧みに繰り返し、私は根気強く、文句も言わずに毎回同じ回答をした。

一時間以上が過ぎてようやく、私にはほかに話せる情報がないと納得して刑事たちは帰っていったのだが、その前に、ビリー・サールの自転車によるへこみや傷がないか私の車を仔細に確認した。アリバイがあってもおかまいなしだ。

刑事たちが立ち去るや、私は急いで家を出て、なんとか第一レースに間に合うようサンダウンに到着した。競馬場に入るまでいくつかの視線やぶしつけな罵声に耐えなければならなかったものの、慣れ親しんだ環境は心地よく、新鮮な空気のなかで自由も感じた。

これで騎乗していればもっと気分がいいはずだ。

「今日は走らせるのか？」私はジャンにたずねた。少なくとも、彼女が今回は私に会うためだけに競馬場へ来たはずがないと確信していた。

「障害のビッグレースに一頭。エドズ・チャージャー。勝算はほとんどないのに、馬主はどうしても走らせたがってね」彼女があきれ果てたように目を剥いてみせたので私は声をあげて笑った。「あら、まだユーモアを解する余裕があるのね」

「べつにいいだろう？」

「あなたと話した人間が相次いで殺されるか襲われてるのよ。わたしはそんな目に遭いたくないわ」

私もだ。ジャンは実際には私の母親と言っていい年齢かもしれないが、それでも魅力的な女性だ。例の誘いを断わったのはいささか早計に過ぎただろうか？

　ジャンはエドズ・チャージャーに騎乗する騎手に会うために検量室に入り、私はパドックの柵に寄りかかって出馬表でエドズ・チャージャーを探した。騎乗するのはマーク・ヴィッカーズ――私の顧客であり、ビリー・サールが出場しないため今シーズンのチャンピオンジョッキーになるであろう男だ。

　ビリーに対する殺人未遂がチャンピオンをめざすマークの野心に好都合に働いたのは確かだが、私は、ベイドンでの襲撃がその目的で行なわれたなどと本気で考えてはいない。いかにも、フィギュアスケートのあるオリンピック候補選手が出場できる可能性を高めるためにライバル選手の脚を折ろうと企てるという不名誉な事件が起きたが、仮にほんとうにビリーの殺害を企てた事件だったのであれば、明らかに度が過ぎている。それに、十万ポンドの謎が未解明のままだ。とくに、ビリーがだれに、なぜ借金をしていたのかという疑問が。

「よう、フォクシー。なにを考えてるんだ？」背後から呼びかけられ、私は内心でうめいた。この男、マーティン・ギフォードにだけは会いたくなかった。

　くるりと向き直り、彼に作り笑いを向けた。「次の殺人について考えてたんだ。被害者になりたいか？」

　マーティンは、ほんのわずかな瞬間ほんとうに不安そうな顔をしたあと、私が冗談を言っているのだと気づいた。

「まったく笑えないな」彼は落ち着きを取り戻しながら言った。「なあ、逮捕されるのはどんな気分だ？」

「最悪だ」私は答えた。「エイントリーで起きた殺人事件について私が口にしている以上になにか知っていると思うなどとあんたが《ポスト》に話したことも災いしたよ。そもそも、たんなる同僚だとはっきり言ったのに、なぜハーブ・コヴァクが私の親友だったなどと話した？」

「おれは真実だと思うことを話したまでだ」ひとりよがりな口調だった。

「ばか野郎。全部あんたのでっち上げだ。自分でもわかってるだろう」

「おい、冗談じゃないぞ、フォクシー。おまえはおれに正直に話そうとしなかった。いいか、真実を、すべての真実を、真実のみを話せ」

「ばかばかしい」私は強い調子で言った。「法廷にいたわけじゃないんだし、そもそもなんだって、みんなのすべてを知る絶対的な権利があるなんて思っているんだ？　あんたは競馬界でいちばん口が軽い。たとえ自分の命がかかっているとしても、秘密を守ることはできないだろうよ」

口にした瞬間、自分がまちがいを犯したことに気づいた。マーティン・ギフォードは私の言ったとおりの男にまちがいないのだが、なんとしても味方につけておきたい相手でもあった。おそらく彼はこの先永遠に私の味方をしないだろう。だが、べつにかまわない。この男には何年もうんざりさせられてきたことだし、これで、私を見かけるたびに近づいてきてなにを考えているんだとたずねることもなくなるだろう。

「なるほど、おまえがそんなふうに思ってるんなら」彼は横柄に言った。「放っておいてやる」そう言い捨てると、彼は背を向け、いばりくさった様子で立ち去った。かなり弱腰ではあったが、こちらの願いどおりの反撃だった。

検量室から出てきたジャンが、私の立っている芝地へ歩いてきた。近づいてくる彼女を、新たな興味をわずかに覚えて見た。私の視線に気づいた彼女は腰をくねらせた。

「じゃあ、気が変わったのね、愛しのきみ？」彼女がそばへ来て小声で言った。

「いや」それとも、気が変わったのだろうか？

「残念だわ。ほんとうに、うちへ乗りに来る気はないのね?」

「馬には乗れないと言っただろう。この首で危険を冒すわけにはいかない」

「そっちの乗る話じゃないわよ、ばかね」彼女はにっと笑った。「首の危険を冒す必要のないところで乗せてあげる」思わせぶりにパドックの柵に身を乗り出して、尻を私の脚にすりつけた。

「ジャン、軽薄なふるまいはやめろ!」

「どうして?」彼女は笑いながらたずねた。「あのね、わたしは裕福な離婚者なの。つまり、身を慎む必要はない。ねえ、ファックしない?」

「ジャン! 頼むからやめてくれ」

「驚いた」彼女が私の横で不意に棒立ちになった。「ほんとうに照れてるのね。いまどきめずらしい古風な男だわ」

古風にはちがいないが、そんなにめずらしいだろうか?

そうかもしれない。だが、だからといってジャンを愛人にしたいということになるか?

いや、ならない、と次の瞬間、心に言い聞かせた。

私が欲しいのはクローディアだ。


サンダウンへ来た本当の理由はジョリオン・ロバーツに会うことだった。

朝刊紙によれば第三レースの出走馬の一頭がシェニントン子爵の持ち馬なので、それが弟と共同所有している一頭であることを願っていた。

第一レースと第二レースのあいだじゅうグランドスタンドにロバーツ大佐の姿を探したが、当然、見つけることはできなかった。好天のおかげもあって、この土曜日、年間でも数えるほどしかない混合開催の競馬大会のひとつを楽しもうと、サンダウンには大観衆が詰めかけていた。八つのレースからなる出馬表には、平地競走と障害競走が並んでいる。現に、今日の第一レースである距離一マイルの特別な平地競走は、双方の騎手たちが出場して競い合う平地騎手対障害騎手の決戦のようなものだ。

第三レースの前にパドックへ行くと、思ったとおり、ジョリオン・ロバーツが三人の男とふたりの女とともに芝地の中央に立っていた。五人とも、私の知らない顔だった。

私は、いずれロバーツ一行が通ると踏んだ柵の切れ目の脇に陣取って待つという作戦をとった。

彼は五歩ばかり向こうで私に気づき、ショックを受けたか驚いたにせよ、そんなそぶりは見せなかった。だが私は、彼が正面からこっちの目を見すえてほんのかすかに首を振ったのを目に留めた。

本物の紳士である彼は、脇へ寄って連れの連中を先に通した。

「第六レースのあと〈チェイサーズ・バー〉で」ジョリオン・ロバーツは、いつもの元陸軍近衛師団の大佐らしい歩調を乱すことなく柵の切れ目を通る際、小さいながらもはっきりした声で告げた。私はその場に立ったまま、彼が女のひとりに追いついて腕を取るのを見ていた。彼は私を振り返らなかった。低い声ではあっても、伝えたいことは明白だ――〝いま声をかけるな。話はあとで、ふたりきりで〟

〈チェイサーズ・バー〉には彼よりずいぶん先に着いていた。実際、入口から遠くバーカウンターからも離れていて人目につかない隅のテーブル席を確保するために、第六レースは壁掛け式テレビのひとつで観たくらいだ。

赤ワインと白ワインがそれぞれ入ったグラスを前に、席について入口を見ていた。

ジョリオン・ロバーツが姿を見せ、一瞬だけ足を止めて店内を見まわしたあと、すたすたと近づいてきて私の向かい側に腰を下ろした。

「申し訳ありません、閣下」私は言った。「しかし、ほかに連絡する方法がなくて」

「用件は?」彼が言った。

「一杯いかがです?」私はワインを指し示した。

「いや、結構だ。酒は飲まない。飲んだこともない」

「ではソフトドリンクでも?」

「いや、なにもいらない」

「あの馬は残念でしたね」

ふたつめの障害で転倒し、脚を折ったのだ。

「ああいうこともあるさ。私より妻のほうがうろたえていた。正直、あれで、あのだめ馬をどうするかという問題が解決した。一日前にスタートしたところで勝てない馬だ」彼は自分の軽口に高らかな笑い声をあげた。こういう点がいささか癇にさわる。「さて、なにがわかった?」

「残念ながら、これと言ってなにも」私は白ワインをぐいと飲んだ。「ただし、これが詐欺だとすれば、私たちが考えていたよりもはるかに大がかりな詐欺です」

「どのような意味で?」

「例の工場建設は、もっと大規模な建設事業の鍵にすぎないようです。工場建設には、閣下の家族信託から六百万ユーロあまりと、その二倍のEUからの助成金を合わせて、約二千万ユーロの費用がかかる予定です」

彼はうなずいた。「そのとおりだ。投資額は約五百万ポンドだった」

「ええ。しかし、工場建設費用の提供が住宅建設の助成金を引き出したのです。それ以上の民間投資を必要とせずに、八千万ユーロもの金を。つまり、閣下の投資がすべての鍵だったのです」迷った末にたずねた。「そもそも、この投資機会はどのようにしてお知りになったのですか？」

「よく覚えていない。だが、グレゴリー・ブラックから聞いたはずだ。家督は別として、信託の投資はほぼすべて〈ライアル・アンド・ブラック〉を介して行なっている」

「では、工場の命名権もグレゴリー・ブラックの提案だったのですか？」

「さあ、覚えていない。どうでもいいではないか。重要なのは、工場が存在するのかしないのかだ。私がもっとも関心があるのはその点だ」

「それはまだつきとめていません。甥御さんと話をさせていただけるでしょうか？」

ミスタ・ロバーツはいい顔をしなかった。

「どこへ行ってなにを見たのか、あるいは、なにを見なかったのかをうかがいたいだけです」

「あれはオクスフォードにいる」

「オクスフォード大学ですか？」

ジョリオン・ロバーツはうなずいた。「キーブル・カレッジ。ＰＰＥコース専攻。世界を変えたいと考えている。私に言わせれば、いささかうぬぼれ屋だ」

ＰＰＥとは哲学・政治学・経済学のことだ。私自身、入学申請しようかと考えたこともあるが、代わりにＬＳＥの学位課程を選んだ。

オクスフォードのＰＰＥコースは、英国内外の政府その他において、政界の階段を上がって実権を握るための第一歩だと見なされることが多い。卒業生は多彩で、デイヴィッド・キャメロンを含む三人の英国首相、ビルマの民主化運動の指導者でノーベル平和賞を受賞したアウン・サン・スー・チー、メディア王ルパート・マードック、ＩＲＡの爆弾テロリストで有罪判決を受けたローズ・ダグデイルなどがいる。あのビル・クリントンも、ローズ奨学生としてオクスフォード大学に留学中にしばらくＰＰＥ

コースで学んでいた。

　ジョリオン・ロバーツの甥が世界を変えたがっているのであれば、正しい出発点に立っている。

「電話番号はご存知ですか？」私はたずねた。

　ジョリオン・ロバーツはかなり渋っていた。「いいかね、あれを巻き込みたくないのだ」

「しかし、実際に巻き込まれています。閣下のお話では、そもそもブルガリアを訪れて閣下の懸念を引き起こした張本人なのでしょう」

「そうだ。しかし、兄が、あれの父親が、そのことは忘れろと言った」

「兄上は閣下が私に相談されたことをご存知なのですか？」

「とんでもない」ミスタ・ロバーツは否定した。「そんなことを知れば激怒するにちがいない」

「閣下」私は改まって切りだした。「これ以上の疑問はグレゴリー本人におたずねになるのがいちばんいいのではないかと思います。たったこれだけのことを調べるためにかなりの危険を冒しましたが、もう手を引く潮時かと思います。ロバーツ家族信託は本件の顧客であり、兄上が上級被信託人です。本来、兄上に隠れて行動することは禁じられているのです」グレゴリーに隠れて行動することもだ、と思った。

「そうだな。そのとおりだ。それはわかる」彼は間を置いて続けた。「申し訳ない。わかっているべきだった。グレゴリー・ブラックには月曜日に電話でたずねてみよう」また間を置いた。「よし、きみはこれで手を引いてくれ。これ以上わずらわせないよ」彼は席を立ち、私に軽くうなずいてからバーを出ていった。

　私はなおしばらくそこに残り、白ワインから寝返って赤ワインに口をつけた。

　私は正しい判断を下したのだろうか？

　もちろんだ。

詐欺の調査員ではなく、ファイナンシャル・アドバイザーなのだから。

とはいえ、ほんとうに一億ユーロもの詐欺が行なわれているとしたらどうする？　だれかに報告する義務はないのか？　だが、だれに？　欧州委員会のユリ・ヨラムにメールで知らせたほうがいいのかもしれない。だが、それが重要か？

赤ワインを飲み終えたので、いいかげん家へ帰ることにした。

クローディアの待つ家へ帰ることを考えると、いつでも期待感に包まれ、脈がわずかに速まり、下半身が騒ぎだしたものだ。だがいまは、あまり気が進まなかった。なにを知ることになるのか、なにを聞くことになるのか、なにを見ることになるのかと、怯えてさえいた。


私が帰ったときクローディアは家にいた。ずっと泣いていたようだ。

彼女が隠そうとしても、私にはかならずわかる。わずかに赤くなった目とマスカラの筋が動かぬ証拠だ。

「電話をしてよ」キッチンへ入っていくと彼女がむっつりと言った。「女にこっそり近づくなんて、愚か者のやることだわ」

こっそり近づいてなどいないと思った。ここは私の家であり、土曜日の午後六時半に競馬場から帰ってきただけだ。

「地下鉄の車内から電話はかけられないだろう」と答えた。

「サンダウンで列車に乗るときにかければよかったでしょう」

そのとおりだが、そうしなかったのは、またしてもすぐさま留守番電話に切り替わるのがいやだったからだ。そうなっただけで、悪い想像を働かせてしまう。クローディアの携帯電話の電源が切られているのであれば、それを知らないほうがはるかにましだ。

「なあ、どうしたんだ?」私は彼女の肩に腕をまわした。

彼女が足早にキッチンを出ていき、残された私はその場に立ちつくした。「背中が痛むだけ。お風呂に入るわ」彼女は身をくねらせて私の腕を振りほどいた。彼女は最近よく背中の痛みを訴えていた。あお向けに寝てばかりいるせいじゃないのか、といくぶん意地悪なことを思った。

濃いめのジントニックをたっぷり作った。サンダウンでワインを二杯飲んだあとなので決していいことではないが、かまうものか。翌日のレースのために体重を抑える努力をする必要もないという事実が追い討ちをかけた。

二階で浴槽に湯を張る音が聞こえ、一気に腹が立った。クローディアは私の目が節穴だと思っているのか? この家に不協和音が流れているのは確かだ。痛みを伴うかもしれないが、私には知る権利がある。

二階へ行ってバスルームで彼女を問いただすことを考えたものの、その度胸はなかった。彼女を失いたくない。それに、もしも私と別れてほかの男のところへ行くなどと言われたら、耐えられる自信がない。

リビングルームへ行ってテレビをつけたものの、目に入らなかった。みじめな思いで肘掛け椅子に腰を下ろし、ジントニックを飲んだ。

そのうち浴槽の湯を抜く音が聞こえ、ほどなくクローディアが下りてきて、キッチンへ入ってドアを閉めた。

どうしたものか、ほんとうにわからなかった。彼女は私にそばへ来てほしいのだろうか? そうではないと思った。来てほしければドアを開けておくはずだ。

リビングルームにとどまり、酒を飲み干した。炉棚の置き時計では午後七時二十分。ベッドに入るには早すぎるか？

テレビのスター発掘番組でどこかの脚の太いティーンが歌い終わるまでのあいだ、私は肘掛け椅子のなかで、クローディアにどう話すかを頭のなかで繰り返し考えていた。もはや、このままなにもしないという選択肢はない。

二人の関係が終わったのであれば、それでいい。思い出を悼もう。こんな中途半端な状態で想像ばかり膨らませて心が乱れるよりは、そのほうがましだ。クローディアを愛している。それは確かだ。だが、いまの私は怒りと傷心を抱え、彼女が私をあざむいてほかの男と寝ていることを頭のなかで責めている。いいかげん、真実に向き合おう。

キッチンへ行くと、クローディアはおおっぴらに泣いていて、今回はそれを隠そうとはしなかった。タオル地のブルーのドレッシングガウン姿でキッチンテーブルに向かい、両肘をテーブルについて、片手に白ワインの入ったグラスを持ち、もう片方の手に頭を載せていた。私が入っていっても、顔を上げなかった。

少なくとも、そっけなく手を振ってちらりとも振り返らずに私を捨てるというつもりはないらしい。この別れは、どちらにとってもつらいものとなりそうだ。

私は冷蔵庫の横の調理台へ行き、自分用にもう一杯ジントニックを注いだ。酒が必要になりそうだった。

「ダーリン、どうしたんだ？」声はかけたが、向き直らなかった。

彼女が私の顔を見ることができないのであれば、そのほうが話しやすいだろう。

「ああ、ニック」彼女の声はわずかに震えていた。「話があるの」唾をのみ込んだ。「あなたが聞きたくない話よ」

私は向き直って彼女を見すえた。やはり話しやすくなどしてやりたくない気がした。

彼女は顔を上げて私を見た。

「ごめんなさい」と言った。

自分の目に涙が込み上げるのがわかる。ただ彼女を抱きしめたかった。

「ごめんなさい」彼女は繰り返した。「わたし、癌なの」

第十章

よくもこんな思いちがいができたものだ。それに、これほど愚かでいられたとは。

「なんだって？」私は問い返した。

「癌なの」彼女は繰り返した。「卵巣癌」

「なぜ？」まぬけな質問だ。「いや……いつから？」

「二週間ぐらい前に一応わかっていたんだけど、確定診断が出たのは木曜日」

「なぜ私に話さなかった？」

「話すつもりだったけど、ちょうどあなたは仕事で忙しかった。そのあと、グランドナショナルの日の夜に話そうと思ってたんだけど、ハーブ・コヴァクの事件があった。あなたは自分の問題で手いっぱいだと思ったの。そうしたら木曜日に……」彼女は唾をのみ込んだ。「木曜日は最悪だった。癌にまちがいないと医者に告げられて病院を出たあと、全身が麻痺したみたいになにも感じず、自分がどこへ向かっているのかさえわからなかった」彼女は言葉を切り、ドレッシングガウンの袖口で頬の涙をぬぐった。「あてもなくトッテナムコート・ロードを歩いているときにローズマリーが電話をくれて、あなたが逮捕されたと教えてくれたの。ほんとうにつらかった。そのあと、新聞に名前が出たことであなたが猛烈に腹を立てて、なんとなく、あの夜は打ち明けることができなくて……昨日はぎくしゃくした空気だったし、あなたがほかにも問題をたくさん抱えているから、話さないほうがいいと思ったの」

「ばかだな。私には、きみより重要な問題などひとつもないのに」

彼女の背後へまわり、両手で彼女の肩をさすった。

「それで、今後はどうするんだい？」

「火曜日に手術を受けなくちゃいけないの」

「なるほど」不意に癌が現実味を帯び、切迫感を覚えた。「どういった手術？」

「左側の卵巣の切除」彼女は新たな涙をこらえた。「右側も切除する必要があるかもしれないって。その場合、この先、妊娠できなくなる」

なるほど。現実味と切迫感が強すぎる。

「あなたがどれほど子どもを欲しがっているか知ってるわ」クローディアは言った。「ごめんなさい」

また、とめどなく涙を流している。

「ほら、落ち着いて」私は彼女の背中をさすった。「将来生まれるかもしれない子どもより、きみの現在の健康状態のほうがはるかに重要だ。だいいち、子どもなんて手がかかると、きみはいつも言っていただろう」

「真っ暗な気持ちだった。きっとあなたが腹を立てると思ってたから」

「ばかなことを。唯一腹を立てているのは、きみがすぐに話してくれなかったことだ。さぞつらかっただろう。だれにも話さず、ひとりで問題を抱え込んで」

「担当医がすばらしい人なの。癌カウンセラーを紹介してくれて」彼女はドレッシングガウンのポケットからくしゃくしゃになった名刺を取り出した。「すごく頼りになる女性。あまり何度も電話をかけてるから、いまでは番号を暗記してるほどよ」

私はその名刺を見た。電話番号は、私があの携帯電話の利用明細書から書き写したもの、クローディアがひんぱんにかけていたものだった。

　よくもこんな思いちがいができたものだと、またしても自分をとがめた。

「聞かせてくれ」私は言った。「医者はなんと言ったんだ？」

「最初はかかりつけの医者に行ったの。気分がすごく悪いし、お腹の張りを感じたから」彼女は笑みを浮かべた。「じつは、妊娠じゃないかと思ったの。でも、ピルを服んでるし、生理中だったし」

「それで？」私は先を促した。

「背中に痛みはあるかと訊かれて、あると答えたら、癌専門医を紹介された。それで、スキャン検査やほかの検査を受けて、癌だってことがはっきりしたの」

　背中の痛み。

　さっきあんなことを考えた自分を、心のなかで厳しく叱責した。

「それで、具体的に卵巣に腫瘍があるの。卵巣のどこが悪いんだい？」

「左側の卵巣に腫瘍があるの。胚細胞腫瘍と言うらしいわ」

「悪性なのか？」返事をおそれつつもたずねた。

「残念ながら。だけど、かなり小さくて、ピーナッツくらいの大きさよ」

　さほど小さいとは思えなかった。たしか、卵巣自体がその程度の大きさだ。

「それに、癌は広がっていないだろうと癌専門医は楽観してるの。ただ、それについても火曜日にはっきりするだろうって」

「手術はどこで？」

「ユニバーシティカレッジ病院。この一週間、そこで癌専門医の診察や検査を受けてたの。昨日はほとんど一日じゅう病院にいて、手術にそなえて癌の位置と大きさをミリ単位で正確に把握しておくために

ＭＲＩスキャン検査を受けたわ」

携帯電話の電源を切って。

「全体的に見れば、早期発見できたのはついているのよ。症状を無視するかほかの病気とまちがえる一般医が多いから、卵巣癌は手遅れになるまで気づかれないことが多いらしいわ」

「私にできる手助けは？」

「なにもない。ただ、そばにいて」彼女は笑みを浮かべた。「とても愛してるわ」

私はばかだ、とんだ道化だ、と思った。なんて愚かなんだ。

「私のほうが愛してるよ」彼女の頭のてっぺんにキスをした。「もうベッドに入ったほうがいいのか？」

「体調は悪くないもの」彼女は振り向いて私を見上げ、にっと笑った。「それとも、別のことを考えてたの？」

私は赤面した。ジントニックのせいにちがいない。

「ちがう。だが、説得に応じてもいい。と言っても、大丈夫なのか？」

「セックスしてもいいのかって意味？」彼女がたずねた。私はうなずいた。「もちろん。癌専門医が木曜日に説明してくれたところでは、セックスをしてもしなくてもちがいはないそうよ」

私にとっては大ちがいだ。


夜中に眠れないまま暗闇のなかで横たわり、この新たな問題を理解しようと努めていた。

ほかの男に彼女を奪われるという不安が大きかったせいで、癌だと聞いて安堵したというか、刑の執行を延期されたような思いだった。だが、これは、もしも負ければ完全に彼女を失うという、想像もできない結果が待っているはるかに深刻な戦いだ。

クローディアが十時過ぎに寝入ったので、私はそのあと二時間ほどコンピュータに向かい、インターネットで卵巣癌について調べた。

最初に得た結果は、これっぽっちも励みにならなかった。

概して、卵巣癌の五年生存率は約五十パーセントにすぎない。

高い数字ではないと思った。硬貨を投げて決めるようなものだ。生きるためには、まちがえずに〝表〟を出さなければならない。

しかし、癌は拡がっていないというのが専門医の見立てだとクローディアは言った。腫瘍が罹患臓器内のみにとどまり表面にまで広がっていないステージ１ａの卵巣癌の場合の五年生存率は九十二パーセントに近い。

これならましだ。

サイコロをふたつ投げる――出た目の合計が十一か十二なら死に、それ以外なら助かる。

胚細胞腫瘍の五年生存率はさらに高い。ステージ１ａの胚細胞腫瘍を罹患した女性の九十七パーセント近くが五年後も生存している。

サイコロをふたつ投げる――死ぬのは、ふたつとも六が出た場合だけだ。

スペースシャトル飛行の統計上の生存率（九十八パーセント）にわずかに及ばず、心臓移植患者の生存率（五年生存率が七十一パーセント）よりもはるかに高い。

隣の枕の上からクローディアのリズミカルな寝息が聞こえる。

危機に直面してようやくほんとうの気持ちが明らかになることが多いとは、なんとも皮肉なものだ、と考えた。競馬場を出て帰宅したあと、激しい怒りから剣呑な喜びまでありとあらゆる感情を経たあと、少し遅れて不安と懸念と圧倒的な愛情が湧き上がった。

さまざまな感情にもまれて疲れきっているのに、まだ眠れなかった。危うく完全にばかを見るところだった。

ほんとうに危なかった。すんでのところで助かった。


一夜明けて、天気も私の気持ちも、うららかで陽気な日曜日の朝を迎えた。

隣でぐっすり眠っているクローディアを見ると、今後の治療に対する不安はあるにせよ、自分の幸運に感謝の念を覚えた。たしかにジャンの思いがけないふるまいにより誘惑に屈しそうになったが、それに打ち勝った。そもそも、ジャンの誘惑のおかげで、クローディアとのあいだの問題を解決する覚悟を固め、ひいては問題など存在しなかったことがわかったのだ。

不意に、もうひとつの問題、来る癌との戦いも、容易ではなくともなんとか勝てそうな気がした。なにしろ、クローディアと私が味方同士となって挑むのだから。

彼女を寝かせたまま物音を立てないように起き出してキッチンへ下り、パソコンに向かった。

ユリ・ヨラムのメールを画面に呼び出し、改めて読んでみた。これをどうすればいいだろう。

一億ユーロはとてつもない大金だが、千二百五十億ユーロを超すEUの総予算から比べれば大海の一滴のようなものだ。とはいえ、このところ毎年のようにEUの予算の年次監査報告書への署名を拒否している欧州会計監査院がこれほどの巨額詐欺を立証できなかったのだとすれば、私にそれができる可能性があるか？

そもそもこれは私が挑む戦いではない。クローディアと私はいま、もっと切迫した問題を抱えている。ジョリオン・ロバーツが自分の投資に関してさらなる質問を投げかけたいのであれば、グレゴリーにじかにたずねてもらわざるをえない。

さしあたり、私は別の問題に目を向けた。具体的には、ハーブの二十二枚のクレジットカードの利用明細書のコピーだ。

日付順に振り分け、四枚分の支払期限が来週だと気づいた。クレジットカードによる死亡時の未払負債について、法律はどのように定めているのだろう。どこの銀行も親切心で負債を帳消しにしてくれることなどあるはずがないということだけは絶対に確信がある。だが、なにより知りたいのは利息のことだ。九万四千六百二十六ポンド五十二ペンスの負債は、返済せずに放っておけば、延滞料はもちろんのこと、毎月かなりの利息が発生するにちがいなく、遺言状が検認されるまで何カ月もかかるおそれもあるので、できればハーブの所有している別の資産から負債を返済したいところだ。

例の現金を探すほかない。

死亡した週にハーブがマネーホームの代理店で受け取った一万八千ポンドでは、最優先で返済すべきカード四枚分の負債総額には足りない。

しかも、クレジットカードによる負債はこれで終わりとはならないだろう。

インターネットギャンブルやオンラインカジノで遊ぶためにハーブのクレジットカード口座を利用していた九十七人は、おそらくハーブが死んだことを知らない。これまでの遊びかたを見れば、彼らはさらなる負債を生みつづけるはずだ。

どんなギャンブルでもある程度の信頼関係は必要だが、ハーブは、このシステムを利用させるために九十七人それぞれに前払いによる保証金を要求したはずだ。つまり、クレジットカード利用明細書に記された九万四千六百二十六ポンド五十二ペンスの負債は、ほんの一部にすぎないということだ。ハーブにはあとどれくらいの負債があったのだろう？

なんとしても、現金を探し出さなければ。

これ以上の請求をされないためにも、まずはクレジットカードを解約する必要があると考えた。

どの利用明細書にも裏面に電話番号が記されているので、順に電話をかけはじめた。大半は日曜日が休業日のため応答がなく、電話に出たカード会社は主としてインド国内にあり、実際のところ、ほとんど役に立たなかった。

ミスタ・コヴァクが亡くなったと告げると、一様に、書面による通知と死亡証明書の原本の同封を求めた。

「わかった」私は、ハーブの死亡証明書を二十二枚発行してくれるよう主任警部に頼むことを頭に刻みながら、アシュウィンと名乗った男に向かって言った。「しかし、とりあえず、今後のカード使用を止めてもらえるか?」

「カードをハサミなどで切ってください」アシュウィンが言った。「そうすれば、これ以上カードを使用することはできない。そうでしょう?」

明細書に記載されている日時、実際に手もとにない状況でカードが使用されたということを、この男にどう説明すればいいだろう?

「定期的な利用が何件かある」と言った。「その取引を行なう際、カードは実際に手もとにはない。そのたぐいの使用を止めてもらえないか?」

「それは支払先に連絡してください」すげない返事だった。

全部で五百十二件もあるのだ、と思った。

次のカード会社にはハーブのふりをして解約しようとしたが、カードが手もとになく――ヘンドンにあるのだ――有効期限と暗証番号がわからないため、やはりうまくいかなかった。どのみち未払残高を完済しないことにはカードの解約はできない、ときっぱりと言われた。

打つ手なしだ。

例の現金を探し出すほかない。

クローディアがブルーのドレッシングガウン姿で下りてきた。

「なにをしてるの？」

「べつになにも」ノートパソコンのふたを閉じてクレジットカードの利用明細書を隠した。「少なくとも、きみが心配するようなことはなにもしていない」

「あのねえ」彼女はいかめしい顔をした。「わたしだって自分の問題を打ち明けたんだから、今度はあなたが自分の問題を打ち明けて」

「ハーブ・コヴァクに関することだよ」私は言った。「遺言状のなかでハーブは私を遺言執行者に指名していたんだ」

「それって、具体的にはどういう意味なの？」

「つまり、きみの面倒を見なければならないときにハーブの問題をすっかりかたづけなければならないという意味だ」

「そのとおり」彼女が来て私のひざに座った。両腕を私の首にまわした。「いけない子ね」

私は苦笑した。

日常が正常に戻った――いや、ほぼ正常に。


午後、トムリンスン主任警部から教えられていた携帯電話の番号にかけた。

「もしもし」眠そうな声が応じた。

「トムリンスン主任警部？」私はたずねた。

「そうだが?」今度はいくぶんしゃきっとした声だった。

「起こしてしまって申し訳ない。ニコラス・フォクストンだ」

「目を休めていただけだ」彼は言った。「どうかしたか?」

「そう、どうかした。ハーブ・コヴァクの妹が現われたんだ」

「ほんとうか。いつ?」

「いや、じつは、木曜日の朝、あんたがあのフラットを出たすぐあとだ。だが、その後あまりにいろいろあったものだから、伝えるのを忘れていた」

「そうだな」彼が言った。「耳に入った話では、そんな暇はなかっただろうな」

「そうなんだ」私は認めた。「アリバイを提供してくれてありがとう」

「礼には及ばない。ヘリコプターでも使わないかぎり、ベイドンからヘンドンまでの七十マイルの道りを朝のあんな時間に五十五分で移動するなど、だれにもできないと言っただけだ。まして、巻き爪の切除手術を受けたばかりの人間には不可能だ。私は手術のあと何週間もまともに歩けなかった」

私は笑いを噛み殺した。ミセス・マクダウドと彼女の豊かな想像力は最高だ。

「とにかく、礼を言うよ」私は言った。「ところで、ほかにも提供したい情報がある」

「というと?」

「クレジットカードの謎が解けたんじゃないかと思う」

「説明してくれ」彼が促した。

「ハーブ・コヴァクは、インターネットでギャンブルをするという目的でほかの人間に自分のクレジットカード口座を使わせていたのだと思う。おそらくアメリカ人に。アメリカの多くの州でギャンブルは違法とされているから」

「どういった証拠がある？」彼がたずねた。

「たいしてなにも。だが、正解だと思う。例の明細書には五百十二の利用件数が記されていた。だが、利用者の大半がふたつ以上のサイトで賭けたりプレイしたりしているため、利用人数は五百十二ではない」

「利用者の氏名はわかるのか？」

「わからない。だが、九十七組のイニシャルはわかっている。あんたが見せてくれたリストに載ってるよ。それが九十七人の利用者を表わしていると思う」

「要するに、アメリカのどこかに住んでいる九十七人もの人間がハーブ・コヴァクのクレジットカード口座を利用してインターネットで賭けを行なっていた、と言いたいんだな」

「そうだ。それと、オンラインポーカーもやっていた。亡くなる前の一週間にハーブが多額の現金を受け取ったことを示すマネーホームの支払伝票も見つけた。その現金はクレジットカードの負債を返済するためのものだと思う」

「それで、そのことが彼の殺された理由に関係があると言うんだな？」

「そういうわけではない。彼が殺された理由は、私には見当もつかない。それをつきとめるのはあんたの仕事だと思っていた」

　主任警部は私の挑発に乗らなかった。電話の向こうは、ただ沈黙していた。

「クレジットカードを解約しようとしたんだ」私はたまりかねて切りだした。「だが、死亡証明書の原本が必要だと言われてね。用意してもらえるか？　少なくとも二十二通は必要だ」

「死亡証明書はまだ発行されていない」彼は答えた。「不自然死はすべて検死審問の対象とされ、たいがい、そのあと刑事裁判が開かれる。死亡証明書が発行されるのは、検死審問が終わってからだ」

「だが、それでは、何年とまではいかなくても何カ月も先になる」私はいくぶんかの怒りを込めて言った。「彼が死んだことを示すなんらかの公式文書があるはずだ。頭の固いクレジットカード会社に証明するものが必要なんだ」

「遺言執行者として、死亡証明書が発行される前に遺言状の検認を求めればいい」

「どうやって？　彼が死んだことすら証明できるものがないのに」

「検死審問は火曜日に開かれ、休廷とされた。リバプールの検視官が文書を発行してくれるだろう。手配しよう」

「ありがとう」

「で、どこへ行けばミスタ・コヴァクの妹に会える？」主任警部がたずねた。

「ハーブのフラットにいると思う。金曜日の午後はそこにいた」

「わかった。兄が殺されたことは知っているのか？」

「知っている。私が話した」

「そうか。連絡して、正式な身元確認をしてもらうよ」気の毒なシェリ。「ほかになにかあるか？」

「ある。犯人の目星はついたのか？」

「いや、まだだ」

「手がかりはなにもないのか？」

「そう。ひとつもなしだ。銃撃犯は完全に消えてしまったようだ」

少なくとも、この男は正直だ。

「私がハーブのコートのポケットから見つけた紙切れについては？」私はたずねた。

「追うような線はなにも。紙自体はどこの文房具店あるいは事務用品店でも売っているごく普通のコピー用紙、検出できた指紋はどれもあんたかミスタ・コヴァクのものだった」

「なぜそう言い切れる？」

「あんたが提供してくれた協力者指紋と照合したし、ミスタ・コヴァクの指紋は死体から採取させた」

たずねなければよかった。

「では、このあと捜査はどうなる？」

「例のリストを見直したほうがよさそうだな。それと、マネーホームの支払伝票とやらも見たい。あんたの勤務先へ取りに行かせるよ」

「今週は出社しないかもしれない。自宅へ来てもらえるか？」一瞬考えた。「じつは、手もとに二枚あるが、先週の分三枚はまだハーブのフラットにある」

「ミスタ・コヴァクの妹に会いに行く必要がありそうだな。行動予定が決まったら、あんたに電話をかけるよ」

「シェリだ」

「はあ？」

「シェリ」私は繰り返した。「シェリ・コヴァク。ハーブの妹。双子だった」

「なるほど」

どういうわけか、双子だったことで不憫さがつのった。

クローディアと私は地元のイタリアンレストラン〈ルイージズ〉へ出かけ、夕食のあいだじゅう病気に関する言葉を一度も口にしなかった。

ふたりともゲームでもするように故意にその話を避けたのだが、それはつまり、その他のことをすべて話し合ったということだ。大半は、この二週間おたがいに封じ込めていた思いだった。

「母さんがよろしくって」私が言った。

「まあ、ありがとう」クローディアが答えた。「お母さまは元気?」

母が孫を欲しがっていると言いたかったが、口にしなかった。私たち同様、母にも火曜日の手術に賭けてもらうことになる。

「いっしょに顔を見せに行ってもいいわね」クローディアが言った。「あとで」

「元気だ」と言った。「あの小さなコテージを気に入っていて、あの村の歴史協会にかかりきりだ」

手術のあとで、という意味だ。

「明日の朝ジャン・セッターに電話して、水曜日の初日公演には行けないと伝えたほうがいいな」

「あなたは行って」クローディアは言った。「楽しいわよ」

夜公演のあいだじゅう劇場でジャンの隣に座って、暗がりで体じゅうをまさぐられるのが? お断りだ。

「いや。ふたりとも行けないと伝えるよ」

クローディアがにこやかな笑みを向けた。ほんとうはそうしてほしかったのだ。

「少なくとも新しいドレスを買わなくてすんだわ」

私たちは声をあげて笑った。

それがこの夜、彼女の手術にもっとも近づいたやりとりだった。ほどなくして勘定を払い、家へ帰って彼女をベッドに誘った。

火曜日の午前中の手術にそなえて、クローディアは明日の夕方には入院しなければならない。そのため、セックスは激しく情熱的なものとなった。まるで、妊娠能力のある女としてのクローディアとセックスをする最後の機会かもしれないと、おたがいに覚悟しているかのようだった。

第十一章

月曜日の午前九時きっかりに事務所のパトリックに電話をかけた。

「もう許してもらえたでしょうか?」私はたずねた。

「グレゴリーは今日は不在でね」彼が答えた。「週末旅行に出かけて、戻るのは明日の午後か水曜日だ。きみはまだしばらく顔を出さないほうがいいと思う」

異存はなかった。あと二、三日、出勤しなくていいのは好都合だ。

「遠隔アクセス機能はもう使っていいですか? 今日すませなければならない用件を忘れていないか確認するだけです」

事務所のコンピュータシステムは顧客ファイルに通知設定を行なうことができる。たとえば、顧客の金をもっとも有利な形で投資する機会を逃さないよう、債券の満期や新株予約権無償割当の期日を知らせてくれるのだ。

「もちろん、かまわない」パトリックが答えた。

どうやら、週末のうちに状況がやわらいだようだ。

「では、水曜日に出勤するつもりでいましょうか?」

「木曜日のほうがいいかもしれない」どうにも煮えきらない返事だった。「水曜日にランチの席でグレゴリーと話してみる」

「では、木曜日ということで。それまでに連絡がなければ」

「そうだな」パトリックはどこか上の空だった。「きみもハーブもいないから仕事が少し溜まっていてね。木曜日まではダイアナとローリーに補ってもらうしかないな。彼らに残業を頼むよ」

私はにんまりした。きっとローリーは不満に思うはずだ。この仕事では、時間外勤務に対する代価が支払われないのだ。

日曜日の夕方にトムリンスン主任警部が電話をかけてきて、リバプールから出向くので明朝十一時にハーブ・コヴァクのフラットへ来てもらえるか、とたずねた。私は、行くと答えていた。

結局、クローディアもいっしょにメルセデスでヘンドンへ来た。ひとりで家に残るのはいやだと言うので、喜んで同行してもらったからだ。

主任警部は私たちより先に着いて、かわいそうなシェリ・コヴァクから事情聴取を行なっていた。シェリは見るからにつらそうだった。泣いたせいで目が赤く、青ざめた顔がこわばっていた。紹介もまだだというのに、クローディアはすぐさまシェリのそばへ行って肩を抱き、キッチンへ連れていった。

「来てくれてありがとう」主任警部は言いながら私と握手をした。「残念ながらミス・コヴァクをひどく動揺させてしまったようだ」

「なぜ？」私はたずねた。

「私といっしょにリバプールへ来て、遺体の正式な身元確認をしてもらいたいと告げたんだ」

私はうなずいた。「そんなことだと思った。遺族にそんな精神的苦痛を与える必要はないとわかっているだろうに」まして、ハーブの命を奪うに至った銃弾のひとつが頭部を貫通しているのだ。

「あいにく、法は人間の感情というものをろくに斟酌しないのでね」

「だが、あんたにはわかるはずだ」

「たしかに」彼は私の目を見すえて言った。「わかる」

クローディアが廊下へ出てきたので、正式にトムリンスン主任警部に紹介した。

「あなたがわたしの愛するニックを逮捕した人ね?」彼女が非難がましく言った。

「ちがう」私はすぐさま主任警部の弁護を買って出た。「この人は、私を逮捕したのではなく、アリバイを証言してくれたんだ」

「あらそう」クローディアは言った。「それならいいわ。生かしておいてあげる」

主任警部は彼女の軽口に頬をゆるめたものの、ここにはあくまでも仕事で来ていた。

「さて」私に向かって言い、本題に入った。「マネーホームの支払伝票とやらはどこだ?」

クローディアはキッチンのシェリのもとへ戻り、主任警部と私はリビングルームに入った。私は紙片を張り合わせた伝票をハーブのデスクに広げた。主任警部の眉がほんの少し上がった。

「ちぎってゴミ箱に入っていたのを見つけたんだ。私が張り合わせた。伝票は三枚で、額面は一枚が八千ドル、あとの二枚がそれぞれ五千ドルずつだ」

「あんたの話では、ミスタ・コヴァクが殺される前の一週間にマネーホームの代理店で金を受け取ったとか」

「そうだ。伝票のスタンプを見ればわかる」

「送金主はわかるのか?」

「わからない。どうやら、金の支払いにおいてマネーホームが必要とするのは、受取人の氏名と送金管理番号と呼ばれるものだけらしい。代理店には送金主の氏名がわからないようだ」

「まったく、送金取扱会社というやつは。完全に匿名で利用者に世界じゅうへ送金させることに徹しているように思えるよ。いっさい質問をせずに現金を預かり、現金を支払う。連中のせいで、悪党ども、とくに麻薬ディーラーどもの金の受け渡しがいかに容易になっているか」

「警察の力で送金主の氏名を聞き出すことはできないのか？」

「おそらく連中も知らないだろう。それに、仮に連中が氏名を聞いていたとしても、おそらくは偽名だ」

「ブッチ・キャシディ」

「えっ？」

「支払伝票の受取人の名前だ」ポケットの二枚を出してデスクの三枚と並べた。「ブッチ・キャシディ、ビリー・キッド、ワイアット・アープ、ジェシー・ジェイムズ、ビル・コーディ。偽名であることは一目瞭然だ」

「ミスタ・コヴァクが金を受け取る際に使っていた仮名か？」彼はたずねながら支払伝票を仔細に見た。

「そうだ」

即座にハーブを悪党どものひとりだと断じたことが、主任警部の表情から見て取れた。

「彼は麻薬ディーラーではなかった」私は言った。主任警部が目を上げて私の顔を見た。「それに、詐欺師でもなかった。ここ英国で毎日のように合法的に行なえることを、彼は同胞であるアメリカ人が行なえるようにしてやっていただけだ」

「ギャンブルなど愚か者のやることだ」彼は言った。

「そうかもしれない」私は認めた。「だが合法だし、課税もされている。そうでなければ、おそらく競馬など存在しないはずだ。もとより今日のような競馬産業は存在しなかったにちがいない」

主任警部は、そんなものはなくても大きな損失ではないと思うと言いたげに唇を引き結んだ。私は、警察官はみな生まれながらにして禁欲的なのだろうか、あるいは警察官として勤めるうちに禁欲的になるのだろうか、と考えた。

「ミスタ・コヴァクが法を犯していたことに変わりはない」

「そうかな？　どんな法を？」

「賭博幇助だ」主任警部は確信を持って言い切った。

それに反論するつもりはない。インターネットギャンブル・サイトの最高経営責任者が逮捕されたという報道から判断するかぎり、ハーブの行なっていたことをアメリカの捜査当局が知った場合、彼はまずまちがいなく、違法賭博容疑にさらされることになる。

署名されていないたくさんのクレジットカードも見せたが、主任警部はマネーホームの支払伝票のほうにはるかに関心がある様子だった。

「さて、これからどうする？」私はたずねた。

「この伝票を持ち帰って、せめて、どこの店で発行されたものかぐらいは聞き出すとしよう。送金番号からわかるはずだ。そのあと、例の手書きリストに記載されているイニシャルの主を粉骨砕身して探すことになるだろう」

「これがハーブの殺害に関係があると、本気で考えているんだな？」私は念を押した。

「あんたはそう思わないのか？」彼は問い返した。「ほかに追うべき手がかりはなにもない。案外ミスタ・コヴァクは、違法賭博を行なっていることをアメリカの捜査当局に通報すると脅して〝顧客〟をゆすっていたのかもしれない。だから殺された」

「また疑り深いところを発揮しているな、主任警部」

「いまのところ、あるのは疑いだけだからな」彼は大まじめに言った。「しかも、ごく小さな疑いだ」

玄関ドアに重いノックの音がした。

「うちの巡査部長だろう」主任警部が言った。「リバプールまでミス・コヴァクと私の運転手役を務めることになっているんだ」

クローディアとともに彼らを見送った。

「かわいそうに」クローディアが言い、私の手を握った。「肉親がみんな亡くなって。天涯孤独の身なのよ」

それでも健康だ。自分の心配ごとだけで手いっぱいでも他人を思いやるとは、いかにも心やさしいクローディアらしい。

「ランチを食べに行かないか?」私はたずねた。

「うれしい」

「また〈ルイージズ〉でいいか?」

「なんかワンパターンね。でも、いいわよ。あの店、好きだから」

車で家へ帰り、歩いて近所のお気に入りのレストランへ行った。今日は店主のルイージ・プッチネッリが店に出ていた。

「これはこれは、セニョール・フォクストンと麗しきセニョリータ・クローディア。ボンジョルノ。ようこそ」彼は例によって仰々しい男を演じてみせた。「ふたり掛けのお席ですね? かしこまりました。こちらへどうぞ」

彼は私たちの好きな窓ぎわの席へ案内してくれた。

「ランチタイムにいらっしゃるのはめずらしい」ルイージは、子音で終わる語のすべてに〝エ〟をつけるイタリア語らしい発音で言った。

「そうだな」私は答えた。「今日は特別なんだ」

「ありがとうございます(エクセレンテ)」彼がおおげさに言ってメニューをくれた。

「ありがとう(グラツィエ)」と彼に調子を合わせた。

ルイージは私と同じくイタリア人ではない。ある夜この店で会った彼の母親が、彼はルイージ・プッチネッリなどではなく、ここから五マイルと離れていないトッテナム・ハイ・ロードにある小さな病院で生まれたジム・メトカーフだと、笑いながら教えてくれたのだ。

それでも、彼は幸運に恵まれた。ほんもののイタリア人だろうがなかろうが、〈ルイージズ〉は食事もサービスも最高で、店は繁盛している。

クローディアはスターターにふたりで分け合える前菜(アンティパスト)、メインに鶏肉のソテー・アッラ・ポーロ(サルティンボッカ)を選び、私はキノコのリゾット(リゾット・アル・フンギ)にした。

私たちは黙々とアンティパストを食べた。

「なにか話して」クローディアが言った。「死刑囚の最後の食事じゃあるまいし」

私は彼女にほほ笑みかけた。「ああ、もちろんちがうよ」

だが、ふたりとも不安で落ち着かなかった。

明日の朝どのような結果が出るかと不安だった。


病院へ乗っていくタクシーを午後七時に呼んだ。

「なぜ前の夜に入院する必要があるんだ?」フィンチリー・ロードへ向かう車中でクローディアにたずねた。

「手術後の測定値と比較するために、手術前にひと晩、観察したいかなんかだって」

「手術は何時から？」

「外科医の説明では朝いちばん、回診が終わりしだいだそうよ」

つまり、何時でもありうるということだ。

経験上、それも騎手時代の豊富な経験から言うと、どんな医師もラッシュアワーのロンドン・バス並みに時間を管理できない。

「ともかく、丸一日待たされることはないだろう」彼女に笑顔を向けた。

クローディアは丸一年でも喜んで待ちたい気分だと言いたげな顔をした。

「終わらせたほうがいい。そうすれば、少なくともなにと向き合うことになるのかがわかる」

「それはわかってる。でも、怖いわ」

私も怖い。だが、いまはそれを見せる場合ではない。

「なにもかもうまくいくよ」安心させる口調を心がけた。「早期発見だと言っていたし、インターネットでくわしく調べた。きみは元気になる。まあ見ててごらん」

「ああ、ニック」彼女は私の手を強く握った。その目は涙をたたえている。

彼女を引き寄せたあと、リージェンツパーク・ロードを抜けてユーストン・ロードへと入るタクシーの車内で私たちは押し黙っていた。


どちらにとっても、つらい夕方、つらい一夜だった。

クローディアは受付で入院手続をした。それが日常業務である受付係は手ぎわよくてきぱきとすませた。事務的にかたづけるつもりはないのだろうが、こっちは不快感を覚えたり、愚か者のような気にさせられたりすることが多い。

　看護師やら検査技師やらが来てなんらかの処置をすませるあいだ、私は病室の前の廊下で待たされた。綿棒でクローディアの鼻孔や口腔、もっとプライベートな箇所から検体が採取された。検査にまわすための採血と採尿が行なわれた。

　二時間ばかり経ってようやく、これで明朝の準備がすんだと言われ、ふたりきりにしてもらえた。私はまぶしい天井照明を消し、読書灯も目を刺さない程度に暗くした。そのとたん、病室内がさほど殺風景で冷ややかではなくなった。はるかにましになった。

　ベッド脇の椅子に腰を下ろして彼女の手を握った。

「家へ帰ったほうがいいわ」クローディアが言った。「わたしなら大丈夫よ」

「病院の連中に放り出されないかぎり、どこへも行くものか」

　クローディアは頭を枕に戻してほほ笑んだ。「よかった」

　自分がふたりのあいだの空気を読みまちがえていたことがいまだに信じられない。なんという愚か者だったか。しかも、危うく愚の上塗りをするところだった。それを考えるだけで冷や汗が噴き出した。

「さあ、少し眠れよ。明日は持てるかぎりの体力が必要だ」

「このベッド、固すぎる。背中が痛いわ」

　私はその後の数分間、電気ベッドのコントローラーを使って頭部を上げたり脚部を上げたりして、彼女が心地よくなるように努めた。あまり効果はなかった。

「寝心地のいいベッドを置けばいいのに」クローディアが文句を言った。「それが最優先されるべきだと、だれだって思うわよ」

　ことのしだいを理解した。彼女はささいなことにいらだちはじめている。不安で落ち着かなくなっている徴だ。穏やかな笑みを浮かべて同意を示してやる必要がある。

「そうだね、ダーリン。とにかく目を閉じて眠ろうとしてごらん」

「こんな固いベッドで寝てみなさいよ」彼女は鋭い口調で言い返し、また寝返りを打って私に背を向けた。

ようやく体勢が定まり、ほどなく聞こえてきた呼吸音で彼女が寝入ったことがわかった。私も椅子に身を沈めて目を閉じた。

看護師が入ってきて天井照明をつけた。

「バイタルサイン測定の時間です」と高らかに告げた。

夜はそんな調子で過ぎた。二時間おきに体温と脈拍と血圧の測定が行なわれ、そのたびにブラックプールの光の祭典さながら煌々と明かりがつけられた。どうやら病院は休養と回復の場ではないらしい。だれにも言われなかったので家へは帰らなかったが、正直、こんなに眠れなかった夜はこれまでで初めてだ。

クローディアは朝食を食べなかった――正確には、病室のドア口のフックに〝絶飲絶食〟の大きな札が吊されており、朝食が運ばれてこなかった――ので、六時ごろ、彼女がシャワーを浴びているあいだに、私は自分用のコーヒーとロールパンを求めてロビーへ下りた。

八時半ごろ、手術室の準備が整い、外科医のミスタ・トミックが水色の手術衣で病室へ入ってきた。彼は何枚かの書類といっしょに太い油性マジックを持ってきており、それを使ってクローディアのへその左下に大きな矢印を書いた。

「悪くないほうの卵巣を切除したくないですからね」彼が言った。

どうにも心もとない。

「具体的にはどういった手術なんだ？」私はたずねた。

「ここところを小さく切開します」彼がクローディアの下腹部の二カ所を指し示した。「そのあと腹腔鏡で患部を観察し、左卵巣を全摘する。右卵巣の楔状生検も行ないます」

「楔状生検というのは？」

「ほんのひとかけらほどの小さな検体を採取し、健全であるかどうか確認するための検査です。すべて終われば縫合を行ない、クローディアはあっという間に病室へ戻ってきます。全部で約二時間。少し超えるかもしれません」

「生検の結果、健全じゃなかったら？」クローディアがたずねた。

「一見して健全ではないとわかれば右卵巣も摘出せざるをえないが、そうでなければ、採取した組織は検査室へ運ばれる。子宮に癌細胞が付着していれば子宮の全摘手術に至る可能性もわずかながらある。しかし、スキャン検査の結果を見るかぎり、まずその線はないでしょう」

クローディアが高まる恐怖をたたえた目で私を見た。

ミスタ・トミックがそれに気づいた。「クローディア、切除は最小限にとどめると約束します。しかし、手術は行なわなければならない。放っておいても癌は消えない。起こりうることをすべて説明しているのは、同意を得ておく必要があるからです。手術の途中で麻酔から覚まして、あなたの命を救うために必要とあらば子宮を摘出してもかまわないかと許可を求めるわけにいかないことは、理解してもらえるはずです」彼はクローディアに笑みを向けた。「とはいえ、実際に子宮摘出の必要が生じることはないと思いますよ」

「腫瘍だけを切除するわけにいかないのか？」私はたずねた。「卵巣を全摘するしかないのか？」

「おそらく腫瘍は卵巣の大部分に広がっているでしょうから、全摘が再発の危険を排除する唯一の方法なんです」

「右卵巣が健全だとすれば、そっちは癌にならないということか？」私がたずねた。

「問題はひとつずつ解決しましょう」彼は答えた。「今後のことについては手術後に」

〝ノー〟という意味だと思った。おそらく、癌にならない保証はない。

孫が欲しいという母の願いは叶いそうにない。

「では」ミスタ・トミックが言った。「ここにサインをもらいたい」彼が指さした。「ここにも。それから、ここにも」

クローディアがすがるような顔で私を見た。私は唇を結んでうなずいた。彼女は書類にサインした。そうする以外になかった。

「これで結構です」外科医が言い、クローディアから書類を受け取った。「では二十分後に手術室で。ここで待っていれば迎えが来ます」

クローディアをよろしく頼むと言いたかったが、口にはしなかった。そんなことは言わなくても、医師はちゃんと面倒を見てくれる。そうに決まっている。


昨夜がやりきれない時間だったとしたら、このあとの二十分は耐えがたい時間だった。

ミスタ・トミックがドアを開け放していったので、だれかが廊下を歩いてくるたびに私たちはびくりと飛び上がった。

口にする言葉があるか？　なにもない。ふたりとも、容赦なく時を刻みつづける壁の掛け時計をただ見つめていた。八時五十分から九時になり、針は止まることなく九時五分、そして九時十分になった。

クローディアは、まるで自分の命をゆだねるかのように私の手を握りしめた。

「大丈夫だ」私は言った。「医者の話を聞いただろう。あっという間にここへ戻ってくるって」

「ああ、ニック」彼女はみじめったらしい声で言った。「手術のあと卵巣がほんの少しでも残ったら、子どもを作りましょう」

「わかった。そうしよう」

「その前に結婚してくれる?」

「もちろん」

異例のプロポーズだが、私たちの置かれている状況が異例だ。

九時十五分に、青い医務衣を着て不織布の帽子をかぶった手術室担当のポーターが来た。

「婚約者（フィアンセ）をよろしく頼む」クローディアが横たわるベッドを廊下へと出すポーターに言った。「私の大切な女（ひと）だ」

ついていったものの、エレベーターの前で、申し訳ないがこの先は遠慮してくれと言われた。クローディアの怯えた顔を見つめるうち、閉まりはじめたエレベーターの扉が視線をさえぎり、あっという間に彼女は運び去られた。

病室に戻って椅子に腰を下ろした。

これほど絶望と無力と孤独を感じたのは初めてだった。

正直、婚約初日としては幸先がいいとは言えない。

三時間近く経ってもクローディアが戻ってこないため、私は心配のあまりいらだちを覚えるほどだった。

病室にひとりで座って待つのは、この三倍もの時間をパディントン・グリーン署の留置房で過ごすよりもはるかにつらい。

しばらくは、手術室で起きているにちがいない事態を想像しながら、時計の文字盤を頭のなかで分割していた。まずは、クローディアを麻薬で眠らせるための所要時間の見当をつけようとした。次に、腹部切開の所要時間。続いて左卵巣を摘出するための所要時間、といった具合だ。その推測が当たっているのかどうか、正解に近いのかどうかすらわからないが、気はまぎれた。

ところが、頭のなかの計算では病室に戻っているはずの二時間後、クローディアが戻ってこないので想像が暴走し、ありとあらゆる不安が脳裏に浮かびだした。壁の掛け時計はそんな私をあざ笑うかのようにに時を刻みつづけていた。それでもクローディアは戻ってこない。

ようやくベッドの車輪の音が廊下から聞こえたときには、まずい事態が起きてクローディアは手術台で死んだのだとひとり合点していた。

だが彼女は死んでいなかった。ただ体が冷えきって、どうしようもなく震えていた。

私は顔を見てほっとしたが、彼女は不機嫌で、これっぽっちもうれしそうではなかった。手術の痕が痛く、麻酔の後遺症で吐き気がするようだ。そのうえ、身震いが止まらなかった。

「きわめて正常な状態です」私がたずねると看護師はそっけなく答えた。「すぐに収まりますよ」

「ブランケットをもう一枚もらえるか?」

看護師がやむなくブランケットを貸してくれ、やがて震えが収まるとクローディアも落ちついた様子になり、そのうち眠りについた。

ミスタ・トミックは午後二時ごろ、クローディアがまだ眠っているあいだに病室へ来た。

「いい知らせと、あまりよくない知らせがあります」彼が私に小声で告げた。「まず、いい知らせは、卵巣の摘出は左側だけですみ、右卵巣は目視観察ではまったく健全だったということです。ただし、生検用の検体を採取し、病理検査室で評価中です」

「あまりよくない知らせのほうは？」

「腫瘍は、当初の見立てとちがって卵巣内にとどまっておらず、上皮に出現していました。そのあたりはスキャン検査で正確に診断するのがむずかしいので」

「要はどういうことだ？」

「要は、腹腔内液中に卵巣癌細胞が存在する可能性が大きいということです。その点は病理検査が終わればはっきりします」

「それで？」

「癌細胞を完全に死滅させるため、念のために一度か二度の化学療法が必要になるでしょう」

「化学療法が？」

「残念ながら。念のためです」

「つまり髪を失うってこと？」クローディアがたずねた。目を閉じていたので、彼女が目を覚まして話を聴いていたことに気づかなかった。

「その可能性はあります」ミスタ・トミックが答えた。「もっとも、薬は昔と比べてはるかによくなっていますからね」つまり〝そう、髪を失う〟という意味だと思った。「とはいえ、仮に髪を失ってもまた生えてきますよ」

　長く豊かな漆黒の髪はクローディアの自慢なのだ。

「化学療法はすぐに始めるのか？」私はたずねた。

「数週間以内に。まずはクローディアに手術から回復する時間を与えないと」

「残っているほうの卵巣に影響は？」私がたずねた。「抗癌剤によっては不妊症になった例があるとインターネットで読んだが」

「抗癌剤はとても強力です。癌細胞のような急速に分裂する細胞を攻撃することによって効力を発揮するのですが、体内のすべての細胞にある程度の影響を与える傾向はあります。受胎力の維持を優先したいということですか？」

「そうよ」クローディアがまだ目を閉じたまま、はっきりと言った。

「では、とにかく慎重に治療を進めることにしましょう」医師が言った。「いいですね？」


午後三時半、私はクローディアを病院に残して、着替えとシャワーをすませるためにウォレン・ストリート駅からフィンチリー・セントラル駅まで地下鉄ノーザン線に乗って家へ帰ることにした。

「すぐに戻るよ」彼女に言った。「一時間半くらいで。なにか持ってくるものは？」

「新しい体を」彼女はみじめったらしい声で答えた。

「いまの体を愛しているよ」私が言うと、彼女は無理にほほ笑んでみせた。

医師の話では、クローディアはもうひと晩、病院に泊まらなければならないが、明日あるいは遅くとも木曜日には退院できるらしい。

列車がイースト・フィンチリー駅の手前で地上へ出たとき、太陽が照っていた。それはいつもと変わらない歓迎の徴だった。カントリーサインのようなもので、もうすぐ自宅だと示してくれる。

リッチフィールド・グローヴ通りを歩いていくと、わが家の前でドアベルに指をかけている男の姿が目に入った。声をかけようとした瞬間、男が背後を確認するかのようにわずかに首をめぐらせた。

エイントリー競馬場でハーブを殺した犯人を見ていないと警察に供述したにもかかわらず、ひと目でわかった。あのときの犯人がフィンチリーのわが家の玄関先に立っている。ご機嫌うかがいに訪ねてきたとは思わない。

心拍がたちまち成層圏並みに高く跳ね上がり、喉まで出かかった悲鳴をなんとか抑えた。男から目をそらそうとしたが、その前に目が合い、右手の長く黒いものがちらりと見えた——男の無二の友である拳銃、消音器（サイレンサー）つきだ。

くそ。

男に背を向け、リッチフィールド・グローヴ通りをリージェンツパーク・ロードへ向かって全速力で駆けた。

リッチフィールド・グローヴは、ラッシュアワーには抜け道として車で込み合うこともあるが、下校する児童の姿すらない午後四時には活気も人通りもなかった。

人の大勢いるところが安全だと思った。あの男も決して目撃者が何人もいる場所で私を殺しはしないだろう。とはいえ、六万以上もの人がいる場所でハーブを殺している。

思いきって振り返ることにした。首の動きが制限されているため、やむなく上半身を振り向けた。それがまちがいだった。

銃撃犯はほんの三十ヤードばかりうしろを全力で走りながら右腕を上げて狙いを定めた。

銃弾が頭の左側をかすめる音がした。

私は足を速めながら叫び声をあげはじめた。

「助けてくれ！　だれか助けて！」あえいでいる肺の許すかぎり大きな声をあげた。「警察を呼んでくれ！」

応える声はなく、痛みはじめた両脚の筋肉のためにも空気を取り込む必要があった。騎手時代のような体力が必要だった。

　また銃弾が頭をかすめ、前方の歩道に当たって跳ね返る音が聞こえた気がしたが、確認のために足を止めたりしなかった。

　なんとか無傷でリージェンツパーク・ロードとの交差点に達し、左へ曲がった。足をゆるめず、そのままミスタ・パテルの新聞販売店に飛び込むと、驚いている店主を押しのけ、カウンターの下にかがみ込んであえいだ。

「ミスタ・パテル。追われているんだ。警察に通報してほしい」

　理由はわからない。おそらく文化環境が異なるからだろうが、ミスタ・パテルは私が私的な領域に侵入したことに腹を立てたり問いただしたりしなかった。ただ無言のまま、英国人の奇怪なふるまいにいささか驚いたとでもいうような目で私を見下ろしていた。

「ミスタ・パテル」私はまだ息を切らせたまま、切迫した口調でふたたび言った。「ひじょうに危険な男に追われている。見下ろすのはやめろ。さもないと、あの男は私がここにいることに気づくだろう。頼むから警察に通報してくれ」

「どの男です?」彼は私を見下ろしたまたずねた。

「窓の外にいる男だ」私は言った。ミスタ・パテルが顔を上げた。

　不意に、携帯電話をポケットに入れていることを思い出した。九九九番にかけているあいだに、小さなベルが一度だけ鳴って店のドアが開く音が聞こえた。

　私は息を止めた。胸の奥で心臓が大きく打つのを感じた。

「緊急通報番号です。どちらへおつなぎしますか?」携帯電話から声がした。

　店に入ってきた男に聞こえなかったことを願いながら携帯電話を脇にはさんだ。

「はい?」ミスタ・パテルが言った。「ご用件は?」

新来者は答えず、息を止めたままの私は胸が破裂しそうだと感じていた。

「ご用件は?」ミスタ・パテルは声を大きくして繰り返した。

やはり返事はない。私に聞こえるのはかすかな靴音だけだった。

呼吸をしないわけにいかないので、できるかぎり音を立てないように口から息を吐き、改めて深々と息を吸い込んだ。

店内で起きていることが見えればいいのにと願った。数秒後、ドアの閉まる音が聞こえ、またベルが鳴ったが、銃撃犯は店内にいるのだろうか、外へ出たのだろうか?

ミスタ・パテルはじっと立ったまま、どちらであるかを示すそぶりも見せなかった。

「男は外へ出ました」ようやく、姿勢を変えずに言った。

「なにをしている?」私はたずねた。

「外に立って、周囲を見まわしてます。あの男は何者で、どうしてあなたを追ってるんですか? あなたは犯罪者なんですか?」

「ちがう。犯罪者ではない」

脇にはさんだ電話のことを思い出した。通報受付係は待つことにうんざりしたらしく、通話を切っていた。私は改めて九九九にかけた。

「緊急通報番号です。どちらへおつなぎしますか?」またしても声がした。

「警察を頼む」

「警察の緊急通報受付係です。お話しください」別の声が言った。

「フィンチリーのリージェンツパーク・ロードに拳銃を持った男がいる」私は口早に告げた。

ミスタ・パテルが私に目を落とした。

「ミスタ・パテル」私は切実に訴えた。「私を見下ろすな。あの男があんたを見とがめて、またここに入ってくるかもしれない」

「リージェンツパーク・ロードの何番地ですか?」電話の相手がたずねた。

「リッチフィールド・グローヴ通りとの交差点の近くだ。急いでくれ」

「あなたの名前は?」

「フォクストン」電話に向かって答えた。「ミスタ・パテル、男はいまなにをしている?」

「立ち去ろうとしてます。いや。足を止めた。振り返った。ああ、大変だ、こっちへ戻ってきます」

ミスタ・パテルがかがんでカウンター下のフックから鍵束をつかみ取り、私の視界から消えた。

「なにをするつもりだ?」私ははっと緊張した。

「ドアに錠をかけます」

それが賢明な策かどうか判断する間もなく、ミスタ・パテルが錠に鍵を差し込んでまわす音が聞こえた。これで銃撃犯は私が店内にいることを確信したにちがいない。ドアが揺すられる音が聞こえた。

「ミスタ・パテル」私はどなった。「ドアから離れろ。その男は拳銃を持っている」

「大丈夫です、ミスタ・フォクストン」彼が笑いながら言った。「ドアを揺すってるのはあの男じゃなくて、おれです。男は通り過ぎていきました。もう姿も見えませんよ」

だからといって男が通りにいないとはかぎらないので、私はカウンターの下から動かなかった。心拍は少しばかり収まったにせよ、私としてはまだ笑いごとではなかった。

「ねえ、ミスタ・フォクストン、なぜ拳銃を持った男があなたを追いかけるんです?　まるで映画みたいじゃないですか?」

「ちがう。現実だ。あの男は私を殺そうとしていた」

「でも、どうして?」

さあ、そこだ。答えるのがひじょうにむずかしい質問だ。


ミスタ・パテルの店のカウンターのかげで床に座り込んだまま警察の到着を待った。四十分近くかかった。さらに二度も九九九に電話をかけてようやく、重装備で防弾チョッキを身につけた警官がふたり、店のドア口に姿を現わしたのだ。ミスタ・パテルがふたりをなかに入れた。

「やっと来たか」私は隠れ場所から立ち上がった。

「ミスタ・フォクストン?」警官の一方が指を引き金にかけて機関拳銃をかまえてたずねた。

「そう。私だ」

「拳銃を所持しているか?」

「いや」

「両手を頭に載せろ」警官は銃口を私に向けて言った。

「銃撃犯は私じゃない」いささか頭にきた。「私を追ってきた男だ」

「両手を頭に載せろ」警官がいくぶん威圧する調子で繰り返した。「あなたもだ」銃口を一瞬だけミスタ・パテルに向けた。

私たちは両手を頭に載せた。ミスタ・パテルはすべてが大がかりな冗談だとでも思っているのか、満面に笑みをたたえていた。

もう一方の警官が進み出て、私の胸と同僚の銃口とのあいだに立たないように気をつけながら私のボディチェックを行なった。続いてミスタ・パテルに対しても同様にボディチェックを行なった。そのあと、店内を横切って私の視界からはずれ、ビニールカーテンの奥の部屋へ入った。すぐに出てきて首を振った。それでようやく、警官たちはいくぶん緊張を解いた。

「申し訳ありません」最初の警官が言い、機関拳銃を胸の前のストラップに留めた。「用心するに越したことはないので」

私は腕を下ろした。「なんだってここへ来るまでこんなに時間がかかったんだ?」

「この一帯を封鎖する必要があったので。銃装者がいるとの通報を受けた際の通常手順です」彼は指を耳に当てた。明らかに、無線のイヤホンでだれかの指示を聞いているようだ。「さて」私に向かって言った。「銃装者の人相風体を説明できるかと、うちの警視がたずねています」その口調は、四月下旬ののんびりした火曜日の午後にフィンチリー界隈を銃装者がうろついているなどまったく信じていないことを物語っていた。

「私の説明よりももっといいものがあると思う。ミスタ・パテル、この店の防犯カメラは録画機能つきか?」警察の到着を待つあいだに、しばし煙草の棚の上方に設置された小型の白いビデオカメラを見上げていたのだ。

「もちろん」ミスタ・パテルが答えた。「うちの売り物を盗むガキどもをつかまえるために必要ですからね」

「では巡査、ハーブ・コヴァクの殺害犯をとらえたビデオ映像があると、マージーサイド警察のトムリンスン主任警部に知らせてもらえるか?」

それにしても、犯人はどうやって私の居場所をつきとめたのだろう? それに、なぜ?

第十二章

結局、トムリンスン主任警部に電話をかけたのは私だった。ただしそれは、武装即応チームがフィンチリーで起きた一部始終について事情聴取を終えたあとだ。

「自宅の玄関前に立っている男の姿を見たと言うのか？」ミスタ・パテルの新聞販売店のなかで立ったまま、武装即応チームの警視がたずねた。

「そうだ」私は言った。「ドアベルを押そうとしていた」

「しかも拳銃を手にしていた？」

「そうだ」私は再度言った。「サイレンサーがついていた」

警視の態度も、どこか私の話を真に受けていないことを物語っていた。ミスタ・パテルは拳銃など目にしておらず、どうやらほかに拳銃を見た人間はいないらしい。

「私に向けて発砲した」私は言った。「リッチフィールド・グローヴ通りを逃げているときに。少なくとも二発撃った。銃弾が頭をかすめる音がした」

捜索チームが駆り出され、やがて、そのなかのひとりが空薬莢をふたつ収めたビニール袋を持ってきた。

そのとたん、事件が重大化した。これで警察も私の話を信じた。

「署へ来てもらう必要があるな」警視が言った。「供述調書をとらせてもらいたい」

「ここでやるわけにいかないのか?」私はたずねた。

「店を開けたいんですが」ミスタ・パテルが気がかりな様子で口にした。

「では、私の家でどうだ?」私は言った。「ユニバーシティカレッジ病院へ戻らなければならないんだ。今朝、手術を受けた恋人が私を待っている」

警視は私の自宅で事情聴取を行なうことをしぶしぶながら承知し、いっしょにリッチフィールド・グローヴ通りを歩いて向かった。通りは封鎖され、紺色の防護衣を着た十人あまりの警官が横一列に並び、路面に四つん這いになって進んでいた。

「銃弾を捜している」私がたずねる前に警視が説明した。「玄関ドアに手を触れるな」家に着くなり言った。「ドアベルにもだ」

私が鍵を使って慎重にドアを開け、ふたりでキッチンへ入った。

「さて、ミスタ・フォクストン」警視が改まった口調で切りだした。「銃装者があんたの家を訪ねてくる理由を説明してもらおうか」

それは、この一時間ずっと私自身が頭のなかで問いつづけていた疑問だ。

「私を殺すために来たのにちがいない」

「ずいぶん芝居がかっているな。殺そうとする理由は?」

そう、エイントリーでハーブを殺害したときなら簡単に道連れにできたはずなのに、なぜだろう?あのときは殺す必要がなかったが、いまになって殺す必要が生じるようなどんな変化がこの十日間に起きたのだろう?

グランドナショナル開催日の殺人事件について警視に洗いざらい話したあと、改めて、トムリンスン主任警部に電話をかけてくれと言ってみた。

「おやおや、ミスタ・フォクストン」警視は一笑に付した。「警察の事情聴取を受けるのを習慣にしているようだな」

「できるだけ早く改めたい習慣だと断言できる」と言い返した。

そのあと、ふたりの上級警察官がしばらく話し合ったものの、歯がゆいことに、私には一方の言葉しか聞こえなかった。主として、警視がミスタ・パテルの店の監視カメラの録画装置から押収したビデオテープについて話していた。警視と私はそれを店の裏手の倉庫にある小さな白黒モニタで観た。店のドアを入ってくる男の姿を粒子の粗い映像で見ただけで、うなじの毛が逆立った。男は二歩ばかり進んで足を止め、店内を見まわした。すぐに店内を横切り、ビニールカーテンから頭だけ突っ込んで裏手の倉庫をのぞいた。そのあと、まわれ右をして店を出てドアを閉めた。あいにくカメラの角度が悪く、男が次になにをしたのかはとらえていなかった。拳銃はパーカのポケットに入れていたにちがいなく、どの映像にも映っていなかった。

私は身震いした。ひとつまちがえば、裏の倉庫に隠れていただろう。危ないところだった。

「トムリンスン主任警部が話したいそうだ」警視がようやく言い、私に電話機を渡した。

「もしもし」私は言った。

「何者かがあんたを殺したがる理由になにか思い当たるふしはあるか？」

「いや、ない。だいいち、仮に私を殺したいのだとしても、なぜいままで待ったのだろう？　なぜエイントリーでハーブ・コヴァクといっしょに殺さなかったのか。あのあと、なにか変化があったにちがいない」

「だが、どんな変化が？　例のリストのイニシャルの主をつきとめようとしたか？」

「いや、していない。マネーホームの代理店へ行って支払伝票についてたずねたが、あれは先週の金曜日だ」

「捜査はプロに任せなさい、ミスタ・フォクストン」主任警部がいくぶん改まった口調で言った。

叱責ばかりされている気がした。

「しかし」自己弁護の言葉を口にした。「私が調べていなければ、ミスタ・コヴァクのクレジットカードを使ってギャンブルをしているのがアメリカ人たちだということがわからなかったはずだ」

「その点はまだ未確認だ」

それはそうかもしれないが、その推測が当たっているという確信があった。

「それで、どうやってこの男をつかまえるつもりだ?」私はたずねた。「まんまと私を殺す前につかまえるんだろうな?」

「イエリング警視が、ビデオテープに映っている男の画像を使って、すべての駅やバス発着所、さらには空港や港に向けてただちに警報を発してくれる。テレビ局にも働きかけて、ビデオの一部をニュース番組で流してもらう」

そんな策で充分だとは思えなかった。

「前科者の顔写真かなにか見せてくれないか?　あの男が自由に動きまわっているのでは安全な気がしない」

「それはイエリング警視に訊いたほうがいい」彼が言った。

そこで訊いてみたが、イエリング警視はあまり乗り気ではなかった。

「前科者の顔写真など、文字どおり何万枚もある」と言った。「すべてに目を通してもらうだけで何週間もかかるうえ、当の男の写真がないかもしれない。まず必要なのは、捜査を正しい方向へ導く別の材料だ。そのあとなら、顔写真を見てもらう価値があるかもしれない。おそらくドアベルから男の指紋が出るだろう。辛抱しろ、ミスタ・フォクストン。あのビデオ画像はよく映っているから、ニュースで流せば反応があるはずだ」

それまで命があればいいが。

「警察で保護してもらえないか？」と頼んでみた。「セーフハウスかどこかで？」

「保安局にはセーフハウスがあるかもしれないが、うちにそんなものはない」彼は笑みを浮かべて言った。「テレビの観すぎだ」

「だが、何者かが私を殺そうとしているんだ」私はいらいらしていた。「たしか、あんたの仕事はそれを防ぐことだろう。私にはなんらかの警護が必要だ」

「申し訳ない。単純に人員がないのでね」

路面を四つん這いで進みながら銃弾を捜させるためなら十人あまりの人員があるのに、これから起こりうる殺人を防ぐための人員はない。そんなばかな。

「では、私にどうしろと？　ここでただ殺されるのを待てというのか？」

「ここにいるのは賢明ではないだろうな」彼はしぶしぶ認めた。「ほかに行くあては？」

いまや自宅も事務所も立入禁止だ。それ以外に行くあてがあるか？

「恋人に会うために病院へ戻る」

武装即応チームの数人が家のなかで待つと言ってくれたので、遅まきながらシャワーを浴びて着替えをすませた。そのあと、ノートパソコンも含めていくつかの私物をスーツケースに放り込み、警察車輛の後部座席に乗って病院へ向け出発した。

「われわれにできるせめてものことだ」と彼らは言った。

途中、尾行されていないことを確かめるために、運転している警官に言ってスイスコテージの大きな環状交差点を一周してもらった。

むろん尾行などされていなかった。重装備の警察官が何人も乗ったバンを尾行する殺人者などいるはずがない。とはいえ、どのような殺人者なら、六万もの人間の目と鼻の先でだれかを撃ち殺すだろう？

あるいは、自宅玄関前でその家の住人を撃ち殺そうとするだろう？

フラムにある自宅前で撃ち殺されたＢＢＣのキャスター、ジル・ダンドーのことを思い出さずにはいられなかった。

しかも、彼女を殺した犯人はいまだ特定されていない。


どうにか病室へ戻ったとき、クローディアはまだ眠っていた。約束した一時間半ではなく四時間近くも私が留守にしていたことに気づきも驚きもしなかった。

病院の正面口の前に停まった警察のバンからクローディアの病室まで、だれにも妨害されることなく生きてたどり着いたものの、途中でだれかに出くわすたびに不安を覚えて視線を走らせた。エレベーターの扉が閉まる寸前、あの殺人未遂者にどこか似た男が飛び込んできたときには、心臓麻痺を起こしそうになった。

こんな調子では、たちまち神経が参ってしまう。

病室に入ってドアを閉めたが、当然ながら内側に錠はついていない。

そのことに不安を感じた。

一度見失ったくらいであの銃撃犯があきらめるなどありえないと思った。あの男はおそらくプロの殺し屋で、プロと称する人間の例に漏れず、仕事を完遂することに誇りを持っているはずだ。

警察は役立たずだ。これでは無防備だと感じた。なんらかの警護が必要だ、さもなければ死ぬことになる、とあくまで信じていた。ボディガードがいても殺される可能性はあるにせよ、少しは安心感を得られるにちがいない。もっとも、インドの首相だったインディラ・ガンディーは警護警官のひとりに撃ち殺されているのだから、武装警護が最善策だとはかぎらない。

どうすればいいだろう？

永遠に身を隠しているわけにはいかない。だが、ほかに手があるか？　防弾チョッキを購入したほうがいいかもしれない。

最終目的は、私を殺させようとした人物をつきとめて殺害を阻止することであり、少なくとも、私の命を絶つ必要性を――向こうはそれがあると考えているようだが――取りのぞくことだ。

言うは易く行なうは難し。

それにしても、私を殺したがる理由はなんだろう？　どのような問題に対してであれ、殺害は極端な解決策だと思える。

私がなにかを知っているか手にしているのにちがいなく、向こうはそれをだれかに話したり見せたりしてほしくない。だから、それを防ぐために私を殺す必要がある。

だとすれば、私が手に入れたもの、あるいは知ったこととはなんだろう？

クレジットカードの利用明細書とマネーホームの支払伝票はすでに警察の手にあるのだから、あのどちらでもないはずだ。ハーブから受け継いだもので、殺人犯に結びつく証拠となるものがほかになにかあるのだろうか？

クローディアが小さくうめいて目を覚ました。

「おはよう、ダーリン」私は声をかけた。「気分はどうだい？」

「最悪」彼女が答えた。「それに、喉がからからよ」

私はベッド脇の台に置かれた水差しからプラスティックカップに水を注いで彼女に差し出した。

「ゆっくりだ。少しずつ飲めと看護師が言っていた」

彼女は数回に分けて水を飲んだあと私にカップを返した。

「痛いし、お腹が張ってる感じがする」

「ミスタ・トミックがそう言っていただろう。一日かそこらで治まるよ」

あまり安心したようには見えなかった。

「体を起こすのに手を貸してくれる?」と言った。「このベッドはほんとうに寝心地が悪いんだもの」

言われたとおり手を貸したが、状況はたいして改善されなかった。痛みを感じるあいだはなにをしても効果はないはずだ。

「痛み止めをもらおう」私はナースコールのボタンを押した。

痛みをやわらげるモルヒネ注射をしてもらうと、クローディアはまた眠りに落ちた。本人にはおそらくそれがいちばんいいのだろう。

ニュースを観ようとテレビをつけたが、患者を起こさないように音量を最小にした。

拳銃を持った男がロンドン市内の新聞販売店に入った事件がトップニュースだった。約束どおり、警察はテレビ局を説得して、ハーブを殺した犯人が新聞販売店に入ってきて店内を見まわし、出ていくまでのビデオ映像を流させた。ニュースは、防犯カメラをまっすぐに見上げたときの顔を拡大した静止画像まで見せてくれた。

あの男の映像を観ただけで、またしても不安が込み上げた。

そのあとニュースキャスターが視聴者に向けて、この男を見かけたら近づいたりせずに警察に通報するようにと警告を与えた。男は拳銃を携行しておりひじょうに危険だと告げたが、エイントリーで起きたハーブ・コヴァク殺害事件にはいっさい言及しなかった。

　このニュース報道とビデオ映像の公開により私の身は安全になったのだろうか。ミスタ・パテルの身まで危険にさらすことになったのだろうか？　なにしろ、銃撃犯をつぶさに見たのはミスタ・パテルだ。私がカウンターのかげに隠れたせいでミスタ・パテルを命の危険にさらしたのだと考え、急に寒気を覚えた。だが、ほかにどうすることができただろう？　通りにとどまって殺されるとか？

　テレビのチャンネルを変えてビデオ映像を頭から観ながら、画面のなかから私を見つめている顔に見覚えがあるか思い出そうと努めた。むろん知らない男であり、エイントリー競馬場とフィンチリーの通りで出くわしただけだが、だれかと同じところか似たところを見つけようとした。ひとつもなかった。

　幸い、二本のニュースのあいだじゅうクローディアは熟睡していた。しばらくは自分のことで目いっぱいの不安を抱えているのに、それ以外の心配を負わせることはない。どのみち、彼女にできることはなにもないのだ。

　彼女が眠っているあいだに、私は今夜どこに泊まればいいかを考えようとした。フィンチリーへは戻らない。その点は確かだが、今夜もまた病室で椅子に座ったまま眠るというのもあまり魅力的な選択肢ではない。

　鍵がまだポケットに入っているのでヘンドンにあるハーブのフラットへ行くことも考えたが、こんな時間に押しかけて、リバプールまでつらい訪問をしてきたシェリを怖がらせたくない。そこで、病院の近く、ユーストン・スクエア・ガーデンズのすぐそばのホテルに電話をかけて安い部屋を見つけた。空室がたくさんあるというので予約はしなかった。病院を出た足でそのホテルへ行くつもりだった。なんとなく、そのほうが安全な気がした。

看護師のひとりがまたしてもバイタルサイン測定のために病室へ来て、クローディアの寝支度を整えた。私はこの機をとらえて病院を出ることにした。

「じゃあ、おやすみ。明日の朝、また来るよ」

「仕事はどうするの?」クローディアが眠そうな声でたずねた。

「電話を入れて、出勤しないと伝える。仕事なんか待たせればいい」

彼女は笑みを浮かべて、頭を枕に戻した。わずかに垢じみた病院のシーツと変わらないくらい白い顔で、いかにも頼りなげに見えた。彼女の体内の厄介もの、私たちの幸せを食いつぶしかねない癌を、なんとしても打ち負かしてやる。化学療法が必要なら、それはそれでしかたがない。一時の苦しみが長期的な利益をもたらす——そう考える必要があった。そう信じる必要が。


ホテルには偽名でチェックインし、ユーストン駅のATMで引き出してきた現金で宿泊料金を前払いした。あの警視の指摘どおりテレビの観すぎかもしれないし、銃撃犯が私のクレジットカード口座を調べることができるなど本気で思ってもいないが、危険を冒すつもりは断じてない。

病院の正面口から出たのは、裏口とちがって暗がりがひとつもないからにすぎない。それも、しばらく柱のかげに立って通りを眺め、サイレンサーつきの拳銃を手に私を待ちかまえている人間が潜んでいないか確認したあとだ。

さらに、ひとりではなく、仕事あがりの清掃係の一団にまぎれて病院を離れた。

だれも私に向けて発砲しなかったし、走って追いかけてもこなかった。だが、仮にそうされたらわかるだろうか? エイントリーで、なにが起きているのか気づく間もなくハーブが死んだのは確かだ。

客室のドアに錠をかけ、おまけにドアの把手の下に椅子を立てかけた。それで少し緊張が解け、鉄道駅で深夜営業しているハンバーガー店で買ってきたチーズバーガーとフライドポテトとミルクシェイクを腹に収めた。

それが今日初めての食事だった。母が知れば渋い顔をするにちがいない。

スーツケースからノートパソコンを出してインターネットにログインし、メールチェックをした。

例によって最新の投資提案の件で連絡を求めるさまざまなファンド・マネジャーたちからの大量のメールにまじって、このところ事務所の内外で起きたできごとに対する不安を綴ったパトリックからのメールがあった。

宛先は私個人ではなく〈ライアル・アンド・ブラック〉の全社員になっているが、真の狙いは私だという気がした。

〝社員のみなさん〞とパトリックは書いていた。〝一見して事務所内が大混乱に陥っているこのたびの事態に際し、肝心なのは、私たちがなぜここにいるのかということにのみ目を向けることです。ハーブ・コヴァクが亡くなったことは、もちろんたいへん悲しいことですが、私たちは顧客の役に立つためにここにいるのです。収入をもたらしてくれるのは顧客なのですから、投資アドバイスを他社に求める動機を彼らに与えてはなりません。私的な問題に廉潔に向き合い、私たちが正直で誠実であることを顧客に疑われるようないかなる理由も与えてはならないのです。きっと、ハーブが急死した理由や亡くなりかたに関して、また、木曜日に事務所内で起きた別の残念な事態について、顧客から見解を問われることと思います。みなさんには、ライアル・アンド・ブラックの立場を悪くしかねないいかなる発言も控えていただきたい。その自信がなければ、その顧客をミスタ・グレゴリーか私にまわしてください〞

おそらく〝別の残念な事態〞とは私が逮捕されたことを指しているのだろう。

それで、ビリー・サールの容体はどうなのだろう、警察の捜査は少しは進展したのだろうか、と考えた。クローディアの癌の告白と手術に、私の家へやって来た暗殺者を探すというささいな事情が加わって、頭のなかはほぼいっぱいになっていた。

そこで《レーシング・ポスト》のウェブサイトをのぞいた。

記事には〝ビリー・サールは徐々に回復へ向かっているそうだ〟とあった。〝実のところ、スウィンドンのグレイト・ウエスタン病院の医師たちは、生死が危ぶまれると思われた負傷からの回復の速さに目を見張っている〟

べつに驚くようなことではないと思った。障害騎手は頑健にできていて、並みの人間とは別種族なのだ。骨折や脳震盪は仕事がら日常茶飯事なので、我慢してできるだけ早く治すものだと考えられている。騎手はみな自営業者だ――騎乗なしは収入なしを意味する。それが強い動機となり、早い回復を果たすのである。

記事では、サールが一日でも早く、本件捜査に当たっている刑事たちの事情聴取を受けて犯人の身元について供述できるようになることを願うというお定まりの文言以外、犯人に関する記述はいっさいなかった。

私はというと、ビリーには警察による警護がついているのだろうか、と考えていた。

この夜はなにごともなく過ぎた。もっとも、夜の大半は、拳銃を手に殺意を胸に収めた何者かがこの部屋の外の排水管を上ってくる音がするかと、横になったままぼんやりと耳を働かせていた。

考えごとにも時間を費やした。

とくに、ハーブのコートのポケットに見つけた紙切れについて考えた。書かれていたメッセージは暗記している。

〝言われたとおりにするべきだった。いまさら後悔しても遅い〟

トムリンスン主任警部には、たんなる警告ではなく謝罪だと考えていると伝えたが、鼻であしらわれた。

それでも、ひとつだけ確かなことがある――ハーブは殺人者を知っていた。少なくとも、ハーブが殺されることを知っている何者かを知っていた。〝いまさら後悔しても遅い〟という部分が、ハーブがすぐにも殺されることを指していると仮定しての話だ。言うとおりにしてくれないから彼を捨てた恋人からのメッセージだったのかもしれないが、なんとなく、そうではない気がした。恋人からのメッセージなら、いかなる挨拶も名前も記さず、そっけない大文字で書かれることはない。

ハーブがやれと言われてやらなかったこととはなんだろう？

例のギャンブルとクレジットカードに関係のあることだろうか、それとも別のなにかだろうか？

ベッドサイドランプをつけ、メモ用紙にメッセージを書き出した。

〝言われたとおりにするべきだった。いまさら後悔しても遅い〟

じっくり検討した。

案外ハーブは、やれと言われたことを〝やらなかった〟のではなく、やるなと言われたことを〝やった〟のではないのか？

それにしても、自分のやったことあるいはやらなかったことについて、後悔の念をだれに告げたのだろう？　それに、ハーブが後悔した理由は？　不正行為だったからか、それとも、そのせいで危険な状況に置かれたからか？

依然、疑問は山ほどあるのに、答えはほとんどない。

〝捜査はプロに任せなさい〟と主任警部は言った。だが、解決までどれくらい時間がかかるだろう？

それまで私の命があるだろうか？

いいかげん、スズメバチの巣をつついてみるとしよう。刺されないことを願いつつ。

水曜日の朝、七時半過ぎに病院に着いた。クローディアは大いに回復し、背中の痛みをあまり訴えることもなく、寝心地の悪いベッドから身を起こして天然ヨーグルトをかけたシリアルの朝食を食べていた。

「すごいな」私は満面に笑みを浮かべて言った。「どうやら私よりよく眠ったようだ」

「どうして？　なんだって眠れなかったの？」

「ホテルのベッドがごつごつしていたせいだ」

「どうして家へ帰らなかったの？」

しまった。迂闊だった。さて、どう説明する？

「少しでもきみの近くにいたかったんだ」

「まったく、そんな無駄づかいをして」彼女は私の浪費をとがめるふりをした。「今夜も病院にいることになったら、あなたは家へ帰るのよ。わたしなら大丈夫だから」

クローディアは知る由もないが、私は――そして彼女も――家へ帰るわけにはいかないのだ。あまりに危険すぎる。

「マラソンでも走れるほど元気そうだ。きっと、ミスタ・トミックの回診が終わればすぐに病院から追い出されるよ」

「看護師の話だと、ミスタ・トミックはたいてい八時までに回診に来るんだって」

壁の掛け時計を見上げた。昨日クローディアが手術室に入っているあいだ私の頭をおかしくさせた時計だ。

八時十分前。

それが合図だったかのようにミスタ・トミックがさっと病室に入ってきた。水色の手術衣だが、今日はその上に白衣をまとっている。

「おはよう、クローディア」と挨拶し、私には会釈をした。「気分はどうですか?」

「ゆうべに比べたらずいぶんましよ」クローディアが答えた。「でも、すごく痛むわ」

「ええ。当然です。腹壁を切開する必要がありましたから。切開部は小さいが、それでも痛む。立ち上がれそうですか?」

「もう立ったわ」彼女は勝ち誇ったかのように答えた。「ゆうべトイレへ行ったの。今朝もよ」

「それはよかった。それなら今日、退院できますよ。十日後に来てもらって、経過観察と抜糸をしましょう。それまでは、ゆっくり静養してください」

「よかった」私が言った。「ちゃんと静養させるよ。責任を持って」

「それと」外科医が続けた。「検査の一次結果が出ました」

「それで?」クローディアが促した。「話して」

「右卵巣は健全だと思われるが、懸念していたとおり、腹水中に癌細胞が認められました。たくさんではないが、充分な量です」

一瞬、三人ともが黙り込んだ。

「化学療法を?」クローディアがたずねた。

「残念ながら」ミスタ・トミックが答えた。「ただ、一度ですむかもしれません。多くても二度。申し訳ないが、今後のためにもそれが最善策です」

彼は苦い思いを噛みしめている私たちを残して出ていった。きっと、別の思いつめた癌患者の手術に急いで向かったにちがいない。私はそんな仕事はごめんだ。

「いいほうに考えよう」考えた末に口にした。「右卵巣は健全なんだ」

「そうよね」クローディアは少しばかり乗る気を見せようとした。

「だから、まだ子どもを持てる可能性はある」

「化学療法の副作用で不妊症にならなければね」彼女は暗い声で答えた。

退院できると考えても彼女の気持ちは明るくならなかった。自分たちの家へは帰らずにグロスターシャー州の母の家へ行くと私が告げたのでなおさらだった。

「もちろん冗談よね、ニック？」というのが彼女の正確な言葉だった。

「ちがう。母さんも楽しみに待っているんだ」

「でも、家へ帰りたい」クローディアは哀れっぽい声で訴えた。「自分のベッドで寝たいわ」

「だが、明日は出勤しなければならないから、きみの面倒を見られないだろう？」

「そう」彼女は冷ややかな口調で言った。「明日、チェルトナムから事務所へ行くのね？」短い間を置いて続けた。「お願い、ニック、とにかく家へ帰りましょう」

さて、なんと返せばいい？　自宅の玄関先で殺されるのではないかと不安なのだとは、とても言えない。どのみち、彼女はそんな話を信じやしないだろう。

私には、リッチフィールド・グローヴがひじょうに危険だという確信があり、そうと知りながら、婚約を交わしたばかりの恋人の命を危険にさらすような場所へ連れ帰る気はさらさらない。前回は運がよかった。ひじょうに運がよくても、命からがら逃げなければならなかったのだ。腹壁を二カ所も切開した直後のクローディアが走って逃げられるわけがない。だいいち、次も運が味方してくれるとは、だれにも保証できない。

毎回、幸運に恵まれなければ、命を失うことになるのだ。

いちばんいいのは、暗殺者が現われるはずのない場所、暗殺者が私を捜し出すことのできない場所にいることだ。運が一度でもあの男に味方すればそれまでなのだから。

ということで、リッチフィールド・グローヴへ帰るのは完全に問題外だと結論づけた。

「母さんがとても楽しみにしているんだ」と言った。「きみだって、手術のあとでいっしょに顔を見せに行ってもいいと言っただろう」

「言ったわ。だけど、病院からまっすぐ行くという意味じゃなかったのよ」

「な、いいだろう」私は懇願した。「きみのお母さんが健在なら、たぶん、きみの実家に泊めてもらいに行ったよ」

下腹部の手術直後の相手にローブローを放つがごとく卑劣な手だ。

私たちがクローディアの両親の話をすることは、まったくとは言わないまでも、めったにない。両親はある日、八歳のクローディアを祖母の家に預け、それきり迎えに来なかった。ふたりの乗ったフォード・エスコートは、ビーチー・ヘッドの崖から飛び出して約五百フィート下の礫浜(れきはま)に転落したのだ。

検死審問では、どうやら自殺ではなく事故死との評決が下されたらしい。どちらが運転していたのか、車のなんらかの故障が原因なのかどうかといった疑問点がいくつかあったようだ。どちらにしても、自分をこの世でひとりぼっちにしたことでクローディアは両親を心底から恨んでいる。

私は彼女があのような異様な絵ばかり描くほんとうの理由はそれだろうと思っているが、めったにその話題には触れず、口にするときも細心の注意と配慮を払っている。

「ニック、それは不公平な言いぐさよ」クローディアは気色ばんだ。

「すまない。だが、とにかく、病院を出た足で母さんの家へ行きたいんだ」

「だけど、身のまわり品は?」

「ここへたくさん持ち込んだだろう。それに、昨日、家からいくつか取ってきた」

「化粧もしないでお母さまの家へ行くなんて絶対にいや」彼女は頑として言い張った。

「化粧道具も持ってきたよ」私はあまり得意げな口調にならないように心がけた。

私たちは母の家へ行ったが、その前に私は、車を借りるという無駄づかいに関して厳しい叱責を浴びせられた。

「どうして、うちのメルセデスじゃだめなの?」クローディアは憤然としてたずねた。

「手術のあとだから、もう少しゆったり座れるほうがいいと思ったんだ」たっぷりのやさしさを込めて気軽な調子で答えた。「うちのＳＬＫは助手席が狭すぎるだろう」

それに人目につく。

ハーツレンタカー・センターの店員は、〝今週のお勧め車〟である鮮黄色の車体でクローム製ホイールがぴかぴかのアウディ・コンバーティブルを借りさせようとした。「お似合いですよ」と熱心に勧めた。「お客さん向きの色です。みんなが注目しますし」

私は車体にラインすら入っていないブルーのありふれた4ドア・サルーンを選んだ。目立つのではなく、ほかの車のなかに溶け込みたかったのだ。

みんなの注目なら別の方法で集めることにする。

クローディアには母が待っていると言ったし、現に母は楽しみに待っている。ただし、その前に、水曜日恒例の村のカードゲーム大会へ行かないようにと母を説得した。

「母さん」今朝の七時十分前に電話をかけて母を起こした私は言った。「とにかく、何日か家を離れたいんだ」

「でも、どうして？」母が切り返した。「どうして、明日来る予定を急に早めるの？」

「頼むよ、母さん」私は、渋る母親にだれもが欲しがるおもちゃを買ってもらおうとする七歳児のような口調でせがんだ。

「まあいいわ」母は言った。「だけど、食料品の買い出しに行かないとね。それに、カードゲームのメンバーをがっかりさせたくないわ」

「みんな、わかってくれるよ。息子が初めて婚約者を連れて帰ってくると言えばね」

母はしばし言葉に詰まっていた。私は黙って待った。

「まあ」母がようやく感無量の声で言った。「それはほんとうのことなの、それともただの方便？」

「ほんとうのことだ」私は答えたのだった。

というわけで、車で近づいていくと、母はすでにコテージの前で私たちを出迎えるべく待っていた。涙を浮かべ、喜びのあまり口もきけない様子だった。まるで初めて紹介されたかのようにクローディアを抱きしめた。

「お母さまになにを話したの？」家へ入りながらクローディアが小声でたずねた。

「婚約したと話した。私たちは婚約した。そうだろう？」

「そうよ」彼女はにこやかにほほ笑んだ。「もちろん、婚約したわ。でも、ほかにはなにを言ったの？ねえ、癌のことは？」

「言ってない。話すかどうかはきみに決めてもらおうと思って」

た。

「話さないと思うわ。いまはまだ」

「いいよ」私はそう返した。

キッチンと食事室とリビングを兼ねたワンルームに入り、クローディアはそろりと椅子に腰を下ろした。

「あら、どうしたの?」母が心配そうにたずねた。「どこか痛いところでもあるみたい」

「そうなんです」クローディアが答えた。「手術を受けたばかりで。ヘルニアの。でも、すぐによくなるわ」

「まあ、たいへん。ほら、こっちへ来てソファに足を載せて座りなさい」

母が心配性の世話焼きのように将来の嫁にお節介を焼き、ほどなくクローディアはチンツ張りのソファにいくつも置いたクッションにもたれて座っていた。

「これでよし、と」母が一歩下がった。「おいしい紅茶をどう?」

「ありがたいわ」クローディアが言い、私に向かってウインクした。

絆を強めようとしているふたりを残して、私はバッグをいくつも持ってなんとか狭い階段を上がり、二階の客用寝室へ荷物を運んだ。

ベッドに腰を下ろし、母の電話の子機を使って事務所へ電話をかけた。グレゴリーも長い週末旅行から戻っているはずだし、運がよければ、パトリックがランチの席で、私を罰するな、さらには職場復帰を認めろ、とグレゴリーを説得してくれたはずだ。

ミセス・マクダウドが電話に出た。

「〈ライアル・アンド・ブラック〉です」いつものきびきびした口調で言った。「どちらにおつなぎしますか?」

「もしもし、ミセス・マクダウド。ミスタ・ニコラスだ」

「ああ、はい」彼女はそっけなかった。「あなたが電話をかけてくるかもしれないとミスタ・パトリックが言っていたわ。だけど、自宅の番号じゃないわね」

ミセス・マクダウドは私に対して中立の立場を保とうとしているのだと感じた。友好的にも敵対的にもならない。どうやらシニアパートナーたちの評価が下るのを待ち、それに倣うつもりらしい。

「ミスタ・パトリックとミスタ・グレゴリーはもう昼食から戻っているかい?」私はたずねた。

「ふたりは食事に出てないわ」彼女が答えた。「葬儀に行ったの。今日は事務所へ戻らない」

「ずいぶん急な話だな」

「死はたいてい急なものでしょう」彼女は応じた。

「だれの葬儀?」

「グレゴリーの顧客のひとりよ。ロバーツとかいう人。ジョリオン・ロバーツ大佐」

第十三章

「えっ？　なんと言った？」

「ジョリオン・ロバーツ大佐」ミセス・マクダウドが繰り返した。「ミスタ・パトリックとミスタ・グレゴリーはその人の葬儀へ行ったの」

「しかし、いつ亡くなったんだ？」私はたずねた。彼とは土曜日にサンダウンパーク競馬場で話をしたばかりだ。

「昨日の朝早くに、亡くなっているのを発見されたらしいわ。どうやら心臓発作だったみたい。急だったって」

「葬儀もずいぶん急だな。昨日亡くなったばかりにしては」

「ユダヤ系だもの」彼女は説明として言った。「すぐに埋葬するのはユダヤ文化のひとつで、それも、たいていは二十四時間以内なのよ。イスラエルの暑さと関係があるんでしょうね」

　ミセス・マクダウドは情報の宝庫だ。英国の四月の暑さはエルサレムの夏の暑さには比ぶべくもないが、しきたりとはそういうものなのだろう。

　そもそも、ジョリオン・ロバーツがユダヤ系だとはまったく知らなかった。まあ知っている理由もないが。

「心臓発作にまちがいないのか？」私はたずねた。

主任警部を疑り深いと言ったくせに、いまは私自身がやけに疑り深いところを見せている。

「ミスタ・グレゴリーからそう聞いたもの」ミセス・マクダウドが言った。「すごくショックを受けていたわ。月曜日の午後にロバーツ大佐と話をしたばかりだったらしくて」

「ミスタ・グレゴリーは週末旅行に出たのだと思っていた」

「その予定だったの。だけど、月曜日に戻ってきてね。緊急事態が起きたとかで」

「なるほど。ミスタ・パトリックの携帯電話にかけてみるよ」

「葬儀は三時からよ」彼女が言った。

腕時計で時刻を確かめた。二時三十分をまわっていた。

「葬儀が終わるころにかけるよ。で、場所は？」

「ゴルダーズグリーン。一族の所有地内にあるユダヤ人墓地よ」

電話を切り、しばしベッドに座ったまま考えをめぐらせた。

ハーブ・コヴァクはロバーツ家族信託のファイルとブルガリアの投資の詳細にアクセスしたあと、一週間と経たないうちに殺された。私は同開発計画に関してブルガリアのある人物に無害と見えるメールを送り、その四日後、私を殺害しようとする人物が玄関先に現われた。

そして今度は、当の開発計画そのものに疑念を抱いたジョリオン・ロバーツが、私の勧めに従ってグレゴリーと話をした翌日に、都合よく心臓発作で亡くなった。

私の頭がおかしくなりかけているのだろうか、それとも、ひとつのパターンが見えはじめたのだろうか？

ＥＵからだまし取る一億ユーロは莫大な金だ。

人ひとりを殺すのに充分な金額だろうか？　三人もの殺害を企てるのに充分な金額だろうか？

ジョリオン・ロバーツの死に関してせめてもう少し情報を得る努力をしようと、トムリンスン主任警部に電話をかけた。

「そのロバーツ大佐とやらが他殺だったとでも言うのか？」彼は半信半疑の口調だった。

そのとたん、すべての考えがいくらか現実味を失った気がした。

「わからない」と答えた。「だが、病理医の見解を知りたい」

「検死解剖が行なわれたと仮定しての話だな」

「行なわれたはずだろう。たしか、不自然死はすべて検死解剖の対象とされるのだと思ったが」

「とにかく、あんたはなぜ他殺だと考えているんだ？」

「的はずれかもしれない」

「とりあえず聞かせてくれ」主任警部がいくぶん力づけるように言った。「笑わないと約束する」

「殺人はめったに起きることではない。そうだろう？」

「私はマージーサイド警察で普通の人より多くの殺人を見てきた」

「いや、一般論としてだ。殺人捜査課の刑事ではない一般市民にとって、知り合いが殺人被害者になるなど、そうとうめずらしいことだと思う。そうじゃないか？」

「そうだな。殺人はめったに起きることではない」

「つまり、私のにらんだとおりロバーツ大佐が他殺だったとしたら、この二週間のあいだに私の知り合いがふたりも殺人被害者になり、私自身も危うく殺されかけたということだ」そこでいったん言葉を切った。

「続きを聞こう」彼が言った。

「そこで、ハーブ・コヴァクとロバーツ大佐、さらには私自身との共通点を探してみた」

「それで？」彼はますます熱を込めて促した。

「ひとつは〈ライアル・アンド・ブラック〉だ。ハーブ・コヴァクと私の勤務先であり、ロバーツ大佐は顧客だった。もっとも、普通ならハーブと私が接触することのない相手だ」間を置いて続けた。「だが、殺される十日前、ハーブはロバーツのファイルにアクセスしていた。厳密には、ロバーツ家族信託が行なったブルガリアの投資の詳細を調べていた。事務所のコンピュータの履歴を見てわかった事実だ」

「で、それがどういう意味を持つんだ？」主任警部がたずねた。

「ロバーツ大佐がちょうど一週間前、私に近づいてきて、その投資に関する懸念を明かした」

「大佐はなぜあんたを選んで近づいたんだ？」

「よくわからない。彼は私が〈ライアル・アンド・ブラック〉に勤めていることを知っており、火曜日、そして水曜日にも競馬場で出会った。火曜日は偶然に出くわしたんだが、翌日はきっと私に会うつもりで足を運んだのだと思う。彼は、聞かされた話とちがい、投資対象の工場が実際には建設されていないことを不安視していたが、自分がだまされていて、それを世間に知られることを案じて、正式な調査は望まなかった。そこで、投資に問題がないことを私に内密に調べてほしいと言った」

「で、調べたのか？」

「少しばかり探ってみたが、大佐には、事務所の連中に隠れてこれ以上調べることはできない、担当の投資マネジャーにたずねたほうがいい、と土曜日に告げた」

「担当の投資マネジャーというのは？」

「グレゴリー・ブラックだ。ロバーツ大佐は月曜日、亡くなる前日に、彼と話をしている」

「だからといって、大佐が他殺だったと考えるのはずいぶん飛躍がある。それにあんたは、グレゴリー・ブラックが大佐を殺害したと疑っていると言いたいのか？」

「いや、むろん、そうではない。グレゴリー・ブラックはかんしゃく持ちだが、殺人者ではない」

それとも、殺人者なのだろうか？　だが、グレゴリーが殺人者か？　彼がなにを考えているかが実際にわかるのか？　あるいは、彼以外の人間の考えが？　断じてちがう。

「だが、この話にはまだ続きがある。金曜日にブルガリアのある人物宛てにメールを送ったところ、火曜日の午後、私の自宅に暗殺者が現われた」

「わかった」彼はいまや確たる興味を示していた。「ロバーツ大佐の検死解剖が行なわれたかどうか確認してみよう。彼の住所はどこだと言ったかな？」

「ハムステッド。昨日亡くなったばかりなのに、いまこうして話しているあいだにもゴルダーズグリーン墓地に埋葬されようとしている」

「やけに早いな」

「死者をできるだけ早く埋葬するのがユダヤのしきたりらしい」

「少なくとも火葬ではないんだな。焼かれてしまうと、死体を二度と検分できない。これは体験談だ」

彼は声をあげて笑った。

非業の死とその副産物に日々向かい合うとは奇妙な仕事だと思った。

「結果を知らせてくれるか？」とたずねた。

「できれば。なにかわかれば電話しよう」

「いま自宅ではない。いまいる場所は携帯電話もつながらない」

「どこにいるんだ？」

彼に告げるのを少し渋った。居場所を知る人間が少ないほうが安全な気がしたのだ。とはいえ、彼は警察官であり、私が殺人未遂容疑で逮捕された際に確固たるアリバイを提供してくれた。

「ウッドマンコートという名前の村だ。チェルトナム競馬場の近く。母が住んでいる」母の電話番号を教えた。

「チェルトナムはあんたの勤務先から遠いな」彼が質問のような口調で言った。

「そうとも。そのとおり、逃げ出したんだ。イエリング警視にいかなる警護もつけてもらえず、弱気になって自宅へ帰らなかった」

「無理もない」

「では、あんたが警護をつけてくれるか？　できれば、拳銃を何挺も携行していて、暗殺者に対して不快感を持っている人間がいい」

「なんとか考えてみよう。とくに、ロバーツ大佐が他殺だったと判明したら」

「もうひとつ」主任警部が寛大な気分でいるすきにほかの要求も聞き入れてもらおうと考えた。「ビリー・サールがウィルトシャー警察の事情聴取を受けはじめたのかどうか確認してもらえるか？　それと、彼の供述内容を」

「彼もこの一連の事件と関係があると考えているのか？」

「いや、そうは考えていない。ビリーの投資ポートフォリオを管理しているので金の投資先は知っているが、ブルガリアとはまったく無関係だ。たんに彼が警察にどんな供述をしたのか興味があるだけだ。なにしろ、彼に対する殺人未遂容疑で逮捕された身だから」

「訊いてみよう。もっとも、ああいう田舎の警察の刑事は、自分たちの担当している事件について、よその警察の人間に話したがらないからなあ」

「ビリー・サールがだれかに十万ポンドもの借金があったという情報を提供したのが私だということ、鉄壁のアリバイがある私を殺人未遂容疑で起訴してばかを見るのを阻止したのがあんただということを思い出させてやればいい」

「わかった、わかった。訊いてみると言っただろう」

一階へ下りると、母とクローディアが結婚式の計画について話し合っていた。

「あの子もそろそろプロポーズしていいころだったのよ」母が私の顔を見ながらクローディアに向かって言った。

「でも、してくれなかった」クローディアが答えた。「わたしがしたんです」

母は面食らったあまり、しばらく返す言葉を失っていた。つねづね、慣習にうるさい人なのだ。

「ずいぶん型破りね」ようやく言った。「でもニコラスは昔から変わった子だったから」

ジャン・セッターも私をめずらしい男だと言った。

ほんとうに私は変わっているのだろうか、めずらしい男なのだろうか？

そんなことはないと思う。

自分では〝普通〟だと思うが、人間だれしも自分のことは〝普通〟だと思うのに、ひとりひとり異なっているものなのだろう。じつは〝普通〟のものなどひとつもないのだ。

「さあ、ふたりとも」母が話題を変えた。「遅めの昼食はいかが？　オーヴンにシェパーズパイが入ってるの」

「母さん、もう三時を過ぎているんだよ」

「だからなに？　ここへ着いたときにお腹が空いてるんじゃないかと思ったのよ」

驚いたことに、空腹だった。それに、顔を輝かせたところを見るとクローディアも空腹なのだとわかった。できるかぎりクローディアが快適でいられるようになめらかで無難な運転を心がけるのに精いっぱいで、途中で食事をするために車を停めることなど考えもしなかったのだ。

というわけで、私たち三人はテーブルについてシェパーズパイとブロッコリーで遅めの昼食をとり、母が強く勧めるので私はお代わりまでした。

五時四十分にパトリックの携帯電話にかけた。葬儀はとうに終わっているだろうが、出勤していれば仕事を終えるにはまだ早い時刻だ。

クローディアは二階で体を休め、母はレンジの前で夕食用に高脂肪で高蛋白のチキンキャセロールをせっせと作っていた。私はリビングコーナーのチンツ張りのソファに腰かけていた。母のほうを向いてはいるが、このワンルームのなかで母からもっとも遠い場所だ。

「ああ、ニコラスか」パトリックはいささかうろたえているようだ。「きみが電話をかけてきたとミセス・マクダウドから聞いたよ。不在にしていて悪かったね」

「ロバーツ大佐のことはお気の毒でした」

「そう、なんとも痛ましいことだ。だいいち、大佐はまだ六十二歳だった。命あるあいだに人生を楽しめ、と言いたいね。いつ死神につかまるかわかったものではないのだから」

たしかにそうだ。だが私はリッチフィールド・グローヴで一度は死神から逃げきった。

「グレゴリーと話してくれましたか？」私は用件を切りだした。

「ああ、話した。彼はまだ、きみに腹を立てている」

「しかし、なぜ？」

「なぜだと思う?」パトリックがむっとした口調で聞き返した。「逮捕され、新聞やテレビで派手に報道されたからだ。彼は、きみが事務所の評判を落としたと考えている」

「しかし、それで怒るのはまったくのおかどちがいだし、グレゴリーは誤解しています。逮捕されたのは私のせいではない。警察の早合点による誤認逮捕だったんです」

「そうだ。だが、誤認逮捕に至る理由を警察に与えたのはきみだ」

「そんなもの、与えていません」こっちまで腹が立ってきた。「人殺しだとわめき立てたのは愚か者のビリー・サールだ。私にはなにひとつやましい点はありません」

母がキッチンからちらりと私を見た。

「グレゴリーいわく、火のないところに煙は立たない。きみがなにかしら関与していたにちがいないと、彼はいまだに思い込んでいる」

「それなら、彼は私が思っていた以上に愚か者だ」荒らげた声に、母が料理の手を止め、眉間にしわを寄せてキッチンから私を見すえた。私は間をとって気を静めた。そのあと、うんと声を低めてたずねた。

「馘だということですか? もしそうなら、〈ライアル・アンド・ブラック〉を相手取って訴訟を起こします」

パトリックは返事をせず、私も黙っていた。彼の息づかいが聞こえた。

「明日、出勤するといい」パトリックがようやく告げた。「グレゴリーには口を閉じておけと言っておこう」

「ありがとうございます。しかし、明日は出られないかもしれません。クローディアの体調がかんばしくないので、たぶん遠隔アクセス機能を使って家で仕事をすることになるでしょう。金曜日には出勤できると思います」

「わかった」火山噴火さながらのグレゴリーの怒りを静めるのに少なくともあと一日の猶予ができて、いささかほっとしたような口調だった。「では、金曜日に」

彼が電話を切り、私はその場に座ったまま、拳銃を携えた暗殺者が野放しになっている状況で私に将来があるとするならば、それはどういうものだろうかと考えをめぐらせた。

「いったいなんの話だったの？」母が心配してたずねた。

「ああ、なんでもないよ、母さん。仕事上のちょっとした問題だ。心配するほどのことじゃない」

とはいえ、私は心配だった。

この五年間〈ライアル・アンド・ブラック〉での仕事をほんとうに楽しんできたが、独立ファイナンシャル・アドバイザーとしての職務を果たすためには顧客と同僚の双方からの全幅の信頼が必要不可欠だ。私が殺人未遂事件に関与しているとシニアパートナーの一方が思い込み、私のほうもそのシニアパートナーが別の殺人事件に関与していたのではないかと疑っている状況で、〈ライアル・アンド・ブラック〉内で私にどんな将来があるだろう？

三人で食卓につき、私は度を過ごすほど食べて飲んだ。

「猫はどうしたんだい？」例の猫がテーブルの下にいないことに気づいてたずねた。

「飼ってるわけじゃないもの。気まぐれにやって来るだけだし、もう何日も姿を見てないわ。そのうち来るでしょう」

フィレステーキがメニューに復活すれば、きっと来るだろう。

十時をまわると、クローディアと私は早めにベッドに入った。

「あなたって気がきいてるわ」掛けぶとんの下で身を寄せ合うとクローディアが言った。

「どんなふうに？」

「有無を言わさずにここへ来たことよ。もしも家へ帰っていたら、料理や掃除やなにか有益なことをしなくちゃってプレッシャーを感じていたわ。ここでなら、すっかりくつろいでいられる。携帯電話も鳴らないし、お母さまはとてもやさしいし」

私は闇のなかでにんまりした。思いもよらない言葉だった。

「だが、あまり長くいるわけにいかない」私は厳粛な口調で言った。

「どうして？」

「今日みたいに大量の食事を与えつづけられたら、腹まわりが『ザ・シンプソンズ』のホーマーみたいになってしまう」

私たちはこらえきれずに笑った。

今朝、病院を出たあと、癌について、あるいはこれから受けることになる化学療法について、ふたりともひと言も口にしていない。まるで問題はすべてロンドンに置いてきたようだった。

だが、問題のほうが私たちを探しにやって来ようとしていた。


レースで騎乗している夢を見たが、どんな夢とも同じで一貫性もとりとめもなかった。馬にまたがっているかと思えば、次の瞬間にはダチョウあるいは車に乗っていた。だが、ある一点だけは変わらなかった――乗り物がなんであれ、かならずグレゴリーと競走していた。しかも彼は、終始ほほ笑んだままサイレンサーつきの拳銃を私の頭に向けていた。

呼吸が速まり、逃げ出そうとして、はっと飛び起きた。

緊張を解き、闇のなかで身を横たえて、隣で眠っているクローディアの規則正しい呼吸音に耳を傾けた。

グレゴリー・ブラックが詐欺と殺人に関与していると、本気で考えているのか？

それはわからないが、ジョリオン・ロバーツの検死解剖が行なわれたのであれば、その結果を知りたいことは確かだ。

ふたたび寝入ったものの熟睡はできず、何度も目を覚ましては、聞こえるはずのない音に耳をすました。リッチフィールド・グローヴの自宅に比べて、ウッドマンコートは行き交う車がないためはるかに静かで街灯がないためはるかに暗いのに、ろくに眠れないまま、六時過ぎに太陽がベッドルームの窓を明るく照らすころにはすっかり目が覚めていた。

音を立てないように起き出し、ノートパソコンを持って裸足で静かに階段を下りた。この二週間は顧客をすっかり無視していたので、すぐにも仕事に励まないことには、鍼にされたところで文句を言える状況ではない。

インターネットにログインした。

未読メールが四十三件あり、うち一件はジャン・セッターからの新着メールだった。フローレンス・ナイチンゲールのミュージカルの初日公演はとてもすばらしく、あれを見逃すなんて大ばかだと書かれていた。送信時刻は今朝の五時五十分。ロンドンのショーが終わったのは早くても午後十時半、終演後のパーティは何時まで続いたことやら。ジャンは眠らなかったのだろうか、それとも、帰宅してすぐにこのメールを送ったのだろうか？

ショーを楽しんでくれてよかった、あの作品が多額の金をもたらしてくれることを願っている、と返信した。

そのあと、日刊紙のウェブサイトでミュージカル評を読んだ。一紙をのぞいて好評価だったので、あの作品はいくばくかの利益を上げてくれるかもしれない。演劇や映画への出資はリスクを伴うと決まっている。私はたいてい、株取引よりもはるかにギャンブル要素が強いが、リスクの高い投資の例に漏れず、当たったときのうまみも大きい、と顧客に説明している。ただし、投資した金を全額失う覚悟も必要だ。

顧客のひとりは、その手の投資に決して金銭的な見返りを期待していない。初日公演後の催しでスターと触れ合ったり、友人たちを率いて〝自分〟のショーを特等席で観ることをひたすら楽しんでいる。「金を全額失うおそれがあることも承知している。だが、金を失うにしても、それまでは存分に楽しむよ。それに、案外、ひと財産築くことになるかもしれないだろう」とよく言っている。

現に昨年、彼はひと財産築いている。

私の勧めで小規模な独立系映画制作会社に投資を行ない、一七八七年に英国からオーストラリアへ送られた最初の流刑囚たちにまつわる解しがたく愚にもつかないコメディ映画の制作を支援した。だれもが、とりわけその顧客が驚いたことに、映画は世界じゅうで大ヒットした。全世界の興行収入で制作費の二百倍以上を回収したうえ、『ブルース――最初のオーストラリア人』という題名役(タイトルロール)を演じた若手俳優はオスカーにノミネートまでされた。

だが、成功例はごくわずか、失敗例なら掃いて捨てるほどある。

めぼしいメールに返信するだけで二時間以上もかかり、そのころには二階から物音がして、ほどなく母がドレッシングガウン姿で下りてきた。

「おはよう。早起きね」

「二時間前からここにいたよ。やることがあったんだ」

「あら、みんなそうでしょう。ところで、朝食はなにがいい？　ベーコンと地卵があるし、肉屋のミスタ・エアーズがおいしいソーセージを作ってくれたのよ。何本食べる?」

「コーヒーとトーストでいいよ」

波を押しとどめようとするカヌート王のようなものだった。

「ばかなことを」母は早くもフライパンをレンジに載せていた。「まともな朝食をとりなさい。食事も与えないような最低の母親とはちがうのよ」

私はため息をついた。昼食どきにはクローディアと車で外出しよう。

ソーセージとベーコンが焼けるあいだに、クローディアに紅茶を持っていった。

「おはよう」窓のカーテンを開けながら言った。「今日の気分は?」

「まだ少し痛むわ」彼女は身を起こした。「でも、昨日よりはまし」

「よかった。そろそろ起きろよ。うちの料理家が朝食を作っているから」

「んー、いいにおい」彼女はそう言って笑った。「結婚しても、毎朝ちゃんと食事を作ってもらえるなんて期待しないで」

「なにっ?」私はおおげさに驚いてみせた。「朝食を作らないだって! 結婚は延期だ!」

「まだ日取りも決めてないのに」

「髪を失う前にする、あとにする?」私はまじめにたずねた。

彼女は一瞬考えた。「また伸びてからにする。まず婚約中という状態に慣れる時間をちょうだい」

「じゃ、髪がまた伸びてから」私は腰をかがめて彼女にキスした。「早く下りてこい。でないと、ミスタ・エアーズのソーセージが冷めてしまう」

クローディアはふとんに潜り込み、頭を枕で隠した。「ここにいる」

「隠れてもむだだ」私は笑って、彼女を残して部屋を出た。

母の言ったことは嘘ではなくソーセージはひじょうにおいしかったものの、出される食事の例に漏れず、サイズも数も度が過ぎた。しかも、ベーコンとスクランブルエッグを山盛りに載せた揚げパンと、もちろんマッシュルームと焼きトマトが添えられていた。

ふたたびコンピュータに向かい、事務所の遠隔アクセス機能を使って顧客ファイルに目を通すころにはすっかり満腹になっていた。

クローディアはなんとかベッドを出てバスローブ姿で下りてきて食卓に加わったが、シリアルを小さなボウルに一杯と、薄切りにしたフルーツを少し口にしただけだった。食べながら私に向かってにんまり笑った。ほんとうに不公平だ。

午前中は、五十人ばかりいる私自身の顧客のファイルすべてに目を通し、通知タグを確認しながら、満期を迎える債券の売却代金を再投資し忘れていないか確かめた。

ほんとうの狙いは、最近の株価動向を把握することだった。本来なら、市場の〝感覚〟を維持するために、そして市場動向に一歩先んじようと努め、それができなくともせめて歩調を合わせるために、毎日やらなければならないことだ。〈ライアル・アンド・ブラック〉では銘柄株に直接の投資を行なっていない。顧客の資金のうち普通株への投資は、ほぼ例外なく、オープン型投資信託か幅広くさまざまな株を含んだ投資信託を通して行なわれている。リスク分散のため、多面的な投資を行なうための戦略だ。それでも、何百とある投資信託やファンドのなかからどれを買えばいいかを顧客に助言するために、市場の感覚をつかんでおくことが私にとっては重要なのだ。

それなのに、この一週間ほど、調査面での義務に関して深刻な職務怠慢を犯していた。

母の固定電話で私宛ての留守録メッセージを確認した。新しいメッセージが一件あった。シェリがハーブのフラットにかけてほしいと言っていた。

「やあ」彼女が電話に出ると、私は言った。「大丈夫かい？」

「大丈夫」すっかり退屈しきったような口調だった。「たぶん大丈夫なんだと思う。月曜日のリバプール行きはちょっとつらかったけど」

「気の毒に」

「そうね。でもまあ、とにかく終わったから」電話を通してため息の音が聞こえた。「明日の朝、帰国する予定。十時四十五分発のシカゴ便に乗るわ。お別れを言いたくて電話したの」

「ありがとう。連絡をくれてうれしいよ」

「ハーブ宛ての手紙が何通か届いてるし、ハーブの行ってたジムから電話があって、ロッカーの利用料が未払いだから鍵を返してほしいとかって言ってた。ちょっと待って、どこかに電話番号を控えてるの」そこらをかきまわして探す音が聞こえた。「ああ、あった。〈スリムフィット・ジム〉というところよ」彼女が読み上げる電話番号を、レンタカーの契約書の裏に書き留めた。

「心配いらない。手紙はデスクに置いておいてくれれば処理するし、ジムには電話してみる。じゃあ、元気で。道中の無事を祈っているよ。葬儀やなんかについては、こちらでわかりしだい知らせる」

「何週間も先になるかもしれないって警察が言ってた。だから、帰国することにしたの。これ以上こっちにいたら、職を失ってしまうわ」

人生はときに厳しい。

私は〈スリムフィット・ジム〉に電話をかけた。

「ミスタ・コヴァクの自動引き落とし口座が解約されています」相手が告げた。「だから、ロッカーを返してほしいんです」

「本人は亡くなった。だから、ロッカーは使ってくれ」

「でも南京錠がついているんですよ」

「合い鍵はないのか？」

「ミスタ・コヴァクが取りつけた錠なので」

「切断できないのか？」いささか頭にきた。

「できません」相手もかなりいらだっている。「鍵を渡してください」

ハーブのデスクの掲示ボードに画鋲で留めてあった鍵を思い出した。

「わかった、わかった。来週、持っていくよ」

相手は不満そうだったが、おあいにくさまだ。だが、相手は私の詳細な連絡先を教えろと迫った。携帯電話の番号は教えたくなかったので、事務所の番号を伝えた。

電話を切り、椅子の背にもたれて伸びをした。

「出かけない？」クローディアが来て、私の肩をもんだ。「外はいい天気よ」

調査はまたあとだ。

「いいね」椅子に座ったままくるりと向き直った。「だが、出かけてほんとうに大丈夫なのか？」

「大丈夫。今日はずいぶん体調がいいもの。ただし、車で出ましょう。まだ田舎を歩きまわれるほどじゃないから。昼食はパブでどう？」彼女がウインクした。

「そうだな」私は賛成した。立ち上がってキッチンへ行くと、母が食洗機に食器を放り込んでいた。

「母さん、クローディアとパブへ昼食に出ようかと思って。いっしょに行く？」

「あら。昼食用にミスタ・エアーズの店で上等のポークチョップを買ってあるのよ」

「それは夕食にまわさないか？」

「夕食用にはラム脚のローストがあるもの」

ミスタ・エアーズの店はさぞ儲かったことだろう。

「ポークチョップは冷蔵庫に入れておけばいい。ひと休みしなよ。昼はみんなで外食だ」

というわけで、私たちは出かけた。目立たないブルーのサルーンカーに乗り込むときには、暗殺未遂犯がいないかと生け垣越しに目を凝らした。だが、もちろん暗殺未遂犯の姿はなく、私たちは無事に〝料理のうまい店〟という大きな看板のある地元のパブに着いた。クローディアと母はグラスワインの白と茹でサーモンのサラダを頼み、私はダイエットコークと袋入りのロースト・ピーナッツだけにした。

「あきれた」母が苦々しい口調で文句を言った。「まともな食事をとりなさい。でないと痩せ衰えてしまうわよ」

「母さん、こっちへ来てから食べることしかしてないんだ。痩せ衰えるなんてありえないと思うよ」それでも母が不満げだったので、夕食には特大のラム脚を供されるだろうと早くも覚悟した。


コテージに戻ると電話が鳴っており、母が駆け込んで受話器を取った。

「あなたによ」と言って私に渡した。

「もしもし」

「心臓発作にまちがいなかった」電話を通してトムリンスン主任警部が告げた。「自宅のプールで水泳中に。その結果、溺死。正式な検死解剖が火曜日の午後ロイヤルフリー病院で行なわれた。ロバーツ大佐には心臓病の既往歴があったらしい」

「なるほど。となると、早朝に泳ぐのはひじょうに危険だろう」

「どうやら深夜にひとりで泳いでいたようだ。しかも、酒を飲んでいた。愚かきわまりない。血中アルコール濃度は運転許容量の二倍を超えていた」

「だが、車の運転はしていなかっただろう」

「そうだ」主任警部は言った。「泳いでいた。私の経験から言うと、アルコールと水は相性が悪い」彼が自分の軽口に声をあげて笑うのがいささか癇にさわった。だが、そのおかげで、サンダウンパーク競馬場の〈チェイサーズ・バー〉で会ったときにジョリオン・ロバーツも同じように自身の軽口に笑い声をあげたことを思い出した。

「ちょっと待った」不意に、あのときのことで、別の重要な事実を思い出した。「ロバーツ大佐は、酒は飲まないときっぱりと言っていた。飲んだこともない、と」

第十四章

「かけ直す」トムリンスン主任警部がだしぬけに言った。「いくつか確認したいことがある」

彼が通話を切り、私はビリー・サールについてたずねそこねて憮然とした。だが、その件は待つことができる。

受話器を持っているあいだにまた電話が鳴った。

「もしもし」と電話に出た。「なにか言い忘れたか？」

「えっ？」女の声だった。「あなたなの、ミスタ・ニコラス？」

「ミセス・マクダウド。声が聞けてうれしいよ」

それがいやみかどうかをミセス・マクダウドが推しはかるわずかな間があった。

「ミスタ・パトリックから伝言をことづかったの」彼女は言った。

「この番号はどうやって知ったんだ？」

「ミスタ・パトリックは――」言いかけた彼女を、私がさえぎった。

「ミセス・マクダウド」声を張り上げ、質問を繰り返した。「この番号はどうやって知ったんだ？」

「今朝、あなたがかけてきたときに発信者番号が表示されたもの」

身を隠しているつもりにしては、なんとも不用心だった。

「とにかく、どこの番号かは知ってるわ。お母さまの家でしょう。お母さまはお元気？」

詮索好きなミセス・マクダウドめ。なんだって私のことにそうくわしいんだ？

「元気だよ、ありがとう」余計なことは言わずに答えた。「で、ミスタ・パトリックの伝言は？」

「明日の朝、出勤前に電話を入れてほしいそうよ。あなたとミスタ・グレゴリーとの話し合いの場を設けるとかなんとかで」

「なにについての話し合いかは言っていたか？」

「いいえ」という返事だったが、彼女はきっと知っているにちがいない。ミセス・マクダウドはなんでもお見通しなのだ。

「明日はあまり早く出勤しないとミスタ・パトリックに伝えてくれ」

「それならもう言ってあるわ。グロスターシャー州にいるんだものね」

そのことを、彼女はほかのだれに話しただろう？

たとえば、ミスタ・グレゴリーに話しただろうか？


午後の大半は変動する金融派生商品（デリバティヴ）や先物取引の価格を追い、先ごろのアメリカでのダウ・ジョーンズ指数の下落がヨーロッパ市場以上に極東市場に影響を与えたことや、ドル建ての石油価格が変動したのを受けてポンド建ての金価格が変動したことを知った。

経済は世界規模のバランスゲームだ。

どこかの経済が成長すれば、どこかの経済が縮小する。株式市場はそれぞれ異なるペースで、あるいはたがいに逆の方向へと動く。価値の上がる通貨があれば、下がる通貨もある。世界規模の経済ゲームで勝利を収めるこつは、実質価値の上がりそうなものに投資し、下がりそうなものを売り払うことだ。そのためにヘッジファンドや空売りが存在する。どちらも、誤った方向へ価値が動いたときに大儲けすることを企図したものだ。

ブックメイカーを相手に賭けを行なうのとどこか似ている。こっちが勝つためにはブックメイカーに負けてもらわなければならない。市場においても同じだ——勝者がいれば敗者もいる。勝者は大邸宅を手に入れ、敗者は破滅して大邸宅を銀行に押さえられ、銀行がそれを勝者に転売する。

金はまわりつづけるが、いつも同じ人間の手もとへまわってくるとはかぎらない。

そして詐欺師が存在する。インサイダー取引や市場操作を通して自分に有利となるようにオッズを細工しようとする連中だ。

事前に知った利潤や企業合併の情報にもとづき、その事実が公表される前に株の売買を行なうことによって利益を得るインサイダー取引は、かつては株式仲買人や会社役員の特権と見られていた。今日では、インサイダー取引を行なった人間は裁判を経て刑務所へ送られる。きわめて当然のことだ。

だが、自分なら法の抜け道を見つけることができると考える人間はいつの世にも存在し、インサイダー取引を行なう者は多い。なにしろ、絶対確実なものに賭ければ儲けは保証されるのだ。

ハーブ・コヴァクはミセス・マクダウドに、確かなものに賭けるほうが好きだと言っていた。

彼女がそう教えてくれた。


トムリンスン主任警部は午後五時に電話をかけ直してきた。

「彼が酒を飲んでいたのは確かだ」と言った。「検死解剖報告書を読んだ。まちがいはない。血液検査と眼房水検査の両方が行なわれている。それに、胃内容物にウィスキーの残留物が含まれていた」

「だれかに無理やりウィスキーを飲ませるのはどれくらい簡単なんだ?」私はたずねた。

「おやおや。疑り深いのはどっちだ?」

「あまりに都合がよすぎるからだ」

「だが、どうすれば心臓発作を起こさせることができる？」わずかに皮肉を含んだ口調は、主任警部が私の疑念を真に受けていないことをはっきりと示していた。

「相手を泥酔させて頭をプールの水中に押さえつける。相手はそのまま溺死するか、心臓病の既往症があるためにパニックに陥って心臓発作を起こしたあと溺死する」

「だが、なぜアルコールを？」

「状況をより混乱させるためだろう。彼が酒を飲んでいたと知ったとき、あんたは無意識のうちに彼をとんでもない愚か者だと思い込み、ある程度は自業自得だと思っただろう」

「そのとおりだ。そう思った。だが、あんたの言い分は憶測にすぎない。他殺だという証拠はなにひとつないんだ」

「そうだな」それは認める。「しかも、死体は好都合にもゴルダーズグリーン墓地に埋葬された」

彼は笑い声をあげた。「いつもそんな目に遭うんだ」

「ビリー・サールのほうは？　なにがわかった？」

「完全に意識を取り戻し、話もできるようになった。だが、供述しない」

「なにも？」

「ほとんどなにも。自転車ごと撥ね飛ばした相手を知っているかどうかについて話そうとしない。あれは事故だったと言って。しかも、だれかに借金があることを否定している」

当然だ。相手がブックメイカーで、ビリー自身がなんらかの賭博疑惑に関与しているのであれば、借金を認めることはまずない。それを認めるのは騎手免許を返上するも同然なのだから。

「とにかく、調べてくれて礼を言う。銃撃犯についてなにかわかったか？」

「まだなにも」

「あのビデオ映像になにも反響はなかったのか?」

「大量にあった。いや、多すぎるくらいだ。目下、ロンドン警視庁とうちとですべての情報をふるいにかけ、犯罪記録管理局に照会している」

そうなることをなにより案じていた。あの男がプロの殺し屋であれば犯罪記録などまず存在しないはずなので、照会したところでなにも出てこないだろう。

「で、約束してくれた警護の人間は?」私はたずねた。「ロンドンから遠すぎるから、ここに長くいるわけにいかないが、銃撃犯がまだ野放しなのにロンドンへ帰りたくはない」

「上司にかけ合ってみよう」

「ありがとう。早急に頼む」

電話を切り、腕時計で時刻を確かめた。五時十五分。そろそろ仕事を終わりにしよう。

椅子の背にもたれて、メールの最終チェックをしようと〝受信〟ボタンを押した。グレゴリー・ブラックからのメールが一件あった。

すぐさま身を乗り出し、そのメールを開いた。

〝ニコラスへ　金曜日に怒りを爆発させたことをきみに詫びろとパトリックから言われて、このメールを書いている。申し訳なかった。きみが母上宅への滞在ののち事務所に復帰したときには、二度とあのような態度をとらないと約束する。グレゴリー・ブラック〟

すごい。裁判沙汰にするという脅しが嵐を巻き起こしたようだ。パトリックがかたわらに立って見下ろすなかでグレゴリーが不本意ながらやむなくこのメールを書いている光景が目に浮かんだ。反対側にはきっと、事務所の契約弁護士アンドルー・メラーが立って、雇用法に関してふたりに助言を行なっていたことだろう。

グレゴリーからしぶしぶの謝罪を受けたにせよ、この件は彼の心にわだかまりを残すはずだ。これでは、事務所における私の今後の立場がむずかしくなる。

私が母親宅にいることをグレゴリーが知っているのも気に入らなかった。

ミセス・マクダウドはみんなのすべてを知るだけでは飽き足らず、情報を広めることによって、自分が知っていることを知ってもらいたがっている。私がグロスターシャー州にいることは、いまや、事務所の全員、そしておそらくはロンバード・ストリートの半数の知るところとなっているにちがいない。

七時半ごろ、クローディアと私の婚約を正式に祝いたいのでシャンパンを開けろと母がしきりに勧めた。

「ゆうべ冷蔵庫に入れたの」と言った。「だから飲みごろに冷えてるはずよ」

たしかによく冷えていた。

私がボトルを取ってきて金色の泡立つ液体を三つのグラスに注ぎ、三人で順に乾杯の言葉を述べた。

「クローディアの末永く幸せな結婚を祝して」私が言い、三人ともグラスを空けた。

「いつまでも健康でありますように」クローディアが私を見ながら言った。また三人とも飲み干した。

「たくさんの孫に恵まれますように」母が言い、またしてもそろってシャンパンを飲んだ。

クローディアと私は手をつないでいた。口に出さなくても、たがいの心の内がわかった。そう、三つとも叶えばいい。だが、癌とあっては、どれも危うく、予断を許さない。

「お父さんにはもう話したの？」母がたずねた。

「いや。知っているのは母さんだけだ」いかなミセス・マクダウドでも、このささやかな秘密は知らないのだ、と思った。

「知らせないつもり?」

「そのうち知らせるよ。ただ、最近はあまり話をしないから」

「愚かな男」

結婚の破綻は父のせいだと母が考えているのは承知しているが、実際には、母にも父と同等の責任がある。しかし、その話を蒸し返したくなかった。

「明日にでも電話するよ。今夜は三人で楽しく過ごそう」

「賛成」クローディアが言い、乾杯の印にグラスを上げた。母と私も倣った。

父のことを考えた。

七年前、ようやく母と離婚して大邸宅を売却したあと、父は財産分与の取り分でドーセット州ウェイマスに海を見渡せるつまらない平屋の家を買った。以来、私がその家を訪ねたのは二度だけだが、折々に何度かロンドンで会っている。

もともと親密な父子ではなく、日が経つごとにますます疎遠になった。だが、おたがい、別段それを気にしていなかったのだと思う。私が逮捕され、新聞やテレビで顔をさらされても、父は電話の一本もかけてこなかった。案外、近々結婚することや孫のできる可能性が父子関係を復活させるかもしれないが、あまり期待はしていない。

クローディアがテーブルの用意をし、母が片手鍋でせっせとジャガイモとニンジンの調理をし、ラム肉がオーブンでじっくりと焼けていた。私は三つのグラスにまたシャンパンを注いでふたりに勧め、調理台に寄りかかって、西向きのキッチンの窓から射し込む夕陽の最後の光を楽しんでいた。

「なんてこと」母が言った。

「どうした?」私はたずねた。

「オーヴンの火が消えたの」

「停電か?」

母が照明のスイッチを押したり切ったりしてみた。電気はつかなかった。

「いまいましい電力会社。いますぐ電話するわ」

母はひきだしをかきまわして一枚の名刺を取り出すと、すぐに受話器を手に取った。

「変ね。電話も不通になってる」

「電気が必要なタイプでは?」クローディアがテーブルの脇からたずねた。「うちの子機がそうだから」

「子機じゃないわ」母が答えた。「親機のほうよ」

くそ!

玄関ドアに激しいノックの音がした。

「わたしが出るわ」クローディアが玄関のほうへ向き直った。

停電、電話の不通、玄関ドアにノック。とたんに、うなじの毛が逆立った。

「ドアにさわるな」大声でクローディアを制した。

彼女は振り向いて私を見たが、そのまま危険へと近づいていった。「どうして?」

「クローディア」私はまた大声をあげた。「ドアから離れろ」

彼女のそばへ行こうとしたところで、またしてもノックの音が響いた。クローディアはまだドアへ向かっていた。

彼女が把手をつかみかけた瞬間につかまえた。

「いったいなんのつもり?」彼女が大きな声を出した。「出ないと」

「だめだ」私は小声で告げた。

「どうしてよ?」彼女は説明を求めた。

「声を抑えろ」私は低い声で噛みついた。

「どうして?」彼女は心配になったのか、うんと声を低めた。私の顔から不安を読み取ったのかもしれない。

「頼む。とにかくキッチンへ戻れ」母を見やると、用をなさない受話器を手に持ったまま私たちを見つめていた。

私の声ににじんだ緊迫感がようやく伝わり、クローディアはキッチンへ戻って母のそばへ行った。

不意にふたりがかなり怯えた顔になった。

私は玄関ドアの脇の狭いトイレに入り、レースのカーテンのわずかなすき間から、外に立っている人物をのぞき見た。

グレイとも緑色ともつかないパーカの襟を立て、今回は紺色の野球帽をかぶっているが、先日ミスタ・パテルの新聞販売店の粒子の粗い映像で見た男、エイントリーでハーブ・コヴァクを撃ち殺した男、リッチフィールド・グローヴで私を狙って発砲した男にまちがいない。

なんてことだ。母が口にしたのと同じ言葉を心中で吐いた。

リビングへ戻った。

この家の玄関は、ドアが閉まるとエールラッチに似た錠が自動的にかかる。かなり堅固な錠だが、それで充分だろうか?

急いでキッチンへ行き、音を最小限に抑えるためにゆっくりと鍵をまわして裏口のドアも施錠し、上部のかんぬきもかけた。

母もクローディアも、私の一挙一動を見ていた。

男が玄関ドアを乱暴に揺する音が聞こえると、ふたりは反射的に調理台より低く身をかがめた。

「だれなの？」母が小声でたずねた。

ふたりに説明せざるをえなかった。

「いいかい、ふたりとも。あれはひじょうに危険な男で、私を殺そうとしている」

クローディアの目が、飛び出るかと思うほど大きく見開かれた。だが母は、私が冗談を言っているのだと思って笑いだした。

「真剣な話だ」大笑いの途中で母を制した。「エイントリー競馬場でハーブ・コヴァクを殺した男だよ」

これには、ふたりともますます怯えた顔をした。私も怖かった。

「警察に電話を」クローディアが口にしたあと、はっと思い当たった。「あ、そうか、男が電話線を切ったのね」

それと電気もだ。

広帯域（ブロードバンド）通信も電気が通ってなければつながらず、この近辺は携帯電話の電波が届かない。

私たちは孤立していた。

「二階へ行け」小声ながら断固たる口調で命じた。「ふたりともだ。いますぐに。バスルームへ入って錠をかけ、床に座り込んで、私がいいと言うまで出てくるな」

クローディアは一瞬迷ったものの、次の瞬間にはうなずいて母の手を取った。ふたりは行きかけてすぐに振り返った。「でも、あなたはどうするつもり？」クローディアが満面に不安を浮かべてたずねた。

「あの男の侵入を食い止めてみる。さあ、行け。行くんだ！」

ふたりが壁に囲まれた階段を上がって見えなくなり、頭上から、バスルームのドアを閉めて錠をかける音が聞こえた。

　仮に男が侵入して私を殺した場合、おそらく仕事をかたづけた男はふたりに手出しせずに立ち去るだろう。だが、三人でここにいたのでは、男はきっと私たちを皆殺しにするはずだ。

　あたりを見まわして武器になりそうなものを探した。

　弾を込めたショットガンがあればありがたいが、私が折り紙に無関心であるように、母はカントリースポーツにまったく興味がない。

　裏口のドアを開けようとする音が聞こえ、無意識のうちに裏口から離れた位置で身をかがめた。

　太陽は沈み、キッチンの窓からはオレンジ色の最後の光線も消え失せていた。窓が暗くなりはじめ、深まる闇を照らす電灯がない室内はことさら暗かった。

　武器として使えそうなものを求めて必死でそこらを見まわした。玄関ドアの脇の大きな陶器の壺に、傘と杖が差してある。杖をつかんだが、持ち運びに便利な折りたたみ式だった。そこで傘を選んだ。ずっしりした木製の持ち手のついたゴルフ用の大ぶりの傘だ。たいした武器ではないが、これしかない。このコテージにいまも大きくて重い金属製の火かき棒があればよかったのだが、母は本物の暖炉に代えて、模造石炭を用いたガス暖炉を設置していた。

　だが少なくとも、暗殺者に対してひとつ利点がある。向こうが私を見るよりもはるかに簡単に、私には向こうの姿が見えるのだ。

　外はまだかなり明るいので、家の外周を歩いている男の姿が窓から見えた。途中でキッチンの窓に近づき、カップ状にした両手を目の縁と窓ガラスに当てて室内をのぞこうとした。私は、男に見つかるおそれのない窓の横の暗がりに立っていた。

　男が立ち去るかもしれないと思った。

そうはいかなかった。

暴力沙汰にならずにあっさりと終わるだろうという期待を抱いていたとしても、窓ガラスの割れる音がそれを打ち砕いた。

コテージ自体が古ぼけているので窓も年季が入っている。古い鉛枠の窓の一種で、小さなガラスが鉛製の格子枠にはめ込まれている。

銃撃犯はキッチンの窓のひとつの小さなガラスを一枚割っただけだが、そこから手袋をはめた手を差し入れれば窓の掛け金をはずすことができる。薄れゆく光のなかで掛け金がはずされるのが見え、すぐに窓が外へ向かって開いた。

どこに身を隠せるだろう？

ドアの錠をかけた二階のバスルームが身を隠すのに最適の場所にちがいないが、クローディアと母がいるその場所へ行くつもりはない。そんなことをすれば、きっと三人とも死ぬことになる。

となると、ほかに身を隠せる場所は？

どこにもない。

隠れるのはかえって不都合だと判断した。隠れたのでは銃撃犯を優位に立たせるだけだ。向こうは、必要とあればひと晩じゅうでも時間をかけることができ、いずれ私を見つけ出すにちがいなく、そうなれば私も哀れなハーブと同じく胸に二発と頭に一発の銃弾を食らうことになる。

というわけで、身を隠すつもりはなく、ただここに立って撃ち殺されるのを待つつもりは断じてないとなれば、残された道はただひとつ、攻撃することだ。それも、激しくすばやく。

男が窓枠によじ登って入ってこようとしたので、まずは長く黒いサイレンサーつきの拳銃が見えた。

私は窓のすぐ脇に立ち、重い木製の持ち手を打ちつけることができるように傘の先端を持って振り上げた。

ありったけの力を込めて振り下ろすと、傘の持ち手が拳銃に当たった。ほんとうは手首を狙ったのだが、すんでのところで男がわずかに手を引いたのだ。

銃弾が発射され、空を切る音を立てながら窓の下方にある大理石の調理台に跳ね返って、向かい側の壁にめり込んだ。同時に、発射衝撃により、男の手から拳銃がはじけ飛んだ。床に落ちた音がしたあと、拳銃は石タイル張りの床面をすべり、冷蔵庫の下に入り込んで見えなくなった。これでほぼ互角になったが、できれば拳銃をつかんで持ち主に銃口を向けてやりたかった。

「エビ・セ！」男が怒声をあげた。

その言葉の意味はわからず、あいにく男の窓からの侵入をとどめることもできなかった。

傘を振り上げてふたたび打ちつけようとしたが、それと気づいた男が傘をつかみ、私の手から奪い取って脇へ放ったあと、開け放った窓をくぐって調理台の上にかがんだ。

飛びかかったものの、男が待っていたかのようにあっさりと押し払ったため、私はよろめいてシンクにぶつかった。

さっと向き直ったが、男はすでに床へ飛び下りていた。周囲を見まわし、母のレンジの横に置いた木製の包丁スタンドから大ぶりの肉切りナイフを抜き取った。なぜそれを思いつかなかったのだろう？すばやく右へ動いて男とのあいだにキッチンテーブルをはさんだ。ナイフが届かなければ刺し殺すこともできないだろう。

その後、たえずキッチンテーブルをはさんで、男がどちらかへ動くたびにその対角線へ動くというダンスのようなことを続けた。一度など、男が逆まわりに動きださないか慎重にうかがいながら、テーブルのまわりを三、四周した。男は椅子を引き出して私の速度を落とそうとしたが、私の動きは鋭かった。

騎手時代ほどの体力はないにせよ、走ることはいまも得意だ。リッチフィールド・グローヴではそれが活かされた。今回もそうなるはずだ。

だが、いつまで？

男にはたった一度のチャンスで充分なのだ。

男は戦術を変え、椅子を利用してテーブルに上がると、そのまま私に向かってきた。

私は身をひるがえして階段へ向かい、ドアを開けて一、二段飛ばしで駆け上がった。男が追ってきて差を詰めるのがわかった。

どこへ逃げればいい？

パニックが喉までせり上がってきた。死にたくはない。

男に向き直った。せめて、突き出される肉切りナイフに正面から向き合おう。そうすれば、切っ先から逃れるべくなんらかの抵抗ができるにちがいない。

男は階段の最上段に立ち、ほんの四フィートの距離で私と向き合っていた。男が一歩前に出ると私が一歩後退する。それを繰り返すうち、背中が壁に当たった。もはや逃げ場はない。

男がさらに一歩詰めたので、攻撃にそなえて身がまえたが、実際に肉切りナイフを振るわれればどうしたものかわからなかった。

おそらく死ぬだろう。

男の右手、廊下のすぐ先で、クローディアがバスルームから出てきた。

「出ていけ、ろくでなし」彼女が最大音量でどなった。「彼に手出ししないで」すぐに音を立ててバスルームのドアを閉め、錠をかけた。

男が音に気を取られたすきに飛びかかり、右腕を首にまわして前腕を喉に押し当てると同時に、左手の指で目玉をえぐり出してやろうとした。

ありったけの力で首を締めつけた。

だが、それでもまだ不充分だった。

私よりもかなり背が高く頑強な男は、私の精いっぱいの締めつけなどものともせず、あっさりとこちらへ向き直ろうとした。しかも、両腕を男の頭部にまわしているため、私の腹部は肉切りナイフによる攻撃に対して完全に無防備だった。

脊髄損傷の専門医はなんと言った？

〝まちがっても殴り合いの喧嘩はしないように〟

専門医は階段からの転落について言及しなかった。

まるで自分の命がかかっているかのように――実際、命がけだった――男の首にしがみつくと、男を道連れにして、壁に囲まれた狭い階段へ向かって頭から飛び込んだ。正気の沙汰ではない。とくに、首がかろうじて体につながっているだけの人間にとっては。だが、そうする以外に勝機がなかった。

転落しながら身をよじったので、男の体を下敷きにして着地した。男の頭は、階段が九十度に折れ曲がる箇所の壁に激しい勢いでぶつかった。木製の階段のいちばん下まですべり落ちて止まったとき、私は男の首に巻きついたままの右腕をまだ力いっぱい締めつけていた。私たちは、脚は階段にかかったまま、頭部と胸部をドア口から一階の部屋に突っ込んだ格好で横たわっていた。

上になって男の体をクッション代わりにしてさえ、壁にぶつかった衝撃で肺から空気が抜けたが、少なくとも頭部は首から転がり落ちずにすんだ。

男の首の下から右腕を抜き、さらなる格闘にそなえてすばやく立ち上がったが、その必要はなかった。

男は転落した状態のまま、うつ伏せにぐったり横たわっていた。

私は急いで母の折りたたみ式の杖を取ってくると、握りの部分に引っかけて拳銃を冷蔵庫の下から回収した。

男がたとえ片眉だけでも動かせば撃ち殺してやる。

かなり長いと感じる時間、男の脇に立って銃口を頭部に向け、どんなささいな動きも見逃さないように目を凝らした。

だが男は身動きしなかった。呼吸すらしなかった。

それでも、まだ急に立ち上がって私を殺さないという保証はないので、銃口を向けたままにしていた。

「クローディア」できるかぎり大きな声で呼んだ。「クローディア、手を貸してくれ」

バスルームの錠が解かれ、頭上の床板に足音が聞こえた。

「あいつは出ていった?」クローディアが階段のてっぺんからたずねた。暗いので、すぐ下方に横たわっている男の姿が見えないのだ。

「死んでいるんじゃないかな」私は言った。「だが、万が一ということもある。暗くなってきたから、よく見えないんだ」

「ベッドの脇に懐中電灯を置いてるわ」母が淡々とした口調で言った。

母が廊下を歩いて自室へ行き、戻ってきて懐中電灯で階段を照らした。

「なんてこと!」見下ろしたクローディアが言った。

懐中電灯の光で、男の首がこれ以上ないほど不自然な形に曲がって頭が右肩にほぼぴたりとついているのが見えた。かつての私と同じく、男はどうやら首の骨を折ったようだ。

だが、何年も前にチェルトナム競馬場で首を折った私とちがって、この男には、頸椎固定カラーをつけてくれるたのもしい救急隊員も、迅速かつ丁寧な処置により命を救ってくれる人間もいない。

この男の折れた首は、私の右腕により一方へねじられたまま、最下段に達するまで木製の踏み板にぶつかりつづけた。

それにより男は命を失った。

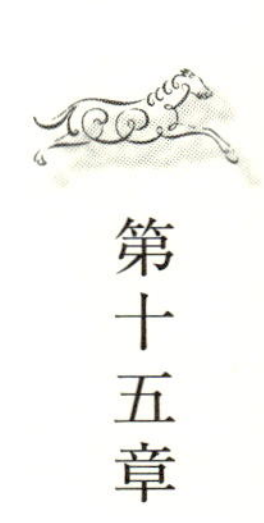

第十五章

「これからいったいどうするの?」階段のてっぺんからクローディアがたずねた。

「警察に通報する」階段の最下段から私が答えた。

「どうやって?」

「車で、携帯電話の電波の届く場所を探す」

だが、ふたりだけで銃撃犯とこの家に残されることをクローディアと母が許すわけがなかった。たとえ死んでいようと、ふたりはまだこの男をおそれている。それは無理もない。

「荷物をまとめろ」クローディアに向かって言った。「母さん、旅行バッグに荷物を詰めるんだ。数日分をね。よそへ行こう」

「でも、どうして?」母がたずねた。

「何者かが私を殺させるためにこの男を送り込んだ。この男が失敗したことを知れば、また別の人間を寄こすかもしれない」

ふたりとも、当然の疑問を——なぜ、何者かが私を殺そうとするのか?——口にしなかった。なにも言わず、すぐさま荷物をまとめに行った。懐中電灯を持っていったので、残された私は闇のなかに立っていた。

男が死んだのはまずまちがいないにもかかわらず、奇跡的に生き返った場合にそなえて、私は拳銃をかまえたまま耳をすましつづけていた。

気がつくと身震いしていた。

何度か深呼吸をしても震えは収まらなかった。おそらく恐怖のせい、いや、安堵したからだ。それとも、人を殺した事実を突如として認識したことに対する反応かもしれない。おそらく、その三つがいくぶん混じり合っているだろう。

震えは数分間も続き、そのせいですっかり消耗してしまった。腰を下ろしたかった。わずかに吐き気も覚えた。

「荷造りできたわ」クローディアが二階から言い、懐中電灯がまた階段を照らした。

「よし。渡せ」

慎重に数段上がって男の両脚の脇に立ち、クローディアが差し出した私たちの荷物と母のスーツケースを受け取った。

次に、男の死体ではなく木製の踏み板に足を下ろすように気をつけてやりながら、ふたりを順に一階へ下ろした。

「なんてこと。なんてこと」クローディアは壁に体を押しつけるようにしておそるおそる階段を下りながらそう繰り返し、うっかり男の体に触れないように両手を上げていた。

母は意外にもはるかに冷静で、階段になにもないかのように軽やかな足どりで下りた。実際のところ、せっかくの夕食を台なしにされたことで死体を激しく蹴りつけたかったのではないだろうか。

私たち三人は、外へ出て車に荷物を積み込み、真っ暗な家に死んだ男だけを残して、わだちだらけの小径を走り去った。

チェルトナムの町に入ると、警察に通報した。ただし、緊急通報番号にではない。トムリンスン主任警部の携帯電話にかけたのだ。

「ハーブ・コヴァクを殺害した男が、私の母親の家の階段の下で死体になって横たわっている」と告げた。

ごくわずかな間があった。

「世話の焼ける犯人だな」主任警部は言った。「たんにそこに横たわって死んだのか？」

「ちがう。階段を転落して首の骨を折った」

「突き落とされたのか？」主任警部はまたしても疑り深いところを見せていた。

「不可抗力だ。いっしょに階段を転がり落ちた。男は悪い結末を迎えた。だが、転落する直前、肉切りナイフで私を刺し殺そうとしていた」

「拳銃はどうした？」主任警部がたずねた。

「冷蔵庫の下に入り込んでいた」

「なるほど。地元の警察にはもう通報したのか？」

「まだだ。あんたから知らせてもらおうと思った。それと、男は外国人だということも伝えてくれ」

「なぜわかる？」

「理解できない言葉を口にした」

「で、あんたはいまどこにいる？」

「チェルトナムだ。銃撃犯が電気と電話線を切った。携帯電話を使うために家を出ざるをえなかった。あのコテージは電波が届かないんだ」

「コテージにはだれか残っているのか？」

「死んだ男だけだ。クローディアと母は、私といっしょに車に乗っている」

「では、このあとコテージに戻るか?」

「戻らない」私はきっぱり答えた。「あの男を送り込んだ何者かが別の人間を寄こすかもしれない」

「では、どこへ行くつもりだ?」彼は私の判断に疑問を呈さなかった。

「まだわからない。行く先が決まったら知らせるよ」

「あんたが母親の家に滞在していることを知ってた人間は?」彼はいかなるときも刑事だ。

「事務所の全員」それと、ミセス・マクダウドが話した人間だ。

「わかった。グロスターシャー警察には私から連絡するが、連中はきっと、あんたとクローディア、あんたの母親から事情を聴きたがるはずだ。コテージに戻ってもらいたがるかもしれない」

「二時間後にコテージに電話をすると伝えてくれ」

「だが、電話線は切られたと言っただろう」

「修理させろ。電気も通してくれ。母がレンジをつけ放しにしたままだと思うと伝えろ。電気が復旧した瞬間にコテージが焼け落ちるなんてごめんだ。ああ、それから、裏口は施錠してないから、なかへ入るために玄関ドアを破る必要はないということも伝えてくれ」

「わかった。伝えよう」彼は間を置いてたずねた。「拳銃はまだ冷蔵庫の下か?」

「いや。回収した」

「では、いまどこにある?」

持ってきたかった。そうすれば、警察に拒まれた武装警護をみずから実践できた。

「玄関先にある」と答えた。「植え込みのなかに」

「わかった」いささか安堵した声だった。「それもグロスターシャー警察に伝えておく。拳銃の捜索とあんたを捜す手間を省いてやれる」

「そうだな」

拳銃を置いてきたのは正解だった。おかげで、道徳的基準を高く保っていると主張できる。

通話を切り、携帯電話の電源を切った。警察にはこちらの条件どおりに電話をかけるつもりだし、だれにも携帯電話の信号から動きをたどられたくなかった。

「ほんとうに、まだ危険だと考えてるの?」助手席のクローディアがたずねた。

「わからない。だが、危ない橋を渡るつもりはない」

「あの家にいたことを知っていたのはだれ?」

「事務所の全員が知っていたと思う。ミセス・マクダウドが知っていたのは確かだし、彼女がほかのみんなに話したにちがいない」

トムリンスン主任警部も知っていた。

私が直接伝えたからだ。


ようやく大きな疑問を口にしたのは母だった。

「さっきの男はどうしてあなたを殺そうとしていたの?」後部座席から冷静にたずねた。

車はサイレンセスターとスウィンドンを結ぶ道路を走っていた。

チェルトナムでは、わずかに残っている公衆電話ボックスの前でもう一度だけ車を停めた。携帯電話を使えば、だれにかけたかを何者かにつきとめられるのではないかと不安だったのだ。だれにも見つからない場所へ向かうつもりだった。

「確信はないが、エイントリー競馬場であの男が人を殺すのを目撃したからじゃないかな。それに、狙われたのは今回が初めてじゃない」

母もクローディアもなにも言わなかった。私が説明するのを待っていた。

「火曜日の午後、リッチフィールド・グローヴの家の前で、私が帰ってくるのを待ちかまえていたんだ。幸い、私は男より足が速かった」

「それでウッドマンコートへ来たのね?」クローディアがたずねた。「家へ帰らずに」

「そのとおり。だが、まさかウッドマンコートも危険だとは思わなかった。いまさら悔やんでも手遅れだな。二度と同じあやまちは犯さない」

「だけど、警察は?」母が言った。「警察へ行かないと。わたしたちの身の安全を考えてくれるはずよ」

そうは言っても、警察をどの程度まで信用しているだろう? それもわからない。私が求めたときに警察はいかなる警護もつけてくれず、その手ぬかりのせいで私たちは危うく命を失うところだった。そう、自分の直感を信じよう。警察は、殺人事件を未然に防ぐことよりも、起きた殺人事件を解決することのほうに関心があるのだから。

「警察には知らせた」車で夜道を走りつづけた。「だが、ふたりの安全を考えるのは私だ」

それに、私を殺させようとした人物の正体と、そのほんとうの理由もつきとめてやる。


「ねえ、愛しのきみ」ジャン・セッターが言った。「泊まりに来てと誘ったのは、恋人と母親を同伴でという意味じゃなかったんだけど!」

私たちは声をあげて笑った。

私たちはランボーンにあるジャンの家のキッチンテーブルでコーヒーを飲んでいた。当の恋人と母親は、たくさんある客用寝室からひと部屋ずつあてがってもらい、安心してベッドに入っていた。

「ほかに行くあてがなかったんだ」とジャンに言った。

一瞬ウェイマスの父の家へ行くことも考えたが、あそこにはダブルベッドを置いた寝室がふたつしかない。言うまでもなく、離婚して七年も経つ両親がひとつベッドで眠るなどまず考えられないし、私だって父といっしょのベッドで寝るのはごめんだ。

「で、いったいどういうこと？」とうとうジャンがたずねた。

チェルトナムで電話をかけたときには、緊急事態なのでひと晩かふた晩泊めてもらえないか、とだけ頼んだのだ。

「どの程度の緊急事態？」彼女は冷静な口調でたずねたのだった。

「生死にかかわる状況だ」私は答えた。「極秘で頼む」

彼女はそれ以上なにも訊かずに「来なさい」とだけ言い、いざ来てみると、ひどいショックを受けた母と婚約者が無事にベッドに収まるまではいっさい質問をしなかった。私がそうだったように、ふたりの場合も、ことが終わったあとでショックと不安が表出したようだ。

以前は騎手として、最近では担当のファイナンシャル・アドバイザーとして、つきあいはもう何年にもなるが、ジャンがなにかに動揺したりショックを受けたりしたところは一度も見たことがない。彼女は、このような危機に際して私が必要とする不変不動の存在だった。

だが、どこまで打ち明ける？

私の話を信じてくれるだろうか？

「やけにドラマじみて聞こえると思うが」と切りだした。「何者かが私を殺そうとしている」

「その女の名前は？」ジャンが笑いを含んだ声でたずねた。

「真剣な話だ、ジャン。今夜、ある男が私を殺すために母のコテージへ来た。拳銃を持っていた。ほんとうに、私たちが命拾いできたのはひとえに運がよかったおかげだ。その男に命を狙われたのは今夜が二度目なんだ」

「三度目の正直にならないことを願いましょう」

「三度目はない」

「どうしてそう言い切れるの？」

「男が死んだからだ。最後に見たとき、首の骨を折って母の家のリビングルームの床に横たわっていた」

彼女は目を丸くして私を見た。「まじめな話なのね？」

私はうなずいた。「大まじめだ」

「警察には通報した？」

「した。だが、もう一度、電話をしなければならない」腕時計に目をやった。トムリンスン主任警部と話してから二時間は経っている。まあ、もう少し待たせてやれ。

「じゃあ、どうしてうちへ来たの？」ジャンがたずねた。「なぜまっすぐ警察へ行かなかったの？」

「身を隠す場所が必要だからだ。だれにも見つからない場所が」

たとえ警察にも。

「でも、相手の男が死んだのに、どうしてまだ身を隠す必要があるの？」

「男が殺し屋で、やつを雇った人間がさっさと別の殺し屋を雇うと思うからだ」

ジャンの表情を見れば、信じたい気持ちが限界に達したのがわかった。

「ほんとうの話だ。作り話などではないし、これはすべて、ヨーロッパ連合から一億ユーロを盗み取る計画に関係していると思う。とにかく大金だ。それに、昨今、殺しの依頼金の相場はどれくらいだろう？　二万？　いや、十万？　それとも五十万か？　それでも、盗み取る金のわずか〇・五パーセントだ。その倍の金額でもまだ安い」

「だけど、一億ユーロを盗み取る計画に、あなたはどう関係してるわけ？」

「無関係だ。だが、関係者にまずい質問をしてしまったのかもしれない。だから向こうは、それ以上の質問をして自分たちの計画を目の前で崩壊させる前に私を永遠に排除する必要があると考えたのではないかな」

「で、どうするつもり？」

「すばやく質問する」私はにっと笑った。「そして、すぐさま頭を低くして隠れる」

母のコテージに電話をかけると、一度の呼び出し音で相手が出た。ジャンの書斎で、ジャンの携帯電話を使い、念のために発信者番号を非通知にしてかけていた。それで番号を伏せるのに充分だと思いたかった。

「もしもし」

「ニコラス・フォクストンか？」男の声が答えた。

「そうだ。そちらは？」

「フライト主任警部。グロスターシャー警察の所属だ」

またしても主任警部か。複数の主任警部を表わす集合名詞はなんだろう？　彼らが警察においてひとつの集合体をなしているからこそ、主任警部にばかり出くわすのではないだろうか。

「いまどこにいる、ミスタ・フォクストン？」今回の主任警部がたずねた。

「安全な場所だ」

「だから、それはどこだ?」彼は重ねてたずねた。

その質問を無視した。「私を殺そうとした男の身元は?」と問い返した。

「ミスタ・フォクストン、警察署で事情聴取をしたい。今夜だ」

この男はしつこい。その点はまちがいない。

「マージーサイド警察のトムリンスン主任警部と話したか? あるいは、ロンドン警視庁の武装即応チームのイエリング警視と?」

「いや」彼は答えた。「じかに話してはいない」

「では、じかに話してくれ」

「ミスタ・フォクストン、あんたは警察に対する捜査妨害容疑に問われる危険を冒している。さあ、居場所を教えてくれ」

「断わる。火曜日のテレビニュースを観たか? 母のコテージで死んだのはあのビデオに映っていた男だ。外国人だと思う。理解できない言葉を口にした。〝エビ・セ〟とかなんとか」

「ミスタ・フォクストン」フライト主任警部はむきになりはじめていた。「居場所を告げることを強く求める」

「こっちはトムリンスン主任警部あるいはイエリング警視と話をすることを強く求める」

通話を切った。

あまりうまく運ばなかった。まずい展開だ。だが、今夜は——できればほかの夜も——事情聴取を受けるためにどこの警察署へも行くつもりは断じてない。警察署で撃ち殺されることだってあるのだ。*リー・ハーヴェイ・オズワルドがいい例だ。


*ケネディ大統領暗殺犯とされる男。逮捕後、警察本部内でジャック・ルビーにより射殺された。

翌朝七時十五分前、ジャンが馬運動を見るために出ていく音が聞こえた。いっしょにダウンズまで行かないかと誘われたが断わっていた。馬運動を見たくないからではなく、だれかに見とがめられて居場所を知られたくなかったからだ。

ランボーンをひんぱんに訪れていたころから八年も経っているにせよ、それ以上前からこの村に住んでいる人間はジャンのスタッフのなかにさえたくさんおり、その大半がひと目で私と気づくにちがいない。

そこから私の居場所が敵の耳に入る可能性はきわめて低いとは思うが、不必要な危険を冒したくはなかった。

できるかぎり物音を立てないように起き出したが、クローディアはすでに目を覚ましていた。

「行かないで」と彼女は言った。

私はまたふとんに潜り込んで彼女に身を寄せた。

「いつになったらすべて終わるの?」

「もうすぐだ」だが、それがいつのことか、まったく見当もつかない。

「ゆうべはとても怖かった」彼女は目に涙を浮かべていた。「あの男があなたを殺すと、本気で思ったわ」

私もだ。

「だが、殺さなかった。だから、万事問題ない」力強い口調を心がけたが、内心は自分でも確信がなかった。

「それなら、どうしてここへ来たの?」彼女がたずねた。「どうして家へ帰っちゃいけないの?」

「家へ帰る前にいくつかかたづけなければならないことがあるんだ」私はベッドの端で身を起こした。

「だから、不必要に危険を冒したくない」

「警察へ行くべきだと思うの」

「警察なら、ゆうべきみが寝たあとで話をした。捜査を進めるあいだ、私たちは二、三日ここにいるほうがいいと納得してくれたよ」

少なくとも、前半は事実だ。

「それで、あなたがかたづけなければならないことって？」

「まずはオクスフォードへ行く。これからすぐにだ」私は立ち上がって着替えはじめた。

「いっしょに行くわ」クローディアがふとんを一方へはねのけて身を起こした。

「だめだ」私はきっぱりと言った。「きみはジャンと母さんといっしょにここにいろ。手術後の完全な回復が必要だろう。それに、すぐに戻るよ。ここにいれば安全だ」

ふたたび横になってふとんを引き上げたところを見ると、クローディアも内心ほっとしたのだろう。

「どうしてオクスフォードへ行くの？」

「大学である若者に会う。いくつか訊きたいことがあるんだ。ある工場のことで。正確には、ある工場が存在しないことについて」


オクスフォードの郊外で車を停め、携帯電話の電源を入れてトムリンスン主任警部にかけた。

「グロスターシャー警察のフライト主任警部はあんたに不満のようだ」彼が言った。「ひじょうに不満らしい」

「残念だ」

「彼は殺人容疑であんたの逮捕状を請求している」

「そんなことはばかげている」

「そうかもしれないな」彼は同意を示した。「だが、彼はほんとうに腹を立てている。行って直接会ったほうがいいんじゃないか」

「私を逮捕しないというのでないかぎり、お断わりだ」警察署の留置房でまた一日過ごすのはごめんだ。

「だいいち、その前にいくつかやることがある」

「また調べまわるつもりじゃないだろうな？」本職の刑事がたずねた。「捜査は警察に任せろと言っただろう」

「だが、警察がなにを捜査するつもりだ？」私は切り返した。「ジョリオン・ロバーツ大佐が他殺だと考えているのは警察ではなく私だ。ただし、それを裏づける証拠はなにひとつない。むしろ、その逆だ。証拠はどれも、彼がいささか愚かなまねをした結果の自然死だったことを示している。犯罪性がないと判断したのだから、警察による捜査は行なわれない」

「では、なんの用で私に電話をかけてきた？」

「フライトを説得してもらいたい。私の邪魔をさせるな。逮捕するつもりなら会わないと伝えてくれ」

「やってみよう。だが、やはり、せめて話だけでも直接するべきだと思うが」

「彼の電話番号を教えろ。こっちから連絡する」

「で、私があんたに連絡する方法は？」彼がたずねた。

「この番号にメッセージを残してくれ。それを聞くよ。フライトも同様だ」

「ほかになにかあるか？」

「ある。母のコテージで死んだ男がブルガリア人かどうかつきとめてもらえるか？」

バルスコット電球工場建設計画に関する捜査に着手するよう詐欺捜査班に働きかけてもらうことも考

えたが、かつてある顧客に頼まれたときの経験から、国外投資の絡んだ詐欺の捜査では、逮捕に至る見込みもない段階で何カ月もかけて書類を調べることから始めるということを知っている。加えて、ヨーロッパ連合の助成金制度が複雑なため、捜査には何年もかかるにちがいない。

それまでに私は殺され、埋葬されているだろう。

トムリンスン主任警部との通話を切ったが、ほぼ即座に手のなかで電話が鳴った。

「留守番メッセージ・サービスです」通話ボタンを押すと、人間味のない女の声が告げた。「新しいメッセージは二件です」

一件はフライト主任警部からで、もうひとりの主任警部が言ったとおり、不満げな口調だった。無視することにした。

もう一件はパトリック・ライアルからで、やはり私を快く思っていない口調だった。今日は出勤しないというメッセージを彼の携帯電話に残しておいたのでなおさらだ。

「ニコラス」パトリックの声が言った。「今日も出勤しないことにしたとは残念だ。わが事務所に対する義務に関して話し合う必要があると思う。今日、書面にし、きみの今後の行ないについて正式に警告するつもりだ。電話で、書類の送付先を知らせてもらいたい」

契約弁護士がまたしても雇用法に関して助言を行なったようだ――文書訓告やなんかについて。

こっちの件も無視することにした。

実際、いまの事務所で私の将来があるのだろうか？　正直、もうどうでもよかった。

キーブル・カレッジは街の北端、オクスフォード大学自然史博物館の近くにあった。車をミュージアム・ロードに停め、大学まで歩いて戻った。

「申し訳ありません」ブルーのしゃれた制服を着た男がアーチ型の入口で制止した。「一般のかたの構内への立入は禁止です。トリニティが始まったので」

「トリニティ？」

「トリニティ学期です。学生たちが戻ってきています」

学生の不在など頭をよぎりもしなかった。

「それだよ」私は男に言った。「ある学生に会いに来たんだ」

「どの学生でしょうか？」男は丁重ながら決然たる口調だった。正当な理由なく構内に入ろうとする訪問者を撃退することに慣れているのだろう。

「ベンジャミン・ロバーツだ」

「ミスタ・ロバーツとお約束ですか？」

「いや。約束はしていない」

男が腕時計に目をやり、私も自分の腕時計を見た。十時をまわったところだ。

「ミスタ・ロバーツにはいささか早すぎるかもしれません。昨夜はけっこう遅くまで盛り上がっていたそうですから。しかし、一応、電話してみましょう。で、お名前は？」

「スミス。ジョン・スミスだ」

門衛はいささかうさんくさげに私の顔を見た。

「いつもその手の反応をされるんだ。両親が想像力を欠いているものでね」

彼は決断を下すかのようにうなずき、門衛室へ入った。

私はアーチ型の出入口の下で辛抱強く待った。

ほどなく門衛が出てきた。「ミスタ・ロバーツが午後一時過ぎに出直してもらいたいと言っています」

「もう一度ミスタ・ロバーツに電話をかけて、私はバルスコット電球工場の人間で、至急会いたがっていると伝えてもらいたい」

ベンジャミン・ロバーツはきっかり三分後に姿を現わした。まだブラシもかけていない長い黒髪、目の下のくま、素足に黒い革靴。長身で、おそらく六フィート四インチか五インチ近いため、五フィート八インチの私は見下ろされるようだった。

「ミスタ・スミス?」とたずねた。私はうなずいた。「バルスコット工場の人間だとジャーヴィスが言うんだが」

私たちはまだアーチ型の出入口の下に立っていた。出入りする学生たちがひっきりなしに通りがかり、門衛のジャーヴィスがすぐそこに控えている。

「どこか静かな場所で話ができるだろうか?」私は訊いてみた。

彼は門衛に向き直った。「ありがとう、ジャーヴィス。ミスタ・スミスを会食室(ダイニングホール)へ連れていくよ」

「入構許可のサインをいただきます」ジャーヴィスが差し出口をきいた。

ベンジャミン・ロバーツが門衛室に入り、すぐに出てきた。

「いまいましい規則だらけ」彼が言った。「まるで子ども扱いだ」

私たちは建物の脇の砂利敷きの道を進んだあと、横幅のある短い石段を上がってダイニングホールへ入った。驚くほど天井の高い部屋には、細長いテーブルが三列に並べられ、それと同じ長さのベンチが置かれていた。

食堂スタッフが奥で昼食の準備に精を出しているが、ベンジャミンと私は入口の扉の近くでテーブルをはさんで腰を下ろした。

「さて」彼が切りだした。「いったいどういうことだ?」

「ベンジャミン――」と言いかけた。

「ベンでけっこう」彼がさえぎった。

「わかった、ベン」と言い直した。「私はきみの叔父ジョリオンの友人だった」

彼はテーブルに置いた両手を見下ろした。「ほんとうに残念だ。ジョリオン叔父は愉快な人だった。さびしくなるよ」彼は目を上げ、改めて私を見た。「だけど、あなたが例の工場とどんな関係が？」

「きみが少し前にブルガリアへ行ってきたと、ジョリオン叔父さんから聞いたよ」

「ああ、行った」彼はおもむろに答えた。「イースター休暇に大学のスキー・クラブでブルガリアのボロヴェッツへ行ったんだ。割安旅行で、雪質もよかった。ぜひどうぞ」

この首では無理だ。

「だが、叔父さんの話では、工場も見に行ったそうだね」

「工場なんてない。そうだろう？」

「それを聞かせてくれ。見に行ったのはきみなんだから」

それには答えず、彼は向かいの席から私を見すえていた。

「あなたはだれ？」とたずねた。「スミスというのは本名？」

「いや」私は正直に答えた。「本名ではない」

「じゃあ、何者だ？」彼はいくぶん敵意をにじませ、席を立った。「それに、なにが狙いだ？」

「なにも狙っていない」弁解するような口調で答え、彼を見上げた。「ただ、そっとしておいてほしいだけだ」

「それなら、なぜここへ来た？　そっとしておいてほしいなら、黙って姿を消せばいいだろう？」

「そうしたいところだが、何者かが私を殺そうとしているのでね」今回は彼の顔を見上げなかった。首が痛むのだ。「なあ、座ってくれないか」

彼はゆっくりと長軀をベンチに沈めた。「だれがあんたを殺そうとしているって？」信じていないことをにおわせる口調だった。「それに、理由は？」

「相手が何者かはわからない。いまはまだ。だが、理由のほうはわかっている気がする。叔父さんが私に接触したのは、ブルガリアの工場建設計画に対する家族信託の投資が詐欺だったという不安を抱いたからだ。建設中の工場の写真を見せられたそうだが、その後きみが当の工場は実在しないと話した。そこで叔父さんは私に調査を依頼した。叔父さんの言葉を借りれば、その投資話が〝腐った卵〟ではないことを確かめるために」

その言葉の使いかたに、彼は頰をゆるめた。どうやら耳慣れた言葉らしい。

「そして」私は続けた。「そのとおりだと思う。つまり、投資話は〝腐った卵〟だ。きみたち一族の金がすべての鍵だった。というのも、工場建設への民間投資が住宅建設に対する公的助成金を引き出したからだ。何者かは、実際には存在せず、この先も実現することのない電球工場と何百軒もの住宅の建設費用に対する助成金を獲得してヨーロッパ連合から一億ユーロをだまし取ろうとしていた。向こうは、私がそのことを証明する前、その人物の正体をつきとめる前に、私を殺そうとしている」

そこで言葉を切ると、ベン・ロバーツは黙って私を見つめていた。

「さらに」私は先を続けた。「叔父さんも同じ理由で殺害されたと私は考えている」

第十六章

「ジョリオン叔父の死は他殺じゃなく、心臓発作によるものだ」ベン・ロバーツがきっぱりと言った。「とにかく、心臓発作を起こして溺死した」

ベンはまたしても目の前のテーブルに視線を落とした。ジョリオン・ロバーツが亡くなったのはほんの四日前だ。まだ記憶になまなましい――とてもつらいのだ。

「溺死したとき泥酔状態だったことは知っているか?」私はたずねた。

「泥酔なんてありえない」ベンが目を上げて私を見た。

「検死解剖でそう判明した」

「でも、ありえない」

「なぜ?　叔父さんが酒を飲まない人だったから?」

「決して飲まなかった」ベンが言った。「たまにシャンパンに口をつけることはあった。ほら、結婚式の乾杯とかそういう場面で。でも、それ以外はどんなアルコールにも絶対に手を出さなかった」

「ウィスキーを飲むことは?　たとえば寝酒として?」

「ぼくの知るかぎりでは、ないよ。それに、まずそんなことはなかったと思う。ぼくの二十一歳の誕生日パーティのときにビールを飲ませようとしたけど、だめだった。酒は嫌いなので飲まなくてもまったく苦痛ではない、と言っていた」

「心臓が悪いから禁酒していたんだろうか？」

「心臓が悪いって？　いったいどうしてＪ叔父の心臓が悪いなんて思うんだ？　叔父の心臓は雄牛並みに強かった。いや、少なくとも月曜日までは、ぼくたちみんな、そう思っていた」

おそらくベンは叔父の心臓病の既往歴を知らなかったのだろう。なにしろ、通常、みずから宣伝するようなことがらではない。

「ブルガリア旅行について聞かせてくれ」私は話題を変えた。「工場を見に行ったときのことを」

「あそこになにもなかったのはまちがいない。まったくなにも。地元の人たちもなにも知らなかった。住宅どころか工場の建設計画すら耳にしたことがないって」

「行った先にまちがいはないんだな？」

彼は、あざけりとしか表現しようのない色を浮かべた目を私に投げた。

「もちろん、まちがいない」と言った。「見つけることができるように、くわしい情報を携えていったんだ。うちの家族は、恵まれない人びとを助けるために信託財産を活用することを誇りに思っている。そもそも、スキー・クラブでブルガリアへ、とくにボロヴェッツへ行きたかったのも、それが理由だ。工場建設地に近く、その気になれば一日かけて見学できるから」

「きみが工場へ行くつもりだったことを、だれか知っていたのか？」

「いや。行くかどうか、はっきり決めてなかったし。雪質や天候しだいだったから。正直、工場見学なんかよりもスキーをしたかったんだけど、ある日、雲がスキー場に低く垂れ込めてたから行ったんだ。でも工場なんかなかった」

「建設予定地はどこなんだ？」

「ソフィアの南、ゴルニという村の近くだ。でも、ぼくが見に行くと、そこは、たんにソ連時代の大規模工業化の名残である有毒廃棄物投棄場にすぎなかった」

「で、きみはどうした？　開発計画には一族の金を大量に投資していただろう」

「そう。そして全額失った」損失をあきらめた口調だった。

「取り戻すつもりはないのか？」

「取り戻せるとは思わない。父は家名に傷がつくことを懸念している。とんでもない愚か者だったと――それも、簡単に金を出す愚か者だと――恥をかくことになると言うんだ。すごく腹を立てている。おもに、ジョリオン叔父とどこだかのファイナンシャル・アドバイザーとやらに言いくるめられたことに対して」

「グレゴリー・ブラックか？」

「そいつだ」

「つまり、父上はこの件を忘れろと言っているのか？　五百万ポンドもの大金を、あっさりあきらめろと？」

「金ですむなら安いものだ」皮肉めかした口調だった。「金なら取り戻すのは簡単だ。家名となるとそうはいかない。家名に受けた傷を修復するには何世代もかかるし、ときには永遠に回復できないこともある」

　父親の言葉をそのまま繰り返しているように聞こえた。

「だが、ジョリオン叔父さんを取り戻すことも不可能だ」私は言った。

「だからこそ、この件は忘れたほうがいいに決まっている。工場建設の件に関するストレスがＪ叔父の心臓発作を招いたのだとすれば、ことを荒立てるのは断じてよくない。騒ぎ立てたりすれば、自分たちの愚かさが世間の知るところとなり、たんに金ではすまないほどの深手を負うことになる」

「しかし、叔父さんは殺害されたのだと思う。きみは法の裁きを望まないのか？」

「それで叔父が生き返るのか？」彼が憤然と言った。「そう、生き返るはずがない。どのみち、あんたの推測はまちがっていると思う。正直、あんたがここへ来たのは、うちの一族に対するいやがらせにちがいない」彼はさっと立ち上がって拳を固めた。「ほんとうの狙いはなんだ？　金か？　金が欲しいのか？　金を出さなければこのネタを新聞社に持ち込むつもりか？」

手荒な事態になりかねない、それも瞬時のうちに。

私はベンチに座ったまま身じろぎせず、彼を見上げることさえしなかった。

「金が欲しいのではない」冷静な口調で告げた。

では、なにが欲しいのだろう？

グレゴリー・ブラックの協力の有無はともかく、ブリュッセルのある頭のいいEU官僚とブルガリアのある土地開発業者が結託してEUから一億ユーロを盗み取ろうとしているのだとしたら、気がとがめるのか？　あるいは、ロバーツ家族信託が五百万ポンドをだまし取られたことが気がかりなのか？

そうではない。どちらも、どうでもいい。

ジョリオン・ロバーツが自然死だったのか他殺だったのかが気になるのか？

そうではない。それもどうでもいい気がする。感じのいい男だったので、亡くなったのは残念だが、自然死か他殺かによって私にとって現実になにかが変わるわけではない。

だが、何者かがハーブ・コヴァクを殺害したことは気にかかるし、私まで殺そうとしたことはそれ以上に気がかりだ。

「では、ほんとうの望みはなんだ？」ベン・ロバーツが私の目線のはるか上方で喧嘩腰にたずねた。

「正義を求めている」それがどういう意味かはともかくとして。

それに、妻となる人と末永く幸せに生きたい。

彼の顔を見上げた。「きみの望みはなんだ?」と問い返した。返事がないので顔を見つめつづけた。

「きみが世界を変えたがっていると、叔父さんから聞いた」

彼は声をあげて笑った。「J叔父はいつもその話をしたよ」

「ほんとうの話なんだろう?」

彼はしばし考え込んだ。

「政治家になりたいのはほんとうだ。政治家ならだれでも、政権の座に就くことを望む。己の信じる変化を実現できる地位に就きたい、と。そうでなければ、政治家になる意味などない」彼は間を置いて続けた。「だから、そう、世界を変えたいと思ってるってことだろうな。よりよい方向へね」

「きみの考える、よりよい方向へだろう」

「たしかに」

「では、亡き叔父さんのために正義を果たすよりも家名を重んじることが、よりよい方向なのか?」

彼はまた腰を下ろして私の顔をまじまじと見た。

「あんたのほんとうの名前は?」とたずねた。

「フォクストンだ。ニコラス・フォクストン。グレゴリー・ブラックの勤務先である〈ライアル・アンド・ブラック〉に所属しているファイナンシャル・アドバイザーだ」

「では、ファイナンシャル・アドバイザーのミスタ・ニコラス・フォクストン。ほんとうの目的はなんだ?」彼はたずねた。「なぜここへ来た?」

「ブルガリアの開発計画に対するきみの一族の投資についてもっとくわしく知りたい。単純に、私の懸念を捜査当局へ持ち込むには情報が不足している。これでは、おそらく一笑に付されるだけだ。手もとにあるのは、何通かの取引報告書の原本、ＥＵの人間とブルガリアの人間とのあいだでやりとりされたメール、袋いっぱい分の疑惑だけだ。それなのに、叔父さんが亡くなり、質問することができない」

「なぜグレゴリー・ブラックを問いたださない？」

「彼を信頼しているという確信がないからだ」いや、信用していないという確信がある。

「わかった。父に話してみる」ベンが言った。「ただし、あらかじめ断わっておくと、父は気に入らないだろうし、あんたと話をしようとしないだろう」

「一応、訊いてみてほしい」

「あんたにはどうやって連絡すればいい？」

「携帯電話にメッセージを残してくれ」私が電話番号を告げ、彼が自分の携帯電話に登録した。

「父上にはすぐにも話してもらいたい」

「週末休暇で今夜、実家へ帰る予定だ」ベンが言った。「日曜日の午後、タイミングを見計らって話してみる。いつも日曜日の昼食後がいちばんのんびりしているから」

日曜日で間に合うことを願った。

午後四時半にランボーンのジャンの家へ帰ると、彼女はクローディアと母とキッチンテーブルを囲んでワインを飲んでいた。

「少しばかり早いんじゃないか？」腕時計に目をやり、差し出されたシャルドネのグラスを断わった。

「早い？」クローディアがくすりと笑った。「わたしたち、昼食時に飲みはじめたのよ」

あとのふたりも、いっしょにけらけら笑った。

「手術を受けたばかりでワインなんか飲んで、ほんとうに大丈夫なのか？」私は意見した。「鎮痛薬も飲んでいるのに」

「野暮を言わないで」ジャンがまたしても笑いを含んだ声で言った。

最悪の状況だ。こっちは命を守ろうと躍起になっているのに、母と婚約者はワインで酔っぱらってい
る。

「ワインを飲む以外、今日はなにをしたんだ？」とたずねた。

「なにも」ジャンが答えた。「ずっとおしゃべりしてたの。それだけ」

「レースへ行くものと思っていた」彼女に向かって言った。

「今日はなにも走らせなかったから。でも、そろそろ夕方の厩舎まわりに顔を出さないと」彼女は立ち
上がって少しよろめき、また笑い声をあげた。「いやだ、ちょっと飲みすぎたみたい」

そうとう飲みすぎだ。だが、かまうものか。金曜日の午後なんだし、散々な一週間だった。

三人がそれぞれのグラスにまたワインを注ぐのにかまわず、私はノートパソコンを取りに二階へ上
がった。ジャンの広帯域（ブロードバンド）サービスを利用してインターネットに接続し、メールチェックをした。例に
よってファンド・マネジャーたちから大量のメールが届いていたが、それに埋もれるようにパトリッ
ク・ライアルからのメールが一通あった。送信時刻は三時五十分。どうやら、警告書の送付先を知らせ
るための私の折り返し電話を待ちくたびれたらしい。文面から彼の怒りが伝わってくるようだった。

〝ニコラスへ　居場所を知らせろという私の電話に返事をしないことにしたようなので、やむをえず警
告書をこのメールに添付する。この状況は大いに不満だ。すぐにも頭を冷やし、当事務所に対してしか
るべき尊重を払うこと。パトリック〟

添付書類を開いてみた。〈ライアル・アンド・ブラック〉の代理人を務める弁護士アンドルー・ミ
ラーによる警告書だった。なんの挨拶文もなく、いきなり本題に入っていた。

ミスタ・フォクストン

二〇〇八年雇用法に従い、貴殿の雇用主であるライアル・アンド・ブラック社は、貴殿の最近のふるまいが被雇用者という立場に望まれる基準を満たしていないことをここに通告する。前述の理由により、ライアル・アンド・ブラック社は貴殿の今後の行動について正式な警告を発するものである。さらに、同雇用法において規定された要件に従い、当文書を送付した直後の月曜日午前九時よりロンドン市ロンバード・ストリートの同事務所内にてパトリック・ライアルおよびグレゴリー・ブラック同席のもとでの懲戒会議に貴殿が出席することを強く求める。

敬具
法学士アンドルー・ミラー

どうやら今度ばかりはほんとうに解雇されそうな雲行きだ。

不思議なことに、もはやどうでもいい気がした。おそらく、エイントリー競馬場であの警部の言ったことがはなから正解だったのかもしれない——ファイナンシャル・アドバイザーになったのは、スリルを伴う障害騎手の仕事からいささか身を落としたということだったのだ。

そろそろ人生にさらなるスリルを探し求める潮時なのかもしれない。

拳銃で狙われるとか？　あるいは肉切りナイフで刺し殺されそうになるとか？

いや、ちがう。その手のスリルはごめんだ。

土曜日の朝、二日酔いの養生をしている女たちを残して、スウィンドンのグレイト・ウエスタン病院へビリー・サールを訪ねた。

「あんたを自転車ごと撥ね飛ばしたのはだれだ？」と彼にたずねた。

「いきなりその話か」ビリーが言った。「意識が戻って以来、警察はそればかり訊きやがる」

「じゃあ、なぜ警察に話さない？」

「おまえはどうしようもないばかか？　おれは生きていたいんだ」

「つまり、事故ではなかったんだな？」

「そうは言ってない。事故だったのかもしれない」

「どうしようもないばかはどっちだ？」

彼は二本の指を私に突きつけ、なにも答えなかった。

私たちがいるのは、病棟の端の奥まったところにある個室だ。警護のついた彼の病室を聞き出すのに三度の手続を踏み、警護の人間は、ビリーが私を敵ではなく友人だと請け合ってようやく退室した。

「いつまで入院する予定だ？」右脚に重りをつけ、奇妙な器具でベッドにしっかりと固定されているので、すぐには退院できそうにない。

「あと一週間ほどだ。少なくとも、医者はそう言ってる。固定具とかいうものをつける必要があるが、その前に牽引具で骨をまっすぐに戻さないとだめなんだと。固定具をつければ起きられるようになるらしい」

「近ごろは骨折箇所をプレートで固定するものと思っていた」

「おれもだ。だが、ここの医者はこれが最善の方法だって言うし、文句を言ったってしかたない」彼はにっと笑った。彼がなにかと文句を言い立てる質(たち)であることは、本人も私も承知している。「だいいち、そのときは意識がなかったんだ」

「みんな、あんたが死ぬと思っていた」

「死ぬもんか」彼はにんまりしたまま言い返した。

「こっちはあんたに対する殺人未遂容疑で逮捕されたんだ」

「ああ、そうだってな。当然の報いさ」

「なんの報いだ？」

彼は声をあげて笑った。「そんな退屈な野郎でいることの報いだ」

ほんとうに私は退屈な人間なのだろうか？

「申し訳ない」

「騎手のころはもっと愉快な男だった」ビリーが言った。「おまえがニュートン・アボットで大勝利したあと、トーキーのホテルからみんなして放り出されたのを覚えてるか？」

頬がゆるんだ。よく覚えている。「全部あんたのせいだ。ホテルのグランドピアノにシャンパンを注いだりするから」

「うん、まあ、そんなことをやったかな。だが、もともとおんぼろのピアノだったぞ。それに、おまえが鉢植えをそこらじゅうに投げつけたのが決定打だったんだ」

そのとおりだ。植物は鉢から飛び出し、新しいカーペット一面に土が飛び散った。ホテルの支配人はかんかんだった。丁重な言葉で、ホテルから出ていって二度と来ないでくれと言われた。さもないと警察に通報する、と。

ビリーと私は、その思い出にいっしょになって笑った。

「あのころはよかった。気楽でとんでもなく愚かで」

「だが、楽しかった」私はなおも笑いながら答えた。

おたがい、このところ楽しさから遠ざかっていたようだ。

「ところで、十万ポンドの借金の相手はだれなんだ?」私は切りだした。ビリーは笑いをのみ込んだ。だが、返事はしなかった。「あんたを殺そうとしたのと同じ人間か?」

やはり答えない。ただ私をにらみつけた。

「それとも、相手はあんたに返済を促そうとして、それが度を越したのか?」

「警察に言われて訊いてるのか?」彼はむっつりと問い返した。

「いや、もちろんちがう。警察は私がここへ来たことも知らない」

「じゃあ、なんだって急におれに興味なんか持つんだ?」つい数分前の友好的な空気は完全に消え失せていた。

「ビリー。私は助けようとしているだけだ」

「おまえの助けなんか必要ない」チェルトナムの検量室前で話したときと同じく、すごい剣幕だった。

「前回もあんたはそう言った。その結果、入院沙汰だ。次は死体安置所にいることになるかもしれない」

彼は病院の枕にもたれかかり、黙り込んだ。

「いいだろう」私は言った。「相手の名前を言う気がないなら、せめて、十万ポンドもの借金を抱えている理由を教えろ。そうすれば、あんたの金融取引に関して適切な助言ができる」

「話すわけにいかない」彼は天井を見つめて言った。「話したおかげで死なかったとしても、まあ話せば死なずにすむはずだが、仕事を失っちまう」

「競馬規則違反か」私はそう口に出し、ひとり納得した。

ビリーが首をめぐらせ、横目で見た。

「じつはそうじゃない。少なくとも、あのときは違反してない。それが皮肉なところさ」

彼はそこで口をつぐんだ。

「なにが皮肉なんだ?」私は説明を促した。

「警察に言われて来たんじゃないのはほんとうだな?」

「グランドピアノに注いだシャンパンに誓ってほんとうだ」私はにっと笑った。

「台なしなった鉢植えにも誓うか?」彼も笑みをたたえてたずねた。

「ああ、誓う」右手を左胸に当てた。

打ち明けるかどうか決めかねるかのように、ビリーはなおもしばらく考えていた。

「負けるはずのレースで勝っちまったんだ」ようやく口を開いた。

「負けるはずのレースとは、どういう意味だ?」

「あの男には負けると約束したが、がんばって勝っちまった」

「それはまたずいぶん迂闊だったな」

「いや、そうじゃない。わかってて勝ったんだ。チャンピオン争いでくそったれヴィッカーズに水をあけられるのがいやになって、レースで騎乗するたびに勝とうとしてた。でも、まったくむだだった。今年もまた、おれは二位だ」

「レースで負けるとあんたが約束した相手はだれなんだ?」

彼はしばらく考えていた。

「悪いな。それも言うわけにいかない。そんなことをしたら、おれの命は二ペンスの価値もなくなっちまう」

「ブックメイカーか?」

「ちがう」彼はきっぱりと否定した。「金持ち野郎さ」

ビリーにとっては、汚い言葉をいっさいまじえずに標準英語を話す人間ならだれでも〝金持ち野郎〟に分類されるのだろう。

「具体的には、どこの金持ちだ?」

「言うもんか。ま、言ったところで信じないだろうがな」

「で、その金持ちはいまも十万ポンドを取り戻したがっているのか?」

「だろうな。おれが勝ったせいでこうむった損失なんだと。といっても、この悪ふざけのあと、実際には話してないんだ。失せろと言ってやろうかな。脚の骨折は最低でも十万ポンドに値するはずだ」

「手を引かなければ襲撃犯の身元を警察に明かすと言ってやれ」

「なに青くさいことを言ってるんだ。あの手の連中にそんなこけおどしは通用しない。あの男にそんなことを言ったら、おれは確実に殺される」

「襲撃犯の正体を明かさなくても、明かした場合と同じく面倒な目に遭いそうだが」

「そのとおり。あの手の連中に一度〝イエス〟と言ったら、一生言いなりさ。急所をつかまれて、抜け出す道はない」彼はまた真っ白い枕に頭を預けた。目に浮かんでいるのは涙だと思った。

「ビリー。反撃しないかぎり、決して抜け出す道はないぞ」

「とにかく、おれを反撃隊の頭数に入れるな」彼は身じろぎもせず、頑として言った。「先陣を切って撃ち殺されるなんてごめんだ。騎手免許を守りたいんだ」

「馬を抑えたのは何度だ?」

「何度もある」

驚いた。ビリーには八百長騎手だという噂はない。

「全部で十回ほどかな。この三年のあいだに。だが、フランク・ミラーが十二月に脚を折って、やっとチャンピオンジョッキーになるチャンスがめぐってきたときに、これ以上はやらないと決めたんだ」

「そこへ若手のマーク・ヴィッカーズが現われてあんたを打ち負かす」

「あの野郎」ビリーは怒りを込めて言った。「まったく不公平だ」

人生とは不公平なものなのだ。癌を患った人間だれにでも訊いてみろ。


正午に戻ったとき、ジャン・セッターはすでにユートクセター競馬場へ向かったあとだった。通常なら喜んでいっしょに行くところだが、彼女といるところを敵に見られて滞在場所をつきとめられてしまうかもしれないと不安だった。

私が疑心暗鬼に陥りつつあるとクローディアは考えはじめているが、死ぬよりはなんでも疑ってかかるほうがましだ。それに、死んだ銃撃犯のことさえ持ち出せば、彼女はほぼどんなことも納得した。

「でも、いつまでここにいないといけないの？」彼女がたずねた。「家へ帰りたい」

「私も帰りたいよ。安全が確保できしだい帰ろう」

朝食の席で、いつまで泊めてもらえるかとジャンにたずねてあった。

「いつまでいる必要があるの？」彼女は問い返した。

「わからない。少なくともあと数日かな」

「遅くても金曜日には出ていってほしいの。週末に妹一家が泊まりに来るから」

金曜日までとなると、ここに全部で八泊することになる。

「そんなに長居せずにすむことを心から願うよ」と口では言った。だが、正直なところ、いつになれば家へ帰っても安全なのか、まったく見当もつかなかった。

「残念だわ。人がいると楽しいもの。離婚後、この家にひとりきりで退屈なのよ」とジャンは言ったのだった。

インターネットにログインしてメールチェックをした。一件もなかった――週末だからにちがいない。海外市場における売買は別として――そのために週間稼働時間を前あるいはうしろへ何時間か延長させられることがある――英国内のすべての金融機関は毎週金曜日の午後五時には眠りにつき、月曜日の午前八時、まるで週末などなかったかのように目を覚ます。

むろん貸付利息の計算は例外で、曜日に関係なく毎日課される。

オンラインバンキングを利用して自分の個人口座の取引内容を確認した。

〈ライアル・アンド・ブラック〉での職を失えば、やりくりが厳しくなりそうだ。この五年間でどうにかかなりの蓄えはできたものの、その大半は学生時代に重ねた借金の返済にあてていた。いつも人さまの金を何十万、ときには何百万も投資しているとはいえ、私自身の貯蓄額はじつにささやかなものだ。

歴史的に見て、株取引による収益はつねに銀行口座や定期預金証書、国債といった固定金利の投資収益を上まわってきた。とはいえ、投資家の信頼にたとえわずかでも変化が生じれば、株価はたちまち影響を受け、劇的に変動することがある。とりわけ下落の動きは大きい。長期投資、たとえば十年あるいは二十年以上の期間で投資を考えるのであれば株取引が最善だが、もっと短い期間で投資金を引き揚げたい場合、その直前に急落するおそれのある株取引はリスクが大きすぎるので、もっと低リスクの投資のほうがいいだろう。したがって、投資家が年をとり、年金を買う時期が近づくと、投資バランスは高リスクの株取引から〝より安全〟な債券へと移行する傾向がある。

私の場合、年金が必要になるのははるか先のことなので、貯蓄はほぼすべて普通株で持っている。株取引というジェットコースターに乗っているわけだが、上昇基調を期待し望んでいる。

実際に事務所を解雇されれば、しばらくは貯蓄を食いつぶすことになるだろう。そのあとはどうする？　ビリーは私を退屈な野郎呼ばわりしたが、退屈なのは私自身ではなく私の仕事だ。人生にもっとスリルが――アドレナリンが血管を駆けめぐるようなスリルが――欲しいが、サイレンサーつきの拳銃を向けられることによって高まるアドレナリンである必要はない。

とはいえ、私になにができるだろう？　私は訓練を受けて資格を得た一介のファイナンシャル・アドバイザーにすぎない。なりたいのは競馬騎手かロデオ競技者、スカイダイビングのインストラクター、ワニ格闘家……

この不安定な首がいまいましい。

そんな気の滅入る考えを妨げたのは、昼食はなにがいいとたずねる母の声だった。

「なにがあるんだい？」私は問い返した。

「冷蔵庫と食品貯蔵室にあるものをなんでも好きに使ってかまわないってジャンが言ってくれたの」

「で、なにがある？」

「自分の目で確かめてちょうだい」

実際には選びようがなかった。冷凍庫に低カロリーのひとり用の冷凍食品がいくつかあるだけで、食品貯蔵室の棚は空だった。これではまるでマザーグースで歌われているハバードおばさんの家だ。

「この際だ、買いものに行こう」私は言った。

というわけで、私たち三人は人目につかないブルーのレンタカーに乗り込み、ジャンの冷蔵庫と食品貯蔵室の空きスペースを満たすため、ニューベリー郊外にある大型スーパーマーケットへ買い出しに行った。招かざる客にできるせめてものことだ。

クローディアと母が通路を順に進みながら大きなショッピングカートふたつに食料品を山と積み上げるあいだ、私は衣料品売り場へと追放された。

吊しのシャツやズボン、ジャケット、スーツを眺めたが、残念ながらこのスーパーマーケットに防弾チョッキは置いていなかった。

第十七章

日曜日はまさしく安息日だった。

スーパーマーケットまで出かけたのが、手術後で体調が万全と言うにはほど遠いクローディアにはこたえた。

〝あまり早急にあれこれやろうとしすぎないこと〟と外科医のミスタ・トミックが言っていた。〝腹壁の回復にはたっぷりの静養が必要です〟と。

彼は階段を駆け上がったり銃撃犯にどなったり食料品の買い出しに行ったりすることについて言及しなかったが、おそらく、そのどれにも感心しないだろう。

「今日はベッドで安静にしていろよ」私はクローディアに言った。「朝食を持ってくる」

彼女は笑顔で応え、私が部屋を出るときにはふたたび目を閉じた。

ジャンはすでに起き出してトーストを焼いていた。

「あらまあ」食品貯蔵室へ入りながら言った。「マーマレードまである！」くるりと向き直ってにんまりと笑った。「ここにこんなに食料品があるなんて、いつ以来かしら。料理はからきしでね。せいぜい電子レンジで温めるくらい。でも、こんなに買い込まなくてもよかったのに」

「間借り料代わりだと思ってくれ」

「そんなもの払う必要ないのよ、愛しのきみ」彼女は食品貯蔵室を出てマーマレードを開けた。「現物払いにしてくれれば」そう言って笑った。「ま、その見込みがないことはわかったけど」

「申し訳ない」

「謝らないで。クローディアはほんとうに魅力的だわ。あなたは幸運よ」彼女は言葉を切り、深呼吸をひとつした。「それに、愛しのきみと呼ぶのはやめたほうがいいんでしょうね」

目に涙が浮かんでいた。私はそばへ行って抱きしめた。かける言葉がないので黙ったまま、涙の瞬間が過ぎるまでしっかりと抱きしめていた。

「人生なんて予測不能ね」彼女は身を離して一歩後退した。「スチュアートと結婚しているあいだは、ひたすら離婚して財産の半分を手に入れたいと思ってた。ま、それは叶ったけど——身勝手な言い分だってことはわかってるけど——彼がいなくなってさびしい。絶えなかった喧嘩までがなつかしい。娘のマリアがロンドンの大学へ行っちゃったいま、わたしはただ裕福で孤独な年老いたひとり者よ」

「だが、友人がたくさんいるだろう」

彼女はトーストにマーマレードを塗りながら私を見た。「知り合いなら大勢いるけど、ほんとうの友だちなんてひとりもいない。レースは競争の場だもの、競馬界で友人を作るのはむずかしい。もちろん、この村に顔見知りはたくさんいる。ほかの調教師やなんか。レースでも顔を合わせる。だけど、村の夕食会のメンバーには入れてもらえない。友人はみんなスチュアートの友人だったから、彼が去れば友人たちも去った」

「では、そろそろ新たな恋人ができてもいいころだ」彼女の気分を明るくしようとした。

彼女はまた笑い声をあげたが、それも一瞬のことだった。「口で言うほど簡単なことじゃないし、欲求を満たしてくれる相手を見つけるなんて、正直、至難のわざよ。男ならうまくいくだろうけど」

「どんなふうに？」

「男なら、セックスをしたくなれば街角かどこかのストリップバーで女を買えばいい。中年女の場合はそう簡単じゃない」

驚きのあまり絶句して、私はその場に立ちつくした。いつも彼女の誘い言葉をちょっとした冗談だと受け流してきた。そこまで思いつめていたことに気づいていなかった。

「ああ、ジャン！　ほんとうに申し訳ない」

「同情なんていらない」彼女はさっと背を向け、マーマレードを食品貯蔵室へ戻した。

そう、彼女が欲しいのは私の体だ。


クローディアにコーヒーとシリアルを持っていった。

「遅かったわね」彼女はベッドに身を起こした。

「すまない。ジャンと話をしていた」

「すてきな人よね。昨日の朝、あなたが出かけてるあいだにおしゃべりしたの」

「どんな話を？」

「人生全般について」あいまいな言いかただった。「そんなようなことを」

「彼女に話したのか……例のこと？」

なぜ〝癌〟という一語を容易に口にできないのだろう？

「話しかけたんだけど、お母さまが部屋に入ってきたから。まだお母さまに打ち明けるのは早い気がして」

「だが、いつならいいんだい？　いまがいちばんいい気がするが」

「そうなんでしょうね。ただ……」彼女は口ごもった。

「なに？」

「自分が落伍者に思えるんだと思う。それに、お母さまに見かぎられたくない」

「ばかなことを。母さんはきみを気に入っている」

「孫を得る近道だと思っているからよ」

「それはちがう」とは言ったものの、彼女の言うとおりなのだろうかと思った。

「それに、あなたと結婚したあとで子どもができないとわかれば、わたしのことを疎んじるわ。孫を得る近道ではなく障害だと思うわよ」

彼女はいまにも泣きだしそうだった。

「ダーリン。落ち着いて。わかったよ。きみが話したくないなら、母さんには伏せておこう。いまはまだ」

だが、クローディアの髪が抜け落ちはじめたら話さざるをえないだろう。


その後、果てしなく続くかに思えた日曜日、私は一日じゅう、ベン・ロバーツは父親をうまく説得できるだろうかと考えていた。だからといって、携帯電話の電源はやはり入れたくないので、どのみち知りようがなかった。

母はジャンに手伝ってもらって昼食にローストビーフとつけ合わせ類を作り、そのおいしそうなにおいに誘われてクローディアがドレッシングガウン姿で下りてきた。

「この家でまともなサンデー・ローストを作るなんて、いつ以来かしら」全員が食卓につくとジャンが言った。「スチュアートが出ていって以来だってことは確かかね。料理は彼が作っていたから」彼女は声をあげて笑った。「この家に永遠にいてくれない？」

あのスーパーマーケットでもっとも高級な赤ワインも二本出され、私は小ぶりのグラスで一杯だけ飲んだ。だれかが油断なく警戒していなければならない。深々としたソファで眠って酔いをさます女たちをリビングルームに残して、私はまたしてもジャンの書斎で何本か電話をかけた。

まずは、ジャンの固定電話から遠隔アクセス機能を使って携帯電話の留守録メッセージを確認した。新しいメッセージが四件あった。すべてフライト主任警部が残したもので、ただちに出頭して事情聴取に応じなければ逮捕すると脅していた。いつでも連絡のつく番号を読み上げるので、電話機の脇のメモ帳に書き留めた。

だが、ベン・ロバーツからのメッセージはなかった。父親に話すタイミングがまだつかめないのかもしれない。

次に、トムリンスン主任警部の携帯電話にかけた。念のため、最初に一四一と押してジャンの電話番号を非表示にした。

四度の呼び出し音のあと主任警部が出たが、この電話で日曜日の午睡から起こされたかのような声だった。

「申し訳ない。非番なら電源を切っていると思っていた」

「勤務中だ」彼は言った。「オフィスにいる。デスクで仮眠をとっていただけだ。ゆうべは遅かったものでね」

「パーティでも？」

「そんなところだ。ある意味、ばか騒ぎ（パーティ）と言っていいだろう。虐待を受けた女がたまりかねて恋人を刺し殺したんだ」

「恨みのひと刺しか」

「いや、ちがう。ドライバーで三十回ほど刺している。男は失血死。とても見られた光景じゃなかった。ましてて、ベッドで寝ているはずの午前四時だ」

「お気の毒さま」

「どうも」彼は答えた。「だが、残念ながら、この管区で刃傷沙汰は日常茶飯事でね。とくに、酒に酔った連中が起こすんだ。土曜日にひと晩ぐっくり眠れることなどめったにない」

　将来なりたい職業リストに〝殺人捜査課刑事〟は加えないことにした。

「で、こっちの件でなにか新しい情報はあるか？」

「たとえばどんな？」彼が問い返した。

「なんでもいい。死んだ男については？　ブルガリア人だったのか？」

「まだわからない。顔写真と指紋からはなにも出ない。いまはＤＮＡ検査の結果待ちだ。だが、ひとつ教えてやれることがある」

「なんだ？」はやる思いで促した。

「超過勤務をした鑑識の連中によると、拳銃が一致したそうだ」

「なにと？」

「あんたの母親のコテージの植え込みから見つかった拳銃は、ハーブ・コヴァク殺害に用いられたものにまちがいない。また、フィンチリーであんたに向けて発砲された拳銃と同一のものと見てまずまちがいない。銃弾がないので百パーセント断言はできないそうだが」

　警官たちがリッチフィールド・グローヴ通りで横一列に並んで路面を四つん這いに進んでいた光景が頭に浮かんだ。彼らはなにも見つけなかったらしい。

「つまり、これでフライト主任警部がうるさく言ってこなくなるということか？」

「そうとも言い切れない。彼はまだかんかんだ」

「ああ、それはわかっている。携帯電話にメッセージを何本も残していた」

「じかに話せ。おそらく彼はあんたに供述させたいだけだ。あんたにばかにされてると思っているんだろう」

「いまも私を逮捕したがっているのか?」

「どうかな。本人に訊いてみろ」

私たちは通話を終えた。

メモ帳に書き留めた番号を見つめ、フライト主任警部に電話をかけることを考えた。無視すればますます怒らせるだけだし、そうなればフライト主任警部は、死体の身元をつきとめることよりもこの私を見つけ出すことに精力を注ぎかねない。とはいえ、この家からかけるつもりはなかった。一四一を押して非表示にしたところで、警察がその気になれば発信者番号を電話会社から入手できるにちがいない。

だが、トムリンスン主任警部にはジャンの電話でかけた。このちがいはなんだろう?

信頼の問題だと思った。どこからかけているかをトムリンスン主任警部はわざわざつきとめたりしないと信頼しているのだ。だが、フライト主任警部については信頼していない。

というわけで、五時ごろにスウィンドン郊外まで車を走らせ、とあるパブの駐車場に入って携帯電話の電源を入れ、グロスターシャー警察の主任警部にかけた。

「フライト主任警部」一回の呼び出し音で出た彼がきびきびした口調で告げた。

「ニコラス・フォクストンだ」

「ああ。やっとかけてきたか」

「トムリンスン主任警部とイエリング警視とはもう話したか?」

「ああ」彼はゆっくりとした口調で答えた。「話した」

「よかった。で、母のコテージで死んだ男の正体は？」

「ミスタ・フォクストン」彼はきっぱりと言った。「質問するのはこっちだ。あんたじゃない」

「では、質問しろ」

「木曜日の夜、あんたの母親のコテージでなにがあった？」

「拳銃を持った男が侵入。取っ組み合いになり、男は階段から転落して首の骨を折った」

「それだけか？」

「それじゃ不足か？」いやみめかして言ってやった。「ああ、そうそう、階段を転がり落ちる直前、男は私を刺し殺そうとしていた」

「死体の下からナイフを見つけた。だが、男はなぜナイフが必要だったんだ？　拳銃はどうした？」

「冷蔵庫の下に入り込んでいた」

彼はしばし間を置いた。

「なぜ冷蔵庫の下に？」

「私が傘でたたき落とした」

今度は長い間があった。

「まじめに答えているのか、ミスタ・フォクストン？」

「大まじめだ。男は電気と電話線を切った。そのあと、侵入するためにキッチンの窓を破った。窓枠によじ登って入ろうとしているところへ、私がゴルフ用の傘を振るった。男が拳銃を落とし、拳銃は床をすべって冷蔵庫の下に入り込んだ。それで男は包丁スタンドからナイフを抜き取り、私を刺し殺そうとした。なんとか二階へ逃れたものの、男は追ってきた。ナイフで襲いかかってきたので取っ組み合いになり、ふたりして階段を転落した。男は悪い結末を迎えた。おしまい」

またしても間があった。私の話など聴いていなかったのかと思うほど長い間だった。

「ちょっと待て」私はあわてて言った。「かけ直す」

通話を切り、電源も切ると、急いで車をパブの駐車場から出し、市の中心部へと向かった。半マイルほど走ったところで、青色灯をつけて反対方向へ急行する警察車輛と行きちがった。たんなる偶然だろうか。

環状交差点を一周してパブへ引き返したが、駐車場には入らなかった。速度もゆるめずに通り過ぎた。青色灯をつけたままの警察車輛が駐車場の入口を完全にふさぐように停車し、ふたりの制服警官が降りるところだった。

これも偶然か？　いや、偶然ではないと判断した。

まだ私を逮捕したいのかとフライト主任警部を問いただす必要はなさそうだ。それに対する返事はこの目で見た。

中央分離帯のあるA四一九号線を、ランボーンとは反対のサイレンセスターへ向かって北上し、リックレイドという村の近くで停車した。

ふたたび携帯電話の電源を入れ、再ダイアル・ボタンを押した。

すぐにフライト主任警部が出た。

「信頼」私は言った。「あんたに必要なのはそれだ」

「出頭しろ」彼は言った。

「だが、なにも悪いことはしていない」

「それなら、なにもおそれる必要はない」

私は通話を切り、電源も切った。そのあとエンジンをかけ、出くわす警察官の注意を引かないよう、スピードの出しすぎやなんかに気をつけてランボーンへと引き返した。

くそ。なによりも私をつかまえることで頭がいっぱいで、邪魔立てばかりする主任警部にはうんざりだ。出頭しろ、だと。ルーカン伯爵*でもあるまいに。

月曜日の朝七時過ぎ、ブルーのレンタカーを駅の駐車場に入れて、ニューベリーからパディントン行きの列車に乗った。

レディングで停車するために列車が速度をゆるめると、携帯電話の電源を入れて留守番電話に残されたメッセージを確認した。

「新しいメッセージは二件です」聞き慣れた女の声が告げた。

一件目はフライト主任警部で、事情聴取を受けるためにチェルトナム署へ出頭すれば逮捕はしないと約束していた。

なぜ、あの男を信じられないのだろう?

二件目はベン・ロバーツだった。

「ミスタ・フォクストン、父に話したよ」彼の声が告げた。「父は、あなたと会うつもりも、あの問題に関してさらに話し合うつもりもないと言っている。ぼくにも二度と連絡しないようお願いする。申し訳ない」

ほんとうにすまなそうな口調ではないので、彼がこの電話をかけるあいだ父親が横に立っていたのではないかと思った。

調査はどうもはかばかしくない。さて、これからどうしよう?

*一九七〇年代、別居中の妻のもとを訪れ、子どもたちの乳母を撲殺したあと失踪したとされている。

携帯電話の電源を切り、ロンドン市内へ向けて疾走する列車の座席に身を預けた。バークシャー州の田舎から郊外の町へ、そして大都市へと風景が徐々に変わっていく車窓をぼんやりと眺めながら、今日はどうなるのだろうかと考えた。

正直なところ、パトリックとグレゴリーがともに同席する懲戒会議は気が重い。

この五年間、〈ライアル・アンド・ブラック〉は生きがいであり、現に私は出世への道を歩みはじめていた。有名で裕福な顧客を何人か引っぱってきたし、投資提案のいくつか、とくに演劇と映画への投資は、〈ライアル・アンド・ブラック〉の定番商品となっている。

向こう数年のうちに、自分自身の顧客基盤(ベース)を拡大し、パトリックのアシスタントの一員としての義務から離れることを期待できたかもしれない。パトリックとグレゴリーの引退後に正式なシニアパートナーの地位を与えられることすら望めたかもしれない。しかも、それがほんの五、六年先のことだ。そうなれば大金を稼ぎ、ささやかな貯蓄が急速に膨らみはじめていたことだろう。むろん、私が成果を上げて顧客の信頼を維持できたと仮定しての話だ。

ところがいま、その機会を完全に失う危機に瀕している。

だが、なぜ？　どんな悪事を働いたというのだ？

EUから一億ユーロをだまし取ろうとしているのは私ではない。それなのになぜ懲戒会議にかけられるのか？

おそらく、私の犯した唯一のあやまちは、ミスタ・ロバーツがグレゴリーおよびブルガリアの工場建設計画に対する不安を表明したときに、まっすぐパトリックあるいはコンプライアンス責任者ジェシカ・ウィンターのところへ行かなかったことだろう。ふたりに隠れて調べようなどとしてはいけなかった。

それならば、今日、そのあやまちを正そう。

パディントンから地下鉄サークル線に乗ってムーアゲイト駅で降り、そこから歩いてロンバード・ストリートへ向かった。

イングランド銀行のそびえ立つような高い壁沿いにプリンシズ・ストリートを進むうち、不意に不安が込み上げ、またしてもうなじの毛が逆立った。

この四日間、だれにも居場所を知られないよう細心の注意を払ってきたのに、いまはこうして、あらかじめ交わされた約束のために〈ライアル・アンド・ブラック〉へ向かっている。しかも、その約束で会うことになっているひとりは、私を殺させようとした黒幕にちがいないのだ。

事務所の前の通りで拳銃を手に待ち伏せている人間に出くわすなど、ごめんだ。

足をゆるめ、遅刻した連中が足早に行き交う歩道に立ち止まった。ロンバード・ストリートまであと百ヤード足らずだ。

これ以上は近づかない。

きびすを返してプリンシズ・ストリートをロンドン・ウォール通りまで戻り、コーヒーショップに入ってカプチーノを注文した。

おそらくクローディアの言ったとおり、私は疑心暗鬼に陥りつつあるのだろう。

腕時計で時刻を確かめた。九時十分前だ。パトリックとグレゴリーは、あと十分で来るはずの私を待っているにちがいない。

どうしよう？

母のコテージで働いた勘は正しく、おかげでクローディアを押しとどめて銃撃犯が玄関ドアから入ってくるのを阻止できた。だが、なんとしても、ブルガリアの件に関する疑惑をだれかに打ち明け、本格的な調査に着手してもらう必要がある。そうすればきっと、私の身は安全になる。そうなったあと殺しても手遅れなのだから。ベン・ロバーツの父親に話し合う気がないとなれば、だれに打ち明ければいいだろう？　パトリックだ。それにより、職は守れないとしても、命だけは守ることができる。

携帯電話の電源を入れて事務所の番号にかけた。

「〈ライアル・アンド・ブラック〉です」ミセス・マクダウドが出た。「どのようなご用件でしょうか？」

「もしもし、ミセス・マクダウド。ミスタ・ニコラスだ。ミスタ・パトリックにつないでもらえるか？」

「彼はいまミスタ・グレゴリーとアンドルー・メラーといっしょに会議室にいるの。そっちへつなぐわね」

パトリックが電話口に出た。「もしもし」

「パトリック」私は言った。「なにも言わないでください。ニコラスです。あなたにだけ話したいことがあります。グレゴリーに知られたくないんです」

「ちょっと待ってくれ」彼が言った。「オフィスへ移動する」

保留に切り替える音がし、ややあって、ふたたびパトリックが電話口に出た。

「いったいなにごとだ？」ずいぶん不機嫌な口調だった。「懲戒会議に出てきているはずの時刻だ」

「申し訳ありません。会議には出席できません」

「ニコラス」彼は改まった口調で告げた。「いますぐ事務所へ来ることを強く求める。いまどこにいる？」

どこだと言おう？

「自宅です。クローディアがまだ体調不良で」

「それは気の毒に」口先だけの言葉だった。「しかし、この会議はきわめて重要なのだぞ」

クローディアもきわめて重要だ。

「どこでなら、あなたとふたりきりで話せますか?」

「ここだ」彼はきっぱりと高らかに告げた。「話ならここで、事務所で、懲戒会議の席で聞く」

「申し訳ありませんが、今日は事務所に行きません」

「いいかね。今日来なければ、職場復帰はまず望めないだろう」彼は間を置いて言い足した。「わかったか?」

「はい。なんとか考えてみます」

「よろしい」彼は怒りを隠しきれないようだった。「よく考えろ」

彼が通話を切った。

彼が会議室へ直行し、私が来ないことをグレゴリーとアンドルー・メラーに伝えることは想像がついた。いまいる場所を正直に告げなくてよかった。


ムーアゲイト駅から地下鉄に乗ったが、パディントンへ引き返すのではなく、ノーザン線に乗ってヘンドン・セントラル駅で降りた。シーモア・ウェイを四十五番地まで歩き、ハーブ・コヴァクのフラットに入った。

シェリが金曜日にアメリカへ帰国したため、早くも玄関マットの上に郵便物が何通かたまっていた。それらを拾い上げ、彼女がデスクに置いていった山に加えた。

ハーブのデスクについて郵便物を開けた。

公共料金の請求書が何通かと、自動引き落としが停止されて住宅ローンの前月分の利子が未納になっていると伝える住宅金融組合からの通知状が一通あった。それで、やはり自動引き落としが停止されてロッカー利用料が未払いになっているジムのことを思い出した。ほかには、なにが未納になっているだろう。

処理が必要な支払いはたくさんあり、英国内の請求書など、わずらわしくはあってもまだかわいいほうだった。二十二のクレジットカード会社からの請求書はとぎれることなく送られてきていた。うち半分ほどは次回請求書で、前月請求分が未払いのまま延滞金と利息まで発生していたが、新たな請求分もあった。

アメリカ人ギャンブラーたちはまだ賭けをして負けつづけているのだ。とはいえ、身元がわからない以上、彼らを止めるすべはない。

いずれ未納額が利用限度額に達するにちがいない。そうなればクレジットカードが利用停止になるはずだ。だが、利用上限はいくらだろう?

ハーブの固定電話で住宅金融組合にかけて、自動引き落としが停止された理由を説明した。ミスタ・コヴァクが亡くなったのは気の毒だが、だからといって住宅ローンに対する利息の発生は止まらない、と言われた。連中は抵当貸付（モーゲッジ）のほんとうの意味を知らないのだろうか? モーは、遺体安置所（モーチュアリ）や死亡率（モータリティ）という語にも見られるとおり〝死〟という意味だ。抵当貸付は本来、借主の死後も返済を続けるという意味ではなく、借主が死んだ場合に貸付残高を返済してくれる担保のことだ。

次に公共事業各社に電話をかけて、ガス・電気・電話を止める手配をしようとした。私はハーブ・コヴァクではない、当人は亡くなり私は彼の遺言執行者だ、と告げたのがまちがいだった。どの会社も、彼の代理人であることを証明する書面の提出を要求し、いずれにせよ、まずは請求分を支払ってもらわなければならないと言った。支払わなければおのずとサービスが停止されるはずだと指摘してやった。むだだった。

クレジットカードの請求書その他をまとめて、ハーブのデスクで見つけた大きな白封筒に放り込んだ。ほんとうに必要なのは、遺言書の検認を得るという仕事を推し進めてくれる事務弁護士だ。少なくともそれでクレジットカードを解約できるようになるはずだが、おそらく未払い分を支払うことが先決だろう。このフラットも売却せざるをえないだろうし、住宅金融組合の通知状に書かれていた未納利子の金額から判断するに、ローン残高を支払ったあと残った現金ではその他の請求書の支払いに足りない可能性もある。ハーブの破産手続をする必要があるかもしれない。

結局、たいしてありがたくない相続財産だ。

パトリックがウェイブリッジに住んでいることは知っていた。クローディアとともに何度か夕食に招かれて行ったことがあるし、事務所恒例の夏のパーティが去年は彼の家の広大な庭で行なわれたからだ。

通勤経路も知っている。ウェイブリッジ駅まで奥さんに車で送ってもらい、ウォータールー駅で列車を降りたあとラッシュの地下鉄ウォータールー＆シティ線に乗り換えてバンク駅で降りる。それは事務所の全員が知っている。公共交通機関に対して、ついでに言えば奥さんの運転に対して、パトリックが平気で派手に文句を言うからだ。とくに、そのせいで遅刻した場合には。

帰宅時は同じ経路を逆にたどるはずだと踏み、途中のどこかで彼をつかまえようと考えた。

彼はいつも午後六時から六時半のあいだに退社するが、早退した場合にそなえて、五時からウォータールー駅で待った。それなのに、危うくつかまえそこねるところだった。

おもな問題は、ウェイブリッジへ行く列車が一時間に少なくとも六本は出ていること、それが十九もあるプラットホームのどこからでも出るらしいことだ。

私は、地下鉄から上がってくるエスカレーターの正面、幹線鉄道の駅コンコースで待っていた。夕方のラッシュアワーのピーク時、三基あるエスカレーターのうち二基は上りに使用され、その脇の階段と合わせて、毎分何千人もの乗客をコンコースへ吐き出す。そのだれもが、自分の乗る列車へと急いでいた。

六時二十五分には、たくさんの顔に走らせつづけた目がくらみ、見慣れた顔が一瞬だけ見えたことを脳が理解するまで数秒の遅れがあった。そのわずかなあいだに彼は遠ざかる群衆にふたたびまぎれてしまった。

あとを追い、もう一度彼の姿を見つけようとしながら、頭上の発車標でウェイブリッジへ行く列車を探そうとした。

コンコースを横切って一番線のほうへ向かう人影を追ったが、男が飲食店のひとつに入るときにパトリックではないとわかった。

くそ。貴重な数分をむだにした。

引き返して発車標をじっくりと見た。

ウェイブリッジ経由ベイジングストーク行きの列車が二分後に十三番線から出る。パトリックがその列車に乗ることに賭けるしかない。急いでコンコースを引き返し、灰色の自動改札機に切符を突っ込むと、プラットホームへ駆け下りた。

列車に飛び乗った数秒後にドアが閉まった。だが、車内がこんなに込んでいるとは思ってもみなかった。座席についている人よりも通路に立っている人のほうが多いのだ。列車がウォータールー駅を出ると、詫びを言いながら込んだ客車内を歩きだした。

　やがて、少なくとも乗客の半数から不興を買い、パトリックは別の列車に乗ったにちがいないと思いはじめたとき、比較的空いている一等車に座っている彼が目に留まった。さもありなん。彼は夕刊紙を読んでおり、近づいていく私に気づかなかった。ガラスのスライドドアを通り、空いていた隣の席に座っても、目を上げて見ることはなかった。

「こんばんは、パトリック」私は声をかけた。

　私に会って驚いたのだとしても、彼はそれをあまり表に出さなかった。

「こんばんは、ニコラス」落ち着いた口調で応じ、新聞を半分に折った。「いつ姿を見せるかと思っていたよ」

「そうですか。こんなまねをして申し訳ありませんが、グレゴリーに知られず、いや聞かれずに、話したいことがあったもので」

「どんな話だ？」

「ジョリオン・ロバーツ大佐の件です」ほかの乗客の耳を意識し、小声で告げた。

　彼はわずかに眉を上げげた。「大佐のどんなことを？」

「大佐は、二週間近く前にチェルトナム競馬場で、そのあと一週間前の土曜日にサンダウン競馬場で、私に声をかけてきました」

「先週、亡くなったことは知っているだろう？」

「はい。知っています。痛ましいことでした。葬儀のあと、話をしましたよ」

「そうだったな。大佐は心臓疾患を抱えていたらしい」

「そう聞きました」

「で、大佐はきみにどんな話を？」

「ブルガリアの電球工場に対しロバーツ家族信託が行なった投資について心配していました」

「どのような心配を？」

「どうやら、工場が建設されているはずの現場をミスタ・ロバーツの甥が訪れたところ、なにもなかったらしくて。たんなる有毒廃棄物投棄場だったとか」

「おそらく、まだ建設されていないのだろう。あるいは、その甥が場所をまちがえたか」

「私もそう考えました。しかし、グレゴリーがミスタ・ロバーツに工場の写真を見せたそうですし、甥のほうは頑として場所はまちがえていないと言っています」

「甥と話したのかね？」

「はい。金曜日に」

「その件をグレゴリーにぶつけてみたのか？」

「いいえ。グレゴリーは先週、ビリー・サールの一件で私に腹を立てていたので、近づきたくありませんでした」

「ジェシカには？」

「いいえ、彼女にも話していません。そうするべきだったことは承知していますが、話す機会がありませんでした」

列車がサービトン駅に停まり、一等車の乗客ふたりが席を立って下車した。

「なぜ私にこの話を？」列車がふたたび動きだすとパトリックがたずねた。「ロバーツ家族信託はグレゴリーの顧客だ。話はパトリックあるいはジェシカにするべきだろう」

「わかっています。ただ、私に代わって調べていただけるかと期待したんです」

彼は声をあげて笑った。「まさかグレゴリーをおそれているのか？」

「そうです」

実際、ひじょうにおそれていた。

「ずっと事務所へ近づこうとしなかったのは、それが理由なのか？」

「そうです」同じ返事を繰り返した。

彼は座ったまま体の向きを変えて私の顔を見た。「ときどき、きみがわからなくなるよ、ニコラス。今回のことできみのキャリアが危険にさらされていることは承知しているのか？」

私はうなずいた。

「グレゴリーと私は今朝、きみが出席するはずだった懲戒会議において、きみに即時退職を求めるということで意見が一致した」

つまり、ほんとうに馘になるわけだ。

「ところが」彼は続けて言った。「アンドルー・メラーが、そのような性急な決定を下す前に、どのようなものであれ、きみの言い分を聞く義務があると忠告した。したがって、まだ最終結論には達していない」

「ありがとうございます」

「では、この件を解決するため、明日、事務所へ来てもらえるか？」

「確かな約束はできません。職場復帰よりも、ブルガリアの投資に関して内部監査を始めてもらうことを望みます」

「ほんとうにグレゴリーをおそれているんだな」パトリックは笑いながら言った。「彼は見かけほどこわくはないよ」

そうかもしれない。それでも、グレゴリーの一喝は充分におそろしい。それに、彼の雇った人間にもあまり会いたくはない。

「パトリック」私は真剣に訴えた。「一億ユーロもの詐欺が行なわれようとしており、グレゴリーが一枚噛んでいるかもしれないと信じる理由があります。おっしゃるとおり彼をおそれていますが、それなりの理由があってのことです」

「たとえばどんな？」

「とっぴな思い込みに聞こえることは承知していますが、ブルガリアの投資の件とハーブの殺害理由とのあいだになんらかの関係があると考えています」

「だが、それはばかげている。次は、グレゴリーが殺したと言いだすのか？」

それには答えず、座ったまま彼を見つめつづけた。

「おい、いいかげんにしろ、ニコラス。頭がどうかしているぞ」

「どうかしているのかもしれません。しかし、自分の身が安全だと確信できるまで事務所に足を踏み入れるつもりはありません」

彼はしばし考えていた。

「うちへ来なさい。今夜いっしょに解決策を探ろう。なんなら、うちからグレゴリーに電話をかけてもいい」

列車はイーシャー駅に停まった。

イーシャーはサンダウンパーク競馬場の乗降駅だ。ジョリオン・ロバーツと話をするためにここで降りてから、ほんとうにたった九日しか経っていないのか？

そして、あの二日後にジョリオン・ロバーツが亡くなった。

「いいえ」私はさっと立ち上がった。「明日の朝、あなた宛てに事務所へ電話します」

急いでガラスのスライドドアを出てプラットホームに降り立った瞬間、背後で列車のドアが閉まった。パトリックの口から私の居場所をグレゴリーに告げてほしくなかったのだ——今夜も、ほかの夜も。

第十八章

ランボーンに戻ったときには、女たちがみなベッドに入っていたので、私のためにつけておいてくれたキッチンの明かりひとつを別にして家は真っ暗だった。当然だ。パディントンの公衆電話ボックスから電話をかけ、起きて待ってなくていいと伝えてあった。

空腹に気づいた。

アーガ・クッカーの上方の掛け時計を見た。午後十時五十分。朝六時に大急ぎでトーストを一枚食べたきり、なにも口にしていない。一日じゅう、緊張で胃が縮む思いをしていたので、食べもののことなど考えもしなかった。母が知れば渋い顔をするにちがいない。

ジャンの冷蔵庫をあさって分厚いチーズサンドを作った。

そのあとキッチンテーブルにつき、グラス一杯のオレンジジュースで流し込んだ。

いい一日だったと考えた。まだ首がつながっているうえ、ようやくパトリックに懸念を打ち明けた。あの話を彼が信じるか信じないかは別の問題だ。だが、私のスパイ小説じみた接触をどう受け止めたにせよ、彼はきっと、ジェシカ・ウィンターを巻き込んで義理にでも調査を始めざるをえないはずだ。

とはいえ、それで私の身は安全になるのか？

グレゴリーあるいは別のだれかが詐欺に関する調査を阻止するために私を殺そうとしているのだとすれば、調査が開始されてしまえば身の危険から脱することができるはずだ。そうなってから殺したのでは、調査を続行する必要性を高めるだけだからだ。むろん、向こうが自分にはもはや失うものはないと感じ、計画をあばかれた報復として殺すとなると話は別だ。

いずれにせよ、あと数日は身をひそめているとしよう。


火曜日の夜明けは、私の気分に合わせたように明るく澄み渡っていた。パトリックに話したことで心が静まり、ようやく進展があったことを実感した。

ベッドに入ったのが最後だったのに、起き出して一階へ下りていったのは最初だった。自分用のインスタントコーヒーを淹れたところへジャンが姿を見せた。

「ほんとうに、ダウンズまで馬運動を見に行く気はないの？」と誘った。「息抜きにもってこいのいい天気よ」

それについて考えた。

「なんなら帽子とサングラスを貸すわ」彼女は笑いながら言い足した。「変装用に」

「わかった。喜んで見に行くよ。クローディアに紅茶を持っていってからね」

「時間ならたっぷりあるわ」ジャンが言った。「第一陣が戻ってくるのが七時半。それでもまだ早いくらい。七時四十五分までに支度して。朝食は馬運動のあとよ」

掛け時計を見上げた。まだ七時五分前だ。

「わかった。支度する」

紅茶とコーヒーを持って二階の部屋へ上がり、ベッドに腰を下ろした。

「おはよう、お寝坊さん」クローディアに声をかけてそっと肩を揺すった。「起きる時間だ」

彼女は寝返りを打ってあお向けになり、あくびを漏らした。「いま何時？」

「七時だ。天気もいいし、ジャンとダウンズまで馬運動を見に行くことにした」

「いっしょに行っていい？」

「もちろん。だが、気分は？」

「日に日によくなってるわ。ただ……」彼女は最後まで言わなかった。

「わかってるって。とにかく、万事うまくいくよ。まあ見ててごらん」

身をかがめ、彼女を抱きしめてキスをした。

「そうだといいけど」

癌というダモクレスの剣が、私たちの目覚めているあいだずっと影を落としている気がした。いま私たちは宙ぶらりんの状態で過ごしており、私としては早く化学療法を始めて欲しかった。何週間もなにもしないのは、どうも彼女の体内で癌の増殖を誘発するように思えるのだ。


私見ながら、晴れ渡った春の朝の馬運動以上に魂に活力を与えるものはない。唯一、残念なのは、それを鞍上ではなくジャンのランドローバーのなかから見ていることだ。

くそ、どれほど馬に乗りたいか。ふたたび体重五百キロものサラブレッド競走馬の背にまたがり、もう一度、顔に風を受けながら全速力で走らせたくてたまらない。

ジャンの厩舎スタッフが馬を二頭ずつ並ばせて私たちのいる場所まで斜面を上がってくるのを、うらやましい思いで見守った。全速力で駆け上がってくる馬もいれば、半分から四分の三のペースで駆けてくる馬もいた。私は芝地にとどろく蹄の音を聞くだけで鳥肌が立ち、心拍数が上がる。

それほどの喜びを私から奪った首の負傷は、とてつもなく残酷だ。

だが、あまり落胆してはいけないのだろう。少なくとも、頭に浮かんだあの男とはちがい、首の骨折で命を落とさずにすんだのだから。

ジャンが貸してくれたサングラスこそかけなかったが、彼女の元夫の古いトリルビー帽のひとつをかぶって、つばをしっかり引き下ろし、コートの襟を立てた。さらに、馬たちに近づきすぎないように注意した。ジャンの厩舎に長くいるスタッフの何人かの顔がすぐにわかり、たとえフライト主任警部が手錠を持って現われるのを防ぐためだけにせよ、やはり彼らに見とがめられたくなかったのだ。

クローディアにはそういった不安がまったくないので、芝地を横切って馬たちに近づいた。

私はその場を動かずに、陽射しのなかにいる彼女を見つめた。羊毛の帽子から髪を振り下ろして風になびかせている。

この数週間は尋常ではなかった。彼女をほかの男に奪われると思い込んでいたが、いまは病気に奪われることをおそれている。癌が私たちをより緊密にしたことは疑いの余地がない。いま私は、これまで以上に彼女を愛している。彼女のために生きつづけると心に誓った。彼女にも、私のために生きつづけてもらわなければ。

彼女が私を振り向いて手を振った。長い髪が幾筋か顔にかかっている。それでも、彼女が楽しそうな声で笑い、いまこの瞬間を生きていることがわかった。

手を振り返した。

あと二、三週間で、あの美しい髪が抜け落ちはじめる。本人は断じて気に入らないだろうが、この先の命、この先の愛を約束する代価としては比較的安いものだ。

昼食後、トムリンスン主任警部に電話をかけるために車で出かけた。スウィンドンのパブでの一件を踏まえ、移動しながら電話をするのが最善策だと考えたのだ。そんなわけで、M四号線のニューベリーとレディングとのあいだを時速七十マイルで東へ向かいながら主任警部にかけようとした。だが、番号を押し終えないうちに手のなかで電話が鳴った。

「ニコラス・フォクストン」電話に出て名前を告げた。

「こんにちは、ミスタ・フォクストン。ベン・ロバーツだ」

「ああ、ベン。用件をどうぞ」

「父が気を変えた。あなたと話したいそうだ」

「ありがたい。いつ、どこで?」

「明日の夜、客人としてチェルトナム競馬場へ来てもらいたいと言っている。ハンターチェイス・イヴニングなので特別室を借りているんだ。レースのあとで話したいそうだ」

「きみも行くのか?」

「最初に顔を出すけど、クラブの夕食会のためにオクスフォードへ戻るから早めに帰らなければならない」

「返事はあとでいいか? 婚約者の了解を得なければならない」

「連れておいでよ」彼が即座に言った。「着席式じゃなくてビュッフェ形式のディナーだから人数が増えても問題ない。どのみち、ぼくはプディングが出る前に失礼するから、プディングだけはたっぷりあるよ」彼は声をあげて笑った。

ベン・ロバーツには好意を覚えずにいられない。

「わかった。喜んでうかがうよ」

「ひとりで、ふたりで?」

「ひとりは確実、もうひとりは、行けたらということで」

「父に伝えておく。きっと喜ぶよ。こっちは五時には競馬場へ行っている。では、明日」

それで電話を切った。

チェルトナムへ戻るのは賢明だろうか？ フライト主任警部の本拠地であり、競馬場にはグロスターシャー警察の警察官が大勢いるはずだ。だが、案ずる理由があるか？ こっちはなにひとつ悪事を働いてはいないのだ。

次はトムリンスン主任警部に電話をかけた。

「いまどこにいる？」主任警部がたずねた。「やけにノイズがするが」

「高速道路を走行中だ。この車はあまり防音がよくないんだ」

「どこの高速道路だ？」

「それが重要か？」私は返事をはぐらかした。

「ハンズフリー機能を使っているのか？」

それには返事をしなかった。

「なるほど。ノーということだな」

「だとしたらどうする？ 運転中に携帯電話を使用したかどで逮捕するのか？」

「いや。通話を手短に終えるように努めるだけだ。で、用件は？」

「あんたとイエリング警視と話し合いの場を持ちたい。それと、フライト主任警部が同席したいなら、彼もだ。私を逮捕しないのであれば」

「どこで？」

「そっちが決めろ。ただし、できれば木曜日にしてもらいたい」

「話し合いの目的は？」

「ハーブ・コヴァクが殺された理由と、死んだ銃撃犯が私をも殺そうとした理由を説明する」

「なぜ今日ではだめなんだ？　それに明日も？」

「その前に、ある人物と話したいのでね」

「だれと？」

「ある人物だ」

「捜査は警察に任せろと言ったはずだ」主任警部がいかめしい口調で言った。

「そうするつもりだ。だから、あんたや警視と話し合いたいんだ」

だが、その前にブルガリアの投資についてもっとくわしく知りたい気持ちもあった。

「わかった」彼が言った。「手配しよう。あんたへの連絡方法は？」

「この番号にメッセージを残してくれ。あるいは、明日、こっちからかける」

私は通話を切った。

レディング・ジャンクションで高速道路を下り、インターチェンジをまわって西行きの車線に入り、ニューベリーへ引き返した。

事務所に電話をするとミセス・マクダウドが出た。

「もしもし、ミセス・マクダウド。ミスタ・ニコラスだ。ミスタ・パトリックにつないでくれるかい？」

「手に負えないいたずらっ子ね」とっておきの女校長の口調だった。「ミスタ・グレゴリーをあんなに怒らせるなんて。あれでは心臓がもたないわ」

私は黙っていた。私としては、彼の心臓が早く音をあげてくれたほうがありがたい。

彼女が電話をまわしてくれるのを待った。

「もしもし、ニコラス」パトリックの声がした。「いまどこにいる？」

なぜ、だれも彼もが私の居場所を聞き出そうとするのだろう？

「レディングです。ジェシカとはもう話しましたか？」

「まだだ。今朝は自分でファイルを調べていた。この件について、午後からグレゴリーと話し合うつもりだ」

「背後に気をつけてください」

「冗談はよせ」

「まじめに言っています。大まじめです」私は言い返した。「私だったら、まずジェシカに話し、そのあとふたりでグレゴリーに話します」

「考えてみよう」

パトリックにしてみれば、長年にわたるパートナーでもあり、よほどの確信がないかぎり友人が悪事に手を染めていたと納得できないのかもしれない。コンプライアンス責任者に話を持ち込む前に自分自身の目で確認するのを責めることはできない。

「ブルガリア語のわかる人間が必要かもしれません」私は言った。

「それはこっちで考える」パトリックは断固たる口調で答えた。

「わかりました。お任せします。しかし、状況をたずねるために明日また電話します」

通話を切り、バックミラーに目をやった。青色回転灯も、覆面の警察車輌と思しき尾行車の影も形も見えなかった。悠然と車を駆ってランボーンへ戻った。

「家へ帰りたいの」車を降りてジャンの家のキッチンへ入っていくと、待ちかまえていた母が言った。

「そのうちに」私は答えた。「あの家が安全だと確信できしだい」

「でも、いますぐ帰りたいのよ」

「もう少し先だ」

「いいえ！」母は断固たる口調で言い、両手を腰に当てた。「いますぐよ」

「なぜ？」

「ここに長居してるから。それに、うちの猫のことも心配だし」

「たしか、飼っているわけではないだろう」

「飼い猫じゃないけど、心配なの。それに、明日の夜には婦人会の会合があるし、欠席したくない」

婦人会を軽んずるべからず。トニー・ブレアも首相だった当時にそれを思い知らされている。

「わかった。明日、家まで送るよ」

母は不満そうだったが、自分でタクシーを手配しないかぎりどうしようもない。やむなく、明日ということで納得した。

そのあと、クローディアからも反逆を受けた。競馬場へ行く前に母を送り届けることになった。

「家へ帰りたいの」私たちが使わせてもらっている部屋へ上がると、彼女が言った。ベッドの脇に立ってスーツケースに荷物を詰め込んでいる。

「母さんと示し合わせたのか？」とたずねてみた。

「そうかもね」

これについては、〝かも〟ではないと思った。

「ダーリン、すべてを解決するために木曜日に警察と話し合う手配を整えた。それが終われば家へ帰れるよ」

「その話し合いを今夜か明日にすればいいでしょう?」

「その前にある人物と話をする必要があって、明日の夜、チェルトナム競馬場で会う予定なんだ」

彼女は荷造りの手を止め、ベッドに腰を下ろした。

「わからないわ。あなたを殺そうとしていた男が死んだのに、どうして身を隠しつづけるの?」

「新たな刺客が現われるかもしれない。それに、不必要なリスクを冒したくない。きみはとても大切な人だから」

ベッドの彼女の隣に腰を下ろして抱きしめた。

「でも、ここはすごく退屈なんだもの。それに、清潔な下着も切れちゃったし」

なるほど。本音が現われた。

「じゃあ、こうしよう。母さんには明日コテージへ送り届けると約束したから、今夜のところはみんなで外へ食事に行こう。で、明日の昼ごろ母さんをウッドマンコートへ連れて帰る。きみは母さんとコテージにいるか、私といっしょに夜のレースへ行くかすればいい。それでどうだ?」

「レースへは行かない」

「わかった。かまわないよ。母さんのコテージにいればいい」

「わかったわ」彼女はあきらめたような口調だった。「今夜はどこへ食事に行く?」

「どこか、おいしい料理のある静かなパブだな」

それに、できればランボーンの住人に見とがめられない店がいい。

ジャンの薦めるハンガーフォードのベア・ホテルへ行き、そこのレストランで贅沢な食事を高級ワインで流し込んだ。

「あなたがいなくなると寂しいわ」コーヒーを飲みながらジャンが言った。「あの家が昔のようににぎやかになって楽しかった。クリスマスにまたみんなで来てくれない？」

母とクローディアがジャンの親切に感謝して大ぶりのブランデーグラスで乾杯をし、そのなごやかな雰囲気は、私の運転でそろってランボーンへ戻り、それぞれがベッドに収まるまで続いた。

「まだ警察がいるかしら？」ウッドマンコートまであと数マイルというところでクローディアがたずねた。

私自身、母を家へ連れて帰ると約束してからずっと考えていた疑問だ。

「いてもかまわない」母が後部座席から高らかに言った。「とにかく、また自分の家にいられるんだもの」

「警察がいれば、私はふたりを乗せてきたタクシー運転手のふりをする」ポケットを探って、クローディアに二十ポンド紙幣を一枚差し出した。「ほら。これを渡してくれれば、ふたりの荷物を下ろして走り去る。あとで、競馬場から電話するよ」

「でも、警察はあなたの顔を見て気づくかもしれないわ」クローディアが言った。

「その点は一か八かだ」

それ以上に、いざ着いてみるとコテージが犯罪現場として封鎖されていること――〝立入禁止　警察〟というテープをポーチに張り渡され、どのドアにも南京錠をかけられていること――のほうが心配だった。

杞憂だった。封鎖テープも南京錠も警察の立ち番の姿もなかった。

以前と異なることを示す外見上の徴は、コテージの一角と通りに立つ電柱とを結んでぶら下がっている真新しい架線――切断された電話線の応急措置だ。

母が手持ちの鍵で玄関ドアを開け、私たちをなかへ入れた。

驚いたことに、室内は以前と異なる様子がみじんもなかった。一週間足らず前に激しい死闘があったことを示す、目に見える痕跡はまったくなかった。それでも、三人とも、階段の上り口、銃撃犯の姿を最後に見た場所につい目を注いでいた。白いチョークで描かれた死体の輪郭も、男が横たわっていた場所を示すその他の絵も、いっさいなかった。ほんとうに、その場所で人がひとり非業の死を遂げたことを示すものはなにもなかった。

警察は、キッチンの窓にも、ガラスの割られた箇所を合板でふさぐという修理を施してくれていた。

「いいんじゃない」母が、不安のにじんだ口調とは裏腹に、これで日常に戻る、もう不安はないというふりをしようとした。「だれか紅茶を飲む?」

「ありがたいわ」クローディアの口調にも緊張感が表われていた。

無理もない。このコテージに戻ったことで、突如としてあの恐怖の夜の記憶がまざまざとよみがえったのだ。そんな副作用があるとは、三人とも予想だにしていなかった。

「競馬場へは何時に出かけるの?」クローディアがたずねた。

腕時計に目をやった。いまは三時をまわったところで、全六レースのうち最初のレースの発走時刻は五時半だ。

「あと一時間半ほどかな」

「婦人会の会合は何時からですか?」クローディアは母にたずねた。

「七時半からよ。でも、いつも会合の前にジョーンの家に寄ってるの。そこからいっしょに行くのよ」

「じゃあ、ここを出るのは何時です?」クローディアは辛抱強くたずねた。

「六時ごろね。出かける前に、いつもジョーンとシェリー酒を一、二杯飲むから。婦人会にそなえて少しばかり勇気を与えてくれるでしょう」母は女学生のような笑い声を漏らした。

「婦人会が終わるのは？」クローディアがたずねた。

「いつも十時には家に帰ってるわ。遅くても十時半ね」

「夜までひとりでここにいたくない」クローディアが言った。「気が変わったわ。レースに行くことにする」

第十九章

　結局、クローディアとチェルトナム競馬場へ向かう途中、五時十五分前にジョーンの家で母を降ろした。どうやら母も、あまりひとりでコテージにいたくないようだった。明日の朝ロンドンへ帰るつもりのクローディアと私にとってはよくない徴候だ。

「だれと会う予定なの？」競馬場の駐車場に入り、クローディアがたずねた。

「シェニントンと呼ばれている男だ。シェニントン子爵。特別室を借りているそうだ」

「いかにも上流階級ね」彼女は顔をしかめた。

　車を降りながら、特別室はありがたいかもしれないと思った。昨日の朝のつかの間の晴天は遠い記憶で、西から近づいてきた新しい前線が、この一週間の大半の天気を特徴づけた厚い雲と雨を呼び戻していた。今日のチェルトナムのように投光照明施設のない競馬場での夜間レースは、夏の晴れた長い夜を想定している。こんなじめっとして肌寒い夜には、最終レースはほぼ真っ暗ななかで行なわれることになるだろう。

「で、その子爵はいったいどういう人？」女物の小さな傘の下で身を寄せ合って入口へ向かいながら、クローディアがたずねた。

「競走馬の馬主にしてロバーツ家族信託の上級被信託人。〈ライアル・アンド・ブラック〉の顧客だ」

「ふうん」彼女は見るからに興味を失ったようだ。私の仕事はそんなに退屈なものなのだろうか？

「それじゃあ、どうして警察へ行く前にその人と話す必要があるの？」

これまで、ブルガリアの工場および住宅群の建設計画にまつわる疑惑について、クローディアにはわざと話さずにいた。ただでさえ多すぎるほど問題を抱えている彼女に、私の問題まで負わせたくなかったからだ。

「その家族信託の投資先が詐欺の隠れ蓑だとにらんでいてね。警察に話す前に、なんとしても詳細をつかみたい。彼にいくつか質問をする。それだけだ」

「時間はかかる？」

「向こうはレースのあとで話したいそうだ」

「ふうん」彼女はまた言った。今回はがっかりした口調だった。「じゃあ、ここには最後までいるわけね」

「残念ながら。だが、レース中は特別室へ招待されているし、食べものや飲みものが用意されているよ」

それで彼女もいくぶん元気づき、当の特別室がグランドスタンドの最上階にあるガラス張りの高級な部屋で、眺めがよく、競馬場を見渡せると知ると、ますます意気が上がった。

特別室のなかはからっとして暖かかった。

まだ五時十分でレース開始に遅れたわけでもないのに、室内は早くも招待客でいっぱいで、そのなかに見知った顔はひとつもなかった。

きっと部屋をまちがえたのだと考えはじめた瞬間、ベン・ロバーツがドア口から出てきた。無意識に頭をすぼめている。

「ああ、ミスタ・フォクストン」彼は片手を差し出しながら、まっすぐにこちらへやって来た。

「ベン」私は応じた。「また会えてうれしいよ。紹介させてくれ、婚約者のクローディアだ」

「ようこそ」ベンは笑顔で彼女と握手した。「ベン・ロバーツです」

クローディアが笑みを返した。

「さっ、父に会ってくれ」

彼が先に立って部屋を横切り、奥の一隅に立っている数人の男性のところへ行った。そのなかのだれがベンの父親かは明らかだった。ほかの連中より優に五、六インチは背が高いのだ。〝長身〟の遺伝子はロバーツ一族にはっきりと受け継がれているようだ。

「父さん」男たちの会話がとぎれたすきにベンが声をかけた。「こちらはミスタ・フォクストンと婚約者のクローディア。父のシェニントン子爵だ」

「お会いできて光栄です」私は片手を差し出した。

彼は私を見下ろし、握手のためにゆっくりと手を伸ばした。とても友好的な歓迎とは言えないが、熱烈に迎えてもらえるなどとは期待していなかった。私と話す気になったとはいえ、それが本意でないことは承知している。

「こんばんは、ミスタ・フォクストン。よく来てくれたね」彼は心持ちクローディアに向き直った。

「ようこそ、お嬢さん」

それはまずい。父もいつも〝お嬢さん〟と呼んでおり、クローディアは、高慢ちきな老人に子ども扱いされたくないと言ってそれを嫌っている。

「なにか飲みなさい」シェニントンが言った。「食べものもある」彼は豪華なビュッフェ料理の並んだテーブルを片手で振り示した。「話はあとだ」

彼は先ほどまでの会話の続きに戻った。

「ようし」ベンの口調にははるかに温かみがあった。「なにを飲みたい？　シャンパンは？」

「ええ、いただくわ」クローディアが答えた。

「私はフルーツジュースを。運転するので」

「ぼくもだ」ベンがオレンジ色の液体の入ったグラスを持ち上げた。「でも、あとでボートクラブの夕食会でしこたま飲むよ」

「ボート競技を？」

「そのとおり。今夜は、憎き敵を打ち負かしたことを本拠地で祝うんだ」

「憎き敵って？」クローディアがたずねた。

「ケンブリッジだよ」ベンが満面に笑みをたたえて答えた。「ザ・ボートレース。半艇身差で打ち負かした。楽勝さ！」

「きみもクルーだったのか？」私はたずねた。

「もちろん」六フィート以上の長身の彼がすっと背筋を伸ばした。「四番漕手——〝エンジンルーム〟の一員だ」

「おめでとう」本心から言った。「次のオリンピックを狙うのか？」

「いや。ぼくは無理だ。腕はよかったけど、オリンピックをめざすほどじゃない。潮時だし、潔く引退して普通の生活に戻るよ。この数週間は、どんな天候でも早朝から川へ出るという日々から解放されて存分に楽しんだ。いまは最終試験に向けて猛勉強中だ」

「卒業後はなにを？」私はたずねた。「政界へ？」

「そのつもりだ。少なくともしばらくは、党の特別顧問や政策担当として務める。そのあと議会へ進出する」

さらには世界へ。

「下院、それとも上院？」

「下院だよ」彼は笑いながら答えた。「権力の院。上院にはぼくらのような人間の席はないんだ、いまはもう。ま、席があったとしてもお断わりだけどね」

ベン自身が〝発電所〟のようなもので、彼の発する熱は伝染する。この青年なら成功するにちがいないと思った。

「がんばれ」と言った。「個人的には政治家になるなど最悪の身の振りかただと思うけれど。知り合いはみんな政治家を毛嫌いしているようだから」

「それはちがう」彼はきっとなった。「みんな、自分が権力を得たいのに政治家になったのがほかの人間だという事実が気に入らないんだよ」

反論するつもりはなかった。まして、彼には言い負かされる――それも、完膚なきまでに負かされる――という予感がするのでなおさらだ。草は青色で空は緑色だとベンに言われれば、おそらく、そのとおりだと納得するだろう。ただし、この夜の空は緑でも青でもなく濃灰色だった。

クローディアとともにそれぞれの飲みものを持って特別室のバルコニーへ出た。留守録メッセージを確認するために、一時的に携帯電話の電源を入れた。トムリンスン主任警部から新しいメッセージが入っていた。

「話し合いは明日、木曜日の午前に決まった」彼の声が告げた。「十一時にパディントン・グリーン署だ」

今度は拘束されないことを願った。留置房にはうんざりだ。

クローディアとともに、雨のなかで果敢に駆けまわっているわずかばかりの連中をバルコニーから見下ろした。

「ほんとうに残念ね」クローディアが言った。「こういうイベントって天気に左右されるでしょう。みんな、ずぶ濡れだわ」

「騎手にとってはなお悪い。ずぶ濡れどころか、前を走る馬たちの跳ね上げる泥にまみれる。こんな日は、先行逃げ切りに徹するのが唯一、賢明な作戦だ。少なくとも、そうすれば走路や障害が見える。ただし、もしも馬が転倒すれば、地面に倒れているのを後続馬に踏みつけられるというマイナス面もある」

「とりあえず騎乗料はもらえるでしょう」

「いや、今夜はもらえない。どのレースもアマチュア騎手限定だ」

「じゃあ、みんな頭がどうかしてるのよ」

私は笑った。「とんでもない。一部のアマチュア騎手にとっては、一年を通して最高の夜なんだ。今日の大会の出場資格を得るために冬のあいだずっとがんばってきたんだから、ちょっとやそっとの雨で士気が下がったりするものか」

「ふうん。こんな雨のなかでレースをするんだったら、わたしならたっぷりの報酬が欲しいけどね」

私はちがう。無報酬でも喜んで騎乗する。いや、あの連中の一員になれるなら、こっちが金を払ってもいい。それもたっぷりと。

「アマチュア騎手は、競馬が好きだからやっている」私は説明した。「現に、〝アマチュア〟という言葉は、ラテン語で〝愛する人〟を意味する〝アマトール〟に由来しているんだ」

「あなたはわたしの〝アマトール〟よ」彼女は低い声で言って向き直ると、私のコートのなかへ両腕をまわして抱きしめた。

「いまはだめだよ、ダーリン。ここではだめだ。それに、仕事中なんだから」

「残念」彼女は腕を放した。「あなたの仕事って、ほんとうにつまらない」

どうやらそれが衆目一致の結論のようだ。


クローディアと私は、第二レースのあと、雨にもめげずにパドックへ下りていった。第三レースに馬を走らせるジャンを力づけるためだ。

「残念だけど、あまり勝ち目はないわ」小さな鞍を腕にかけて検量室から出てきたジャンが言った。「馬は好調なんだけど、馬主が息子を騎乗させろと言って聞かなくてね。まだ十八よ。幼い騎手なのに、騎乗する牝馬は最後まで抑える必要がある。早くから前に立つと手を抜く馬なの」

「だが、あなたの調教馬で初めて勝ち鞍をあげたとき、私もまだ十八だった」私は指摘した。

「そうね」彼女は答えた。「でも、あなたは優秀だった。とても腕がよかった。今日の子はどうにか平均並みってところよ」彼女は馬の準備をするために急いで装鞍所へ行った。

クローディアとともに検量室前の庇の下で待っていると、まもなく当の牝馬がジャンと馬主を従えてパドックへ出てきた。

その馬主がだれなのか確認するために濡れそぼった出馬表を見て、同レースの別の出走馬の馬主がシェニントン子爵だと気づいた。パドックを見まわし、向こう側でゴルフ用の大きな傘の下に身を寄せ合っている彼と客人たちを見つけた。彼らは出走馬の調教師、ゴシップ屋のマーティン・ギフォードと話していた。

騎手たちが更衣室から召集され、勝つ気にはやる人馬が本馬場へ出ていった。深まる夕闇のなかで、色鮮やかな勝負服がきわだって見えた。

クローディアと私は、グランドスタンドの特別室へ戻らず、このままパドックにいることにした。レースの一部始終は大スクリーンで観ることができるし、ジャンの馬が勝っても、また濡れながらここまで下りてこずにすむ。それに、調教馬のレースを観るために馬主とともに特別室へ上がるにちがいないマーティン・ギフォードとあまり口をききたくないという思いもあった。

だが、その点に関しては、残念ながら思惑がはずれた。

マーティン・ギフォードは、大スクリーンでレースを観るために検量室前のテラスへ来て、私の真横に立ったのだ。

「よう、フォックス」彼が言った。「なにを考えてるんだ？」どうやら、サンダウンでのちょっとした口論から立ち直ったか、忘れてしまったらしい。「いやな日だな」

「そうだな」私はあいづちを打った。

「今日のレースに来るとは驚きだ。おれなら、走らせる馬がいなけりゃ来ないところだ。出すなと説得しようとしたが、馬主が譲らなくてな。だが、きっと勝つぞ」

さて、これをどう解釈したものか。マーティン・ギフォードは、自分の調教した馬に対し、勝ち目はないと言うのが口癖だ。現に、チェルトナムのレースでは、彼が勝ち目はないと言った馬が二頭とも勝っている。だが、逆も真なりということだろうか？　今日の馬は、ほんとうは勝ち目のない駄馬なのか？　まあ、どうでもいい。どのみち、その馬に賭ける気はないのだ。

もう一度、出馬表を見た。競馬ファンの参考のため、各出走馬の詳細とともに評価数値（レイティング）が記されている。数値が高いほど優秀な馬だとされているが、むろん、常に数字どおりの結果になるとはかぎらない。ほかの出走馬がほどほどの評価であるのに対し、マーティンの調教馬にはたしかに高いレイティングがついている。おそらく彼はほんとうのことを言っているのだろう。オッズ表示板を見上げると、競馬ファンも彼と同じ見通しらしい。彼の馬は発走前の賭け率が低い本命だった。

大スクリーンで観ているうち、馬たちはゴール前の直線路の端に設けられたスタート地点から、ひじょうにゆっくりと走りだした。重馬場のコースを二周以上も走る三・五マイルのレースでは、だれも本気で先頭に立つつもりはなく、最初の障害に達しても、十五頭はまだ襲歩へ移行していなかった。

「がんばれ、ばか野郎」隣でマーティンが言った。「この一勝はほんとうに欲しい。勝てば、あのくそったれ馬主だって少しは調教料を払ってくれるさ」

わずかに彼に顔を向けた。案外マーティンは役に立つのかもしれない。

「馬主は支払いが遅れているのか？」とたずねた。

「そうさ」マーティンはスクリーンから目を離さずに答えた。「ただ、遅れてるどころか、ほぼストップしてる。ウェザビーズに申請して馬の所有権をおれに移す、と言って脅しもした。馬主にはひと財産分もの貸しがあるんだ」

ウェザビーズというのは英国競馬界を取り仕切っている会社で、同社が全競走馬の登録管理を行なっている。

「その馬主の持ち馬の数は？」私はたずねた。

「多すぎるんだよ。全部で十二頭だと思うが、幸い、おれが預かってるのは六頭だけだ。そのうち一頭は弟との共同所有だった。もう何カ月も一ペニーたりとも払ってくれてない。こっちだって、立ちゆかなくなりかけてるんだ」

「だが、最終的には払ってもらえるはずだろう」

「どうかな。支払う金がないとシェニントンは言うんだ。破産寸前だ、と」

じつに興味深い。ロバーツ家族信託はブルガリアへの投資による五百万ポンドもの喪失などものともしないのに、その上級被信託人は破産寸前で調教料も支払えないという。

そのくせ、今日の競馬大会のために特別席を借りている。破産裁判所の好意を得たい人間のふるまいとは思えない。むろん、裕福なふりを装って体面を保ちたいのであれば話は別だ。案外、ほかの招待客は債権者なのかもしれない。おそらく、マーティンがレースを観るために特別室へ呼ばれなかったのも当然なのだろう。

「だが、シェニントン卿は莫大な金を持っているはずだ」と言ってみた。

「どうやらそうじゃないらしい」マーティンが言った。「彼の父親である伯爵がいまも一族の財布の紐をしっかりと握ってるんだ。それに、シェニントンは、自分の自由になる金を失った」

「失った？」

「ギャンブルだよ。競馬。それとカジノ。どうやらギャンブル中毒らしいな」

「そんなことを、あんたがなぜ知っているんだ？」半信半疑でたずねた。

「本人がそう言ったんだ。それを調教料を支払わない言い訳にまでしやがった」

「それなのに、なぜ彼の馬を走らせる？　このレースの出走料は彼が払ったのか？」

「まさか。おれが出したんだ」

「どうかしているぞ」

「勝てば優勝賞金を全額くれるという約束だ」

私たちは、一周目でグランドスタンド前を駆け抜ける馬たちを大スクリーンで観ていた。陽射しが弱いため、騎手たちの勝負服の色が異なっていても馬を見分けるのは容易ではなかったが、全馬がひとかたまりとなって走っているレースはまだ先が長い。どの馬にも、まだ賞金獲得のチャンスがある。もっとも、賞金は高額ではなく、せいぜい数千ポンドだ。出馬表で競走条件を確認した。優勝賞金は四千ポンドあまりだが、六頭分の一カ月の調教料は少なくともその倍だ。シェニントンが約束を守ったとしても――それさえもあやしいが――優勝賞金ではマーティンへの借りを完済するには及ばない。

二周目にグランドスタンド前を通過するときには、転倒により馬数は十五から十二に減っていた。その十二頭も、もはやひとかたまりではなく、一ハロン以上にわたって伸びている。一周目で馬の見分けがつきにくかったと言うならば、どの騎手も正面が泥まみれの茶色い姿でテレビカメラへ向かって突っ込んでくるいまは、見分けるのはほぼ不可能だ。ただ、最後の周回に入る際に、勝負服の背部で見分けがついた。

ジャンの馬とマーティンの馬はまだ先頭集団にいた。もっとも、その先頭集団も、このコースの最高地点に達し、最後の直線へと向かって左まわりで斜面を駆け下りてくるときには、疲れて脚が重そうだった。こんな重馬場での三・五マイルは、とてつもなく長い道のりだ。

ジャンが危惧していたとおり、彼女の馬の若い騎手は先頭に立つのが早すぎた。大スクリーンの映像でさえ、その牝馬が単独で先行するのを嫌っているのがわかった。馬は渋って脚をゆるめ、最後の障害の直前で完全に止まりそうになった。別の一頭が追い抜いてほぼ助走なしの状態で跳んでみせなければ、おそらくその障害を跳ばなかっただろう。とはいえ、追い抜いたほうもこのレースに勝ちたがっているようには見えなかった。

その馬も、他馬がどこへ消えたのかと不思議がっているように騎手が周囲を見まわしてばかりいるせいで蛇行していた。じつは、他馬の大半は、勝機がないという当然の判断をして、斜面を下る途中で脚を止めてしまっていたのだ。

出走した全十五頭のうち実際にゴールしたのは三頭だけで、一着はマーティン・ギフォードの調教馬だった。ジャンの調教馬は、優勝馬から二十馬身の後れで常歩で二着に入り、あともう一頭ははるかに後れて斜面をよろよろと上って三着でゴールした。

雨が少し弱まったので、クローディアと私はパドックと脱鞍所のあいだの白いプラスティック製の柵のところへ行き、疲労困憊の馬たちが戻ってくるのを見ていた。

ジャンはあまりうれしくなさそうだった。「あの子は勝てたはずなのに」牝馬のことだ。「あのばか小僧には早く出すぎるなって言ったわ。最後の障害を跳び終えるまでは先頭に出るなと指示したのに、なにやってるんだか。勘弁してほしいわ」対してマーティン・ギフォードは満面に笑みをたたえていた。馬主とは対照的だった。

シェニントン子爵はいまにも怒りを爆発させそうな顔をしていた。勝利をつかんだばかりの騎手に憤懣やるかたない目を向けるので、私は、あの若者もビリー・サールと同じく、あらかじめ負けると約束していたレースで勝ったのだろうかと考えた。とはいえ、あの騎手にはどうしようもなかった。ゴール前で脚を止めるか意図的な落馬でもしないかぎり、勝利はまぬがれない状況だった。

しかもシェニントン卿はまちがいなく〝金持ち野郎〟だ。

ビリーがシェニントンの持ち馬に騎乗したことがあるか、記録を当たってみよう。

「凍えそうよ」馬が房へ連れていかれたあと、ジャンがまた私たちのところへ来た。「あなたたちのどっちか、ウィスキーマックでも飲んで温まらない？　おごるわよ」

また雨脚が強まってきたので、三人でグランドスタンドの一階にある〈アークル・バー〉まで走った。

「シェニントン子爵のことをどの程度知っている？」スコッチ・ウィスキーとジンジャー・ワインで作ったカクテルを飲みながらジャンにたずねた。

「名前はもちろん知ってる」彼女は言った。「でも、言葉を交わすような知り合いじゃない」

「わたしたち、彼の特別席の招待客なの」クローディアが言った。

「あら、ほんとう？　彼は競馬界にかなり強い影響力を持ってるようだし、父親は長年ジョッキークラブのメンバーよ」

「うちの事務所の顧客なんだ。といっても、私の顧客ではないが」

ジャンは私に向かってほほ笑んだ。わたしはあなたの顧客よ、そのことを忘れないで、と言葉に出さずに告げているのだ。

「彼がなにか金銭的な問題を抱えているかどうか知ってるか？」とジャンにたずねた。

「彼の財務状況なんて、わたしが知るわけないでしょう。その分野の専門家はあなたよ」

たしかにそうだが、彼は私の顧客ではなく、グレゴリーに問いただすわけにもいかない。

第四レースはバーのテレビで観た。優勝者はやはり疲労困憊で、分厚い泥にまみれていた。

「こんな重馬場のときはなにか手を打つべきよ」ジャンが言った。

「たとえばどんな？」クローディアがたずねた。

「距離を短くするとか、負担重量を軽減するとか」

「現実的には、負担重量を軽減するのは無理だ」私は言った。「ただでさえ半数は重量超過なんだから」

アマチュア騎手の大半はプロ騎手よりも背が高く体重も重い。

「じゃあ、距離を短くするべきよ。かわいそうに、馬の半数は死にかけの状態でゴールしてる。こんな泥のなかで三・五マイルは長すぎるわ」

むろんジャンの言うとおりだが、数カ月も前に予定を立てる執務委員にレース当日の馬場状態が予想できるはずがない。

「さて」ジャンは意を決したように言ってウィスキーマックを飲み干した。「愚痴はおしまい。家へ帰るわ」

「わたしたちも帰っちゃだめなの？」クローディアが震えながら言った。

「まだだめだ」私は言った。「シェニントン子爵と話をしなければならない」

クローディアはとてもうれしそうとは言えない顔をした。

「帰りたいなら、きっとジャンが母さんのコテージまで送ってくれるよ。ここからほんの一マイルほどだから」

「いいわよ」ジャンが言った。

「ほら、これ」ポケットから母の家の鍵を取り出した。「十時までには帰る。途中でジョーンの家へ寄って母さんを拾うよ」

クローディアは、不安だと言わんばかりにゆっくりではあったが鍵を受け取った。

「なかへ入るまでジャンが見届けてくれる」私は安心させようとした。「あとは錠をかけて、私以外の人間にドアを開けるな」

そう言ったとたん、彼女はひとりでコテージに帰るのをためらう様子を見せた。だが、とても寒そうだし、私としても、手術後の体に無理をさせたくはない。それに、本音を言えば、クローディアがジャンといっしょに帰ってくれたほうが、シェニントンにぶつける質問を考えることにすぐさま集中できるのでありがたい。

「わかった」クローディアが言った。「でも、早く帰ってね」

「そうするよ。約束する」

第五レースの前にシェニントンの特別室へ戻ると、室内は先ほどより空いていて、ベンの姿もなかった。

「あれはオクスフォードへ戻らなければならなかったのだ」バブアーのコートを脱いでドアの脇のフックにかけていると、彼の父親が説明した。雨粒が防水素材をつたって袖からカーペットにしたたり落ちた。「きみによろしく言ってくれとのことだった」

「ありがとうございます。じつに気持ちのいい青年ですね。さぞご自慢でしょう」

「ああ、ありがとう。だが、ときとして、いささか理想主義的になる」

「それが若者のいいところではありませんか？」

「そうとはかぎらない」彼は私の頭上の壁を見つめて答えた。「だれしも現実世界で生きていかねばならん。ベンにとってはすべてが善か悪、白か黒だ。中庸も妥協もなく、他人のあやまちに対して寛容さというものをほとんど、いや、まったく持ち合わせていない」

たいしたご高説だ。父子間に横たわるなにがしかの軋轢が言わしめたにちがいない。おそらく、父親のギャンブル中毒をベンはそう簡単に許さないのだろう。

シェニントンは、まるで催眠状態から覚めるかのような顔になった。

「連れの女性は？」彼があたりを見まわした。

「寒いと言いまして。友人が私の母の家まで車で送ってくれることになりました。あとで迎えに行きます。申し訳ありません」

「無理もない。今夜は冷える。招待客の多くももう帰った。残りの連中も、最終レースまでに帰るだろう」

バルコニーへ出て闇に目を凝らし、疲労困憊し泥まみれになった参加者たちのスタミナ検査へと転じた長距離障害レースを観た。少なくともこのレースは観客の沸くゴールになりそうだったが、結局、先頭争いをしていた二頭のうち一頭が最後の障害を越えて着地する際に脚をすべらせ、不運な騎手が芝生に振り落とされて不吉な音を立てた。見ていると、無念そうな騎手は、騎手泣かせの〝鎖骨骨折〟を負ったときの典型的な姿勢で片腕を抱えて座り込んでいた。

そういえば、騎手の座り込んでいる場所は、約八年前に私の人生を一変させた地点からそう離れていない。あの日、頭からではなく、あの騎手のように、伸ばした腕から着地していれば、事情はまるでちがっていたかもしれない。もしも、首ではなく鎖骨の骨折ですんでいれば。

シェニントンの予想どおり、残っていた招待客はほぼ全員、このレースのあと別れの挨拶をして、雨のなかを自分たちの車まで走る覚悟で帰っていった。

やがて、残っているのはシェニントン子爵と私、かなり地味なスーツ姿の男ふたりだけになった。ケータリング係まで消え失せたようだった。

不意に不安を覚えた。

だが、気づくのが遅すぎた。

男の一方がだれも入ってこないようにドア口に立ち、もう一方が私に向かってきた。手袋をはめた手に持った拳銃には、もはやおなじみとなったサイレンサーがついている。

「ミスタ・フォクストン、おまえを殺すのはひじょうに骨が折れる」シェニントンが淡い笑みを浮かべた。「来ると思った場所に姿を見せない。そのくせ、ここへは、危険だとも知らずにのこのこ現われた」

彼は笑いだしそうだった。

私はにこりともしなかった。

今回ばかりはあまりに迂闊だった。

第二十章

「なにが望みだ？」不安が声に出ないように努めた。

「死んでもらう」シェニントン子爵が言った。「そうすれば、私の弟が殺されたなどというくだらない噂を広めるのを止めることができる」

「しかし、彼は他殺だ。そうだろう？」

「それについては、もはやおまえが心配する必要はない」

「よくも実の弟を殺せたものだな。理由はなんだ？　金か？」

「金に困るのがどういうことか、弟にはわからなかった。いつもひとりよがりだった」

「正直だったということだ」

「小理屈はよせ。だれもが金儲けに夢中だ。私は自分の取り分が欲しいだけだ」

「一億ユーロがあんたの取り分なのか？」

「黙れ」彼が大きな声をあげた。

なぜ黙らなければならない？　注目を引くために声をかぎりに叫んだほうがいいかもしれない。

大きく息を吸い込み、助けを求めて叫びかけた。だが、声は出なかった。拳銃を持った男が下腹部に強烈なパンチを食らわせたせいで肺から空気が抜け、私は床に倒れてあえいでいた。おまけに、男に顔を蹴りつけられて唇が破れ、細かい血しぶきがカーペットに飛び散った。

「ここではよせ、ばか者」シェニントンが鋭い声で言った。

これで少しは安心だと、かすみのかかった頭で考えた。少なくとも、連中はここで殺すつもりはない。空になったシャンパン・ボトルといっしょに特別室の片隅に死体を放置すれば、有罪の決め手になりかねない。

「こんなことをしてもむだだ」血の出ている口のあいだから出た声は、自分の耳にも奇妙に聞こえた。「私がここにいることは警察が知っている」

「それはどうかな」シェニントンが言い返した。「私の得た情報によれば、おまえはこの一週間あまり、警察も避けていたはずだ」

「婚約者が知っている」

「そう、あの女は知っている。おまえの始末がすめば、あの女も始末する」

私がここにいることはジャン・セッターも知っていると言ってやろうかと考えたが、それではジャンまで命の危険にさらすことになる。

黙ることにした。すでに余計なことを言いすぎた。

場内放送の声が聞こえた。最終レースが始まったのだ。

「よし」シェニントンが男たちに向かって言った。「レース中にこいつを下へ連れていけ」

男たちが私を引っぱって立たせた。

「どこへ連れていくつもりだ？」私はたずねた。

「おまえの死に場所へ」シェニントンが落ち着き払って答えた。「当然、ここではない。暗くて人気のない場所だ」

「できれば――」

口にできたのはそこまでだった。右側の男、拳銃を持たずにドア口に立っていたほうの男が、不意に腹にパンチを食らわせた。今回、床に崩れ落ちなかったのは、男たちが両側から私の腕をつかんでいたからだ。腹が燃えているようで、内臓が重大な損傷を負ったのではないかと不安だった。

「もう黙る」パンチを食らわした男が言った。英語が得意ではないようだ。

〝もう黙る〟というのは名案に思えた。少なくとも当面は。そこで、男たちに連れられ、コートの横を素通りして廊下をはさんだ向かい側の人気のない配膳室へ入るあいだずっと黙っていた。私たち三人はケータリング用エレベーターのひとつで一階へ下りた。シェニントンの姿はない。それが吉と出るか凶と出るかはわからない。三対一よりは二対一のほうがわずかにましだろうが、マイナス面は、この二人組の用心棒を説得できる可能性がほとんどないことだ。もっとも、シェニントンがいっしょだったところで、その可能性があったかどうかは疑わしいが。

エレベーターが停まったので降り、タールマカダム舗装の濡れた路面を横切って北口へ、さらにその先の駐車場へ向かった。チェルトナム競馬場の各施設は、連日六万人以上もの観衆が詰めかける三月のチェルトナム・フェスティバルに合わせて設計されている。したがって、何カ所かに設けられた駐車場も広大なのだが、観客がわずかしかいないこんな夜はどの駐車場もほとんど空いており、こんな時刻には暗くて人気もない。

〝暗くて人気のない場所〟とシェニントンは言った。

最後の小旅行は競馬場の駐車場の奥まった一隅で突如として終わりそうだ、との結論に達した。精いっぱい足をゆるめようとしたが、強引に歩かされた。座り込もうともしてみたが、男たちがそうはさせなかった。腕をつかむ手を強めて無理やり進ませた。

パンチをもう一発食らう危険を冒しても、助けを求めて叫ぶべきだ。だが、場内放送の声が響き渡っているなかで、聞きとめてくれる人がいるだろうか？　あたりには、雨を避けるように襟を立て頭を垂れて家路を急ぐ人がごくわずかにいるだけだ。まだ残っている観客の大半は、賢明にも屋根の下でレースを観ている。こんなところにぼんやり立って濡れそぼっているのは愚か者だけだ。

「馬だ！」右手から警告の大声がした。「馬が逃げた！」

馬に帰巣本能がそなわっていることは疑いの余地がない。馬に逃げられ、駆け去られた経験のあるどの調教師にでも訊いてみればいい。馬はたいがい、所属厩舎の中庭にある自分の馬房で満足げに立っているのを発見される。しかも、たいていの場合、捜索隊よりも先に戻っている。

レースに出たがらない馬や、転倒をきっかけに逃げかねない馬は、おおむね本馬場入場の前にいた場所へ向かう。家へ、せめて競馬場内の馬房へ戻ろうとするのだろう。

いま逃げ出した馬は馬道を駆けてきて、パドックへ戻るべく直角に曲がろうとした。急角度、勢いがつきすぎていたこと、さらには路面が濡れていたこととがあいまって脚をすべらせ、転倒して白いプラスティック製の柵を突き破り、立ち上がろうと脚を激しくばたつかせながら私たち三人のほうへ向かってすべってきた。

私の左右についていた男たちが鋭い馬蹄をかわすためにとっさに一歩下がったので、腕をつかむ手がわずかにゆるんだ。私は思いきって一歩前に出て男たちの手を脱し、手綱をつかんだ。馬がなんとか立ち上がるのと同時に、なめらかな動きでその背に乗り、鞍にまたがった。

だれに促される必要もなかった。驚いている馬の腹をひと蹴りし、馬がもと来たほうへと駆けだした。馬道の先、本馬場へ向かって。

「おい、止まれ！」進路に立っている執務委員が両腕を振りまわしてどなった。私はちらりと背後を見た。二人組は追ってきており、一方が胸ポケットに手を入れた。きっと拳銃を取り出すつもりだ。

私に止まる気がないことをすんでのところで察知した執務委員は横へ飛びのいた。私は馬にもうひと蹴り入れ、拳銃の標的を最小にしようと、できるかぎり低く身をかがめた。

前方へ目をやった。最終レースが進行中だとはいえ、私にとってはまちがいなく本馬場がもっとも安全な場所だ。自分のほうへ駆け戻ってくる馬を見た別の執務委員が、可動式の柵を必死で引き、馬道を封鎖しようとした。

それでも、私に止まるつもりはない。止まれば死ぬ、だから止まらない、と心に決めていた。

乗り手はさまざまな方法で馬に意思を伝える。わかりやすいのは、手綱を束ねてあるいは一本だけ引くという方法や、声をかけてなだめたり、足で腹を蹴ったりする方法だ。だが、馬と騎手のあいだのもっとも強力な意思伝達は体重移動によって行なわれる。深く座れば馬は速度をゆるめて止まり、肩胛骨のほうへ体重をかければ馬は跳ぶように走る。

私はあぶみに足をきちんとかけて中腰になり、手綱を短く持って鬐甲（きこう）の上方へかがみ込んだ。馬は〝行け〟というメッセージを完全に理解した。馬に乗るのは自転車に乗るのと同じ——一度身につければ絶対に忘れない。

馬道の端に近づいても、私は速度をゆるめる動きをとらなかった。むしろ逆だ。また腹を強く蹴りつけた。馬は新しいメッセージを明確に受け取り、なにをするべきかを理解した。私は体重をわずかに移動し、歩幅を広げて跳べ、高く跳べ、と伝えた。

私たちは、賢明にもしゃがみ込んでいた執務委員と柵を楽々と跳び越えた。

着地をわずかに失敗してひざをつきそうになったので、一瞬、転倒するかと思ったが、手綱を引いて頭を上げてやると、馬はすぐにバランスを回復した。

左へ行くか、右へ行くか？

左と決め、手綱を引いて乗馬を誘導し、グランドスタンドから離れて、広々として安全な本馬場へ向かった。

ほかの馬たちがこちらへ向かって最後の直線を駆け上がってこようとしていたが、私がいたのは別の競馬大会で使われる障害コースなので、馬群からかなり離れていた。

乗馬が仲間と同方向へ走ろうと向きを変えかけたが、私は馬群から引き離して直線路の端まで行き、そこで脚を止めてグランドスタンドを振り返った。

陽射しの名残も急速に消えつつあり、グランドスタンドの照明が不自然なほど明るく見えた。二人組が追ってきているのかどうかは定かでないが、おそらくはシェニントン子爵も加わって追っていると考えるべきだろう。シェニントンは私を永遠に排除したい気持ちをますます強めているはずだ。

また馬首をめぐらせて斜面を駆け上がり、グランドスタンドや各施設からもっとも遠い地点へ向かった。

さて、どうする？

例の目立たないブルーのレンタカーが駐車場で待っているが、問題は、車のキーが携帯電話や財布とともにバブアーのコートのポケットに入っていることだ。そしてそのコートは、あいにくシェニントンの特別室のドア脇に吊されたままだろう。

私の来た馬道のすぐそばから一台の車が本馬場へ出てくるのが見えた。わずかに上下するヘッドライトを見て、私のあとをたどって芝生の上を走っているのだとわかった。

もう一台、本馬場へ出てきたが、逆方向へ向かった。

二台ともゆっくりとコースを周回しだした。このままここにいたのでは、はさみ撃ちに遭う。

だが、運転しているのはだれだろう？　シェニントンとその仲間か、警察か、あるいは競馬場の保安係か？　この馬の調教師は、馬泥棒に遭って預託馬がいま真っ暗な本馬場を駆けまわっていると知れば、決して喜ばないだろう。

とにかく、このままじっとしているわけにいかないのは確かだ。ここにいれば見つかり、場合によってはつかまってしまう。それに、シェニントンと雇われ用心棒どもが乗っていないとはっきりわかるまで、あの車に近づかせるつもりは断じてない。

アメリカの競馬場とは異なり、チェルトナム競馬場のコースは単純な楕円形ではなく、ふたつ分のコースをずらして重ね、片端に環をつけ加えたような形状をしている。さらに、中央部はクロスカントリーレースに使用される。二台の車だけで私を追いつめることは不可能だ。私が迂闊なまねをすれば話は別だが、今日はもう不用心なまねはしない。

車がどのコースを選ぶか見きわめたあと、馬を別のコースへ進めた。このときにはもう陽射しの名残も完全に消えており、ヘッドライトの弧に入らないかぎり、私の姿は車中の人間に見えないはずだ。

ところが、残念ながら、さらに三台の車がコースへ出てきた。うち二台は私のいる場所へまっすぐ向かってきて、残る一台は長いコースを反時計まわりに走りだした。なお悪いことに、何人かがコースの中央に広がって馬あるいは私を探しながら歩いてくるのがヘッドライトの明かりで見えた。

全員がシェニントンの仲間のはずがない。何人かは善玉、私の援軍にちがいない。だが、どれが？断じて相手をまちがえるわけにいかない。

ここにいたのでは絶望的だ、車であるいは歩いて捜索しているだれかに見つかるのも時間の問題だ、と思った。馬を駆って競馬場の端へ行き、出口を探したが、不正入場者を防ぐために高さ五フィートの頑丈な金網柵が長々と設けられていた。

馬をつないで柵を越えてもよかったが、馬を乗り捨てた場所から私の逃げ出した位置を知られることになる。だいいち、シェニントンとその仲間がまだ追ってきているはずだ。それに、馬に乗っているほうがなんとなく安全な気がした。拳銃を持っているにせよ持っていないにせよ、歩いて捜索している連中を振り切ることができるからだ。

〝そんな状態の首で、私なら、馬はおろか自転車にも乗りませんね〞と、脊髄損傷の専門医が何年も前に言った。それなのに、こうして闇のなかで馬に乗って駆けている。だが、完全に安全だと感じ、なつかしさを覚えていた。落ちないようにさえすればいい。

通用ゲートがあるかもしれないと期待して柵に沿って走った。どんな馬も、五フィートもの高さは飛越できない。まして、この時間には馬房で暖かく過ごしているはずの疲労困憊した障害馬だ。ゲートがあったところでたいして役に立たないだろう。おそらく施錠されているだろうし、闇のなかで馬に飛越を求めることもできない。

捜索隊によるはさみ撃ちの輪が狭まってきたので、すぐにもここを離れなければつかまる危険があった。腹を強くひと蹴りして境界の柵沿いにコースの北端へ駆け戻り、馬がつまずいたりウサギの巣穴に脚を取られたりしないほうに賭けることにして、つけ足された環のような走路へ進んだ。

まだ通用ゲートを見つけられなかった。コースを一周して駐車場を突っ切って出口を探すほかないのかもしれないと考えはじめたものの、捜索隊の輪がさらに迫ってきているので、こうしているあいだにも、その可能性が絶たれようとしていた。

金網柵がようやく生垣に変わった。ただし、飛越向きの低いものではなく、サンザシとブラックベリーが絡み合って突き抜けることのできない高い生垣だ。駈歩で生垣の端まで行き、ようやく下生えの切れ目を見つけた。馬とともにそのすき間を通り抜けて、三月のフェスティバル期間中にヘリコプターの離着陸区域として使用される野原へ出た。

追っ手とのあいだに生垣をはさんで、もと来た方向へ戻った。すでにほぼ漆黒に包まれた夜になっており、ヘッドライトの反射光もない状態だった。足もとも見えないまま、じわじわと馬の歩を進めた。私と同じく馬も行く先がわからずに頭が混乱しているにちがいないが、よく訓練されているので、私のどんな指示にも素直に反応した。

「進め」馬の耳もとで小声で言った。「いい子だ」

プレストベリー村の家々の明かりが見えた。この先、生垣は薄くなっているにちがいない。

ふと、咳の音が聞こえた気がした。そっと手綱を引くと馬が脚を止め、静かに立った。闇に耳をすませた。

空耳だったのか？

男がまた咳をした。ほどなく大きな声で呼びかけた。だが、私には理解できない言葉だ。男は生垣の向こう側にいるが、どれだけ離れているのか、正確なところはわからない。別の男がやはり外国語で答えた。そっちのほうが遠くにいるのは確かだ。

男たちはシェニントンの雇われ用心棒にちがいない。

私は息をひそめ、馬が音を立てたり口のなかではみを鳴らしたりしないようにと祈った。

男たちの会話に耳をすますうち、近いほうの男の身動きする音が聞こえた気がしたが、確信はなかった。

雨が加勢してくれた。

いくぶん治まっていたのが、また激しく降りだし、大きな雨粒が首筋を流れ落ちた。だが気にならなかった。雨音で男たちの会話はこれ以上は聞こえないかもしれないが、それよりも重要なのは、私の立ち去る音が男たちに聞こえないということだ。

かなり小さな音を立てて、足で馬の腹を軽くつついた。「進め」馬の耳もとで命じた。

ようやく通用ゲートに達すると、錠はかかっていなかった。

馬を下り、手綱を引いて通り抜けたあと、ゲートを閉めた。

不意に照明が灯ってあたりを煌々と照らし、その瞬間、驚いた馬が急に向きを変えたので手綱がするりと手から抜けた。

くそっ！

「こっちだ」できるかぎりなだめる口調を心がけた。「いい子だ。こっちへ来い」片手を伸ばすと、怯えている馬は頭を上下させて大きな声でいなないた。「いい子だ」と繰り返し、ゲートの脇で震えている馬のほうへ向かった。充分に近づき、一気に飛び出してふたたび手綱をつかんだが、その前に馬はさらに二度も大きな声でいなないた。

男たちは聞きつけただろうか？　あるいは照明を目に留めただろうか？

問題の照明は木造の納屋の切妻壁に取りつけられたもので、その下に人感センサーがついていた――防犯灯だ。

あたりを見まわした。私たちがいるのは農場の中庭で、納屋の向こうにも小屋がいくつか立っている。すぐ右側から空を切る音が聞こえた。

たちまち、腕に鳥肌が立ち、うなじの毛が逆立った。なんの音かは知っている。前にリッチフィールド・グローヴで聞いたのだ。銃弾のかすめる音、不安になるほど近くをかすめる音だ。また空を切る音がして、頭のわずか数インチ横の壁板に銃弾がめり込んだ。すぐに叫び声が――外国語の叫び声だ――聞こえた。ここから動こう、いますぐに。

馬を引き、走って納屋の角を曲がり、叫び声のするほうから離れた。またしても頭をかすめた銃弾が夜の闇のなかへ消えた。

馬はどこかへつないで置いていき、ひとりで安全な場所へ逃げるつもりだったが、予定変更だ。男たちが私を狙って発砲するほど近くにいるのであれば、走って逃げても追いつかれる距離だということだ。逃げきるためには馬の速度が必要だ。

左足をあぶみにかけ、体を引き上げるようにして鞍に収まると、手綱を束ねてふたたび駆けだした。農場の中庭を進むうち次々に防犯灯がついたが、人間を乗せて安心したのか、馬が怯えることはなかった。煌々と照らされた中庭を突っ切り、弧を描いて闇のなかへと延びる長い私道を疾駆した。前方に、右から左へ高速で流れていくヘッドライトが見えた。この私道がつきあたるウィンチクーム・ロードを走る車だ。

防犯灯ははるか後方になったが、闇に乗じることにして、思いきってできるかぎり速く馬を駆けさせた。

ウィンチクーム・ロードが近づいてきた。どっちへ曲がろう？

右へ折れてプレストベリー村とチェルトナムのほうへ向かうべきだ。チェルトナム署へ向かうほうがいいのだから。警察署なら安全だし、フライト主任警部もようやく私の事情聴取ができる。

頭のなかで最善の道順を考えることまでした。

プレストベリー村で生まれ育ったので、ここからチェルトナムの中心部までの近道はどれもよく知っている。子どものころに徒歩あるいは自転車で通っていたのだ。それに、人気（ひとけ）のない裏道も残らず知っている。ピットヴィル公園を抜けるひっそりした小径も、チェルトナムの温泉のシンボルであるポンプルームを過ぎ、トミー・タイラーズ通りの保養地区を横切り、幼いころに学校の友だちとよく遊んだガードナーズ・レーンの近くの市民菜園の前を通るルートも知っている。どの経路でも、馬に硬い舗装道路ではなく草地を走らせて、私が三十年近く前に産声をあげたかつてのチェルトナム産科病院からほど近いスウィンドン・ロードへ出ることができる。

そのあと、鉄道駅を過ぎ、キリスト教会周辺の三車線もの広い通りを進めば、ランズダウン・ロードにある目的地に着く。

そう、右へ曲がって警察署へ向かうべきだ。

だが、左へ曲がり、ウッドマンコートへ、クローディアのもとへと向かった。

彼女が母のコテージへ帰ったとシェニントンに告げるなど、とんでもなく愚かだった。シェニントンこそが首の骨を折った銃撃者を送り込んで私を殺させようとした張本人だったとすれば——そうだったにちがいないと確信しているが——母のコテージの場所を正確に知っているはずだ。彼がクローディアを襲って私をおびき出そうと考えるのも時間の問題だろう。

とにかく、彼より先に着くことを願った。

幸い、雨の降る水曜日のこんな時刻、通りは閑散としていた。二度だけ、車が通り過ぎる際に、草の生えた広い路肩へ寄って馬の脚を止めた。二度とも車は速度をゆるめもしなかった。それ以外は車道を進んだ。路肩には隠れた排水路がたくさんあり、夜間、馬に歩かせるのは危険すぎるのだ。

とはいえ、疾駆する馬の蹄鉄がタールマカダム舗装の路面に立てる音が夜の大気のなかで不安を覚えるほど大きく響くことに、はたと気づいた。迅速さと隠密性、どちらのほうがより安全だろう？　それは、軍隊なるものが発明されて以来、軍事戦略を決める人間が頭を悩ませている問題だ。

迅速さを選んだものの、サザム村のはずれに達すると常歩に落とし、音を最小限に抑えるべく可能なかぎり草地を進んだ。夜遅く、まだ雨が降っているにもかかわらず、こんな時間に蹄の音がしたら——ましてて高速で駆ける蹄の音がしたら——なにごとかと村人たちが家から出てくるかもしれず、私としては脚を止めて事情を説明するはめになるのは断じてごめんだった。いまはまだ。

　馬と私は、夜に食糧を探して外に出ている猫から好奇心をたたえた目を一、二度向けられた以外、余計な注意を引くことなくサザム村を抜けた。

　サザム村からウッドマンコートまでは一マイル足らずなので、白い破線を目印にして道路の中央を速歩で駆けさせた。ようやく雨がやみはじめたが、全身濡れそぼって寒気を覚えている私にとってはたいしたちがいはなかった。

　ウッドマンコートの村のはずれをまわり、母の住む小径へ向かった。

　小径は実際には十字路から延びる一本で、私が正面から近づこうとした瞬間、別の道を走ってきた一台の車がその小径へと右折した。行く先は母のコテージにちがいない。この小径の先にはその一軒しかないのだから。

　馬の腹を蹴り、蹄の音を消すために草地を選んで車を追った。

　途中で馬から下りて一本の木につなぎ、靴音を立てないように、ただし早足で小径を進んだ。最後の角を曲がると、生垣のそばにとどまった。

　コテージが見え、玄関ドアの脇にシェニントンが立っているのがわかった。顔が街灯に照らし出されている。ひそやかに草地を進んで砂利敷きの私道へ向かった。

「シェニントン子爵だ」彼が大きな声で告げていた。「先ほど競馬場でお会いした」

「ご用向きは?」なかから大声でたずねるクローディアの声が聞こえた。

「ミスタ・フォクストンのコートを返しに来た」シェニントンは答えた。「うっかり私の特別室に忘れていったにちがいない」彼は私のコートを前へ差し出した。

　ドアを開けるな、とクローディアに念じた。〝頼む――ドアを開けるな〟

むろん、彼女は開けた。錠を開ける音が聞こえた。

シェニントンがなかへ入れば、私に勝ち目はない。クローディアの首筋にナイフを押し当てるか、こめかみに銃口をつきつけさえすれば、私は彼の要求どおりにする。

生き延びる唯一のチャンスは、断固たる行動をとることだ。それも、いますぐに。

玄関ドアが開きかけると、私は砂利を踏みしめて彼に向かって走った。彼は音のしたほうへわずかに首をめぐらせたが、私は反応するいとまも与えずにのしかかっていた。

学生時代、ほどほどの体格だったのに、おもにタックルの腕を買われて、ラグビーの学校代表チームのレギュラーを務めていた。

みごとなフライングタックルでひざの上方をつかみ、シェニントンの体を文字どおり足から持ち上げた。

ふたりして地面に倒れ込み、衝撃の大半は、鞭のようにしなった彼の上体と頭部が受けた。

シェニントンは六十代なかばから後半、私はその半分にも満たない年齢だ。しかも、必死な思いと怒りにより力が増していた。

彼に勝ち目はなかった。

すばやく身を起こして彼の体の上に座り込み、髪をつかんで私道の水たまりに顔を押さえつけた。頭を水中に押さえつけられる気分はどうだ?

クローディアが愕然とし、目を丸くしてドア口に立ちつくしていた。

「ニック」泣き声だった。「やめて。ねえ、やめて。その人を溺死させてしまうわ」

「私を殺そうとしていたのはこいつだ」私は手をゆるめずに言った。

「だからって、その人を殺してもいいことにはならない」

しぶしぶ彼の髪を放し、あお向けにしてやった。唇が真っ青で、呼吸をしているのかどうかわからない。知ったことか。ひとつだけ確かなことがある。断じてこの男に人工呼吸をしてやるつもりはない。唇を合わせると考えただけで胸が悪くなる。

「その人、拳銃を持ってる」クローディアが不意に言った。またしても恐怖があらわな口調だ。

彼の体の下に拳銃が落ちていた。

かがんで銃身を持って拾い上げた。

シェニントンをそのままにして家へ入り、チェルトナム署に電話をかけた。

「フライト主任警部につないでもらえるか？」電話に出た警官に言った。「出頭したい」

「なにをしたんだ？」

「フライト主任警部に聞いてくれ。私に用があるのは向こうだ」

「主任警部はいま署にいない。どこかのまぬけが競馬場で馬を盗み、手空きの者はみな捜索に駆り出されている」

「えー、その件なら協力できるかもしれない。問題の馬は、ウッドマンコートにある私の母親のコテージの外につながれている」

「なにっ！」

「馬は、私がいま立っている場所のすぐ外にいる」私は繰り返した。

「馬がいったいどうやってそんなところまで？」

「乗ってきたんだ。みんなが捜しているまぬけは私だと思う」

第二十一章

フライト主任警部にとっては笑いごとではなかった。彼自身、闇のなかで一時間以上も馬を捜してぬかるんだ本馬場を歩きまわったのだ。いちばん上等の革靴をはいていただけでも腹立たしいが、なお悪いことに、全身ずぶ濡れだった。くどくどと、しかもかなり大きな声でなされた説明によると、コートは防水のはずだったが、その点はろくな効果がなかったらしい。

「あんたを留置房に放り込んで鍵を投げ捨ててしまいたい」と言った。

私たちはチェルトナム警察署の取調室のひとつにいた。

「シェニントン子爵の容体は？」彼の言葉を無視してたずねた。

「まだ息はある。わずかだが。病院で処置中だ。救急隊が蘇生したが、今度は心臓が問題らしい」

弟と同じだ。

「医師の話では、仮に命をとり留めたとしても、脳の酸欠状態が長く続いたために回復不能の脳機能障害が残りそうだということだ」

残念だ。いや、いい気味だ！

「あんたはタックルをしただけで、彼の鼻と口が水たまりにつかっているのは見えなかったと言うんだな？」

「そうだ。倒れて気絶しているものと思っていた。クローディアの無事を確かめたあと、彼が水たまりに顔を突っ込んでいるのに気づいた。当然、すぐにあお向けにしてやった」

「人工呼吸をすることは考えなかったのか？」

　私は無言で彼の顔を見た。

「そうだな。問題は理解できる」

「そういうことだ。あの男は私を殺すためにあそこへ来た。そんなやつの命を救おうとするものか。また狙われるだけだ」

「あんたの過失を言い立てる人間も出てくるだろう」

「言わせておけ。シェニントンがあんなことになったのは自業自得だ。あんたも拳銃を見ただろう。あの男は社交目的で訪ねてきたのではない」

　主任警部は壁の掛け時計に目をやった。午前零時をまわっている。

「続きは明日の朝にしよう」彼が言い、あくびを漏らした。

「十一時にはパディントン・グリーン署へ行ってなければならない」私は言った。

「私もだ」フライトが言った。「なんなら道中で話そう」


　パディントン・グリーン署での話し合いは二時間以上に及んだ。私のほかに四人の上級警察官が出席した。トムリンスン主任警部、フライト主任警部、ロンドン市警察経済犯罪捜査課――詐欺捜査班――所属の警部、階級がいちばん上なので進行役を務めるイエリング警視だ。

　イエリング警視の求めで、私がことの発端からゆっくりと話しはじめた。ハーブ・コヴァクがエイントリー競馬場で撃ち殺された日から、ゆうべのチェルトナム競馬場およびウッドマンコートの母のコテージでのできごとに至るまでのあらましを、時系列で述べた。だが、砂利敷きの私道の水たまりにシェニントンの顔を押さえつけた詳細は含めないことにした。

「シェニントン子爵はギャンブルによる負債のせいで金に困っていたらしく、ロバーツ家族信託から五百万ポンドを提供したのは、明らかにEUの助成金を引き出すためだ。どうやら、投資を行なうように説得する必要があるという印象を弟に与えることまでしたようだ」

「最初はそうだったのではないかな」フライト主任警部が言った。「だが、あとで助成金を利用できると気づいた」

「そうかもしれない。だが、それよりも、はじめにEUの助成金を盗み取る計画ありきで、シェニントンはその呼び水となる金を提供する駒として引き入れられたにすぎないという可能性のほうが高いと思う」

「では、関与していたのは彼ひとりではなかったんだな？」トムリンスンがたずねた。

「もちろんだ。私は、ブリュッセルの欧州委員会の職員ユリ・ヨラムという人物とブルガリアのディミタール・ペトロフという人物とのあいだでやりとりされたメールを見た」

「どうやって？」トムリンスンが質問を差しはさんだ。

「グレゴリー・ブラックのコンピュータで。同送メールが彼宛てに届いていた」

「で、グレゴリー・ブラックとは何者だ？」詐欺捜査班の警部がたずねた。

「私の勤務先であるファイナンシャル・アドバイザー事務所〈ライアル・アンド・ブラック〉のシニアパートナーのひとりだ」いや、元勤務先か。

「で、その男がこの件にどう関与していると思う？」

「推測にすぎないが、ヨラムとペトロフのためにシェニントンを釣り上げたのがグレゴリー・ブラックだったのだろうと考えている。連中には、EUから多額の助成金を引き出すために五百万ポンドを投資してくれる人間が必要だったはずだ。シェニントンはグレゴリーの顧客だったし、願ってもないことに、潤沢な家族信託を管理している一方で個人的には破産寸前で、ギャンブルによる借金返済のためにすぐにも現金を必要としていた。グレゴリーはそれを知っていたはずだ。ファイナンシャル・アドバイザーは顧客の個人的な財務状況に通じている」

「しかし、そういったことがハーブ・コヴァクの死とどんな関係があるんだ?」トムリンスン主任警部がたずねた。それが彼にとっていちばんの関心事なのだ。

「ハーブ・コヴァクは、殺害される数日前に、顧客ファイルにも、ヨラムとペトロフとのあいだで交わされたメールにもアクセスしていた。グレゴリー・ブラックはそれと気づいたはずだ。最新閲覧者リストにハーブの名前が表示されるから。私もそれを見た。おそらくハーブは、建設計画について答えられない質問をいくつかぶつけたのだろう。その質問のせいで殺された」

警察官たちが興味を失いつつあるのが見て取れた。

「いいか」と念を押した。「巨額の金の話をしているんだ。一億ユーロ。四人で分けるとしてもかなりの金額なんだから守りたくもなるだろう」

彼らが頭のなかで簡単な計算をしているのがわかった。

「そして」私は続けた。「この一週間ばかり、グレゴリー・ブラックに居場所を知られるたびに、私を殺そうとする人間がその場所に現われた。いま思えば、私がずっと事務所へ行かなかったものだから、シェニントンは、私と話をする気になったと言って競馬場へ呼び出したのだろう。昨日、それを認めたも同然のことを本人が口にした。おまえを殺すのはひじょうに骨が折れる、来ると思った場所に姿を見せない、と。じつは、月曜日の朝、グレゴリー・ブラックもまじえた会議に出席する予定だったんだ。行っていれば、きっと殺されていただろう。おそらく事務所の入口にもたどり着けなかったにちがいない。通りで撃ち殺されたはずだ。エイントリー競馬場のハーブ・コヴァクと同じく、公共の場での殺害だ」

「そろそろミスタ・グレゴリー・ブラックに再度の事情聴取を行なってもいいだろう」トムリンスン主任警部が言った。「前回会ったときのことは覚えている」

そう、きっと彼もあんたを覚えているはずだ。

その後、逮捕管轄権がどこにあるのか、逮捕容疑をなんとするかについて短い議論がなされた。結局、逮捕の栄誉は詐欺捜査班のバテン警部に与えることで合意に達した――なにしろ、彼はロンドン市警察の所属だ。とはいえ、全員が逮捕に立ち会いたがったため、合計三台の警察車輛がロンドン市内をロンバード・ストリート六十四番地へ向かい、そこで制服組の乗ったパトカーと落ち合った。

事務所に着いたのは午後二時十五分だった。グレゴリーがいつもどおり角のレストランでたっぷりのランチを終えて戻っている時刻だ。彼が食事を堪能したことを願った。これから送られる先では、フォアグラもフィーレ肉のパイ包み焼き(フィレミニヨン・アン・クルット)も供されることはない。

「いらっしゃいませ」警察官たちが入っていくと、ミセス・マクダウドが声をかけた。すぐに、同行している私を目に留めた。「あら、ミスタ・ニコラス。こちらはお連れのかたたち？」

バテン警部はその言葉を聞き流した。「ミスタ・グレゴリー・ブラックがどちらにいらっしゃるのか教えていただけますか？」ずいぶん大仰なたずねかただった。

「内線で呼び出してみます」うわずった声だった。受付エリアにこれだけの来客が押しかけたことに、ミセス・マクダウドはいくぶん不安を覚えているらしい。

「いや」バテン警部が言った。「どこにいるかだけ教えてください」

ちょうどそのとき、グレゴリーが廊下を歩いてきた。

「あちらです」ミセス・マクダウドが指さした。

　警部は一刻もむだにしなかった。

「グレゴリー・ブラック」と言うなり彼の腕をつかんだ。「詐欺行為の共謀容疑ならびに殺人の共謀容疑で逮捕する。なにも供述する必要はないが、質問に黙秘した内容をのちに法廷で明らかにした場合は弁護側の不利に働く可能性がある。いかなる発言も証拠として用いられる場合がある」

　グレゴリーは茫然自失の体だった。「そんなばかな。いっさい身に覚えがない」

　そのときになって彼は私に目を留めた。

「きみの差し金か?」敵意をたたえた顔を私の顔にぐいと近づけて迫った。「悪趣味な冗談のつもりか?」

「殺人は決して冗談ではない」バテン警部が言った。「連行しろ」

　ふたりの制服警官が前へ出て手錠をかけたが、グレゴリーはまだ大声で無実を主張していた。警官たちは彼の訴えを無視してガラスドアから連れ出し、エレベーターに乗せた。

　それがどんな気持ちか、私にはいやというほどよくわかる。

「いったいなにごとだ?」騒ぎに引かれたらしく、パトリックが受付エリアへ出てきた。「その人たちはここでなにをしている?」

「このかたたちはミスタ・グレゴリーを逮捕しに来たようです」怖いものなしのミセス・マクダウドが告げた。

「グレゴリーを逮捕? ばかばかしい。なんの容疑だ?」

「詐欺行為の共謀容疑ならびに殺人の共謀容疑だ」バテン警部が答えた。

「詐欺行為? 殺人? 彼がだれを殺したと?」パトリックは警部に向き直って食ってかかった。

「だれも」バテン警部は答えた。「ミスタ・ブラックの逮捕容疑は殺人の共謀だ」

パトリックはそんな返答で引き下がる男ではなかった。

「では、彼が共謀して殺したのはだれだ？」

「私です」私は一歩前に出た。

パトリックはなにも言わなかった。ただ私を見つめるだけだった。


午後遅くには、ロンバード・ストリート六十四番地の〈ライアル・アンド・ブラック〉の業務はいくぶん正常に戻った。シニアパートナーのひとりが詐欺行為ならびに殺人の共謀容疑で逮捕される事態を正常だと見なすことが可能ならばの話だが。

ほぼ二週間ぶりに自分のオフィスへ入ると、ローリーが勝手に窓ぎわのハーブのデスクへ席を移していた。ダイアナは元の席のままだ。

「本来、ダイアナの席になるはずだろう」ローリーに言ってやった。「彼女のほうが上級職だ」

「彼女は三十分前まであんたの席を使ってたよ」ローリーがせせら笑いを浮かべて言い返した。「あんたは戻ってこないとパトリックが言ったんだ」戻ってきたのが残念だという含みのある口調だった。

当のダイアナが恨みがましそうに黙り込んでいるので、私は春の暖かい陽射しを取り入れようと窓を開けた。おそらく天候も好転したのだろう。

どのみちダイアナは、そう長く待つ必要もなく私の席を取り戻すことになるのではないだろうか。もっとも、そのときまで私の席があると仮定しての話だが。いまは、〈ライアル・アンド・ブラック〉が一週間後まで会社として存続できるとは思えない。詐欺容疑の捜査が入ったことが公になれば、顧客たちは、沈みかけた船から逃げ出すネズミよりもすばやくわが事務所を見捨てて逃げるにちがいない。

金融サービス業は顧客の信頼によって成り立つものであり、詐欺行為に関与した金融サービス業者に対する信頼はかぎりなくゼロに近いだろう。

てっとり早く銀行取りつけ騒ぎを起こす方法は、取りつけ騒ぎが起きそうだと大々的に警告することだ。預金者はたちまち当該銀行に対する信頼を失い、預金を寄り戻そうと長蛇の列をなす。だが、当然、そんな万が一の不測の事態にそなえて金庫室に現金を大量に保管している銀行などない。金は住宅ローンや事業資金融資として別の顧客に貸しつけられているだろう。したがって銀行は現金を払い戻すことができない。銀行が窮しているという噂が広まれば、金を取り戻そうとする預金者がますます増えて危機が長期化し、やがてトランプで作った家のごとく倒壊する。銀行が何百年もかけて築き上げた信頼も、たった一日で崩壊しかねない。英国のノーザン・ロック銀行、アメリカのインディマック銀行がその一例だ。

そう、全社員が他事務所に職を探しはじめたほうがいいが、うちの場合は政府による救済などなされないだろう。わが事務所もその道をたどるだろうが、〈ライアル・アンド・ブラック〉に在籍していたわれわれが採用される見込みはどの程度あるのか？　ほとんどないだろう。

事務所のサーバに私宛ての未返信メールが百件近く届いているのに加え、オフィスの留守番電話に二十八件のメッセージが残されていた。うち数件は、会う約束をすっぽかした私に怒りをぶつける顧客からだった。〈スリムフィット・ジム〉も二件のメッセージを残し、ハーブのロッカーを返すようにと念を押していた。

「鍵はどこだ？」ローリーにたずねた。

「なんの鍵？」彼は言った。

「ハーブの掲示ボードに画鋲で留めてあった鍵だ」

「まだ留めてあるんじゃないか。デスクごと入れ替えたから」

空いた席のひとつへ行って確かめた。鍵はまだ掲示ボードに留めてあった。はずしてポケットに入れた。

ふたたび自席につき、大量のメールに目を通しはじめたが、内容はまるで頭に入ってこなかった。もはやこの仕事に身が入らないのだ。

クローディアが癌に打ち勝ったあかつきには、なにか別のことを始めよう。ふたりでいっしょにできることを。

もっと胸躍る仕事。ただし、もっと危険の少ない仕事を。

「ちょっと出てくる」ローリーとダイアナに断わりを言った。ふたりが気にするはずもないのだが。

廊下を進むのに、大きなポリエチレン袋に詰めて積み上げられたファイルやコンピュータをまたがなければならなかった。詐欺捜査班の連中がグレゴリーのオフィスで書類やなんかをせっせと詰め込んでいた。彼らが事務所ごと運び出すべくわれわれを追い出さなかったのは意外だった。それはきっと、このあと、証拠をもう少し見つけてからだろう。

〈スリムフィット・ジム〉の受付係は私が来たことをたいへん喜んだ。

「実を言うと」彼女は強いウェールズなまりで言った。「ちょっとにおいはじめているんです。とくに、今日は暖かいので。気分を害している会員もいます。きっと、とんでもなく汗くさい服が入っているんでしょう」

ハーブのデスクにあった鍵がロッカーに取りつけられたずっしりした南京錠に合い、私はロッカーの扉を開けた。

受付係ともどものけぞった。ちょっとにおうどころではない。

なかには紺色の旅行バッグがひとつ置かれ、その上に薄汚れた白いトレーニングシューズが載っていた。悪臭を放っている犯人はバッグのなかの衣類ではなく、その靴だと思った。おそらくハーブは足になんらかの細菌の問題を抱えていたのだろう。どうやら、その細菌がこの三週間のあいだに繁殖したらしい。原因がなんであれ、においは強烈だった。

「申し訳ない」私は言った。「すべて、こっちで処分するよ」

問題の靴を衣類の入ったバッグに放り込み、すべてのロッカーを殺菌しなくちゃと言って舌打ちしている受付係を残してジムを出た。

ロンバード・ストリートへ戻る途中、ロンドン市の紋章の入った公衆ゴミ容器にバッグごと捨てた。このにおいを事務所へ持ち帰ればミセス・マクダウドがいい顔をしないと思ったのだ。

あと百ヤードほどというところで、ふとまわれ右をして引き返した。ハーブのほかの私物は残らず調べた。あの旅行バッグも調べてみてはどうだろう？

衣類の下、ファスナーつきの仕切りのなかに、サンドイッチ用の透明なビニール袋にくるまれて、十八万ポンド以上の現金がきちんと重ねて入っていた。どの袋にも二十ポンド札で三千ポンドずつ収めてあった。アメリカ人ばかり九十七人の氏名と住所を書き留めたリストも入っていた。

さすがはハーブ。やはり几帳面だ。

「ミスタ・パトリックが話があるそうよ」お宝の入ったバッグを肩にかけて跳ねるような足どりでドアを入るや、ミセス・マクダウドに告げられた。「彼のオフィスで。いますぐに」

パトリックはひとりではなかった。ジェシカ・ウィンターズが同席していた。

「ああ、ニコラス」パトリックが言った。「こっちへ来てかけなさい」私は開け放たれた窓の脇の空いている椅子に腰を下ろした。「ジェシカと状況を分析していた。被害軽減策を実施する必要がある。顧客の信頼を維持するため、そして、〈ライアル・アンド・ブラック〉が〝通常営業〟を行なっていると顧客を安心させるために」

「これが〝通常営業〟なのですか？」

「もちろんだ。どこがちがうと？」

歴然としていると思った。詐欺捜査班の連中がまだ隣のオフィスで証拠品を袋に詰めている。

「そうとも」パトリックは続けた。「今回のちょっとした問題に業務を邪魔されてなるものか。グレゴリーの全顧客に、当面は私がポートフォリオを管理する旨を書面で伝えるつもりだ。しばらくは社員全員が少しずつ仕事を増やすことになるだけの話だよ」

だが、いつまでだろう。

殺人の共謀罪に対する最高判決は終身刑だ。

「ブルガリアの件はどうなるのでしょう？」

「その書類をジェシカと調べていたんだ。まあ、警察の連中が押収した残りをだが」

「それで？」

「なんとも判断がつかない」ジェシカが答えた。

「判断がつかないとは？」私はいささか驚いた。

「どうも、原始投資額が詐欺的手段によって獲得されたものかどうか、うちの事務所の人間による意図的な詐欺行為があったのかどうかを示す証拠はなにひとつないように思えるの」

彼女は言い訳を用意しようとしている。

「しかし、ＥＵの助成金のことは？」

「それはわれわれの関知するところではない」パトリックがぴしりと言った。「グレゴリー個人としても、〈ライアル・アンド・ブラック事務所〉としても、適正評価を行なわずにEUの助成金を出したかもしれないブリュッセルの人間の行為に対して責任を負う必要はない。わが事務所にかかわる問題はロバーツ家族信託の原始投資金だけだが、それも、不正を知りつつ投資を紹介するという過失行為があった場合にかぎられる。こちらで調べうるかぎり、この投資は当該信託の上級被信託人からの提案だった」

説得力のある言い分であることは認めざるをえない。まして、シェニントン子爵は反論できる状態にはないのだから。〈ライアル・アンド・ブラック〉に未来はないと断ずるのはいささか早計だったかもしれない。

だが、これでは、ハーブ・コヴァクの身に起きたことも、〝おまえを殺すのはひじょうに骨が折れる、来ると思った場所に姿を見せない〟というシェニントンの言葉も、説明がつかない。私が来ると思われていた場所は〈ライアル・アンド・ブラック〉だけであり、私が来るはずの場所を知っていたのは事務所の人間だけだ。グレゴリーは、少なくとも私の殺害に関してシェニントンと話し合ったにちがいないのだ。それだけでも、有罪と断ずるに足りる。

「グレゴリーがロバーツ大佐に見せた写真はどうなんです？」とたずねてみた。「工場と住宅群の建設がすでに始まっていると見せかけるための写真です」

「グレゴリーが今朝、その写真はブルガリアの建設業者が送ってきたものなので信用した、と説明した」パトリックが答えた。「彼には写真の信憑性を疑う理由はなにもなかった」

「ところが、ジョリオン・ロバーツが疑問を呈した。それを受けてグレゴリーはどうしたのでしょう？」

「グレゴリーの話では、ロバーツ大佐は写真が本物かどうか疑っているとはっきり言ったわけではないようだ。実際には、自己矛盾に陥り、最後に電話で話しているあいだに思い直して、グレゴリーの時間をむだにさせたことを詫びどおしだったそうだ。結局どう考えたものかわからなかった、とグレゴリーは言っていた」

さもありなん。ジョリオン・ロバーツはチェルトナム競馬場で私に対してまったく同じ態度を見せた。戦場で決断力を発揮したにちがいない男が、嘘をつき自分から盗みを働いたと友人を糾弾するとなると優柔不断で支離滅裂になることがあるとは、不思議なものだ。それもすべて名誉のため、体面を汚したくないためだったのだろう。

「ありがとう、ジェシカ」パトリックが言った。「もう自分のオフィスへ戻ってかまわないよ」

ジェシカが席を立って退室した。私はその場に残った。

「さて、ニコラス」ドアが閉まるやパトリックが切りだした。「きみのここ三週間のひじょうに奇妙なふるまいには目をつぶり、水に流すことにした。きみが望むなら、まだ籍はある。正直、いま、きみがいてくれなければ事務所は立ちゆかないと思う」

それは私の能力に対する信任票だろうか、それとも、必要に迫られたがゆえの決断だろうか？

「ありがとうございます。考えてみます」

「あまり時間をかけすぎないでくれ。いいかげん、雑念を払って仕事に集中しろ」

「まだ納得していないので。とくに詐欺行為については」

「詐欺の疑いだ」彼が訂正した。「言っておくが、きみがオクスフォードまでロバーツの甥に会いに行ったなど、もってのほかだ」

「そうかもしれません」

「さあ、もう行って、仕事をしなさい。私はやることがあるんだ」

放免の言葉を受けて席を立ち、自分のデスクへ戻った。

それでもまだ、このような深刻な事態を正視しないつもりらしいパトリックとジェシカの態度が大いに引っかかっていた。

ハーブはあのファイルにアクセスしたあと殺された。

シェニントンと銃撃者は、事務所内のだれかから情報を得ていたのでもなければ知りえないほど私の動きをつかんでいた。

なにかがおかしい。うなじの毛がおとなしく収まろうとしないからわかる。なにかが絶対におかしい。どうにも釈然としない。

ひきだしから紙を一枚取り出し、ハーブのコートのポケットから見つけたメッセージを改めて書き出した。

〝言われたとおりにするべきだった。いまさら後悔しても遅い〟

原物と同じに見えるように、黒のボールペンを使って大文字で書いた。

携帯電話とそのメモ用紙を持ち、廊下を進んだ。パトリックのオフィスに入ってドアを閉めた。

「なんだ？」彼は、私が無断で入ってきたことに少しばかり驚いた様子でたずねた。

私はデスクの前に立ち、初めてまともに顔を見るような思いで彼を見下ろした。

「ハーブになにをしろと命じたのですか？」穏やかに切りだした。

「どういう意味だ？」彼はいぶかしげな表情を浮かべて問い返した。

「言われたとおりにするべきだったとハーブに告げている」

読めるように彼に向けてメモ用紙をデスクに置いた。

「ハーブにやれと命じたことはなんだったんです?」

「ニコラス」彼は私を見上げた。声にかすかな不安が表われている。「なんのことかさっぱりわからない」

「いや、あんたはわかっている」少しばかり敵意を込めて言った。「初めから、グレゴリーではなくあんただったんだ。詐欺を考えついたのも、シェニントンに家族信託から五百万ポンドを出させたのも、自分の存在をつきとめられないように取りはからったのも、あんただった」

「なんのことかさっぱりわからない」彼は口ではそう繰り返したが、目はわかっていると告げていた。

「ハーブを殺させたのもあんただ。謝罪のつもりで彼宛てにこんなメッセージまで書いた。みんながハーブを好いていた。あんたもそうだった。それでも、彼には死んでもらうほかなかった。そうだろう? ハーブがロバーツのファイルにアクセスし、なにが行なわれているかを知ったから。あんたはどうした? 分け前をやると言ったのか? 金で口止めしようとしたのか? だがハーブは受け入れようとしなかった。そうだろう? 管理当局に告発しようとした。そうなんだろう? だから死んでもらうほかなかった」

パトリックは座ったまま私を見上げていた。無言だった。

「私まで殺させようとしたのもあんただ」私は続けた。「銃撃犯をフィンチリーの自宅へ差し向け、それが失敗すると、今度は母のコテージへ送り込んで私を殺させようとした」

彼は座ったまま、大きすぎる眼鏡の奥から私を見つめていた。

「だが、それも失敗した。するとあんたは、私が月曜日にあんたとグレゴリーをまじえた会議に出席するように手配した」私は声をあげて笑った。「神のみもとへ行くように、と言ったほうがいいかな。だが、あんたがどんなに説得しようとしても私はここへ来なかった。そのあと列車内で会ったとき、あんたは〝うちへ来なさい。今夜いっしょに解決策を探ろう〟と誘った。だが、もしも行っていれば私は死んでいた。そうだろう？」私は間を取って彼を見つめ返した。彼はまだ押し黙っている。「するとシェニントンが気を変えて私と話すことにし、競馬場の特別席へ招待した。仕事をやり遂げるためだ」

「ニコラス」パトリックがようやく言葉を発した。「さっきから、なにをでまかせばかり言っている」

「でまかせではない。オクスフォードまでミスタ・ロバーツの甥に会いに行ったことは、あんたに話していない。いや、動きをだれにも知られたくなかったから、意図的に伏せていた。あんたには、甥と話をしたと言っただけだ。普通なら電話で話したと思うはずだ。だが、私がオクスフォードまで息子に会いに来たと、シェニントンがあんたに話した。だから、あんたはさっき私にそう言ったんだ」

「証拠はなにもない」彼は態度を一変した。

「紙から指紋を採取できることは知っていたか？」メモ用紙の角をつまんで慎重に手に取りながらたずねた。

原物はすでにマージーサイド警察の科学捜査部門で鑑定され、私とハーブの指紋しか検出されなかったということを、パトリックは知る由もない。

彼はわずかに肩を落とし、デスクに目を落とした。

「ハーブはなにを後悔していると言ったんだ？」私はたずねた。

「事実を知ったことを後悔していると言った」彼は思い沈んだ声でため息まじりに答えた。「私が迂闊だったんだ。愚かにもコピー機に書類を置き忘れてしまって。ハーブはそれを見た」

「それで、彼になにをやれと命じたんだ？」そうたずねるのは三度目だ。

「申し出た金額で折り合え、と」彼は目を上げて私を見た。「だが、彼はもっと欲しがった。もっと大金を。法外な金を」

どうやらハーブは私の思い込んでいた好人物にはほど遠かったようだ。

「だからハーブを殺させた」

彼はうなずいた。「ハーブはばかだった。私の申し出た金額で折り合うべきだった。大奮発したんだ。なんなら、きみにも同じ金額をやろう——百万ユーロだ」

「あんたには反吐が出る」

「二百万ユーロ」彼がたたみかけた。「それだけあれば金持ちだ」

「とてつもない金額だな。近ごろはそれが詐欺と殺人を隠蔽する見返りの相場なのか？」

「なあ、ハーブのことは申し訳なく思っている。彼を好いていたし、殺すことには反対したんだが、ほかの連中が承知しなかった」

「ほかの連中？　ユリ・ヨラムとディミタール・ペトロフのことだな」

彼は口をあんぐり開けて私をまじまじと見た。

「そうとも」私は言った。「ヨラムとペトロフのことは警察もすべて知っている。私が話したんだ。洗いざらい警察に話した」

「くそったれめ」彼は怒りを込めて言った。「ペトロフがハーブ・コヴァクを撃ち殺したときにおまえも道づれにしていればよかったんだ」

このやりとりのあいだじゅう、私は左手に携帯電話を握りしめていた。なんでもできる高価な新手のスマートフォンで、その機能のひとつが、ボイスレコーダー代わりに使えるというものだった。

ここで交わされた会話を残らず録音していた。

ボタンを押して最後の言葉を再生した。パトリックは高級な革張りの椅子に座って身じろぎもせずに聞き、憎悪とあきらめの混じった目で私を見つめていた。

〝ペトロフがハーブ・コヴァクを撃ち殺したときにおまえも道づれにしていればよかったんだ〟

携帯電話の小さなスピーカーを通すとずいぶん金属性の音に聞こえるが、パトリック・ライアルの声であることに疑問の余地はない。

「くそったれめ」彼がまた言った。

私はメモ用紙を折りたたんで彼に背を向け、廊下を歩いて自分のデスクに戻り、トムリンスン主任警部に電話をかけようとした。だが、受話器を手にした瞬間、この建物の外から耳をつんざくような叫び声があがった。

窓から顔を出して見た。

通りのまん中にパトリックがうつ伏せに横たわり、早くも頭のまわりに血だまりが広がりはじめていた。

彼は四階のオフィスから最短ルートで地上に達した。

一直線に。

それが彼の死にざまだった。

エピローグ

六週間後、クローディアと私はヘンドン火葬場へ出かけた。リバプールの検視官の許可がようやく下りて、ハーブ・コヴァクの葬儀が行なわれたのだ。

参列者は私たちを含めて五人だけだった。

シカゴから再訪英したシェリが、ハーブの遺灰をアメリカへ持ち帰ることになっていた。葬儀の前日、シェリとともにフリート・ストリートからほど近い事務弁護士(ソリシタ)事務所〈パーク・ビーン〉を訪れて、ハーブの遺言状に対する変更証書に裁判所の追認を得るための宣誓供述書を作成した。私ではなく、双子の妹であるシェリを唯一の遺産受取人とするためだ。それがハーブの望みだったにちがいない。ただし、フラットの売却および未処理のもろもろをかたづけるため、遺言執行者の立場は保留してもらった。

ハーブの紺色の旅行バッグから見つけたリストのアメリカ人すべてに宛てて、ハーブの早すぎる死と、それにより彼のクレジットカード口座を利用してインターネットギャンブルを行なうという小細工もおしまいだということを伝えた。この件を私が規制当局へ持ち込む心配は無用であり、こちらから連絡することは二度とない、と。ただし、たとえ結果的に失うことになる以上の金を前もってハーブに払っていたとしても、そちらからも連絡をしないでもらいたい、とも釘を刺した。そのあと、旅行バッグに入っていた現金を使ってクレジットカードの未払い金を完済し、検視官が発行してくれた文書を使ってクレジットカード口座をすべて解約した。

トムリンスン主任警部が葬儀に参列するためにマージーサイド州から出向き、クローディアと私とともに礼拝所の前列に座った。〈ライアル・アンド・ブラック〉で初めて会ったときに着ていたのと同じ、サイズの合っていないスーツ姿だ。あれは三カ月足らず前のことだが、一生分も前だったような気がした。

〈ライアル・アンド・ブラック〉はもはや存在しない。

グレゴリー・ブラックはすぐに釈放されたものの、早期退職した。パトリックを失って仕事を続ける意欲をなくした彼は、心臓医の助言を容れて、〝英国の庭〟サリー州の自宅で静養することにしたのだ。

私はというと、馘になる前に退職し、救急隊員たちがパトリックの亡骸を歩道から収容する前にロンバード・ストリート六十四番地を歩き去った。

この先どうするかまだ決めていないので、いまのところは蓄えを切り崩しながらクローディアの世話をしている。

賛美歌『主はわが牧者』を歌うために起立し、クローディアの手を握った。

この六週間は彼女にとってたいへんつらい日々だった。三週間のあいだを空けて、それぞれ三日間にわたり、二度の化学療法を受けたのだ。

二度目の治療直後に髪がばさばさ抜け落ちて、いまはすっかり坊主頭だ。今日は、いつものようにヘッドスカーフをかぶっている。おもに、他人がじろじろと見るのを避けるためだ。不思議なことに、彼女がなによりうろたえたのは、髪を失ったことではなく、髪といっしょに自慢の長いまつ毛まで失ったことだった。

とはいえ、癌専門医のミスタ・トミックは病状の好転に満足し、化学療法は二度で充分だと判断した。「受胎力を危険にさらしたくない。そうでしょう？」と言った。

それについては、様子を見るしかない。癌を患った以上、受胎力を維持できる保証はない。

あとひとりの参列者は、葬儀屋がオークの簡素な棺を運び入れる直前に到着したミセス・マクダウドだ。葬儀のことをどうやって知ったのか疑問に思ったが、言うまでもなく、ミセス・マクダウドはなんでも知っている。

ハーブに弔辞を述べるために前に出た。なんとなく、永遠の旅立ちを許す前に、彼の足跡だけでも述べてやらないといけない気がした。

懸命に、すぐそこの棺に横たわっている男の顔立ちを頭に思い浮かべようとした。謎の生涯を紐とくうちに彼との距離が縮まったように思えて、奇妙なことに、生前よりも死後のほうが友人と呼べる気がした。

なにを話したものかよくわからなかったので、彼は人生を楽しみ、自分より恵まれない人たちを助けたいと願っていた、とありきたりの言葉を述べた。ただし、彼が手を貸してやった相手というのが、法を破ってインターネットでギャンブルやポーカーをしていたアメリカ人だったことには言及しなかった。

葬儀は全部で二十分足らずで終わった。シェリが声を忍ばせて泣き、残りの参列者が無言で起立するなか、牧師が隠しボタンを押すと電気制御の赤い幕が閉じて、私の同僚にして友人、放漫で強欲な友を包み隠した。

そのあと、われわれ五人は六月の暖かい陽射しのなかへ出た。

クローディアとミセス・マクダウドがシェリを慰めているので、主任警部と私は三人から少し離れた。

「EUが内部調査に乗り出した」彼が言った。「ブルガリアの電球製造工場の件を」

「逮捕者は?」

「まだ出ていない。ここだけの話、逮捕者は出ないと思う。欧州会計監査院の調査担当者と話したとき、切迫感はみじんも感じられなかった。一億ユーロなど案ずるに足りない金額だと考えているらしい。驚いたね。一億ユーロもあれば、リバプールに新しい病院をひとつ、あるいは学校をいくつか建設できるんだぞ」

「シェニントンについては？」

「変化なしだ。あるとも思えない。病院側は、彼がいわゆる〝遷延性植物状態〟に陥ったと言っている。要は、半昏睡の状態だ」

「今後の見通しは？」

「この先も好転することはまずないだろうという話だから、決して公判に付されることはない。このような重度の脳損傷の場合、丸一年のあいだ容体になんの変化もなければ、医師は患者の家族に対し、人工栄養の投与を絶って死なせてやることを勧めるのが普通だ」

　どうやらベン・ロバーツは何カ月か先にむずかしい決断を迫られることになりそうだ。父親の行なったことが、政界進出という彼の将来設計にどのような影響を及ぼすのだろうかと案じた。本人の想定以上に早くバルスコット伯爵位に就くことになるのは確実だ。

「死んだ銃撃犯がディミタール・ペトロフだったと判明したのか？」

「まだ確認作業中だ。ディミタールもペトロフもブルガリアではよくある名前らしい」

「ブリュッセルのユリ・ヨラムの協力を得るわけにいかないのか？」

「当人はいっさいなにも知らないと否認しているらしい。メールアドレスをだれかに利用されたと主張している」

「当然だな。チェルトナム競馬場にいたシェニントンの用心棒たちは？」

「見つかっていない。ボスが病院送りになるや、夜陰に姿を消したんじゃないか」

病院送りと聞いてビリー・サールのことを思い出した。じつは彼はすでに退院し、折れた脚に固定具をつけて自宅療養中だ。公式には自転車ごと撥ねた相手を知らないと依然として主張しているが、私個人に対しては、犯人の〝金持ち野郎〟はシェニントン子爵だと認めた。「あのろくでなしが報いを受けて、いい気味だ」というのが、シェニントンの容体を伝えたときにビリーが口にした正確な言葉だ。そのあと彼は笑いが止まらなくなり、何度もガッツポーズをしていた。

主任警部と私は三人のもとへ戻った。

「ローズマリーが失業したんだそうよ」クローディアが当人に代わって怒りに満ちた口調で言った。「〈ライアル・アンド・ブラック〉の社員全員がね」ローズマリー・マクダウドの口調にはとげがあった。

非難も含んでおり、それは私に向けられたものだと受け止めた。往々にして、悪事を働いた張本人ではなく、それをあばいた人間に非難の目が向けられるのはなぜだろう？〈ライアル・アンド・ブラック〉の崩壊をもたらした責任をミセス・マクダウドが問う相手は私ではない。パトリック・ライアルだ。それと、ロバーツ家族信託の管理が不充分だったグレゴリー・ブラックもだ。

だいいち、彼女が私に腹を立てるのではなく、私のほうが彼女に怒りを覚えて当然のはずだ。なにしろ、私が母のコテージにいることをパトリックに教えたのは彼女であり、それによりパトリックとシェニントンが私を殺すべく銃撃犯を母のコテージへ差し向けたのだから。

「これからどうするつもりだ？」彼女にたずねた。

「まったく見当もつかない」そっけない返事だった。「あなたは？」

「映画界か演劇界で腕試しをしてみようかと考えてね。資金調達の専門家としての腕を活かして映画や演劇の制作費の工面を手伝うと、何社かに手紙を書き送った。とてもおもしろそうな気がする」

「でも、それってちょっとした賭けじゃない？」ミセス・マクダウドは言った。

私は彼女に向かってほほ笑んだ。

卵巣癌という問題を抱えていれば、人生そのものがちょっとした賭けだ。

表が出れば勝ち、裏が出れば負ける。

解説

北上次郎

ディック・フランシスが『本命』（ハヤカワ・ポケット・ミステリ）でデビューしたのは一九六二年。それから年に一作ずつ発表してきたが、二〇〇〇年の第三九作『勝利』（ハヤカワ・ノヴェルズ競馬シリーズ）を最後にしばらく作品が途絶えたのは、その年にメアリー夫人が亡くなったこととけっして無縁ではあるまい。そのときフランシス、七九歳。長らく連れ添ってきた夫人の死に、創作意欲を失ったとしても不思議ではない。

個人的な話になるが、ディック・フランシスとは一度だけ会ったことがある。一九八八年秋にジャパンカップ観戦のために来日した折り、ディック・フランシスとカヌーイストで作家の野田知佑氏がミステリマガジンで対談することになった。そのとき、ディック・フランシスの作品を読んでいて、野田知佑氏とも親しい誰かにオブザーバーとして加わってもらいたいとの編集部の意向をうけて私が同席したのだ。その模様はミステリマガジン一九八九年二月号に載っているが、私はオブザーバーとして出席したはずなのに、なぜか三人による座談会になっている。

その座談会にはメアリー夫人も同席していたが、このときいちばん印象に残っているのは、発言するときにディック・フランシスがたびたび夫人のほうを見ることだった。夫人はほとんど発言せず、終始控えめだったのだが、ディック・フランシスが頼りにしていることがうかがえた。ちなみに、その年のジャパンカップには凱旋門賞を勝ったトニービンが来日。直線で骨折したので五着に終わったが、競馬ファンでもすでに忘れている人がいると思われるので付記しておく。ミステリマガジン一九八九年二月号の座談会のページには、そのジャパンカップの日に行われたウェルカム・ステークスの表彰式で優勝した岡部幸雄騎手にカップを渡すディック・フランシスの写真が掲載されている。

そうだ、山本一生氏が『書斎の競馬学』（二〇〇八年　平凡社新書）で紹介したグラハム・ロードの『ディック・フランシスの競馬人生』（未訳）という本が大変興味深い。たとえば『飛越』（一九七四年ハヤカワ・ポケット・ミステリ）の構想がまとまった一九六五年にオックスフォード飛行訓練所に入学したのはディックではなくメアリーだったというのだ。メアリーはライセンスを取得し、航空機を二機買い付け、エアタクシーの会社を設立したほど飛行機の操縦にとりつかれたという。そういうふうにメアリー夫人はディック・フランシスの創作に、取材を始め協力してきたということだろう。そういう夫人が亡くなったのだ。これでは著者が意欲を失ったとしても仕方あるまい。だから、ディックの年齢も年齢だし、これでフランシスの小説はもう読めないだろうと誰もが考えた。二〇〇六年に第四〇作『再起』（ハヤカワ・ノヴェルズ　競馬シリーズ　以下同シリーズ）が出てくるまでは。

第四一作『祝宴』（二〇〇七年）以降、次男フェリックスとの共著になるが、この第四〇作『再起』もフェリックスの協力があったというから、復帰以降の作品にはすべてフェリックスの手助けがあると考えるのが自然だろう。その親子共著は、第四二作『審判』（二〇〇八年）、第四三作『拮抗』（二〇一〇年）、第四四作『矜持』（二〇一一年）と続いて、四十四作の長編を残して、ディック・フランシスは二〇一〇年二月に亡くなった。享年八十九歳。

フランシス・ファンの間では、この共著シリーズが面白いと評判であった。周知のようにディック・フランシスは六〇年代の作品群（特に初期六作）と、中期の傑作『利腕』（一九八一年）前後の作品を除くと、うーむという作品が少なくなかった。特に復活以前の作品は少々辛かったことも事実である。それはフランシスの罪というよりも、エンターテインメント作家の宿命というものだ。体力の衰えた七〇代以降の作家に現代のエンタメを期待するのが酷なのである。ところが晩年の作品がまた面白くなってきたから、どうしたんだろうとみんながびっくり。さすがに初期六作より面白いとは言わないが、フランシス作品の雰囲気を求めるだけならば十分に期待にこたえてくれる作品なのである。共著の中では第四二作『審判』がベスト。当時、私が書いた新刊評から引く。

「全体の四分の一が法廷シーンというのも異色だが、これが読ませるからびっくり。もうフランシスは終わった作家だろうと思っている人にぜひ読ませたい。特にラストの展開は問題を投げかけて興味深い。当欄でフランシス作品を推薦作にするのははたして何年ぶりなのかわからないが、実に久々の〇」

ディック・フランシス最後の作品となった第四四作『矜持』の新刊評では次のように書いた。

「フランシスは昨年八九歳で亡くなったのでこれが最後の作品ということになる。もっともフェリックスとの共著になった『祝宴』からまた作品に精彩が戻ってきたことを考えれば、今後はフェリックスが書きつづけていくこともありうるだろう」

というわけで、フェリックス単独著作の競馬小説が出てきた。さあ、お待ちかね、これが「新・競馬シリーズ」だ。

本書はショッキングなシーンから幕が開く。主人公のフォクシー・フォクストンの横に立っていた同僚のハーブ・コヴァクが近距離から銃弾を三発撃ち込まれて死亡するシーンから始まるのだ。ハーブのコートのポケットに紙片がはいっていて、そこには「言われたとおりにするべきだった。いまさら後悔しても遅い」と書かれている。これはどういう意味なのか。かくて、フォクシー・フォクストンの謎解きが始まっていく。

この主人公、フォクシー・フォクストンについて紹介すれば、グランドナショナルで勝利の経験もある元騎手、辞めてから八年。いまは「独立ファイナンシャル・アドバイザー」だ。「顧客に対してあらゆる投資機会を自由に助言すること」を職務とするもので、競馬関係者をフォクシー・フォクストンは顧客としている。だから、週に二回は各地の競馬場で過ごしている。同僚のハーブが銃撃される現場にいたのもそのためだ。

謎はどんどん膨らんでいく。騎手のビリーからは「投資を引き上げて全部現金化したい」と言われ、すぐには出来ない数日は必要だと返事すると、ビリーは「金は明日必要なんだ。金曜日までおれの命があればいいが」と不気味なことを言う。いったいフォクシー・フォクストンの周囲で何が起きているのか。次から次にさまざまなことが起こり、やがて人間の欲望と裏切りの構図が明らかになっていく。それをフェリックスは色彩感豊かに描いて、なかなか読ませる。

本書のポイントは幾つかあるが、フォクシー・フォクストンは落馬して首の骨を折り、それで騎手を断念したのだが、そのときに医者に次のように言われる。

「普通に生活する分には、筋肉が支えてくれるので、あなたの首は問題ない――車の衝突事故さえ避ければね」「それからまちがっても殴り合いの喧嘩はしないように」

これがあるから、男に襲われ階段を転げ落ちるシーンが効いてくる。普通の人であるならば、どうということのない場面だが、フォクシー・フォクストンには命取りになるかもしれないのだ。このサスペンスの伏線が効いている。

もうひとつは、ハーブとその妹シェリの父親が虐待的な酒飲みで、親の愛に恵まれなかった兄妹であることだ。ディック・フランシスの小説には「父親不在」の小説が多いことをここで思い出す。シッド・ハレー(『大穴』『再起』等の主人公)が妻と離婚してからもずっと義父と交流することを想起されたい。あれは「父親不在」の強調にほかならない。父の愛に恵まれなかったとの設定は、フランシスが紡ぎだした物語の底を流れる主旋律といっても過言ではない。そのディックの伝統を本書が継いでいることに留意したい。フォクシー・フォクストンの父親は本書に登場しないが、両親が離婚していて、親の愛に恵まれなかったことがさりげなく暗示されていることも注意。

調教師のジャン・セッターという四十代後半の魅力的な女性が登場するが、もう少し物語に絡んでくればいいのにと思うものの、あっけなく退場するのは残念だ。このように、若干の物足りなさは残るが、ディックとの共著四作の水準は守っているので、十分に楽しめることは書いておきたい。

本書が売れてくれれば、この「新・競馬シリーズ」が続けて翻訳されることもあり得るだろう。翻訳ミステリーを取り巻く状況は厳しいので、そういうことになるかどうかはわからないが、フェリックスの作家的資質は共著四作と本書ですでに明らかだ。出来れば、この先、この作家がどの地点までいくのかを見届けたい。

そのためには、まず本書だ。さあ、手に取ってくれ。これがフランシスを継ぐ男、フェリックスの「新・競馬シリーズ」だ。

イースト・プレスの海外エンタテインメント

少年は残酷な弓を射る（上）（下）

ライオネル・シュライヴァー
訳：光野多惠子、真喜志順子、堤理華

二〇〇五年オレンジ賞受賞。
戦慄のエモーショナル・サスペンス！

なぜかわが子ケヴィンに愛情を感じられないエヴァ。執拗な反抗を繰り返し、やがて美しい少年に成長したケヴィンは、一六歳を迎える三日前、全米を震撼させる事件を起こす——。

スーサイド・ショップ
ようこそ自殺用品専門店へ

ジャン・トゥーレ　訳：浜辺貴絵

二〇か国で翻訳されたフランスのベストセラー。
巨匠パトリス・ルコントがアニメ映画化。

父の名はミシマ、家業は自殺用品専門店。ところが次男は明るくて……。ちょっと変わった家族のブラックユーモアあふれる物語。

ボルジア家風雲録
（上）教皇一族の野望
（下）智将チェーザレの激闘

アレクサンドル・デュマ　訳：吉田良子

文豪デュマの幻の傑作「歴史実話」小説。

舞台はルネサンス期のイタリア。描かれているのは、歴史上もっともスキャンダラスな一族、ボルジア家。政治と軍略の天才と謳われた息子チェーザレがたどった運命は——。

イースト・プレスの海外エンタテインメント

ザ・サークル
選ばれし者たち

マッツ・ストランドベリ、サラ・B・エルフグリエン
訳：久山葉子

二八か国で翻訳された
スウェーデンのベストセラーファンタジー。

舞台は田舎町の高校。同級生を殺した闇の力と闘うのは、それぞれが悩みを抱える六人の女子高生たち。息をもつかせぬ展開のなか、少女たちが見つけ出した意外な敵は——。

ガットショット・ストレート

ルー・バーニー
訳：細美遙子

精緻な伏線で構成された
超弩級エンターテイメント小説。

出所したばかりの運び屋〝シェイク〟がコケティッシュな嘘つき女〝ジーナ〟を救ったばかりに大金と聖遺物をめぐる奔走劇にまきこまれる。愛すべき悪人たちの騙し合い……。

冷たい晩餐

ヘルマン・コッホ
訳：羽田詩津子

四二か国で翻訳された
オランダ発イヤミスの決定版。

予約が取れない人気レストランで食事を楽しむ二組の夫婦。晩餐が進むにつれ明らかにされていくそれぞれの息子たちが起こした凄惨な事件。夫婦のとった驚愕の行動とは？

強襲

2015年　2月1日　初版第1刷発行

著者　フェリックス・フランシス
翻訳者　北野寿美枝

発行人　木村健一
本文DTP　臼田彩穂
編集　河井好見
営業　雨宮吉雄、明田陽子

発行所　株式会社　イースト・プレス
〒101-0051
東京都千代田区神田神保町2-4-7
久月神田ビル8階
電話 03-5213-4700
FAX 03-5213-4701
http://www.eastpress.co.jp/

印刷・製本所　中央精版印刷株式会社

ISBN 978-4-7816-1278-2　C0097

Printed in Japan